本書屬全國高校古籍整理工作委員會資助項目

禪月集校注

陆永峰 著

四川出版集团 巴蜀书社

第四卷

目　錄

卷二

卷三

卷四

卷五

卷六

卷七

卷八

卷九

卷十

卷十一

卷十二

卷十三

卷十五

卷十六

卷十七

卷十八

卷十九

卷二十

卷二十一

卷二十二

卷二十三

卷二十四

卷二十五

卷二十六

前　言

詩僧盛於唐，靈一以下，靈澈、皎然、齊己皆馳名於世，而貫休尤爲特出。其奇異的經歷、多樣的才華、強烈的個性、獨樹一幟的詩風，都使得他在唐五代的詩僧中顯示着獨特的魅力，引起人们深切的關注。

一

貫休，字德隱，俗姓姜氏，婺州蘭溪縣（今浙江蘭溪市）登高里人，生於唐文宗太和六年（832）。生平見曇域《禪月集後序》、五代孫光憲《北夢瑣言》卷二十、《宋高僧傳》本傳、宋張唐英《蜀檮杌》卷上、宋釋文瑩《續湘山野錄》、宋計有功《唐詩紀事》卷七五、元辛文房《唐才子傳》卷十、清吳任臣《十國春秋》卷四七等。其弟子曇域作《禪月集後序》，言其“家傳儒素，代繼簪裾”。貫休的家庭似已衰落，其《經弟妹墳》詩云“年長於吾未得力，家貧拋爾去多時”。貫休七歲出家於本縣和安寺圓貞長老處。少年的貫休能“日念《法華經》一千字，數月之內念畢茲經”（《禪月集後序》），與鄰院的處默，“每隔籬論詩，互吟尋偶對”（《宋高僧傳》本傳）。

貫休二十歲受具後，即入山依從無相道人，開始了十年苦行。其《桐江閑居作十二首》之十一言，“憶在山中日，爲僧鬢欲衰。一燈常到曉，十載不離師”。《聞無相道人順世五首》之二言“自昔尋師日，顛峰絕頂頭”。之三言“一别三十年，煙水空茫茫”，之四“石霜既順世，吾師亦不住”。無相圓寂當在石霜慶諸後不久。據《宋高僧傳》知，石霜於昭宗光啓四年（888）圓寂，貫休時年五十七。上推三十年，則貫休約在二十至三十歲間，在無相座前。其與赤松山道士舒道紀的交遊，或也始於此時。

貫休雖在山中苦行，但也有出遊的經歷。唐宣宗大中十一年（857），貫休來到婺州東南方向的處州，謁見時任刺史的段成式（《上縉雲段使君》）。十三年，又至荆楚，曾與南楚才人一起賦詩相送道士軒轅集（《送軒轅先生歸羅浮山》、《贈軒轅先生》），詩名大振。

貫休《山居詩二十四首》自序言：“愚咸通四五年中，於鍾陵作《山居詩二十四章》”，則貫休至遲在咸通四年（863）已至南昌。貫休先在南昌開元寺受學研讀。數年後，開講《法華經》、《起信論》（《宋高僧傳》本傳、《禪月集後序》）。期間，“三冬涉學，百舍求師”，多方參學。終至有所成就，“於時江表仕庶，無不欽風”（《禪月集後序》）。貫休此時也與隱居西山的處士陳陶相交甚洽。有《書陳處士屋壁二首》、《春寄西山陳陶》等詩。

貫休曾來往於鄱陽（即饒州，治今江西鄱陽）、廬山等地。

在鄱陽，與刺史盧知猷交往。盧知猷咸通中任饒州刺史，擅詩文與書法。貫休相關之作有《上盧使君》、《謝盧少卿惠千字文》等十八首之多。

貫休離開鄱陽後曾上廬山，師從東林寺大願和尚（《聞大願和尚順世三首》）。其《寄大願和尚》詩言“自憐亦似師子子，未逾三載能嚬呻”，其時間當在三年左右。

貫休參訪石霜慶諸禪師（807～888）或也在此時（參本書卷九《聞無相道人順世五首》“石霜”注。）。慶諸禪師光啓四年示寂，之前他入石霜山（位於今湖南瀏陽）達二十年（《宋高僧傳》本傳）。869年，慶諸已在石霜山。貫休在其返回家鄉前，來到慶諸禪師門下，與另一位詩僧齊已成爲同門，並任知客僧一職。

大約是在咸通末年，貫休回到家鄉婺州（《别盧使君歸東陽二首》），並開始雲遊吳越。貫休到過睦州，與刺史馮岩交往，閑居於桐江畔，有《桐江閑居作十二首》。馮岩咸通十二年（871）十二月至十四年十二月任睦州刺史，貫休閑居桐江正在此間。貫休酬贈馮岩的詩作有《擬齊梁體寄馮使君三首》、《秋末寄上桐江馮》等二十五首之多。貫休還與新定桂雍（《寄新定桂雍》、《聞新蟬寄桂雍》）、隱居鏡湖的方干（《春晚訪鏡湖方干》）交往。

乾符初，貫休復至睦州，與刺史宋震交往。有《寄宋使君》、《上新定宋使君》等詩。乾符三年至五年（876～878），王慥任婺州刺史，貫休深受器重，有《循吏曲上王使君》、《寄拄杖上王使君》等作。

廣明元年（880）六月，黄巢别將攻破睦州、婺州。貫休身當其中，有《東陽罹亂後懷王慥使君五首》、《避寇山中作》、《避寇上唐臺山》等詩，訴說戰亂中的見聞感受，及懷念故人之情。

貫休在兵亂之中，受到東安都將杜稜的關護，有《杜侯行》。

不久，貫休離越，前往相對安定的毗陵（今江蘇常州），依刺史孫徽。有《上孫使君》、《避地毗陵寒月上孫徽使君兼寄東陽王使君三首》諸詩。此後，貫休應再至廬山，有《再遊東林寺作五首》。《宋高僧傳·棲隱傳》也言棲隱廣明中，避巢寇入廬山折桂峯，平常與貫休、處默、脩睦為詩道之遊。

《宋高僧傳》言，婺州太守蔣瓌開洗懺戒壇，命休為監壇。《新唐書·僖宗本紀》載，中和四年二月，"浦陽將蔣瓌陷婺州。"同書《昭宗本紀》言，景福元年十一月，"孫儒將王壇陷婺州，刺史蔣瓌奔於越州。"又《舊唐書·昭宗本紀》，乾寧二年三月，"浙東節度董昌僭號稱羅平國，年稱大聖，用婺州刺史蔣瓌爲宰相"。則蔣瓌任婺州刺史在中和四年（884）至景福元年（892）間。貫休在此期間，回到婺州主持戒壇。

之後，貫休又有北上之遊。其《淮上逢故人》言"故園離亂後，十載始逢君"，"故園離亂"當指廣明元年六月黄巢别將攻陷婺州，十年則約在昭宗大順元年（890）前後。此時貫休已在北遊途中。他曾至長安，憑吊詩僧棲白的薦福寺舊院（《經棲白舊院二首》）；在恒州真定府，瞻仰普化禪師的影院（《經普化禪師影院》）；可能還到過薊州（《薊北寒月作》）。貫休的邊塞詩作與其北遊見聞應該有很大關係。

貫休與錢鏐的交往，《宋高僧傳》、《續湘山野錄》、《唐詩紀事》等皆載之。唯曇域《禪月集後序》不言。宋釋文瑩《續湘山野錄》中言，唐昭宗以錢鏐平董昌功，拜爲鎮海、鎮東節度使、中書令，錢自稱吳越國王。貫休以詩投之，有"滿堂花醉三千客，一劍光寒十四州"句。錢鏐諭改"十四"爲"四十"，方相見。貫休言：“州亦難添，詩亦不改，然閑雲孤鶴，何天而不可飛耶?”於是“飄然入蜀”。則其與錢鏐交往在赴蜀前，兩者的不合正是其入蜀的原因。此説爲通行。宋釋贊寧《宋高僧傳》則言，貫休謁錢鏐在乾寧初赴荆南前，且深受器重。“王立去僞功，朝廷旌為功臣。乃别樹堂立碑，記同力平越將校姓名，遂刊休詩於碑陰，見重如此”。《全唐詩》小傳本之。關於貫休所獻之詩的可疑，研究者業已辨明，不贅言（參本書卷二十六）。贊寧（919～1001）吴越時曾任兩浙僧統，去貫休未遠，所言當爲可信。宋人錢儼《吴越備史》卷一言，昭宗景福二年（893）九月制，授錢鏐鎮海節度、浙江西道觀察處置等使、潤州刺史。先此，“又周寶涖丹陽，州人凡有期，必曰‘待錢來’，斯之應也。蜀禪月太師休公嘗上詩曰：‘今日再三難更讓，餞辭唯道待錢來。’”則景福年間，貫休已見錢鏐。與《宋高僧傳》所載相合。

貫休與錢鏐最終的不融洽也是顯然的。否則很難解釋，現存《禪月集》中竟無一首關於錢鏐的詩作。這樣的詩作應當不在少數，一首不存，解釋爲散佚，似過於牽強。其弟子曇域作《禪月集後序》，更無一言及之，也當是深有其因。貫休究竟因何與錢鏐交惡，終致離越，已不可知。或與錢鏐的窮奢極貴、貫休不羈的個性相關。

《宋高僧傳》言貫休離越後，“自此遊黟歙，與唐安寺蘭闍梨道合”。黟縣、歙縣時屬歙州，歙縣爲州治（今屬安徽）。蘭闍梨，又稱瀾公，即清瀾。貫休有《寄瀾公二首》。曇域《禪月集後序》言貫休“後隱南嶽，深居不出……遂乃過洞庭，趨渚宫，歷白帝”，則其赴荆南前，曾隱居衡山。《宋高僧傳》本傳也言，貫休遊黟、歙後，“後思登南嶽，北謁荆帥成汭。初甚禮焉，於龍興寺安置”。《武昌縣與晝公兼寄邑宰》、《鄂渚贈祥公》等詩，當作於赴江陵途中。吳融《西岳集序》言其謫官至江陵，與貫休交遊，“如此者凡期有半……丙辰，余蒙恩詔歸，與上人别，袖出歌詩草本一，曰《西岳集》”。丙辰即乾寧三年（896）。貫休《送吳融員外赴闕》詩言“雲寒猶借雪，燒猛似烹山”，則吳融歸京在是年冬，之前與貫休交遊有一年半。那麽，貫休至遲乾寧二年秋已至江陵，其别集乾寧三年已編成。貫休在江陵，最初深受成汭禮遇，有《上荆南府主三讓德政碑》。與吳融、姚洎（《送姚洎拾遺自江陵幕赴京》）、張道古（《送張拾遺赴施州司戶》）等交遊。

《宋高僧傳》言，貫休“尋被誣譖於荆帥，黜休於功安”。功安，即今湖北公安。五代孫光憲《北夢瑣言》以下諸書則言被遞於黔中。黔中治彭水（今屬重慶）。《北夢瑣言》卷二十《休公真率》言，成汭向貫休請教書法，後者言“此事須登壇而授，非草草而言”。成汭怒而貶之。其《秋末寄張侍郎》言“静住黔城北，離仁半歲強”，作於赴蜀途中的《遊雲頂山晚望》詩言“黔南在何處，堪笑復堪悲”，則其被貶之地當以《北夢瑣言》所言爲是。據《舊唐書·昭宗本紀》，乾寧三年（896）五月，成汭驅逐武泰節度使王建肇，據有黔中。貫休被貶當在此後。

貫休《春晚寄張侍郎》詩言：“遥想涪陵岸，山花半已殘。人心何以遣，天步正艱難。（原注：時昭宗在岐下。）鳥聽黄袍小，城臨白帝寒。應知窗下夢，日日到江干。”此詩寄與時在涪陵的張侍郎。此張侍郎與前及《秋末寄張侍郎》中者爲同一人。詩當也作於貫休在黔中時。涪陵與黔中相鄰。“時昭宗在岐下”，指昭宗天復元年（901）年十一月，宦官韓全誨聞朱全忠將至，劫帝奔鳳翔。至天復三年正月始還長安。詩題“春晚”當係天復二年暮春，則貫休天復二年暮春仍在黔中。參以《秋末寄張侍郎》詩言“静住黔城北，離仁半歲強”，則其被貶當在此年年初左右，秋末仍在黔中。

此事之後，貫休即開始了赴蜀的旅程。其入蜀固然有對成汭的失望，《宋高僧傳》言貫休因被流放，“鬱悒中題硯子曰‘入匣始身安’，弟子勸師入蜀”。同時巴蜀的相對安寧，“河北江東處處災，唯聞全蜀勿塵埃”（《陳情獻蜀皇帝》）；王建的好文求賢，《資治通鑑》卷二六六言，“蜀主雖目不知書，好與書生談論，粗曉其理。是時唐衣冠之族之避亂在蜀，蜀主禮而用之，使修舉故事，故其典章文物有唐遺風”，對貫休應也有着巨大吸引力。《秋過相思寺》、《遊雲頂山晚望》，正是此次旅行的記録。貫休至成都的時間，曇域《禪月集後序》有“十年已來，迴承天睠”之言。從貫休去世之前蜀永平二年（912）十二月上推，則其到達成都在天復二年（903）。貫休赴蜀在天復二年秋末應已開始，其《三峽聞猿》中言“應棲多月樹，況是下霜天”，《遊雲頂山晚望》中言，“菊歇香未歇，露繁蟬不飢”，正是深秋情景。《到蜀與鄭中丞相遇》題中言“到蜀”，當爲其初到蜀地之作。詩言“劍閣霞粘殘雪在，錦江香甚百花開”，亦爲初春景象。齊己《寄貫休》詩言：“子美曾吟處，吾師復去吟。是何多勝地，銷得二公心。錦水流春闊，峨嵋疊雪深。時逢蜀僧說，或道近遊黔。”詩寫蜀中深冬初春之景，末兩句可證此詩當作於貫休入蜀後不久。則貫休至遲天復三年年初當已到達蜀地。此外，如將其《蜀王登福感寺塔三首》定爲天復三年正月作（參本書中此詩注釋），則貫休至遲此時已在成都。

貫休在成都深受王建禮遇。《宋高僧傳》言，王建對之，“盛被禮遇，賜賚隆洽，署號禪月大師”。曇域《禪月集後序》也言王建“曲加存恤，優異殊常”。貫休在成都先駐錫東禪院，後王建爲専建龍華道場。其所獲封號爲“大蜀國龍樓待詔明因辯果功德大師、祥麟殿首座引駕内供奉講唱大師、道門子使選鍊校授文章應制大師、兩街僧録封司空太僕卿雲南八國鎮國大師、左右街龍華道場對御講讃大師兼禪月大師、食邑八千戶賜紫大沙門”。王氏對貫休的重惜可見一斑。貫休稱頌王建的詩歌總數也達二十一首。居蜀期間，貫休還與韋莊（《和韋相公話婺州陳事》、《酬韋相公見寄》）、張格（《酬張相公見寄》）、王鍇（《酬王相公見贈》）、周庠（《酬周相公見贈》）等人交遊酬唱。

前蜀永平二年（912），貫休卒於成都，壽八十一。遺言薄葬，王建仍隆禮以葬之。曇域《禪月集後序》言，“先帝戚然久之，乃命所司備一期葬事”，“勑令四衆，共助葬儀，特竪靈塔，勑謚白蓮之塔。以癸酉年三月十七日，於成都北門外十餘里，置塔之所，地號昇遷”。

二

在唐五代詩僧中，貫休經歷可謂豐富，其才華也是超凡的。《全唐詩》小傳言其“既精奥義，詩亦奇險，兼工書畫”。貫休的佛學修養，從其詩歌來看，與一般的禪僧相較並無超絶處。但從相關記載來看，貫休應是廣涉佛典，深悟佛禪之人。他曾在時爲禪學中心之一的洪州開講《法華經》、《起信論》。《宋高僧傳》言其“皆精奥義，講訓且勤”，當非虚言。他所獲得的尊崇，當也與其佛學修養相關。但《景德傳燈録》卷二七《禪月貫休禪師》載：“禪月詩云‘禪客相逢只彈指，此心能有幾人知’，大隨和尚舉問曰：‘如何是此心？’無對。”貫休此處表現似未爲徹悟。這裏缺乏進一步的資料，來探討其禪學修養。

貫休爲著名的書僧、畫僧。《宋高僧傳》言“休書跡，好事者傳號曰姜體是也”；宋黄休復《益州名畫録》卷下謂貫休善草書，故《宣和畫譜》卷三載“時人或比之懷素”。懷素善草書，馳名唐代。將貫休與之相比，可見推許。

貫休的畫藝尤以畫羅漢而著稱。《宋高僧傳》言其“長於水墨，形似之狀可觀。受衆安橋强氏藥肆請，出羅漢一堂。云每畫一尊，必祈夢得應真貌，方成之，與常體不同”。《益州名畫録》卷下言其師閻立本，畫羅漢十六幀，“蕃貌梵相，曲盡其態。或問之，云休自夢中所覩爾”。貫休所畫羅漢與衆不同，蕃貌梵相，而具怪異蒼勁之美。夢中得相的傳説，表明了畫藝的高明與脱俗。五代歐陽炯《禪月大師應夢羅漢歌》對貫休畫藝有詳細的描繪與誇讚。貫休的受歡迎、尊崇，與他精通書畫應大有干係。

貫休專擅縱放恣肆的草書，其羅漢畫也怪異脱俗。其才藝上的與衆不同，不拘俗套，與真率自然、豪放不羈的個性是相一致的。《北夢瑣言》卷二十《休公真率》言，貫休“舉止真率，誠高人也。然不曉時事，往往詆訐朝賢，他亦不知己之是耶非耶”。貫休在荆南時，不懼成汭之威，拒絶教其書法；在蜀，於王建與衆貴戚座中，誦《少年行》，譏刺貴戚衹知享樂，而不關心時世（《蜀檮杌》卷上）；與馮涓初次見面，即“欣然撫掌曰：‘我與你阿叔有分。’”，致對方“怒而拂袖”，不願相見。而貫休却不解，乃言“我得得為渠入蜀，何意見怪”。“通衢徒步，行嚼果子，未甞跨馬”（《北夢瑣言》卷二十《休公真率》），這些都反映着貫休真率而豪放的個性。獻詩錢鏐、在高季興處賦《酷吏詞》兩事，雖不可靠。但也與其個性相合。雖干謁諸侯，出入公卿之門，但能不爲威勢所屈，保持個性與獨立，這正是《北夢瑣言》中言其“異乎廣宣、棲白之流也”的原因所在。而貫休詩中對社會黑暗、不公現象的揭批，以及詩風的豪邁、通俗，也與此相一致。

曇域《禪月集後序》言貫休“家傳儒素，代繼簪裾”，但貫休七歲即出家，家庭影響應該是微弱的。儘管如此，貫休曾飽覽詩書，有着深厚儒學素養却是無疑的。貫休也言及之，如《陽烏爍萬物》詩，“我本事蓑笠，幼知天子尊。學爲毛氏詩，亦多直致言”；《懷二三朝友》“我昔讀詩書，如今盡抛也”。其詩歌的遣詞造句，體現出對儒家經典和詩文的熟諳。如《莫輕白雲白》用皇初平典與於公門典；《大蜀皇帝壽春節進堯銘舜頌二首》更是大量採用儒經中的典故，《尚書》、《周易》、《詩經》、《論語》、《禮記》、《孟子》都有涉及，並及《莊子》、《楚辭》、《史記》（參本書相關作品的注釋。）。其用典之廣泛與圓融，如果對儒家經典、詩文不是很熟習的話，是很難做到的。

貫休對儒家經典的習讀與其積極的入世情懷相一致。作爲方外之人，貫休的入世主要表現爲用詩歌反映社會的動蕩與不公，爲老百姓的苦難作呼籲，對上層的麻木和惡行作警醒和批判。其《陽烏爍萬物》言“學爲毛氏詩，亦多直致言”，《寄馮使君》言“爲文攀諷諫，得道在毫釐”，都將自己的創作指爲延續《詩經》的美刺傳統。豐富的經歷在此爲其提供了無盡的素材。其詩歌中存在着大量關係民間疾苦、揭刺現實的作品。如《酷吏詞》斥太守的掠奪百姓爲“掠脂斡肉”，並將其享樂與百姓“白其頭，饑其族”的苦難作對比。而他作於前蜀永平二年的《少年行》三首，活畫出了奢華輕薄的貴族子弟形象，突出體現了對權貴的輕蔑和不滿。《偶作五首》第一首言：

誰信心火多，多能焚大國。誰信鬢上絲，莖莖出蠶腹。甞聞養蠶婦，未曉上桑樹。下樹畏蠶飢，兒啼亦不顧。一春膏血盡，豈止應王賦！如何酷吏酷，盡為搜將去！蠶蛾為蝶飛，偽葉空滿枝。冤梭與恨機，一見一霑衣。

詩寫蠶婦辛勤操持，最終爲官府盤剝乾淨可以說是字字血淚，字裏行間充滿着詩人對不幸者的深切同情，和對爲惡一方的官吏的不滿和憤怒。

與之相輔相成，貫休在詩中對明君賢臣作了熱烈的頌贊。貫休專門稱頌王建的詩作總數在二十一首。王建是否爲明君，可以討論。但蜀地的安寧與他政治上的相對開明應該是分不開的。我們在讀貫休歌頌他的詩歌時，需要注意的是其中透露出來的貫休心目中的明君的標準是什麼？《蜀王登福感寺塔三首》之二言，“似聖悲增道不窮，憂民憂國契堯聰”；《大蜀皇帝壽春節進堯銘舜頌二首·堯銘》言，“承天眷命，罔厥矜驕。四德炎炎，階蓂不凋。永孚於休，垂衣飄飄。吾皇則之，小心翼翼。秉陽亭毒，不遑暇食”；《壽春節進》言，“視物如傷日，勝殘去殺時。守文情的的，無逸戒孜孜”，這正是儒家強調的修明政治，善於納諫，體恤民力，美如堯舜的賢君形象。而《讀離騷經》對屈原的贊美；《陽春曲》中呼籲“爲口莫學阮嗣宗，不言是非非至公。爲手須似朱雲輩，折檻英風至今在”。《讀唐史》之一言“我愛李景伯，内宴執良規”，都見出貫休對忠臣、良臣的仰慕與期盼。

貫休邊塞題材的詩歌，亦是如此。在刻畫邊塞戰士困苦處境的同時，也多宣揚殺敵建功的報國熱情，讚美安定邊疆的良將。如《古塞上曲七首》之四言“征人心力盡，枯骨更遭焚”，寫盡邊塞生活的艱難與無奈。《塞上曲二首》之二則言“男兒須展平生志，爲國輸忠合天地”，“侯封十萬始無心，玉關凱入君看取”，對愛國將士作了熱烈歌贊。

貫休《桐江閑居作十二首》之五言，“詩琢冰成句，多將大道論”。其詩中所論之“大道”，有佛有儒，但以儒家傳統倫理道德爲主要内容。這與儒家詩教傳統相符，其中應當還有佛家慈悲度人的菩薩心腸。如其《貽世》勸告世人人生無常，不要貪戀富貴與長生。《野居偶作》詩言：

高淡清虚即是家，何須須占好煙霞。無心於道道自得，有意向人人轉賒。風觸好花文錦落，砌横流水玉琴斜。但令如此還如此，誰羨前程未可涯。

悟禪需要的是内心的清明空虚，而不必要處山林之間。道的真諦在乎放下執著，順其自然，就好像風中花落、流水過階一般，正在日常無意中得。《行路難四首》之四，勸人行孝，終言“寄言世上爲人子，孝義團圓莫如此。若如此，不遄死兮更何俟”，迫切之情溢於言表。《續姚梁公座右銘》則更爲集中地對世俗作了教導。詩言“忠孝信行，越食逾衣”，“親仁下問，立節求己”等，與儒家所宣揚的倫理道德觀念無二。

吳融《西岳集序》言，“上人之作，多以理勝，復能創新意。其語往往得景物於混茫自然之際，然其旨歸必合於道”；《宋高僧傳》言“歌吟諷刺，微隱存於教化”；清胡鳳丹《重刻禪月集序》言“一字一言，無非棒喝”，其道理正在於貫休詩歌中體現的美刺、教化傳統。

以上所及的貫休，有着強烈的入世情懷，汲汲於爲民、爲社會。而能體現貫休僧家本色的，主要是其清新明快的山水詩作。如《春山行》：

重疊太古色，濛濛花雨時。好峯行恐盡，流水語相隨。黑壤生紅朮，黄猿領白兒。因思石橋月，曾與道人期。

蒼翠的山色、濛濛的花雨，一路隨行的青山、流水，偶然入眼底的紅朮與猿猴，動靜相宜，交織成一派幽美、清爽的山林景象，而詩人的心靈也與周遭的一切契合、交融了起來，達到了自在閑放之境。這一方面的代表作品還有《桐江閑居作十二首》、《山居詩二十四首》、《春晚書山家屋壁二首》等。

貫休詩中言"伊余吟亦苦，爲爾一眉嚬"（《讀劉得仁賈島集二首》之二）、"無端爲五字，字字鬢星星"（《偶作》）、"思苦香消盡，更深筆尚隨"（《秋夜吟》），都是其清苦爲詩的自我記錄。與唐五代的大部分詩僧一樣，貫休也染苦吟之習，其山水詩也不免流露出苦寒幽冷之氣。如《秋末長興寺作》：

荒寺古江濱，莓苔地絶塵。長廊飛亂葉，寒雨更無人。栗不和皺落，僧多到骨貧。行行行未得，孤坐更誰親？

幽靜的山寺、侵階的莓苔、紛飛的落葉、寒冷的秋雨，與僧家長日的誦讀參禪生活，相互映襯，透露出深深的清寒之氣。《登鄱陽寺閣》：

寺樓閑縱望，不覺到斜暉。故國在何處，多年未得歸。寒江平楚外，細雨一鴻飛。終數於陵子，吳山有緑微。

起篇兩句寫登樓凝望，神馳故國的深情之狀。下兩句直抒胸臆。"寒江平楚外，細雨一鴻飛"，寫詩人極目眺望之思鄉情懷。平闊的江水彌漫着襲人寒意，細雨中翻飛在蒼茫江面上的孤鴻宛如詩人自己，漂泊、孤淒，憂傷而無奈。最後兩句爲自遣，貌似放達，實則更見哀傷。詩中寒冷的景象、詩人的憂傷，讀來令人感同身受。類似的詩如《秋末閑居作》、《避地寄高蟾》、《寒夜有懷同志》等，詩中的景象都顯清淒、幽冷，情趣也不免孤寂、冷落。這是和詩僧清苦幽居的生活相一致的。

貫休的詩風以豪放、詭奇而著稱。貫休《山中作》詩言“吟狂岳似動，筆落天瓊瓌”。元代辛文房評云，“休一條直氣，海内無雙”，“天賦敏速之才，筆吐猛鋭之氣”，“雖尚崛奇，每得神助”，“果僧中之一豪也”。(《唐才子傳校箋》卷十)

貫休自言“詩老全抛格，心空未到頭”(《離亂後寄九華和尚二首之一》)。貫休之“豪”在於其爲詩不拘格律，淺白通俗，任意所至，跌宕縱横。這在其樂府詩、古體詩中表現得至爲明顯。如《酷吏詞》：

> 霰雨灂灂，風吼如斲。有叟有叟，暮投我宿。吁嘆自語，云太苛酷。如何如何，掠脂斡肉。吴姬唱一曲，等閑破紅束。韓娥唱一曲，錦段鮮照屋。寧知一曲兩曲歌，曾使千人萬人哭？不唯哭，亦白其頭，飢其族。所以祥風不來，和氣不復。蝗乎賊乎，東西南北。

詩似白話，忽而四言，忽而五言，又雜以三言、六言、七言，長短交錯，與詩中宣泄的激烈、怨憤之情相契合，形成了奔騰激昂的氣勢。再如其《經古戰場》、《讀離騷經》、《陽春曲》等詩，例皆不遵格律，押韻、句法參差多變，而出語淺俗，跌宕騰挪，與詩中或激昂，或悲憤，或張揚，的情感，正相一致。

貫休之“豪”還在於其出語放肆直接，氣勢豪邁，好作誇張之語與奇特想象。《宋高僧傳》本傳言其詩“體調不下二李白賀也”。其高奇放縱處似李白，而驚奇詭異處又似李賀。如《古塞下曲四首》之四：

狼煙作陣雲，凶奴愛輕敵。領兵不知數，牛羊復吞磧。

嚴冬大河枯，嫖姚去深擊。戰血染黄沙，風吹映天赤。

彌天的狼煙，寫出形勢的緊急，給全詩籠上緊張的氣氛。“牛羊復吞磧”句既寫邊塞風貌，又傳達出無限蒼茫遼闊。下句概括出邊塞的嚴寒與艱難。末兩句，戰士的奮勇、作戰的慘烈、邊塞的蒼茫都藴於其中。全詩氣勢開闊雄偉，豪邁激昂中見出無限蒼涼悲憤。其《秋過錢塘江》中言“巨浸東隅極，山吞大野平”，《戰城南二首》之一言“拖槍半夜去，雪片大如掌”，也是境界開闊，氣勢非凡。其氣韻與李白詩作有相通之處。《觀懷素草書歌》則以奇異的想象、驚人的比喻、非凡的誇張，對懷素草書藝術作了淋漓盡致的描繪。詩以“勢崩騰兮不可止，天機暗轉鋒鋩裏。閃電光邊霹靂飛，古柏身中潬龍死”，言懷素書法之氣勢奔突；以“乍如沙場大戰後，斷槍橛箭皆狼藉。又似深山朽石上，古病松枝掛鐵錫”，言其筆法之變化多端。縱横馳騁，神采飛揚，令人目不暇接，心馳神往。

貫休詩歌常出語突兀，想象詭異，出人意表之外。如其《古塞下曲四首》之一中言“古塞腥膻地，胡兵聚如蠅”，以“蠅聚”喻胡兵，爲常人所未言，但却生動地描繪出了胡兵盛多、氣勢壓人的情形。同上之二言“黄金忽變黑，戰鬼作陣哭”，戰鬼之哭，陰森襲人，邊塞之淒涼兇險躍然紙上。《寄高員外》詩開篇“冷洌蒼黄風似劈，雪骨冰筋滿瑤席”，以“劈”喻風之猛烈、冰冷，可謂奇特，但却異樣的傳神到位。《村行遇獵》感慨獵師傷害生靈，結語“猶更願天公一丈雪，深山麋鹿盡凍死”，亦復出人意表，而令人感慨長思。如《讀離騷經》言：

> 湘江濱，湘江濱，蘭紅芷白波如銀。終須一去呼湘君，問湘神，雲中君，不知何以交靈均？我恐湘江之魚兮，死後盡為人。曾食靈均之肉兮，箇箇為忠臣。又想靈均之骨兮，終不曲。千年波底色如玉，誰能入水少取得？香沐函題貢上國。貢上國，即全勝和璞懸黎，垂棘結綠。

湘江之魚因曾食屈原之肉，而死後變爲忠臣。屈原之骨如美玉一般，千年不壞。詭奇的想象中，寄寓了對屈原的萬分崇敬之情。類似情形還有很多，如“豺掊沙底骨，人上月邊烽”（《邊上行》），“月明風拔帳，磧暗鬼騎狐”（《古塞上曲七首》之一），“朔雲含凍雨，枯骨放妖光”（同上之二），出語奇特、詭異自不必言。

貫休之“豪”，有時不免過於驚駭怪異，直白質木，失之於粗野、拗口。如前所舉《讀離騷經》中的想象雖奇特，但也不免驚人。其《讀顧況歌行》中言“妖狐爬出西子骨，雷車栘破織女機”，其意象新奇是自然，用來形容詩作未免過於怪異。而《經古戰場》詩言“昔人昔人，既能忠盡於力，身糜戈戟。脂其風，膏其域”，似乎也有驚駭之感。其詩歌行文之縱脱不拘，有時也使得詩歌缺乏韻味，直言無文，類於說話。如《胡無人》詩末言，“我聞之，天子富有四海，德被無垠。但令一物得所，八表來賓，亦何必令彼胡無人”，《聞前王使君在澤潞居》開篇“爲善無近名，竊名者得聲不如心，誠哉是言也！”與口說無異。《送夢上人歸京》詩言“向我道雲中覓伴未得伴，又示我數首新詩盡是詩。只恐不如此，若如此如此，即須天子知”，則未免有拗口之嫌。蘇軾謂“唐末五代文章衰盡，詩有貫休、齊己，書有亞棲，村俗之氣，大率相似”（《東坡志林》卷一）；明胡應麟言“貫休之輩，俚鄙幾同俗諺，古意於焉盡矣”（《唐音癸籤》卷九），其理由當與此相關。

貫休的詩歌創作中對儒家思想、觀念的秉承，對《詩經》美刺傳統的延續，體現着唐五代詩僧普遍具有的文士品格。其中展示的與其說是慈悲爲懷的僧人形象，更不如說是哀痛民生，鞭撻奸佞的直臣義士。其詩歌中對山林景象的描繪，與對清修枯寂的禪林生活的再現，以及對佛道的體悟宣示，則顯示着他的僧家本色，雕塑着閑遠靜默、清高超脱的高僧之像。而貫休之所以秀拔於詩僧，更多地應該是緣於其曲折奇異的經歷、豐富突出的才藝，以及其詩中展示的豪邁不拘的氣度，堪當“僧中之一豪”。

三

貫休之别集，初編爲《西岳集》，唐昭宗光化二年（899）吴融爲之序，中言：“丙辰，余蒙恩詔歸，與上人别。袖出歌詩草一本，曰《西岳集》，以爲贐矣。”丙辰即昭宗乾寧三年（896）。是集當編於貫休在荆南時。之後貫休的作品，自然未能收入。是集之卷數，吴融序中未言。齊己《荆門寄題禪月太師影堂》詩有言“西岳千篇傳古律，南宗一句印靈台”，原注“大師有《西岳集》三十卷，盛傳於世”。則當爲三十卷。宋張唐英《蜀檮杌》卷上、宋計有功《唐詩紀事》卷七五皆言爲十卷。《四庫全書提要》言：“毛晉又云《西岳集》或作《南岳集》。考貫休生平，未登太華，疑‘南岳’之名為近之，‘西’字蓋傳寫誤也。”

壬申年（912）貫休圓寂後，其弟子曇域“遂尋檢槁草，及暗記憶者，約一千首。乃雕刻版部，題號《禪月集》”（《禪月集後序》），並於前蜀乾德五年（923）作後序。《四庫全書提要》認爲“刊行專集，自是集始”。宋代相傳其爲三十卷，如宋晁公武《郡齋讀書志》卷四即是。明毛晉汲古閣本《禪月集跋》亦云：“宋人相傳凡三十卷，余從江左名家大索十五年僅得二十五卷，其文贊及《獻武肅王詩》五章八句俱不載，不無遺珠之憾。”又有《寶月集》一卷，元馬端臨《文獻通考》卷二四三謂貫休作“寶月詩一卷”，今不傳。清吳任臣《十國春秋》卷四七言貫休有“寶月集一卷、西嶽集四十卷”。《清通志》卷一二〇指其誤，言：“唐釋貫休《禪月集》，《文獻通考》又別載貫休《寶月集》一卷。考其門人曇域序是集，初不云其別有書。馬考蓋誤載也。”《全唐詩》卷八二六小傳謂弟子曇域更名《西嶽集》爲《寶月集》。

從前引齊己《荆門寄題禪月太師影堂》詩來看，貫休的作品在《西岳集》中已達千篇，加上他後來在蜀地的作品，其總數應該遠超千篇。而曇域編纂《禪月集》，言其數爲“約一千首”，顯然是有所取捨的。今傳世之貫休别集，多有散佚，已非其最初之全本。主要有三種：二十五卷本、十二卷本、一卷本。此三種祇存詩歌部分，與曇域所言“約一千首”者，相去甚遠。

二十五卷本。已知最早版本爲南宋可璨本，是也爲現存貫休《禪月集》之最早版本。此本後題“峕嘉熙四年（1240）五月十五日婺州蘭溪縣兜率禪寺住持賜紫禪悟大師可璨重刊”。末有周伯奮、師保、祖聞、紹陶、童必明、余璨、徐琰等人跋。其底本原爲童必明所藏，所謂“孟湖簡靖居士童公三世珎藏舊本”。但不知究竟爲何版本。《四部叢刊》據武昌徐氏藏影宋鈔本影刊《禪月集》，實即可璨本。《四庫全書總目》謂此本“豈佚其文贊五卷耶”。明毛晉汲古閣本也以之爲底本，增補遺一卷，成二十六卷。《四庫全書》所收《禪月集》照搬汲古閣本，提要中已明言。

十二卷本。收于清胡丹鳳輯《金華叢書》，同治八年（1869）胡氏退補齋刊。其卷次篇目一同《全唐詩》所錄十二卷貫休詩作，《全唐詩》中的小傳也原樣收錄。其所本當即《全唐詩》。而《全唐詩》十二卷，據小傳，則以明胡震亨《唐音統籤》所收三卷貫休詩歌爲本。兩者間還有清季振宜編《全唐詩》所收十二卷貫休詩。

一卷本。現存有兩本：一爲明朱警輯，嘉靖十九年（1540）刊《晚唐四十二家》所收《唐貫休詩集》一卷；另一則爲清江標輯，光緒二十一年（1895）刊。兩者所選詩歌既少，實爲選本。如《唐人五十家小集》所收，乃據南宋陳道人本景刊，收詩六十四首，其中誤收嚴維詩《送崔峒使往睦州兼寄薛司戶》、《九日登高》、《送薛居士和州讀書》、《餘姚奉寄鮑參軍》、《謝諸公宿鏡水宅》、《題茅山李尊師所居》。實際所收僅五十八首。

現以諸本相校，得貫休詩歌二十五卷、補遺一卷。前者存詩七〇一首。後者存詩三十四首，其中二首存疑；殘句十六。

本書的撰著囿於學力與所見，當爲抛磚之舉。有闕漏之處，還望方家指正。

校注說明

一、校勘以《四部叢刊》初編（商務印書館，1919 年至 1922 年）所收二十五卷《禪月集》，即上海涵芬樓借江夏徐氏藏景宋本景印本爲底本。

二、參校的主要文獻有：

1.《禪月集》二十五卷、補遺一卷，明毛晉汲古閣本。簡稱甲本。

2.《全唐詩》收貫休詩十二卷，卷八二六至卷八三七，清彭定求等編，中華書局 1960 年。簡稱乙本。

3.《全唐詩》，揚州詩局本，上海古籍出版社 1986 年。簡稱丙本。

4.《全唐詩季振宜寫本》收貫休詩十二卷，卷六八二至卷六九三，故宫博物院編《故宫珍本叢刊》第六三二册，海南出版社 2000 年。簡稱丁本。

5.《唐音統籤》收貫休詩三卷，卷九〇二至卷九〇四，明胡震亨輯。故宫博物院藏范希仁抄本，《續修四庫全書》第一六一九册。簡稱戊本。

6.《唐貫休詩集》一卷，《唐人五十家小集》本，清江標輯，清光緒二十一年（1895）元和江氏靈鶼閣據南宋陳道人本景刊。簡稱己本。

三、其他參校的材料有：

1.《唐僧弘秀集》，宋李龏編，《文淵閣四庫全書》第一三五六册。

2.《陳學士吟窗雜錄》，宋陳應行輯，吉林省圖書館藏明嘉靖刻本，　《四庫全書存目叢書》集部四一五册，齊魯書社1997年。

3.《古今禪藻集》，明釋正勉、性涵編，《文淵閣四庫全書》第一四一六册。

4.《永樂大典》，中華書局1986年。

四、爲了檢閱方便，校注者給詩歌作了編號。

五、原本中的注釋，依其舊例，刊以小字，以與正文區别。

六、校勘部分，凡涉及的異體字，改爲通用字。誤字、别字，改成正字。並在其初次出現時出校説明。闕字以□表示。

七、毛晉汲古閣本第二十六卷爲“補遺”。現仿其例，將原本未收之詩也列爲第二十六卷。

八、《四部叢刊》初編本各卷卷首，或録詩題，或標其體例篇數，既前後不一，又標記有誤。現一併删去，另編總目於前。

卷　首

大蜀國龍樓待詔明因辯果功德大師、祥麟殿首座引駕内供奉講唱大師、道門子使選鍊校授文章應制大師、兩街僧録封司空太僕卿雲南八國鎮國大師、左右街龍華道場對御講讚大師兼禪月大師、食邑八千戶賜紫大沙門　貫休

禪月真堂　　無爲楊傑

童子依師蘭水濱，聲名真是碧雲人。定中傳得阿羅漢，十六身中第幾身？

嚴韻上和　　濟陽江衍

瓶鉢違離瀫水濱，知心曾有幾多人？無為一見分明識，指點堂頭是後身。

見兜率寺舊功德再成一絶句

一去鄉閭八易季，生還幸見舊因緣。却嗟勝事今難作，自喜當時信力堅。

【校勘】

卷首　此二字為校注者所標。

序

翰林學士中書舍人上柱國賜紫金魚袋吳融述

夫詩之作，善善則頌美之，惡惡則風刺之。苟不能本此二道，雖甚美，猶土木偶不主於氣血，何所尚哉？自風雅之道息，爲五七字詩者，皆率拘以句度屬對焉。既有所拘，則演情敘事不盡矣。且歌與詩，其道一也，然詩之所拘悉無之。足得放意，取非常語非常意，又盡則爲善矣。國朝能爲歌爲詩者不少，獨李太白爲稱首。蓋氣骨高舉，不失頌美風刺之道焉。厥後，白樂天諷諫五十篇，亦一時之奇逸極言。昔張爲作詩圖五層，以白氏爲廣德大教化主，不錯矣。至後李長吉以降，皆以刻削峭拔，飛動文彩，爲第一流。有下筆不在洞房蛾眉神仙詭怪之間，則擲之不顧。邇來相敎學者，靡曼浸淫，困不知變。嗚呼，亦風俗使然也。然君子萌一意，出一言，亦當有益於事。矧極思屬詞，得不動關於教化。沙門貫休，本江南人，幼得苦空理，落髮於東陽金華山。機神穎秀，雅善歌詩。晚歲，止于荆門龍興寺。余謫官南行，因造其室。每譚論，未甞不了於理性。自旦而往，日入忘歸。邈然浩然，使我不知放逐之戚。此外，商榷二雅，酬唱循還。越三日不相往來，恨疏矣。如此者，凡期有半。上人之作，多以理勝，復能創新意。其語往往得景物於混茫自然之際，然其旨歸必合於道。太白、白樂天既歿，可嗣其美者，非上人而誰？丙辰，余蒙恩詔歸，與上人别。袖出歌詩草一本，曰《西岳集》，以爲贐矣。切慮將來作者，或未深知，故題序於卷之首。時己未歲嘉平月之三日。

【校勘】

“禪月集序”　原本下注“舊西岳集”。

善善則頌美之　《文苑英華》卷七一四作“詠頌”。

雖甚美　《文苑英華》卷七一四作“韻雖甚切”。

主於氣血　“主”，《文苑英華》卷七一四作“生”。

五七字詩　《文苑英華》卷七一四作“五言七言”。

語非常意，意又盡則爲善矣　“語”、第二個“意”原缺，據《文苑英華》卷七一四校補。

能爲歌爲詩者　第二個“爲”，《文苑英華》卷七一四無。

至後李長吉以降　“後”，《文苑英華》卷七一四作“於”。

晚歲　《文苑英華》卷七一四無。

酬唱循還　“還”，《文苑英華》卷七一四作“環”。

於混茫自然之際　“自然”，《文苑英華》卷七一四無。

卷 一[1]

善哉行古曲傷無知音[2]

有美一人兮，婉如青陽[3]。識曲别音兮，令姿煌煌[4]。繡袂捧琴兮[5]，登君子堂。如彼萱草花兮[6]，使我憂亡。欲贈之以紫玉尺[7]，白銀璫[8]。久不見之兮，湘水茫茫。（〇〇一）

【校勘】

卷目下原有“浙江東道婺州蘭溪縣和安寺西岳賜紫蜀國禪月大師貫休述”。

古曲傷無知音　甲本、乙本作“傷古曲無知音”。

婉如青陽　“陽”，甲本、乙本作“揚”。

如彼萱草花兮　甲本、乙本作“如彼萱草兮”。

使我憂亡　“亡”，甲本、乙本作“忘”。

白銀璫　“璫”，甲本、乙本作“鐺”。

【注釋】

［1］浙江東道婺州蘭溪縣和安寺西岳賜紫蜀國禪月大師貫休述：浙江東道，唐代方鎮名。乾元元年置，治所越州（今浙江紹興），轄越、衢、烏等七州。婺州，州名。唐武德四年（621）改隋東陽郡置，治金華（今屬浙江），領金華、義烏、東陽、蘭溪等七縣。蘭溪，今浙江蘭溪市。賜紫，唐代，三品以上官服爲紫色。君主特賜未達三品者服紫，以示尊寵。按《大宋僧史略》卷三《賜僧紫衣》，僧侶賜紫，始于武周時。蜀國，指王建所建前蜀。禪月，貫休入蜀，王建賜號曰禪月。

［2］善哉行：本卷詩題皆爲樂府古題。

［3］青陽：春天。《爾雅・釋天》："春爲青陽。"

［4］令：美，善。

［5］袂：袖口。

［6］萱草：又名忘憂。古人認爲此草可令人忘憂。《詩經・衛風・伯兮》："焉得諼草？言樹之背。"《經典釋文》："諼，本又作萱。"

［7］紫玉：玉名。

［8］璫：耳珠。

讀離騷經[1]

湘江濱，湘江濱，蘭紅芷白波如銀[2]。終須一去呼湘君[3]，問湘神，雲中君[4]，不知何以交靈均[5]？我恐湘江之魚兮，死後盡爲人。曾食靈均之肉兮，箇箇爲忠臣。又想靈均之骨兮，終不曲。千年波底色如玉，誰能入水少取得？香沐函題貢上國[6]。貢上國，即全勝和璞

懸黎[7]，垂棘結緑[8]。（〇〇二）

【校勘】

湘江濱 “濱”原作“濵”，異體字。據甲本、乙本校改。

和璞懸黎 “黎”，甲本、乙本作“璨”。

垂棘結緑 “緑”，乙本作“綠”，異體字。

【注釋】

[1] 離騷經：《離騷》爲戰國時楚國屈原的楚辭作品。屈原（約前 340～約前 278），名平。楚國貴族。身當楚懷王、頃襄王之世，主張聯齊抗秦，修明政治，遭排擠、流放。後於五月五日自沈於汨羅江。屈原是楚辭的開創者、中國第一位偉大的愛國詩人。傳見《史記》。

[2] 蘭紅芷白：蘭，蘭草。芷，香草名。

[3] 湘君：湘水之神。屈原《九歌》中有《湘君》。

[4] 雲中君：雲神。屈原《九歌》中有《雲中君》。

[5] 靈均：屈原之字。《離騷》：“皇覽揆余於初度兮，肇錫余以嘉名。名余曰正則兮，字余曰靈均。”

[6] 函題：函，木匣。題，封簽。

[7] 和璞懸黎：璞，玉在石中，未經雕琢，稱璞。和璞，春秋時楚人和氏（卞和）發現的美玉，即後來的和氏璧。懸黎，美玉名。《戰國策·秦策三》：“臣聞周有砥厄，宋有結緑，梁有懸黎，楚有和璞。此四寶者，工之所失也，而為天下名器。”

[8] 垂棘結緑：垂棘，原爲春秋晉國産玉之地，後借指美玉。《春秋公羊傳註疏》卷十：“荀息曰：‘請以屈産之乘，與垂棘之白璧。’”何休注：“垂棘，出美玉之地。”結緑，美玉名。參前注。

陽春曲江東廣明初作[1]

爲口莫學阮嗣宗[2]，不言是非非至公。爲手須似朱雲輩，折檻英風至今在[3]。男兒結髮事君親[4]，須敦前賢多慷慨。歷數雍熙房與杜[5]，魏公姚公宋開府[6]，盡向天上仙宮閑處坐。何不却辭上帝下下土？忍見蒼生苦苦苦！（〇〇三）

【校勘】

盡向天上仙宮閑處坐　“閑”，甲本、乙本作“閒”。

何不却辭　“却”，甲本、乙本作“卻”，異體字。

【注釋】

［1］江東廣明初作：江東，長江在蕪湖、南京間作西南、東北流向，習慣上稱自此以下的長江南岸地區爲江東。廣明，唐僖宗年號（880～881）。

［2］阮嗣宗：阮籍（210～263），字嗣宗，陳留尉氏（今屬河南）人。正始時期代表詩人，竹林七賢之一，以謹慎少言稱。傳見《晉書》。《世説新語·德行》：“晉文王稱阮嗣宗至慎，每與之言，言皆玄遠，未嘗臧否人物。”

［3］“朱雲”兩句：漢代朱雲正直耿介。成帝時，上書請上方劍，斬佞臣張禹。漢成帝怒令拉出斬之，朱雲攀折殿檻不放，後由辛慶忌救免。事

見《漢書》本傳。

[4] 結髮：古代男子自成童開始束髮，因以指初成年。

[5]“歷數”句：雍熙，和樂貌。房、杜，指房玄齡（578～648）、杜如晦（585～630），兩人同爲唐太宗時賢相，貞觀之治的締造者之一。傳皆見新舊《唐書》。

[6]“魏公”句：魏公，指唐太宗時賢臣魏徵（580～643），字玄成，鉅鹿（今屬河北）人。貞觀三年，遷秘書監，參預朝政。七年，進侍中，封鄭國公。以敢諫稱。傳見新舊《唐書》。姚公，指姚崇（650～721），字元之，陝西硤石（今河南陝縣東南）人。武后、睿宗、玄宗時，三度爲相。傳見新舊《唐書》。宋開府，指宋璟（663～737），邢州南和（今屬河北）人。開元四年拜相。八年，獲授開府儀同三司，故稱。傳見新舊《唐書》。兩人皆爲賢相。

白雪曲

列鼎佩金章[1]，淚眼看風枝。却思食藜藿[2]，身作屠沽兒[3]。負米無遠近，所希升斗歸。爲人無貴賤，莫學雞狗肥。斯言如不忘，别更無光輝。斯言如或忘，即安用爲人爲？（〇〇四）

【校勘】

《全唐詩》卷二五詩題下注“唐書樂志曰：白雪，周曲也”。

負米無遠近　“遠”原作“逺”，異體字。據乙本校改。

即安用爲人爲　第一個“爲”字，甲本、乙本無。

【注釋】

［1］“列鼎“句：指貴族顯宦。鼎爲食器，古代貴族按爵品配置鼎數。列鼎指陳列有盛饌的鼎。金章，黄金鑄的官印，或以爲銅鑄。

［2］藜藿：藜、藿，皆野菜，貧者所食。

［3］屠沽兒：屠夫與賣酒者。指貧賤者。

上留田[1]

父不父，兄不兄。上留田，蝥蠈生[2]。徒陟崗[3]，淚崢嶸[4]。我欲使諸凡鳥雀，盡變爲鶺鴒[5]。我欲使諸凡草木，盡變爲田荆。鄰人歌，鄰人歌，古風清，清風生。（〇〇五）

【校勘】

鄰人歌　“鄰”原作“隣”，異體字。據甲本、乙本校改。

【注釋】

［1］上留田：原爲古地名，後爲樂府曲名。

［2］蝥蠈：咬食莊稼之蟲。也喻指危害社稷之人。

［3］陟：登。

［4］崢嶸：淚流滿面貌。

[5] 鶺鴒：鳥名。

胡無人

霍嫖姚[1]，趙充國[2]，天子將之平朔漠。肉胡之肉，燼胡帳幄。千里萬里，唯留胡之空殼。邊風蕭蕭，榆葉初落。殺氣晝赤，枯骨夜哭。將軍既立殊勳，遂有胡無人曲。我聞之，天子富有四海，德被無垠。但令一物得所，八表來賓[3]，亦何必令彼胡無人？（〇〇六）

【校勘】

胡無人　乙本一作"胡無人行"。

殺氣晝赤　"晝"原作"畫"，據乙本校改。

【注釋】

[1] 霍嫖姚：漢武帝時抗擊匈奴的名將霍去病，曾任嫖姚校尉。

[2] 趙充國：漢代名將。武帝時以抗擊匈奴，拜爲中郎將。傳見《漢書》。

[3] 八表來賓：八表，八方之外，極遠之地。賓，歸順。

野田黃雀行

高樹風多，吹爾巢落。深蒿葉暖，宜爾衣薄。莫近鴞類[1]，蛛網亦惡。飲野田之清水，食野田之黃粟。深

花中睡，埻土裏浴[2]。如此即全勝啄太倉之穀[3]，而更穿人屋[4]。（〇〇七）

【校勘】

宜爾衣薄　“衣薄”，乙本作“依泊”。

深蒿葉暖　“深蒿”，《唐僧弘秀集》卷六作“蒿深”。

蛛網亦惡　“網”原作“蝄”，據甲本、乙本校改。

埻土裏浴　“埻”原作“敦”，據甲本、乙本校改。

而更穿人屋　“屋”，乙本前有“之”。

【注釋】

[1] 鴞：貓頭鷹。

[2] 埻：塵埃，塵土。

[3] 太倉：京城儲糧的大倉。

[4] 穿人屋：語本《詩經·召南·行露》：“誰謂雀無角，何以穿我屋?”

臨高臺

涼風吹遠念，使我昇高臺。寧知數片雲，不是舊山來？故人天一涯，久客殊未迴。雁來不得書，空寄聲哀哀。（〇〇八）

【校勘】

使我昇高臺　“昇”，甲本、乙本作“升”，異體字。

久客殊未迴　“久”,《永樂大典》卷二千六百五《七皆》録作“舊”。“迴”原作“廻”,異體字。據乙本校改。

雁來　“雁”原作“鴈”,異體字。據乙本校改。

杞梁妻[1]

秦之無道兮四海枯,築長城兮遮北胡[2]。築人築土一萬里,杞梁貞婦啼嗚嗚。上無父兮中無夫,下無子兮孤復孤。一號城崩塞色苦,再號杞梁骨出土。疲魂飢魄相逐歸,陌上少年莫相非。(〇〇九)

【校勘】

陌上少年莫相非　“非”,甲本作“侮”。

【注釋】

[1] 杞梁妻:杞梁爲春秋齊大夫。齊莊公四年,齊襲莒,杞梁戰死。其妻於郊外迎喪,哀哭十日而城崩。見《左傳·襄公二十三年》、《孟子·告子下》等。城崩之說,見於漢劉向《說苑》卷四、《列女傳》卷四。後演成杞梁爲秦始皇築長城而死,杞梁妻改作孟姜女,送寒衣,哭倒長城,見丈夫屍骨。敦煌遺書伯二八〇九、三三一九、三七一八等有歌辭《擣練子》,已爲定型。

[2] 遮北胡:遮,攔。北胡,指北方少數民族。

蒿里曲

兔不遲，烏更急[1]。但恐穆王八駿[2]，著鞭不及。所以蒿里，墳出莪莪[3]。氣淩雲天，龍騰鳳集。盡爲風消土喫，狐掇蟻拾。黄金不啼玉不泣，白楊騷屑[4]，刮風愁月。折碑石人，莽穢榛沒。牛羊窸窣[5]，時見牧童兒，弄枯骨。（〇一〇）

【校勘】

蒿里曲　乙本一作“蒿里”。

兔不遲　“遲”原作“遅”，異體字。據甲本、乙本校改。

刮風愁月　“刮”，甲本、乙本作“亂”。

【注釋】

[1]“兔不遲”兩句：古人言月中有兔，故以兔指月。屈原《天問》：“夜光何得，死而又育？厥利維何，顧兔在腹？”古人以爲日中有烏鴉，故以烏指日。屈原《天問》：“羿焉彈日，烏焉解羽？”

[2] 穆王八駿：傳周穆王有八匹駿馬，稱爲八駿。見《穆天子傳》、《拾遺記》。

[3] 莪莪：草木叢聚貌。貫休《春野作》之三：“萬事皆天意，緑草頭莪莪。”

[4] 騷屑：風聲。

[5] 窸窣：細碎聲。

夜夜曲

蟪蛄切切風騷騷[1]，芙蓉噴香蟾蜍高[2]。孤燈耿耿征婦勞[3]，更深撲落金錯刀[4]。（〇一一）

【校勘】

夜夜曲　乙本一作“秋夜曲”。

【注釋】

［1］“蟪蛄”句：切切，擬聲詞。騷騷，風勁貌。

［2］蟾蜍：指月亮。《淮南子·精神訓》：“日中有踆烏，而月中有蟾蜍。”

［3］耿耿：明亮貌。唐韓愈《利劍》：“利劍光耿耿，佩之使我無邪心。”

［4］金錯刀：刀名，因刀身鑲嵌黄金而得名。金錯刀亦爲錢名。元陶宗儀撰《說郛》卷二四下施青臣《繼古藂編·金錯刀》：“金錯刀，名一而義二。錢一也，刀一也。《漢食貨志》：王莽更造大錢，又造錯刀，以金錯其文，曰一刀直五千。此錢也。《續漢書·輿服志》：佩刀乘輿，黄金通身雕錯，諸侯黄金錯環。《東觀漢記》：賜鄧通金錯刀。此刀也。”

行路難

君不見山高海深人不測，古往今來轉青碧。淺近輕

浮莫與交，地卑只解生荆棘。誰道黄金如糞土，張耳陳餘斷消息[1]。行路難，行路難，君自看！（〇一二）

【注釋】

[1] 張耳陳餘：張耳、陳餘爲刎頸交。兩人於秦末共佐武臣爲趙王。後秦將王離圍鉅鹿，張耳求救於陳餘，後者不進兵，因而生隙。張耳後殺陳餘。事見《史記·張耳陳餘列傳》。

擬古離别

離恨如旨酒[1]，古今飲皆醉。只恐長江水，盡是兒女淚。伊余非此輩[2]，送人空把臂。他日再相逢，清風動天地。（〇一三）{HT

【校勘】

擬古離别　乙本題爲“古離别”。

離恨如旨酒　“離恨”，戊本作“别離”。

【注釋】

[1] 旨酒：美酒。《詩經·小雅·鹿鳴》：“我有旨酒，以燕樂嘉賓之心。”

[2] 伊：語助詞。

戰城南二首

萬里桑乾傍[1]，茫茫古蕃壞。將軍貌憔悴，撫劍悲年長。胡兵尚淩逼，久住亦非強。邯鄲少年輩[2]，箇箇有伎倆[3]。拖槍半夜去，雪片大如掌。（〇一四）

磧中有陰兵[4]，戰馬時驚蹶。輕猛李陵心[5]，摧殘蘇武節[6]。黄金鎖子甲[7]，風吹色如鐵。十載不封侯，茫茫向誰説？（〇一五）

【校勘】

撫劍　“劍”原作“劒”，異體字。據甲本、乙本校改。

胡兵尚淩逼　“胡”，甲本、乙本作“敵”。“淩”，甲本、乙本作“陵”。

磧中有陰兵　“中”，《全唐詩》卷十七一作“石”。“陰”原作“隂”，異體字。據乙本校改。

【注釋】

[1] 桑乾：河名。源出山西桑乾山，東入河北及北京。

[2]“邯鄲”句：邯鄲（今屬河北），戰國趙國都城，因以爲趙的代稱。因燕趙古多慷慨之士，故以邯鄲兒代稱慷慨、有抱負之士。

[3] 伎倆：本領。

[4]“磧中”句：磧，沙漠。陰兵，鬼兵。

[5] 李陵：字少卿（前？～前 74），隴西成紀（今甘肅秦安北）人，

名將李廣之孫，武帝天漢二年率五千衆抗擊匈奴，兵敗降敵。傳見《史記》、《漢書》。

[6] 蘇武：愛國英雄。武帝時出使匈奴被留，匈奴迫降，不屈。後被放逐至北海無人處，備嘗艱辛，持節不變。淹留十九年，昭帝時歸國。傳見《漢書》。

[7]“黄金”句：黄金，形容色如黄金。鎖子甲，鎧甲名。

少年行三首

錦衣鮮華手擎鶻[1]，閑行氣貌多輕忽[2]。稼穡艱難總不知[3]，五帝三皇是何物[4]！（〇一六）

自拳五色毬，迸入他人宅。却捉蒼頭奴[5]，玉鞭打一百。（〇一七）

面白如削玉，倡狂曲江曲[6]。馬上黄金鞍，適來新賭得。（〇一八）

【校勘】

乙本題下注“紀事作公子行。一本後二首作公子行。〇休入蜀，王建遇之甚厚，日召令誦近詩。一時貴戚皆坐，休欲諷之，乃稱公子行。建善之，貴倖皆怨之”。按，本詩之本事，參“附録”宋計有功《唐詩紀事》卷七五之文。

閑行氣貌　“閑”，甲本、乙本作“閒”。

稼穡艱難總不知　“總”原作“縂”，從甲本、乙本校改。

五帝三皇　“皇“，乙本一作“王”。

自拳五色毬　“毬”，甲本、乙本作“裘”。

面白如削玉　“面”原作“靣”，異體字。據乙本校改。

倡狂曲江曲　後一“曲”字，戊本作“側”。

【注釋】

[1] 鶻：蒼鷹。

[2] 輕忽：輕逸放縱。

[3] 稼穡：稼，種穀物。穡，收穫穀物。

[4] 五帝三皇：五帝，黄帝、顓頊、帝嚳、唐堯、虞舜。三皇，伏羲、燧人、神農。

[5] 毬：即鞠丸，圓形，外皮，中填以毛，蹴鞠之用。

[6] 蒼頭：奴僕，漢時奴僕以蒼青色頭巾包頭，故名。

[7] “倡狂”句：倡狂，放縱傲慢。倡通“猖”。曲江即曲江池，水流曲折，故名。唐代長安遊樂之地。在今陝西西安東南。

夢遊仙四首

夢到海中山，入箇白銀宅。逢見一道士，稱是李八伯[1]。（〇一九）

三四仙女兒，身著瑟瑟衣[2]。手把明月珠，打落金色梨。（〇二〇）

車渠地無塵[3]，行至瑤池濱[4]。森森椿樹下，白龍來嗅人。（〇二一）

宮殿崢嶸籠紫氣，金渠玉砂五色水。守閣仙婢相倚

睡[5]，偷摘蟠桃幾倒地[6]。（〇二二）

【注釋】

[1] 李八伯：神仙名。蜀人，曾傳唐公昉仙術。見晉葛洪《神仙傳》卷三。

[2] 瑟瑟：珠寶名。

[3] 車渠：玉石，産於西域。

[4] 瑶池：神仙之地，傳周穆王與西王母曾飲宴於此。見《穆天子傳》卷三。

[5] 閽：宫門。

[6] 蟠桃：仙桃。傳西王母種之，三千年一結果，東方朔三次偷之，被貶入人間。見《漢武故事》。

輕薄篇二首

繡林錦野，春態相壓[1]。誰家少年，馬蹄蹋蹋。鬬雞走狗夜不歸，一擲賭却如花妾。唯云不顛不狂，其名不彰。悲夫！（〇二三）

木落蕭蕭，蛩鳴唧唧[2]。不覺朱蕣臉紅[3]，霜劫鬢漆[4]。世途多事，泣向秋日。方今少壯不努力，老大徒傷悲。如何？（〇二四）

【校勘】

霜劫鬢漆　“劫”，戊本作“卻”。

唯云不顛不狂　“唯云”，乙本作“誰云”，一作“惟云”。

蛩鳴唧唧 “蛩”，乙本一作“蟲”。

世途多事 “世”原作“卋”，異體字。據甲本、乙本校改。

如何 《唐僧弘秀集》卷六、戊本作“復何益”。

【注釋】

［1］壓：迫近。

［2］蛩：蟋蟀。

［3］朱蔫臉紅：朱，指胭脂之類的化妝品。戰國楚宋玉《登徒子好色賦》：“著粉則太白，施朱則太赤。”蔫，花葉枯萎將凋。胭脂奪去了臉上紅豔，謂青春消逝，需胭脂來遮掩衰老。

［4］霜劫鬢漆：霜，指白髮。漆，指黑髮。

長安道

憧憧合合[1]，八表一轍[2]。黄塵霧合，車馬火熱。名湯風雨，利輾霜雪。千車萬馱，半宿關月。上有堯禹，下有夔卨[3]。紫氣銀輪兮，常覆金闕[4]。仙掌捧日兮[5]，濁河澄澈。愚將草木兮有言有言，與華封人兮不别不别[6]。（〇二五）

【校勘】

紫氣銀輪兮 乙本注“一本無兮字”。

仙掌捧日兮 乙本注“一本無兮字”。

愚將草木兮有言有言 甲本、乙本一作“愚將草木兮有言”。

與華封人兮不別不別　甲本、乙本一作“與華封人兮不別”。

【注釋】

[1] 憧憧合合：憧憧，往來不絕貌。合合，車行聲。

[2] 八表一轍：轍，車輪壓出的痕迹。謂天下通達。

[3] 夔卨：夔，傳説爲舜的樂官，精通音律。卨同“离”，殷商始祖契。

[4] 金闕：皇宫。

[5] 仙掌：漢武帝求仙，於建章宫造銅仙人，以其掌承接甘露。後稱此銅人爲仙掌。

[6] 華封人：《莊子·天地》：“堯觀乎華，華封人曰：‘嘻！聖人！請祝聖人，使聖人壽。’堯曰：‘辭。’‘使聖人富。’堯曰：‘辭。’‘使聖人多男子。’堯曰；‘辭。’”成玄英疏：“華，地名也。封人者，謂華地守封疆之人也。”

洛陽塵

昔時昔時洛城人，今作茫茫洛城塵。我聞富有石季倫[1]，樓臺五色干星辰[2]。樂如天樂日夜聞，錦姝繡妾何紛紛[3]。真珠簾中[4]，姑射神人[5]。文金線玉[6]，香成暮雲。孫秀若不殺[7]，晉室應更貧。伊水削行路[8]，塚石花磷磷。蒼茫金谷園，牛羊齕荆榛[9]。飛鳥好羽毛，疑是緑珠身[10]。(〇二六)

【注釋】

[1] 石季倫：西晉石崇（249～300），字季倫。爲荆州刺史時，劫掠客商使者，致巨富。築金谷園，極盡奢華。後爲孫秀所殺。《晉書》有傳。

[2] 干：沖犯。

[3] 姝：美女。

[4] 真珠：珍珠。

[5] 姑射神人：《莊子·逍遥遊》："藐姑射之山，有神人居焉。肌膚若冰雪，綽約若處子。"

[6] 文金線玉：文，文飾。以黄金爲文飾，玉爲線，極言服飾華美。

[7] 孫秀：（？～301），晉趙王司馬倫寵臣。司馬倫執政，朝政決於孫秀。後擁司馬倫篡位。終爲部將所殺。生平參《晉書·趙王倫傳》。

[8] 伊水：河名，出河南盧氏縣東南，東北流至偃師，入洛河。

[9] 齕：咬。

[10] 緑珠：石崇歌妓。孫秀曾向石崇索求，不許。後孫秀捕石崇，緑珠跳樓自盡。見《晉書·石崇傳》、《世說新語·仇隙》。

富貴曲二首

有金張族[1]，驕奢相續。瓊廚玉堂，雕牆繡轂[2]。紈綺雜雜，鐘鼓合合。美人如白牡丹花，半日只舞得一曲。樂不樂？足不足？爭教他愛山青水緑。（〇二七）

如神若仙，似蘭同雪。樂戒於極，胡不知輟？只欲更綴上落花，恨不能把住明月。太山肉盡[3]，東海酒竭。佳人醉唱，敲玉釵折。寧知耘田車水翁，日日日炙

背欲裂[4]？（〇二八）

【校勘】

瓊廚玉堂　“廚”，甲本、乙本作“樹”。

鐘鼓合合　“鐘”，原作“鍾”，從乙本改作“鐘”。

美人如白牡丹花　“美”原作“羙”，異體字。據甲本、乙本校改。

樂戒於極　“於”，甲本、乙本作“于”。

【注釋】

［1］金張族：指功臣世家。漢代金日磾家族，自武帝至平帝，七世爲内侍。張湯一家，自宣帝、元帝以來，爲侍中、中常侍者十餘人。

［2］雕牆繡轂：雕飾的牆，華美的車子。轂，車輪中心部分，有孔，以穿車軸。代指車子。

［3］太山：即泰山。太通“泰”。

［4］炙：燒烤。

卷 二

古意九首

一雨火雲盡[1]

一雨火雲盡，閉門心冥冥。蘭花與芙蓉，滿院同芳馨。佳人天一涯[2]，好鳥何嚶鳴[3]！我有雙白璧[4]，不羨於虞卿[5]。我有徑寸珠[6]，別是天地精。玩之室生白[7]，蕭灑身安輕[8]。只應天上人，見我雙眼明。（〇二九）

【校勘】

古意九首　原作“一雨火雲盡　古意九首”，據甲本、乙本校改。

閉門　“閉”，丁本作“開”。

好鳥何嚶鳴　“嚶鳴”，甲本、乙本一作“嚶嚶”。“何嚶鳴”，《唐僧弘秀集》卷六、戊本作“鳴嚶嚶”。

不羨於虞卿　“於”，甲本、乙本作“于”。

蕭灑　“蕭”，甲本、乙本一作“瀟”。

【注釋】

[1] 火雲：熾熱的紅雲。

[2] 天一涯：涯，猶方。漢《古詩十九首·行行重行行》：“相去萬餘里，各在天一涯。”

[3] 嚶鳴：鳥和鳴。

[4] 璧：玉璧。

[5] 虞卿：戰國時人，遊說趙孝成王，賜黃金百鎰、白璧一雙。後拜爲上卿，受相印。傳見《史記》。

[6] 徑寸珠：直徑一寸的寶珠。此處指心性清淨，猶如明珠。天地精，義同。

[7] 室生白：即虛室生白，語出《莊子·人間世》：“瞻彼闋者，虛室生白，吉祥止止。”司馬彪注：“室比喻心，心能空虛，則純白獨生也。”白，明義。謂內心虛靜，澄明自生。

[8] 蕭灑：清高脱俗。

陽烏爍萬物[1]

陽烏爍萬物，草木懷春恩。茫茫塵土飛，培壅名利根。我本事蓑笠[2]，幼知天子尊。學爲毛氏詩[3]，亦多直致言。不慕需臑類[4]，附勢同崩奔。唯尋桃李蹊[5]，去去長者門。（〇二〇）

【校勘】

我本事蓑笠　“事”，甲本、乙本作“是”。

不慕需臑類　“需臑”，乙本一作“蠕蠕”。

【注釋】

[1] 陽烏：指太陽。傳説太陽中有三足烏。晉左思《蜀都賦》：“羲和假道於峻岐，陽烏迴翼乎高標。”李善注：“《春秋元命包》曰：‘陽成於三，故日中有三足烏，烏者，陽精。’”

[2] 事蓑笠：穿戴蓑衣與笠帽者，指鄉野之人。

[3] 毛氏詩：即毛詩。漢代傳《詩經》者四家，毛亨、毛萇所傳者稱“毛詩”。

[4] 需臑：附勢趨利的小人。元劉因《擬古》之三：“吮癰與舐痔，百媚無不為。丈夫寧餓死，豈與需臑期。”蠕蠕，昆蟲爬行貌，喻附勢趨利的小人。宋張耒《友山》：“山有喬木，聳立而峙，端無媚姿，若對正士。障雨蔽暍，千人所芘。微飈披拂，吹奏竽籟。不猶愈乎蠕蠕鼠輩，女黠兒嬌，奴趨妾拜者乎？”

[5] 桃李蹊：言德高之人，自然招人敬仰。蹊，小路。語出《史記·李將軍列傳》：“諺曰：桃李不言，下自成蹊。”

美人如遊龍

美人如遊龍，被服金鴛鴦[1]。手把古刀尺，在彼白玉堂[2]。文章深掣曳[3]，珂珮鳴丁當[4]。好風吹桃花，片片落銀牀。何妨學羽翰[5]，遠逐朱鳥翔[6]。（〇三一）

【校勘】

珂珮鳴丁當　“丁當”，己本作“玎璫”。

何妨學羽翰　“妨學”，乙本一作“當舉”。

【注釋】

［1］“被服”句：被服，穿。被通“披”。金鴛鴦，繡有金色鴛鴦的衣服。

［2］白玉堂：白玉造就的屋宇，形容其華貴。

［3］“文章”句：文章，指衣服上的五彩與花紋。掣曳，牽扯。

［4］珂珮：以珂製的服飾。珂，美白如玉的石頭，或謂貝類。

［5］羽翰：翅膀。

［6］朱鳥：鳥名。鸞鳳之屬。

乾坤有清氣

乾坤有清氣，散入詩人脾。聖賢遺清風，不在惡木枝。千人萬人中，一人兩人知。憶在東溪日，花開葉落時。幾擬以黃金，鑄作鍾子期[1]。（〇三二）

【校勘】

幾擬　“幾”，乙本一作“我”。

【注釋】

［1］鍾子期：春秋楚人，精音律。俞伯牙善鼓琴，與之結爲知交。後子期死，伯牙歎世無知音，摔琴而不復鼓。見漢韓嬰《韓詩外傳》卷九。

莫輕白雲白

莫輕白雲白，不與風雨會。莫見守羊兒，或是初平輩[1]。人生非日月，光輝豈長在！一榮與一辱，今古常相對。君不見于公門[2]，子孫好冠蓋[3]！（〇三三）

【校勘】

光輝豈長在　“長”，甲本、乙本作“常”。

今古常相對　“今古”，甲本、乙本一作“古今”。

君不見　乙本注“一本無君字”。

【注釋】

[1] 初平：即皇初平，仙人。晉葛洪《神仙傳》卷二《皇初平》言，其十五歲牧羊山中，爲道士引入石室，修道成仙。

[2] 于公門：西漢于定國父于公爲縣獄吏，公正清明。後治家門，于公認爲自己治獄有陰德，子孫受福，當累有高官，因而高大其門，以容高車駟馬。後果如其言。見《漢書·于定國傳》。

[3] 冠蓋：冠，禮帽。蓋，車蓋。泛指官員的冠服和車乘。

古交如真金

古交如真金，百練色不回[1]。今交如暴流，倏忽生塵埃。我願君子氣，散爲青松栽。我恐荆棘花，只爲小人開。傷心復傷心，吟上高高臺。（〇三四）

【校勘】

百練色不回　“回”原作“囬”，異體字。據乙本校。“練”，甲本、乙本作“煉”。

倏忽　“倏”，甲本、乙本作“儵”，異體字。

散爲青松栽　“青松”，己本作“松栢”。

【注釋】

［1］回：改變。

常思謝康樂[1]

常思謝康樂，文章有神力。是何清風清，凜然似相識。一種爲頑嚚[2]，得作翻經石[3]。一種爲枯槁，得作登山屐[4]。永嘉爲郡後[5]，山水添鮮碧。何當學羽翰，一去觀遺跡。（〇三五）

【校勘】

何當學羽翰　“學”，戊本作“舉”。

【注釋】

［1］謝康樂：即謝靈運（385～433），陳郡陽夏（今河南太康）人。出身世家，襲封康樂公，世稱謝康樂。宋武帝降爲康樂侯，文帝時外任臨川內史，後詔徙廣州，被殺。謝氏歷來被視爲山水詩派之祖。傳見《宋書》。

［2］頑嚚：愚頑輕浮。

［3］翻經石：即翻經臺。謝靈運爲臨川（今屬江西撫州）内史，於寶應寺翻《涅槃經》，鑿池爲臺，名曰翻經臺。參唐顔真卿《撫州寶應寺翻經臺記》。

［4］登山屐：謝靈運登山常穿木屐，底有刺。上山去其前刺，下山則去後刺。參《宋書》本傳。

［5］永嘉：郡名。晉太寧元年（323）分臨海郡置，治永寧（今浙江溫州）。謝靈運南朝宋景平元年（423）任永嘉太守，縱放於山水。一年後，稱疾隱居。參《宋書》本傳。

常思李太白

常思李太白，仙筆驅造化。玄宗致之七寶牀[1]，虎殿龍樓無不可[2]。一朝力士脱靴後[3]，玉上青蠅生一箇[4]。紫皇案前五色麟[5]，忽然掣斷黄金鎖。五湖大浪如銀山，滿舡載酒槌鼓過。賀老成異物[6]，顛狂誰敢和！寧知江邊墳，不是猶醉卧！（〇三六）

【校勘】

紫皇案前　“案”，甲本作“殿”。

滿舡載酒槌鼓過　“鼓”原作“皷”，異體字。據甲本、乙本校改。“舡”，甲本、乙本作“船”。“槌”，丁本作“搥”。

【注釋】

［1］七寶牀：裝飾有七寶的几案。七寶，佛教指金、銀、琉璃、玻璃、珊瑚、瑪瑙、硨磲等。或有異説。唐傳玄宗以七寶床賜食李白。唐李陽凝《草堂集序》：“天寶中，皇祖下詔徵就金馬，降輦步迎，如見綺皓。以七寶

牀賜食，御手調羹以飯之。”

［2］虎殿龍樓：虎殿，漢未央宫白虎殿簡稱，諸儒講經之所。後泛指宫中講習之所。龍樓，漢代太子宫門名，泛指太子所居之宫。

［3］力士脱靴：《新唐書·李白傳》：“帝愛其才，數宴見。白嘗侍帝，醉，使高力士脱鞾。力士素貴，恥之，擿其詩以激楊貴妃。帝欲官白，妃輒沮止。”

［4］玉上青蠅：喻君子受小人誣陷。猶青蠅點素、青蠅點玉。漢王充《論衡·累害》：“清受塵，白取垢，青蠅所汙，常在練素。”唐牟融《寄永平友人》：“青蠅點玉原非病，滄海遺珠世所嗟。”

［5］紫皇：神仙名。南朝梁沈約《郊居賦》：“降紫皇於天闕，延二妃於湘渚。”

［6］“賀老”句：賀老，指賀知章（659～約744），字季真，越州永興（今浙江蕭山）人。詩人。與李白友善。唐李白《重憶一首》：“稽山無賀老，却棹酒船回。”異物，指已死之人。

憶在山中時

憶在山中時，丹桂花葳蕤[1]。紅泉浸瑶草[2]，日夕生華滋[3]。箬屋開地爐，翠墻掛藤衣。看經竹窗邊，白猿三四枝。東峯有老人，眼碧頭骨奇。種薤煮白石[4]，旨趣如嬰兒[5]。月上來打門，月落方始歸。授我微妙訣，恬淡無所爲。别來六七年，只恐白日飛[6]。（〇三七）

【校勘】

日夕生華滋　“日夕”，乙本一作“白日”。

看經竹窗邊　“窗”原作“窻”，異體字。據乙本校改。

白猿三四枝　“猿”，甲本作“猨”，異體字。“四”，乙本一作“兩”。

眼碧頭骨奇　“奇”原作“竒”，異體字，據乙本校改。

種薤煮白石　“煮”原作“煑”，異體字。據乙本校改。

恬淡　“淡”，乙本一作“然”。

【注釋】

［1］葳蕤：旺盛狀。

［2］瑤草：傳說中的香草。

［3］華滋：枝葉茂盛。《古詩十九首·庭中有奇樹》：“庭中有奇樹，緑葉發華滋。”

［4］煮白石：傳神仙、方士煮白石爲食。後借指道教修煉。晉葛洪《神仙傳》卷一《白石生》：“（白石生）常煮白石為糧。”

［5］“旨趣”句：謂其日常宗旨如嬰兒般天真自然。

［6］白日飛：道教指修煉成仙，白日昇天。晉葛洪《神仙傳》卷三《陳安世》：“安世道成，白日昇天。”

酷吏詞

霰雨瀰瀰[1]，風吼如斸[2]。有叟有叟，暮投我宿。吁嘆自語，云太苛酷。如何如何，掠脂斡肉[3]。吳姬唱一曲[4]，等閑破紅束[5]。韓娥唱一曲[6]，錦段鮮照屋。寗知一曲兩曲歌，曾使千人萬人哭？不唯哭，亦白其頭，饑其族。所以祥風不來，和氣不復。蝗乎賊乎，東西南北。（〇三八）

【校勘】

乙本有小序"唐末寇亂，休避地渚宫。荆帥高氏優待之，館於龍興寺。會有謁宿，話時政不治，乃作酷吏詞刺之"。此説當源於宋計有功《唐詩紀事》卷七五。丁本小序，前略同乙本，"乃作酷吏詞刺之"下言"雖離荆門，直趨井絡，上蜀主陳情之詩"。按，高季興天祐三年（906）十月，始鎮荆南（今湖北江陵）。而貫休天復三年（903）已在蜀。小序所言當誤。參《舊五代史》本傳、《資治通鑑》卷二六五。

云太苛酷　"苛"，乙本作"守"。

等閑　"閑"，甲本、乙本作"閒"。

吳姬　"吳"原作"呉"，異體字。據甲本、乙本校改。

不唯哭　"唯"，甲本、乙本作"惟"。

和氣不復　"氣"，乙本一作"風"。

蝗乎賊乎　乙本一作"蝗兮賊兮"。"賊"，甲本作"蠈"。

【注釋】

[1] 霰雨灂灂：霰雨，夾雜著雪珠的雨。灂灂，雨聲。

[2] 斸：砍削。

[3] 掠脂斡肉：形容殘害百姓之甚。脂，即民脂。斡，挖取。

[4] 吳姬：吳地的美女。

[5]“等閑”句：等閑，輕易。紅束，指綢緞。

[6]韓娥：古傳韓國歌女韓娥在雍門賣唱，走後，餘音繞梁，三日不絕。見《列子·湯問》。此處泛指歌女。

還舉人歌行卷

厚於鐵圍山上鐵[1]，薄似雙成仙體纈[2]。蜀機鳳鶵動蹩躠[3]，珊瑚枝枝撑著月。王愷家中藏難掘[4]，顔回飢僝愁天雪[5]。古松直筆雷不折，雪衣女啄蟠桃缺[6]。佩入龍宫步遲遲，繡簾銀殿何參差。即不知驪龍失珠知不知[7]？（〇三九）

【校勘】

蜀機鳳鶵動蹩躠　“蹩”原作“蹩”，義不通，形近而訛。據甲本、乙本校改。

王愷　“愷”原作“剴”，據甲本、乙本校改。

顔回飢僝愁天雪　“僝”原作“僕”，據甲本、乙本校改。

佩入龍宫步遲遲　“佩”，甲本、乙本作“珮”。“步遲遲”，甲本作“步步遲”。

【注釋】

[1]鐵圍山：佛教以須彌山爲世界中心，其周圍有八山八海圍繞，最外側爲鐵所成之山，稱鐵圍山。

[2]“薄似”句：雙成，傳説中西王母侍女。見《漢武内傳》。纈，染

花的絲織品。

［3］蹩躠：盤旋起舞貌。明劉鳳《去鶴來歸賦》："夫既俛翼而甘參兮，蹩躠聊且似乎近昵。"

［4］王愷：字君夫，晉武帝之舅，出身世族，歷位清顯，富財，曾與石崇比富。參《晉書》本傳、《世説新語·汰侈》。

［5］顔回飢傫：顔回，孔子弟子，以安貧樂道稱。飢傫，飢餓憔悴。

［6］雪衣女：傳唐楊貴妃有鸚鵡，名雪衣女，有靈性。後夢爲鷹逐，貴妃教誦《多心經》。終如其夢。見《太平廣記》四百六十《雪衣女》（出《譚賓錄》）。此處泛指鸚鵡。

［7］驪龍失珠：相傳古有工匠，其子入水，得千金之珠。工匠言其珠在驪龍頷下，其子必在驪龍睡時取得，不然則會遇害。見《莊子·列禦寇》。

陳宫詞

緬想當時宫闕盛，荒宴椒房懱堯聖[1]。玉樹花歌百花裏，珊瑚窗中海日迸。大臣來朝酒未醒，酒醒忠諫多不聽。陳宫因此成野田，耕人犂破宫人鏡。（〇四〇）

【注釋】

［1］"荒宴"句：荒宴，沈溺於宴樂。椒房，漢代皇后所居宫殿，以椒和泥塗牆，取溫、香、多子義。參《漢書·車千秋傳》。後借指后妃。懱，輕蔑。

擬齊梁酬所知見贈二首

靜只焚香坐，詠懷悲歲闌。佳人忽有贈，滿手紅琅

玕[1]。不獨耀肌魄，將行爲羽翰。酬如上青天，風雪空漫漫。(〇四一)

美如仙鼎金，清如仙手琴。孫登嘯一聲[2]，縹緲不可尋。但覺神洋洋，如入三昧林[3]。釋手復在手，古意深復深。慚無英瓊瑤[4]，何以酬知音？(〇四二)

【校勘】

清如仙手琴　“仙”，甲本、乙本作“纖”。

慚無英瓊瑤　“慚”原作“慙”，異體字。據甲本、乙本校改。

【注釋】

[1] 琅玕：似珠玉的美石。

[2] 孫登：三國魏隱士，字公和，汲郡共人。好《易》與琴，善嘯。參《三國志·魏書·王粲傳》裴松之注、《晉書·隱逸傳》。

[3] 三昧：佛教語，梵文音譯。意譯爲等持、定，謂摒棄雜念，心神專注於一境。

[4] 英瓊瑤：英，美石似玉者。瓊瑤，美玉。漢張衡《有所思》：“美人贈我金錯刀，何以報之英瓊瑤。”

經古戰場

茫茫凶荒，迥如天設。駐馬四顧，氣候迂結。秋空崢嶸，黄日將沒。多少行人，白日見物[1]。莫道路高低，盡是戰骨。莫見地碧赤，盡是征血。昔人昔人，既能忠盡於力，身糜戈戟。脂其風，膏其域。今人何不繩其塍[2]，植其食。而使空曠年年，常貯愁煙。使我至此，不能無言。（〇四三）

【校勘】

迴如天設　“迴”原作“逈”，異體字。據甲本、乙本校改。

氣候迂結　“迂”原作“迃”，異體字。據甲本、乙本校改。

莫見地碧赤　“碧赤”，甲本、乙本作“赤碧”。

【注釋】

［1］物：猶異物，指鬼。

［2］塍：田埂。

村行遇獵

獵師紛紛走榛卉[1]，女亦相隨把弓矢。南北東西盡殺心，斷燒殘雲在圍裏。鶻拂荒田兔成血，竿打黄茅雉驚起。傷嗟箇輩亦是人，一生將此關身已。我聞天地大德之曰生，又聞萬事皆天意。皆天意，何遣此人又如此？猶更願天公一丈雪，深山麋鹿盡凍死。（〇四四）

【校勘】

獵師紛紛走榛卉　甲本、乙本作“莽”。

一生將此關身已　“已”，乙本、丁本作“己”。

皆天意　甲本、乙本無。

【注釋】

[1] 榛卉：雜亂叢生的草木。

漁　家

赤蘆蓋屋低壓恰[1]，沙漲柴門水痕疊。黄雞青犬花濛籠[2]，漁女漁兒掃風葉。有叟相逢帶秋醉，自拔船椿色無愧。前山脚下得魚多，惡浪堆中盡頭睡。但得忘筌心自樂[3]，肯羨前賢釣清渭[4]。終須畫取掛秋堂，與爾爲鄰有深意。（〇四五）

【校勘】

黄雞青犬花濛籠　“濛”，甲本、乙本作“蒙”。

漁女　“女”，丁本作“父”。

自拔船椿色無愧　“船”原作“舡”，異體字。據甲本、乙本校改。　“愧”原作“媿”，異體字。據乙本校改。

【注釋】

[1] 壓恰：當爲密集、周覆義。壓有籠蓋之義，唐李賀《雁門太守行》：“黑雲壓城城欲摧，甲光向日金鱗開。”恰有遍、滿義。《敦煌變文集》卷四《降魔變文》：“便向廄中選壯象，開庫純馱紫磨金。峻嶺高岑總安致，

恰恰遍佈不容針。”

［2］濛籠：同“朦朧”，花色迷離狀。

［3］忘筌：語出《莊子·外物》：“筌者所以在魚，得魚而忘筌。”喻事成之後，忘卻原來的依憑。筌，漁具。

［4］前賢釣清渭：前賢指姜子牙。姜子牙垂釣渭水，周西伯遇之，載與俱歸，立為師。見《史記·齊太公世家》。

田家作

田舍老翁無可作，晝甑蒸梨香漠漠。只向階前曝背眠，赤桑大葉時時落。古塹侵門桃竹密，倉囤峨峨欲遮日。自云孫子解耕耘，四五年來腹多實。我聞此語心自悲，世上悠悠豈得知，稼而不穡徒爾爲？（〇四六）

【校勘】

只向階前　“階”原作“堦”，異體字。據乙本校改。

古塹　“塹”原作“壍”，異體字。據乙本校改。

倉囤峨峨欲遮日　“遮”，乙本一作“蔽”。

江邊祠

松森森，江渾渾，江邊古祠空閉門。精靈應醉社日酒[1]，白龜咬斷菖蒲根。花殘冷紅宿雨滴，土龍甲濕鬼

眼赤[2]。天符早晚下空碧[3]，昨夜前村行霹靂。（〇四七）

【校勘】

白龜　“龜”原作“亀”，異體字。據乙本校改。

花殘冷紅　“冷”，甲本、乙本作“泠”。

【注釋】

[1] 社日：古時祭祀土神的日子，一般在立春、立秋後第五個戊日。

[2] 土龍：即鼉。

[3] 天符：上天的符命。

苦熱寄赤松道者[1]

天雲如燒人如炙，天地爐中更何適？蟬喘雷乾冰井融，些子清風有何益[2]？守羊真人晒之役[3]，高吟招隱倚碧壁。紫氣紅煙鮮的的，澗茗園瓜麴塵色[4]，驕冷奢涼合相憶。（〇四八）

【校勘】

天地爐中　“爐”，甲本作“罏”，乙本作“鑪”，異體字。

蟬喘雷乾冰井融　“冰”原作“氷”，異體字。據乙本校改。

守羊真人晒之役　“晒”原作“躭”，俗字。據乙本校改。

澗茗園瓜　“澗”原作“磵”，異體字。據甲本、乙本校改。

【注釋】

［1］赤松道者：即舒道紀，道士，能詩。婺州人，長隱於赤松山（今浙江金華境内），故名。貫休與之交遊頗深。事迹參宋倪守約《赤松山志》。

［2］些子：一點兒。

［3］守羊真人：即皇初平。參卷二《莫輕白雲白》“初平”注。

［4］麴塵：酒麴上所生菌，淡黄如塵。借指淡黄色。

偶作二首

新詩一千首，古錦初下機。除月與鬼神，别未有人知。子期去不返[1]，浩浩良可悲。不知天地間，知音復是誰？（〇四九）

門前數枝路，路路車馬鳴。名埃與利塵，千里萬里行。只見青山高，豈見青山平！朱門勢峨峨，冠蓋何光明！黄鳥在花裏，青蟬奪其聲。爾生非金玉，豈常貴復貞？寄言之子心[2]，可以歸無形。（〇五〇）

【校勘】

知音　“音”，甲本、乙本作“者”。

【注釋】

［1］子期：即鍾子期。

［2］之子：此人。

春晚書山家屋壁二首

柴門寂寂黍飯馨，山家煙火春雨晴。庭花濛濛水泠泠，小兒啼索樹上鳴。（〇五一）

檥香塘黑蒲森森[1]，鴛鴦瀲鵜如家禽[2]。前崗後壟桑柘深，東鄰西舍無相侵。蠶娘洗繭前溪淥，牧童吹笛和牛浴。山翁留我宿又宿，笑指西坡瓜豆熟。（〇五二）

【校勘】

春晚書山家屋壁二首　乙本“山家”下注“一本有主人二字”。

小兒啼索樹上鳴　“鳴”，甲本作“鸎”，乙本作“鶯”。

檥香　“檥”，乙本一作“水”。

前崗後壟桑柘深　“崗”，乙本作“村”。“壟”原作“壠”，異體字。據甲本、乙本校改。

牧童吹笛和牛浴　“牛”，甲本、乙本作“衣”。

【注釋】

［1］檥：疑爲樹名。

［2］瀲鵜：水鳥名。

春晚閑居寄陳嵩伯

春霖閉門久，春色聚庭木。一夢辭舊山，四鄰有新哭。菰蒲生白水，風篁擢纖玉[3]。爲憶湖上翁，花時獨冥目。（〇五三）

【校勘】

春晚閑居寄陳嵩伯　“閑”，甲本、乙本作“閒”。

【注釋】

［1］陳嵩伯：陳陶，字嵩伯，鄱陽（今江西波陽）人。曾隱洪州西山，能詩，與貫休友。參《全唐詩録》卷八九“陳陶”小序。

［2］菰蒲：茭白和香蒲。

［3］“風篁”句：風篁，風吹竹林。纖玉，喻竹之纖秀。

長持經僧

嘮嘮長夜坐[1]，嘮嘮長早起。杉森森，不見人。聲纘纘，如流水。樅金琤玉[2]，吐宫噍徵[3]。頭低草木，手合神鬼，日消三兩黄金爭得止。佛言常持經者[4]，可日食三兩金。而槁木朽枝，一食而已。傷嗟浮世之人，善事不曾入耳。（〇五四）

【校勘】

嘮嘮長早起　“長”，乙本無。

不見人　“人”，乙本作“長”，當誤。

聲續續　乙本作“人聲續續”。

樅金琤玉　“樅”，甲本、乙本作“摐”。“琤”，乙本作“掙”。

吐宮噍徵　“徵”，原作“徵”，異體字。據乙本、丙本校改。

【注釋】

[1] 嘮嘮：言語絮叨。貫休《四皓圖》：“何人圖四皓？如語話嘮嘮。”

[2] 樅金琤玉：喻誦經如金玉撞擊悦耳動聽。樅通“摐”，撞擊。金，指金屬製的樂器。琤，玉器聲。

[3] 吐宮噍徵：謂誦經合乎音律。宮、徵，五音宮、商、角、徵、羽之二種。

[4] 持經：指尊奉、誦讀佛經。

茫茫曲

茫茫復茫茫，滿眼皆埃塵。莫言白髮多，莖莖是愁筋。未達苦離偽，及達多不仁。淺深與高低，盡能生荆榛。茫茫四大愁殺人[1]。（〇五五）

【校勘】

茫茫四大　“四”原作“也”，據甲本、乙本校改。

【注釋】

［1］四大：佛教指組成物質世界的四大要素：地、火、水、風。

古鏡詞上劉侍郎

至寶不自寶，照古還照今。仙人手胼胝[1]，寥泬秋沈沈[2]。不是十二面[3]，不是百練金。若非八彩眉[4]，不可輒照臨。即歸玉案頭，爲君整冠簪。即居吾君手，照出天下心。恭聞太宗朝，此鏡當宸襟[5]。六合懸清光，萬里無塵侵。此鏡今又出，天地還得一。（〇五六）

【校勘】

不是百練金　“練”，甲本、乙本作“煉”。

【注釋】

［1］胼胝：手掌、腳底因辛勞勤苦而生繭。

［2］寥泬：空靜冷落。

［3］十二面，佛教有十二面觀音。宋釋志磐《佛祖統紀》卷三六：“（南朝齊高帝）詔迎皖山誌公入京，公剺其面為十二面觀音。”

［4］八彩眉：傳説堯眉有八彩。《淮南子·修務訓》：“若夫堯眉八彩，九竅通同，而公正無私。”

［5］宸襟：帝王的胸襟。

送姜道士歸南岳

松品落落，雪格索索。眼有三角，頭峭五岳。若不居岳，此處難著。藥僮貌蠻名鄙彼，胡蘆酒滿擔劣起[1]。萬里清風嘯一聲，九真須拍黄金几[2]。葉落蕭蕭□杳□，送師言了意未了。意未了，他時爲我致取一部音聲鳥[3]。（〇五七）

【校勘】

胡蘆　“胡”，乙本作“葫”。

萬里清風　“清”，乙本作“長”。

九真　“真”，乙本作“貞”。

葉落蕭蕭□杳□　“葉落”，甲本、乙本作“落葉”。“□杳□”，甲本作“□□杳”，丁本作“□杳窅”。

【注釋】

［1］劣：僅，剛。唐寒山《吁嗟貧復病》：“蓬庵不免雨，漏榻劣容身。”

［2］“九真”句：九真，道教中九真之帝。唐釋道宣《廣弘明集》卷九載甄鸞《笑道論》：“《三天正法經》云：天光未朗，蔚積未澄……氣結而形焉，便有九真之帝，皆九天清氣凝成。”黄金几，黄金做的几案。唐白居易原本、宋孔傳續撰《白孔六帖》卷十四《黄金几》：“《漢武内傳》曰：帝受

太甲靈符十二事於西王母，盛以黄金几，封以白玉函，以珊瑚為牀。”

［3］音聲鳥：佛國中的善鳴吉祥之鳥。北魏般若流支譯《正法念處經》卷二五：“其蓮華中多有衆鳥，常欲之鳥，一切行鳥，常音聲鳥。”

了仙謡

海中紫霧蓬萊島[1]，安期子喬去何早[2]！遊戲多騎白麒麟，鬒髮如銀未曾老。亦留仙訣在人間，謌鏃終言藥非道[3]。始皇不得此深旨，遠遣徐福生憂惱[4]。紫术黄菁心上苗[5]，大還小還行中寶[6]。若師方術棄心師[7]，浪似雪山何處討[8]？（〇五八）

【校勘】

紫术黄菁　“菁”，甲本、乙本作“精”。

【注釋】

［1］蓬萊：古代傳説神仙所居海中之山。亦泛指仙境。《史記·封禪書》：“自威、宣、燕昭使人入海求蓬萊、方丈、瀛洲，此三神山者，其傳在勃海中。”

［2］安期子喬：安期，亦稱安期生，服食菖蒲成仙。曾贈秦始皇赤玉舄，隱於蓬萊。後者遣使訪之而不得。參漢劉向《列仙傳》卷上《安期先生》。子喬，即王子喬，傳爲周靈王太子晉，浮丘公接以上嵩高山，後成仙。參《列仙傳》卷上《王子喬》。

［3］“謌鏃”句：隋末王靈智向昝君謨學射。後欲射殺君謨，獨擅其

美。昝君謨執短刀擋箭。以口接最後一箭，咬箭頭，笑言爲未教的齧鏃法。見唐段成式《酉陽雜俎》續集卷四引唐張鷟《朝野僉載》。鏃，箭頭。藥非道，謂服藥求仙非正道。

[4]“始皇”兩句：秦代方士徐市上書，言海中有仙山蓬萊、方丈、瀛壺。秦始皇遣其發童男女數千人，入海求仙人。後無功而返，詭言欺騙。見《史記·秦始皇本紀》。

[5]“紫术”句：紫术，藥草名。黄菁同“黄精”，藥草名。道教以爲服食兩者可延生。心上苗，即心。

[6]大還小還：大還、小還，即大還丹、小還丹，道教丹藥。按，以上兩句，謂道存於内心與日常中，無關丹藥。即禪宗所謂明心見性、日常即道。

[7]心師：佛教語。以自己之真心爲師。唐釋皎然《酬李侍御萼題看心道場》：“我法從誰悟，心師是貫花。”

[8]“浪似”句：浪，徒然。雪山，佛教常指喜馬拉雅山，佛祖成道前曾在此修行。謂以方術求道，如入雪山，茫然無所得。

卷　三

循吏曲上王使君[1]

需宿需宿[2]，炳爛光合。蒸蒸婺民[3]，鍾此多福[4]。自東自西，自南自北。伊飛伊走，乳乳良牧[5]。和氣無形，春光自成。大信不信，貽厥無朕。需女需女，爾亦須語。使君爲理，玄風震古。需女需女，爾亦須語。我願喙長三千里，枕著玉階奏明主。（〇五九）

【注釋】

[1] 循吏曲上王使君：循吏，守法循理的官員。使君，漢代稱刺史爲使君，後代襲之。王使君，即王慥。《宋高僧傳·貫休傳》："釋貫休……本郡太守王慥彌相篤重。"王慥在乾符、廣明間爲婺州刺史。貫休《聞前王使君在澤潞居》："使君聖朝瑞，乾符初刺婺。"又《避地毗陵上王慥使君》詩注："時黄賊陷東陽，公避地於浙右。"《資治通鑑》卷二五三言："（廣明元年，880年）六月，黄巢别將陷睦州、婺州。"

[2] 需宿：即下言"需女"。需通"須"。需女，即須女，又名婺女、女宿、務女。星宿名，二十八宿之一。其分野正在越地。後或以之稱婺州。

《史記·天官書》："婺女，其北織女。"司馬貞索隱："務女。《廣雅》云須女謂之務女，是也。一作'婺'。"晉左思《吳都賦》："婺女寄其曜，翼軫寓其精。"李善注："《漢書》：越地，婺女之分野。"唐厲玄《寄婺州溫郎中》："婺女家空在，星郎手未攜。"

［3］婺：指婺州。

［4］鍾：聚。

［5］乳乳良牧：乳乳，哺育義，謂教養百姓如哺育。牧，指刺史。

古鏡詞

我有一面鏡，新磨似秋月。上唯金膏香，下狀驪龍窟。等閑不欲開[1]，醜者多不悅。或問幾千年，軒轅手中物[2]。（〇六〇）

【校勘】

等閑　"閑"，甲本、乙本作"閒"。

醜者　"醜"原作"魄"，據甲本、乙本校改。

【注釋】

［1］等閑：輕易。

［2］軒轅：即黄帝。傳説姓公孫，居於軒轅之丘，故名。

懷張爲周朴[1]

張周二夫子，詩好人大癖。更不過嶺來，如今頭盡白。人傳禹力不到處，河聲流向西。周。又到處即閉戶，逢君方展眉。張。不知是不是，若是即大奇。我又聞二公，心與人不同。一生長在寂寞中，有時狂吟入僧宅。錦囊鳥啼荔枝紅[2]，有時冥搜海山腦。珊瑚株動日杲杲[3]，聖君在上知不知？赤蟹濁醪許多好[4]。（〇六一）

【校勘】

詩好人大癖　“大”，甲本、乙本作“太”。

赤蟹　“蟹”，甲本、乙本作“面”。

【注釋】

[1] 張爲周樸：張爲，閩人。舉進士不第，大中十二年遊長沙，後入釣臺山訪道，不知所終。工詩。生平參《唐才子傳校箋》卷十。周朴（?～879），字見素，睦州桐廬（今屬浙江）人，或說吳興人。淡泊樂隱。後爲黄巢所殺。生平參《唐詩紀事》卷七一、《唐才子傳校箋》卷九。

[2] 錦囊鳥：即吐綬鳥。宋陸佃撰《埤雅》卷十七《鷊》：“《古今註》云：吐綬鳥一名功曹，今俗謂之錦囊。”

[3] 杲杲：日出明亮貌。

[4] 濁醪：濁酒。

題弘顗三藏院[1]

儀清態淡雕瓊瓌[2]，捲簾蕭灑無塵埃。岳茶如乳庭花開，信心弟子時時來。灌頂壇嚴神㗊塞[3]，三十年功苦拘束。梵僧夢裏授微言師曾夢神僧具言於夢中，雪嶺白牛力深得[4]。水精一索香一爐[5]，紅蓮花舌生醍醐[6]。初聽喉音寶樓閣，如聞魔王宮殿拉金瓦落[7]。次聽妙音大隨求，更覺人間萬事深悠悠。四音俱作清且柔[8]，愛河濁浪却倒流[9]。却倒流兮無處去，性海含空日初曙[10]。（〇六二）

【校勘】

捲簾蕭灑　“蕭”，甲本、乙本作“瀟”。

岳茶　“岳”，甲本、乙本作“嶽”。

師曾夢神僧具言於夢中　甲本、乙本作“師曾受神僧真言於夢中”。

如聞魔王宮殿拉金瓦落　“拉”，乙本一作“掠”。

性海　“性”，甲本、乙本一作“碧”。

【注釋】

[1] 三藏：藏，意謂容器、穀倉等。三藏，指經藏、律藏、論藏，爲佛典分類。後也指精通佛典，曉達佛理的僧徒。

[2] 瓊瓌：瓊，美玉。瓌，環形玉器。

[3] “灌頂”句：灌頂，原爲古天竺國王即位儀式。佛教密宗效之，其作法係由上師以五瓶水（象徵如來五智）灌弟子頂，顯示繼承佛位。畐塞，充滿。畐，多，密。唐李華《無疆頌八首·肅宗孝頌七》：“畐然丘嶽，破裂崖谷。”

[4] 雪嶺白牛：雪嶺，猶雪山，泛指佛教聖地或僧侶修行處。白牛，佛教喻大乘佛法。後秦鳩摩羅什譯《妙法蓮華經》卷二《譬喻品》載有長

者廣有家財，後家中火起，諸子貪玩，不肯出。長者假稱門外載有珍寶的羊車、鹿車、牛車。諸子心動，爭出火宅，因而得免。長者各賜諸子一裝飾華美、駕以白牛的大車。經中以火宅喻苦難人生，以羊車喻聲聞乘（小乘），以鹿車喻緣覺乘（中乘）。以白牛喻菩薩乘（大乘），能解脱衆生之苦。

［5］水精：即水晶。

［6］“紅蓮”句：紅蓮花舌，猶口吐蓮花，喻言説之精妙。醍醐，从酥酪中提製出的油。佛教常以喻涅槃、佛性。

［7］魔王：佛教有魔王波旬。

［8］四音：晉竺法護譯《佛説如來興顯經》卷二謂，“世遭大災變時，即有自然四大音聲……於時眾生，聞斯四聲。捨離果天，超生清淨難及天上”。

［9］愛河：佛教以愛慾溺人，故稱。

［10］性海：謂佛性如海樣深廣。唐釋玄奘《大唐西域記·序》：“廓群疑於性海，啓妙覺於迷津。”

古意代友人投所知

青松雖有花，有花不如無。貧井泉雖清，且無金轆轤。客從遠方來，遺我古銅鏡。掛之玉堂上，如對軒轅聖。天龍睡坤腹[1]，土蝕金鬣綠。因知燕趙佳人顏似玉，不得此鏡終不得。（〇六三）

【校勘】

不得此鏡終不得　末一“得”字，甲本、乙本缺。

【注釋】

［1］坤：指地。

聞知已入翰林[1]

天驥頭似烏，倏忽四天下。南金色如椹，入火不見火。吾交二名士，遽立於帝左。鳳姿既出世，天意矚在我。奇哉子淵頌[2]，無可無不可。（〇六四）

【校勘】

倏忽　“倏”，甲本、乙本原作“儵”。

遽立於帝左　“於”，甲本、乙本作“于”。

【注釋】

［1］翰林：指翰林院。唐玄宗開元初年置，職掌起草詔書與應承皇帝的各種文字。

［2］子淵：漢王褒，字子淵。漢宣帝聞其有俊才，召之，命作《聖主得賢臣頌》。見《漢書》。

上裴大夫二首

我有一端綺，花彩鸞鳳羣。佳人金錯刀，何以裁此文？（〇六五）

我有白雪琴[1]，樸斲天地精。俚耳不使聞，慮同衆樂聽。指指法仙法，聲聲聖人聲。一彈四時和，再彈中古清。庭前梧桐枝，颯颯南風生。還希師曠懷，見我心不輕。（〇六六）

【校勘】

指指法仙法　末一“法”字，乙本注“應作指”。

【注釋】

［1］白雪：樂曲名，借指高雅的音樂。典出戰國楚宋玉《對楚王問》：“客有歌於郢中者，其始曰《下里》、《巴人》，國中屬而和者數千人。其為《陽阿》、《薤露》，國中屬而和者數百人。其為《陽春》、《白雪》，國中屬而和者不過數十人。”

上劉商州[1]

周邵吁嘘氣[2]，結爲禎祥雲。客從遠方來，持此將贈君。時命偶不謬，授館終南東[3]。愔愔良吏師[4]，不寐如老農。丘軻文之天[5]，代天有餘功。代天復代天，后稷何所從？（〇六七）

【校勘】

上劉商州　“商”原作“啇”，據甲本、乙本校改。

丘軻文之天　“丘軻”，甲本、乙本作“孔孟”。

【注釋】

[1] 商州：州名。武德元年（681）改隋上洛郡置，治上洛（今陝西商州）。劉商州疑指劉蜕（821? ～?），字復愚，長沙（今屬湖南）人。大中四年進士，咸通中爲中書舍人，終商州刺史。工古文。生平見五代孫光憲《北夢瑣言》卷三、清徐松《登科紀考》卷二二。

[2] 周邵：亦作"周召"。指周成王時共同輔政的賢臣周公旦、召公奭。

[3] 授館：開館授徒。

[4] 愔愔：和悦安閑貌。

[5] 丘軻：指孔子、孟子。孔子名丘，孟子名軻。

閑居擬齊梁四首

夜雨山草滋

夜雨山草滋[1]，爽籟生古木[2]。閑吟竺仙偈[3]，清於嚼金玉。蟋蟀啼壞牆，苟免悲跼促[4]。道人優曇花[5]，迢迢遠山緑。（〇六八）

【校勘】

閑居擬齊梁四首　"閑"，甲本、乙本作"閒"。乙本無分題。

閑吟竺仙偈　"閑"，甲本、乙本作"閒"。"竺"原作"竹"，乙本卷八三七、甲本卷二六有《夜雨》一詩，實即本詩前四句，即爲“竺仙”。

苟免悲跼促　“跼”，甲本、乙本作“局”。

【注釋】

[1] 滋：滋長。

[2] 爽籟：指從古樹孔洞中發出的清響。

[3] 竺仙偈：佛偈。竺，指天竺。仙，指佛祖釋迦牟尼。元釋行端《擬寒山子》：“閑吟竺仙偈，幾度歷斜暉。”

[4] “苟免”句：苟免，苟且免於損害。跼促，窘迫。

[5] 優曇花：即優曇跋羅，梵語音譯。意譯作靈瑞花。佛教以爲祥瑞之花。

果熟無低枝

果熟無低枝，芳香入屏帷。故人久不來，萱草何離離！苦吟齋貌減，更被杉風吹。猶賴湖上翁，時爲烹露葵[1]。（〇六九）

【校勘】

果熟無低枝　“低”原作“伍”，異體字。據甲本、乙本校改。

【注釋】

[1] 露葵：蓴菜。

紅藕映嘉魴

紅藕映嘉魴[1]，澄泉照孤坐。池痕放文彩，雨氣增

慵惶。山翁寄术藥，幸得秋病可[2]。終召十七人[3]，雲中備香火。（〇七〇）

【校勘】

紅藕映嘉魴　“映”原作“暎”，異體字。據甲本、乙本校改。

雨氣增慵惶　“惶”，甲本作“惰”。

【注釋】

[1] 魴：魚名。

[2] 可：病癒。

[3]“終召”句：東晉廬山高僧慧遠，與劉遺民、雷次宗、宗炳、慧持等十八人，及同志者共一百二十三人，盟誓同修淨土，往生西方彌陀世界。號白蓮社。後也稱蓮社。參南朝梁慧皎《高僧傳・慧遠傳》、《佛祖統紀》卷二六等。其十八人後世稱“十八賢”。後世多仿之結社，共建淨土道場。

清氣生滄洲

清氣生滄洲，殘雲落林藪。放鶴久不歸[1]，不知更歸否？支策到江湄[2]，江皐木葉飛[3]。自憐爲客遠，還如鵲繞枝[4]。南枝復北枝，玉露霑毛衣。（〇七一）

【校勘】

清氣　“氣”，甲本作“風”。

玉露霑毛衣　“霑”，甲本、乙本作“沾”，異體字。

【注釋】

［1］放鶴：東晉高僧支遁有放鶴一事。《高僧傳·支遁傳》："後有餉鶴者，遁謂鶴曰：'爾衝天之物，寧為耳目之玩乎？'遂放之。"

［2］"支策"句：策，手杖。湄，水邊。

［3］臯：水邊之地。

［4］鵲繞枝：三國曹操《短歌行》："月明星稀，烏鵲南飛。繞樹三匝，何枝可依？"

塞上曲二首

錦袷胡兒黑如漆[1]，騎羊上冰如箭疾。蒲桃酒白雕臘紅[2]，苜蓿根甜沙鼠出。單于右臂何須斷，天子昭昭本如日。一握鬻髯一握絲，須知只爲平戎術。（〇七二）

去年轉鬬陰山腳，生得單于却放却。今年深入於不毛[3]，胡兵拔帳遺弓刀。男兒須展平生志，爲國輸忠合天地。甲穿雖即失黄金，劍缺猶能生紫氣。塞草萋萋兵士苦，胡虜如今勿胡虜。侯封十萬始無心，玉關凱入君看取[4]。（〇七三）

【校勘】

蒲桃酒白雕臘紅　"雕"原作"鵰"，異體字。據甲本、乙本校改。

須知只爲平戎術　"戎"，甲本作"邊"。

今年深入於不毛　"於"，甲本、乙本作"于"。

男兒須展　“須”，乙本一作“貴”。

甲穿雖即失黄金　“即”，乙本一作“則”。

胡虜如今勿胡虜　甲本作“翔風墮指猶控弩”。

侯封十萬　“侯封”，甲本、乙本作“封侯”。

玉關凱入　“凱”，乙本一作“生”。

【注釋】

[1] 袷：夾衣。

[2]“蒲桃”句：蒲桃同“葡萄”。雕臘，乾雕肉。

[3] 不毛：草木不生之地。

[4] 玉關：即玉門關。與陽關同爲漢唐與西域交通的的門戶。故址在今甘肅敦煌西北。

擬齊梁體寄馮使君三首[1]

庭鳥多好音

庭鳥多好音，相呼灌木中。竹房更何有？還如鳥巢空。賴逢富人侯，真東晉諸公[2]。煌煌發令姿，珂珮鳴丁冬。故山有深霞，未如旌旆紅。慚非衛霍松[3]，何以當清風？（〇七四）

【校勘】

真東晉諸公　“諸”，甲本、乙本作“謝”。

【注釋】

［1］擬齊梁體寄馮使君：齊梁體，南朝齊梁時詩體。講求音律對偶，詞藻浮豔。馮使君，指睦州刺史馮岩。宋陳公亮、劉文富《嚴州圖經》卷一："馮岩，咸通十二年（871）十二月十三日自太府少卿拜。"又言："張極，咸通十四年十二月五日自長安縣令拜。"則馮氏任睦州刺史終於咸通十四年十二月。此詩當作於其間。貫休所言馮使君，皆馮岩。

［2］東晉諸公：東晉盛玄學，多名士，以玄遠高妙著稱。

［3］衛霍：漢武帝時抗擊匈奴的名將衛青、霍去病的並稱。

露益蟬聲長

露益蟬聲長，蕙蘭垂紫帶。清吟待明月，孤雲忽爲蓋。伊余石林人[1]，本是燒畬輩[2]。頻接謝公棋[3]，輸多未曾賽。（〇七五）

【校勘】

頻接謝公棋　"棋"原作"碁"，異體字。據乙本校改。

【注釋】

［1］石林人：謂山野之人。

［2］燒畬：燒荒種田。唐劉禹錫《竹枝詞》："銀釧金釵來負水，長刀短笠去燒畬。"

［3］謝公棋：謝公，指東晉謝安。淝水之戰，謝安爲征討大都督。大戰之日，謝安與侄謝玄下棋賭別墅。謝玄棋藝優於謝安，是日因憂懼而不勝。後晉軍大勝前秦。見《晉書·謝安傳》。

大道貴無心

大道貴無心[1]，聖賢爲始慕。秋空共澄潔[2]，美玉同真素。偉哉桐江守[3]，雌黄出金口。爲文能廢興，譚道弭空有。雪林枯槁者，坐石聽亦久。還疑紫磨身[4]，成居靈運後。（〇七六）

【校勘】

譚道　“譚”，甲本、乙本作“談”。

雪林枯槁者　“枯槁”，乙本作“槁枯”。

【注釋】

[1] 無心：佛教謂心離妄念，了無挂礙。

[2]“秋空”句：語本南朝宋謝靈運《登江中孤嶼》“雲日相輝映，空水共澄鮮”。

[3] 桐江：富春江上游。即錢塘江流經浙江桐廬境内一段。桐廬唐時爲睦州郡的屬縣。睦州原隋遂安郡，唐武德四年（621）改睦州，治建德（今浙江建德東北）。桐江守，即睦州太守。

[4] 紫磨身：猶金身。紫磨，上等黄金。

書匡山老僧菴[1]

篔簹紅實好鳥語[2]，銀髯瘦僧貌如祖。香煙濛濛衣

上聚，冥心縹緲入鐵圍[3]。白麔作夢枕藤屨[4]，東峰山媪貢瓜乳。(〇七七)

【校勘】

冥心縹緲　“縹緲”，甲本、乙本一作“渺渺”。

【注釋】

[1] 匡山：江西廬山的别稱。傳殷周之際有匡裕先生結廬於此，故名匡廬、匡山。參南朝宋釋慧遠《廬山記略》。

[2] 篔簹紅實：篔簹，竹名。實，指竹籽。

[3] 圍：疑爲“圍”之訛。鐵圍，即鐵圍山。

[4] 麔：鹿屬。

讀顧況歌行[1]

雪泥露金冰滴瓦，楓櫻火著僧留坐[2]。忽覩逋翁況自稱逋翁也。一軸歌，始覺詩魔辜負我。花飛飛，雪霏霏，三珠樹曉珠纍纍[3]。妖狐爬出西子骨[4]，雷車㩳破織女機[5]。憶昔鄱陽寺中見一碣，逋翁詞兮逋翁札。庾翼未伏王右軍[6]，李白不知誰擬殺。别，别，若非仙眼應難别。不可説，不可説，離亂亂離應打折。(〇七八)

【校勘】

楓櫻　“櫻”，甲本、乙本作“檉”。

忽覩逋翁一軸歌　“逋翁”，甲本注“況别號逋翁也”。乙本下注“況别號”。

雷車㮾破　“㮾”，甲本、乙本作“摎”，異體字。

【注釋】

[1] 顧況：字逋翁（約727～約820），蘇州人，中唐詩人，長於歌行。傳見唐皇甫湜《唐故著作郎顧況集序》、《舊唐書·李泌傳》附傳。

[2] 榸：枯木根，樹樁。

[3] 三珠樹：本作“三株樹”，古代傳説中的珍木。《山海經·海外南經》：“三株樹在厭火北，生赤水上。其爲樹如柏，葉皆爲珠。”晉陶潛《讀山海經》之七：“粲粲三珠樹，寄生赤水陰。”

[4] 西子：指西施，春秋越美女。

[5] “雷車”句：雷車，雷神之車。舊題晉陶淵明《搜神後記》卷五有女鬼阿香推雷車故事。織女，原爲星名，與牛郎星隔銀河相對，有牛郎織女七夕相會的傳説。

[6] “庾翼”句：庾翼，字稚恭，東晉人，曾爲荆州刺史。傳見《晉書》。王右軍，即王羲之，字逸少，東晉書法家。《説郛》卷八七下李嗣真《後書品》：“庾翼每不服逸少……及後見逸少與亮書，乃曰：‘今見足下答家兄書，焕若神明，頓還舊觀。’方乃大服。”

冬末病中作二首

東風吹草木，亦吹我病根。故人久不來，冷落如丘園。聃龍與摩詰[1]，吁嘆非不聞。顧惟年少時，未合多憂懃[2]。風鐘遠孤枕，雪水流凍痕。空餘微妙心，期共

靜者論。(○七九)

胸中有一物，旅拒復攻擊[3]。向下還上來，唯疑是肺石。山童頑且小，用之復何益？敎洗煮茶鐺，雪團打鄰壁。宛轉無好姿，徘徊更何適？庭前早梅樹，坐見花盡碧。屋老多鼠窠，窗卑露山脊。近來胸中物，已似輸藥力。微吟復微吟，依俙似莊舄[4]。(○八○)

【校勘】

泠落如丘園　“泠”，乙本、丙本作“冷”。

顧惟年少時　“惟”原作“唯”，從甲本、乙本校改作。

未合多憂懃　“未”原作“朱”，據甲本、乙本校改。

風鐘遠孤枕　“鐘”，原作“鍾”，從甲本校改。

胸中有一物　“胸”原作“胷”，異體字。據甲本、乙本校改。

徘徊更何適　“徘徊”，乙本作“裴回”。

依俙似莊舄　“俙”，甲本、乙本、丙本作“稀”。

【注釋】

[1]“聃龍”句：聃龍，指老聃。一般以爲老聃即老子。《莊子·天運》言孔子見老聃，歸而歎言“吾乃今於是乎見龍”。摩詰，指維摩詰居士。維摩詰曾示疾，以引佛弟子問疾，向之宣說佛理。參後秦鳩摩羅什譯《維摩詰所說經》之《弟子品》、《菩薩品》。

[2] 憂懃：憂慮勤勞。

[3] 旅拒：亦作“旅距”，抵住，頂住。

[4] 莊舄：戰國時越國人。仕楚，病中思越而吟越聲。見《史記·張

儀列傳》。後用以表思鄉之情。

遇葉進士

文章擬真宰[1]，儀冠冷如璧[2]。山寺偶相逢，眼青勝山色。氣隆多慷慨，語澹無他力。金繩殘果落，竹閤涼雨滴。自愧龍鍾人[3]，見此沖天翼。（〇八一）

【校勘】

儀冠冷如璧　“璧”，甲本、乙本作“壁”。

竹閤　“閤”，甲本、乙本作“閣”，異體字。

【注釋】

[1] 真宰：自然之性。

[2] 儀冠：儀容風度。

[3] 龍鍾：潦倒失意。

寄杜使君

清辰捲朱簾，盥嗽香滿室。杉松經雪後，別有精彩出。琅函芙蓉書[1]，開之向階日。好鳥長解來，孤雲偶相失。有時作章句[2]，氣概還鮮逸。茫茫世情世，誰人愛貞實？清高慕玄度，宴黙攀道一。殘磬隔風林，微陽

解冰筆。亦知休明代[3]，諒無經濟術[4]。門前九箇峯，終擬爲文乞。（〇八二）

【校勘】

清辰捲朱簾　“捲”原作“卷”，據甲本、乙本校改。

盥嗽　“嗽”，甲本、乙本作“漱”。

氣概　“概”原作“槩”，異體字。據甲本、乙本校改。

誰人愛貞實　“貞”，甲本、乙本作“真”。

【注釋】

[1]“琅函”句：琅函，書匣的美稱。芙蓉書，喻書之美妙。

[2] 章句：指詩文。

[3] 休明：美好清明，指明君當政，時逢盛世。

[4] 經濟術：治國理邦的才能。

寄高員外

冷冽蒼黄風似劈，雪骨冰筋滿瑤席。庭松流汗相抵嗅，霜絜重裘火無力。孤峯地爐燒白櫪，瘥眉道者應相憶[1]。倏忽維陽歲雲暮，寂寥不覺成章句。唯應將寄蘂宮人[2]，禪刹雲深一來否？（〇八三）

【校勘】

寄高員外　“員”原作“貟”，異體字。據甲本、乙本校改。

瘥眉道者　“瘥”，甲本、乙本作“龎”。

唯應將寄　“唯”，甲本、乙本作“惟”。“蘂宮人”，甲本、乙本作“蕊珠宮”，一作“蕊珠人”。

【注釋】

[1] 瘥眉：猶厖眉，花白眉毛，形容年老。瘥通“厖”。漢王褒《四子講德論》：“厖眉耆耇之老，咸愛惜朝夕，願濟須臾。”龎眉義同。唐錢起《贈柏岩老人》：“龎眉忽相見，避世一何久。”

[2] 蘂宮：蕊珠宮的省稱。道教所說的仙宮。蘂同“蕊”。唐顧雲《華清詞》：“相公清齋朝蕊宮，太上符籙龍蛇蹤。”

書陳處士屋壁二首[1]

有叟傲堯日，髮白肌膚紅。妻子亦讀書，種蘭青溪東。處士有種蘭篇。白雲有奇色，紫桂含天風。即應迎鶴書[2]，肯羨於洞洪[3]。（○八四）

高步前山前，高歌北山北。數載賣柑橙[4]，山資近云足。新詩不將出，往往僧乞得。唯云李太白，亦是偷桃賊[5]。吟狂神鬼走，酒釅天地黑[6]。青蘚生階墀[7]，擷之束成束。（○八五）

【校勘】

書陳處士屋壁二首　“二首”原無，據乙本校補。《唐詩紀事》卷六十作“書西人陳陶處士隱居”。

有叟傲堯日　“傲”原作“慠”，異體字。據甲本、乙本校改。

種蘭青溪東　“青”，甲本、乙本作“清”。

肯羨於洞洪　“於”，甲本作“于”。

吟狂神鬼走　“神鬼”，乙本作“鬼神”。

酒釅天地黑　“黑”，甲本作“昃”。

青蒭生階墀　“蒭”，甲本、乙本作“芻”，異體字。

【注釋】

［1］陳處士：即陳陶。《全唐詩》卷七四五收其《種蘭》詩。

［2］鶴書：書體名，古用於招賢納士的詔書。此處指徵聘的詔書。南朝齊孔稚圭《北山移文》：“及其鳴騶入谷，鶴書赴隴；形馳魄散，志變神動。”

［3］“肯羨”句：肯，豈。洞洪疑爲“洪洞”倒文。洪洞，虚空。宋劉摯《富池口》：“蛟鯨快乘時，驤首出洪洞。”

［4］“數載”句：《唐詩紀事》卷六十録此兩詩，末注“陶種柑橙，令山童賣之”。

［5］偷桃賊：指西漢東方朔。參卷一《夢遊仙四首》“蟠桃”注。

［6］釅：酒味濃厚。

［7］“青蒭”句：蒭，茭草。階墀，臺階。

對月作

今人看此月，古人看此月。如何古人心，難向今人説。古人求禄以及親，及親如之何？忠孝爲朱輪[1]。今人求禄唯庇身，庇身如之何？惡木多斜文。斜文復斜

文，顛窒何紛紛！（〇八六）

【注釋】

[1] 朱輪：古代貴族官要所乘之車用朱紅漆輪，故稱。

山茶花

風裁日染開仙囿，百花色死猩血謬[1]，今朝一朵墮階前，應有看人怨孫秀。（〇八七）

【校勘】

今朝一朵 “朵”原作“朶”，異體字。據乙本校改。

【注釋】

[1] 猩血：喻花色鮮紅。

上孫使君[1]

聖主得賢臣，天地方交泰。恭惟岳精粹，多出於昭代。君侯握文鏡[2]，獨立塵埃外。王演俗容儀[3]，崔陵小風概[4]。馨香擁蘭雪，峻秀高嵩岱。嵇松領歲寒[5]，莊劍無礱淬[6]。威棱玉霜直[7]，匠石金椎大。詩穿月明珠，道拍安期背。中興鸞鳳集，直道風雲會。萬卷似無書，三山如歷塊[8]。德乎天所縱，清矣誰堪對？有法在朝端，無塵到冠蓋。具瞻從密勿[9]，旦夕調鼎鼐[10]。爲君整衢樽，爲君戢蕃塞。豈知吾后意，憂此毗陵最[11]。親手賜彤弓[12]，蒼生是繄賴[13]。下車鄰寇散，是物冰壺内[14]。龔遂愛廉平[15]，次公太繁碎[16]。袴襦砧動地[17]，父母歌闐闐[18]。瑞雪鎖戈鋋[19]，非煙繞旌旆[20]。寧思子產水[21]，肯美任棠薤[22]。忽如春再來，不獨天重戴。昂藏海嶠鶴[23]，冷碧仙庭檜。物物動和風，家家有新態。芙蓉開弈幕[24]，錦帳無纖壒[25]。鼓角穿凍雲，恩波動耕耒。奸回改精魄[26]，禮教書紳帶[27]。必於堯舜日，還似房杜輩。野人有章句[28]，格力亦慷慨[29]。若不入丘門[30]，世間更誰愛？（〇八八）

【校勘】

恭惟岳精粹　“岳”，乙本作“嶽”，異體字。

爲君整衢樽　“樽”，甲本、乙本作“尊”。

龔遂愛廉平　“愛”，甲本、乙本作“喪”，前者已校改。

瑞雪鎖戈鋋　“瑞”原缺，據甲本校補。“鋋”原作“鋌”，從甲本、乙本校改。

寧思子產水　“水”，甲本、乙本作“冰”。

肯美任棠薤　“美”，甲本、乙本作“羨”。

芙蓉開弈幕　“弈”，甲本、乙本作“帟”。

奸回改精魄　“奸”原作“姧”，異體字。據甲本、乙本校改。

必於堯舜日　“於”，甲本、乙本作“于”。

若不入丘門　“丘”，甲本作“孔”。

【注釋】

[1] 孫使君：即孫徽，常州刺史。貫休《避地毗陵上王慥使君》題下注：“時黄賊陷東陽，公避地於浙右。”又有《避地毗陵寒月上孫徽使君兼寄東陽王使君三首》。貫休在廣明元年（880）六月黄巢軍攻陷婺州（即東陽）後，身在毗陵。則孫徽廣明元年前後爲常州刺史。

[2] 文鏡：猶文德。

[3] 王演：當爲人名。唐祖詠《酬汴州李别駕見贈》：“歎世同王演，懷賢憶法真。”

[4] “崔陵”句：崔陵，北齊人，以貌俊，善容止，名於世。傳見《北齊書》。風概，猶風度。

[5] 嵇松：三國魏嵇康（224～263），字叔夜，譙郡銍（今安徽宿縣西）人。好《老》、《莊》，不偶於世，而氣度超俗。與阮籍、山濤等交遊，竹林七賢之一。後爲司馬昭所殺。傳見《晉書》。山濤曾以松喻其風範。《世説新語·容止》載山濤言，“嵇叔夜之為人也，巖巖若孤松之獨立”。

[6] “莊劍”句：莊劍，《莊子·説劍》載，趙文王好劍，莊子説天子之劍、諸侯之劍、庶人之劍，趙文王爲之折服。礱淬，磨練刀劍。

[7] “威稜”句：威稜，威力；威勢。玉霜，秋霜。

[8] “三山”句：三山，傳説中的蓬萊、方丈、瀛洲三座海上仙山。參晉王嘉《拾遺記·高辛》。歷塊，形容迅疾。塊，土塊。

[9] “具瞻”句：具瞻，爲衆人所瞻望。語出《詩經·小雅·節南山》：“赫赫師尹，民具爾瞻。”密勿，機要；機密。《三國志·魏書·杜恕傳》：“與聞政事密勿大臣，寧有懇懇憂此者乎？”

[10] 調鼎鼐：指治理朝政。鼎，古代食器，多青銅製。鼐，最大的

鼎。傳禹鑄九鼎，歷商至周，爲傳國重器。後以此指代國家政權與帝位。

［11］毗陵：今江蘇常州。

［12］彤弓：朱漆的弓。古代君主賜予臣屬，使專征伐。

［13］緊：語助詞。

［14］冰壺：盛冰的玉壺。喻品德高潔。語本南朝宋鮑照《白頭吟》："直如朱絲繩，清如玉壺冰。"

［15］龔遂：漢代循吏龔遂，以公正清廉稱。傳見《漢書·良吏傳》。

［16］"次公"句：漢宣帝時蓋寬饒字次公，爲官志在奉公，清廉剛直，多以禮法劾人。傳見《漢書》。繁碎，繁瑣。

［17］袴襦：東漢廉范爲蜀郡太守，其郡大治，百姓歌曰，"廉叔度，來何暮？不禁火，民安作。平生無襦，今五絝"。見《後漢書·廉范傳》。後以袴襦、袴襦歌指官吏善政。

［18］闤闠：街市，街道。

［19］戈鋋：戈與鋋，泛指兵器。鋋，小矛。

［20］非煙：祥雲。《史記·天官書》："若煙非煙，若雲非雲。鬱鬱紛紛，蕭索輪囷，是謂卿雲。"

［21］子産：春秋鄭國賢相公孫僑的字。子産爲政寬仁，百姓樂之。《韓詩外傳》卷三載子貢言，"故民歸之，如水就下"。《左傳·昭公二十年》："鄭子産有疾，謂子大叔曰：'我死，子必爲政。唯有德者能以寬服民，其次莫如猛。夫火烈，民望而畏之，故鮮死焉。水懦弱，民狎而玩之，則多死焉，故寬難。'"

［22］任棠薤：東漢漢陽太守龐參訪隱者任棠，任棠"但以薤一大本，水一盂，置戶屏前，自抱孫兒伏於戶下"。龐參感悟，水者，欲其清；拔大本薤者，欲其擊強宗；抱兒當戶，欲其恤孤也。見《後漢書·龐參傳》。

［23］海嶠：海邊山嶺。

［24］弈幕：帳幕。

［25］纖壒：細小的塵埃。

[26] 奸回：奸邪之人。

[27] 書紳帶：把要牢記的話寫在紳帶上。後亦稱牢記他人的話。語本《論語·衛靈公》："子張書諸紳。"邢昺疏："紳，大帶也。子張以孔子之言書之紳帶，意其佩服無忽忘也。"

[28] 野人：鄉野之人。

[29] 格力：詩文的格調、氣勢。

[30] 丘門：丘，指孔子。丘門，指儒家。

卷　四

行路難四首

不會當時作天地，剛有多般愚與智[1]。到頭還用真宰心，何如上下皆清氣？大道冥冥不知處，那堪頓得羲和轡[2]？義不義兮人不人，擬學長生更容易。負心爲爐復爲火[3]，緣木求魚應且止[4]。君不見燒金煉石古帝王，鬼火熒熒白楊裏。（〇八九）

【校勘】

行路難四首　《全唐詩》卷八二七爲五首，多“君不見山高海深人不測”一首。原本單列於卷一。

不會當時　“時”，乙本一作“初”。

義不義兮人不人　兩“人”字，甲本、乙本作“仁”。

負心爲爐　“心”，乙本一作“薪”。

緣木求魚　“緣”原作“縁”，異體字。據甲本、乙本校改。

君不見燒金煉石　“煉”原作“鍊”，異體字。據甲本、乙本校改。

【注釋】

[1] 剛：偏。隋煬帝《效劉孝綽憶詩二首》之一："憶睡時，待來剛不來。"

[2] 羲和轡：羲和，傳說中駕馭日車的神。轡，駕馭馬的繮繩。

[3] "負心"句：指背棄本心，煆藥煉丹。

[4] 緣木求魚：喻勞而無功。語出《孟子·梁惠王章句上》："以若所爲求若所欲，猶緣木而求魚也。"

君不見道傍廢井生古木，本是驕奢貴人屋。幾度美人照影來，素綆銀瓶擢纖玉[1]。雲飛雨散今如此，繡闥雕甍作荒谷[2]。沸渭笙歌君莫誇[3]，不應長是西家哭。休說遺編行者幾[4]，至竟終須合天理。敗他成此亦何功，蘇張終作多言鬼[5]。行路難，行路難，不在羊腸裏[6]。（〇九〇）

【校勘】

素綆銀瓶擢纖玉　"瓶"，甲本、乙本作"缾"，異體字。"擢"，乙本作"濯"。

不應長是　"長"，甲本作"常"，乙本一作"常"。

【注釋】

[1] "素綆"句：綆，繩子。纖玉，形容女子雙手纖秀潔白。

[2] 繡闥雕甍：繡闥，裝飾華麗的門。雕甍，雕鏤文采的屋脊。指華

美的屋宇。

［3］沸渭笙歌：歌樂喧鬧。沸渭，喧騰貌。笙歌，奏樂歌唱。

［4］遺編：前人遺著。

［5］蘇張：指戰國縱橫家代表蘇秦、張儀，善辯說。

［6］羊腸：喻路途艱難。

九有茫茫共堯日[1]，浪死虛生亦非一。清淨玄音竟不聞[2]，花眼酒腸暗如漆。或偶因片言隻字登第光二親，又不能獻可替不航要津[3]。口譚羲軒與周孔[4]，理行不及屠沽人[5]。行路難，行路難，日暮途遠空悲歎。(〇九一)

【校勘】

浪死虛生　“虛”原作“虗”，異體字。據甲本、乙本校改。

清淨玄音　“淨”原作“爭”，據甲本、乙本校改。

或偶因片言隻字登第光二親　“第”原作“弟”，據甲本、乙本校改。

又不能獻可替不航要津　第二個“不”，甲本、乙本作“否”。

理行不及　“理”，甲本、乙本作“履”。

【注釋】

［1］九有：九州。

［2］玄音：指玄妙的言語。

［3］“獻可”句：獻可替不，進獻可行者，廢去不可行者。謂規諫君

主。不通“否”。要津，重要的官職。

[4] “口譚”句：羲軒，伏羲氏和軒轅氏（黄帝）的並稱。周孔，周公、孔子。

[5] 屠沽人：屠牲者、沽酒者。

君不見道傍樹有寄生枝，青青鬱鬱同榮衰。無情之物尚如此，爲人不及還堪悲。父歸墳兮未朝夕，已分黄金爭田宅。高堂老母頭似霜，心作數支淚常滴。我聞忽如負芒刺[1]，不獨爲君空歎息。古人尺布猶可縫[2]，潯陽義犬令人憶[3]。寄言世上爲人子，孝義團圓莫如此。若如此，不遄死兮更何俟[4]？（〇九二）

【校勘】

父歸墳兮未朝夕　“朝”，乙本一作“期”。

高堂老母頭似霜　“霜”，乙本一作“雪”。

心作數支　“支”，乙本一作“枝”。

潯陽義犬　“犬”，乙本一作“夫”。

孝義團圓　“圓”原作“圎”，異體字。據乙本校改。

【注釋】

[1] 負芒刺：西漢霍光權傾朝野，漢宣帝見之如芒刺在背，十分不安。見《漢書·霍光傳》。芒刺，草木莖葉或果實上的刺。

[2] 尺布猶可縫：《史記·淮南衡山列傳》載，漢文帝弟淮南厲王劉長謀反，敗，遣送蜀郡途中絕食而亡。民間歌言：“一尺布，尚可縫；一斗粟，尚可舂。兄弟二人不能相容。”

［3］潯陽義犬：潯陽，疑當作“襄陽”。晉干寶《搜神記》卷二十載，孫權時襄陽人李信純養一狗，名黑龍。後外出醉酒卧草中，火起。其犬往返入溪濕身，以灑之。李獲免，犬困乏致斃。

［4］遄：速，快。

泊秋江

岸如洞庭山似剡，船漾清漪涼勝簟[1]。月白風高不得眠，枯葦叢邊釣師魘[2]。（〇九三）

【校勘】

船漾清漪涼勝簟　“漾”原作“瀁”，異體字。據甲本、乙本校改。“漪”，甲本、乙本作“溪”。

【注釋】

［1］簟：竹席。

［2］魘：夢魘。

嘲商客[1]

葦蕭蕭，楓槭槭[2]，落日江頭何處客？斜倚帆檣不喚人，五湖浪向心中白。（〇九四）

【校勘】

楓槭槭 "槭槭"，甲本、乙本作"摵摵"。

【注釋】

[1] 商客：商旅。

[2] 槭槭：風吹葉動聲。唐劉禹錫《秋聲賦》："草蒼蒼兮人寂寂，樹槭槭兮蟲咿咿。"摵摵，義同。唐楊炯《唐同州長史宇文公神道碑》："摵摵寒桐，平林之東。"

寄王滌[1]

梅月多開戶，衣裳潤欲滴。寂寥雖無形，不是小讎敵。地虛草木壯，雨白桃李赤。永日無人來，庭花苦狼籍。吟高好鳥覷，風靜茶煙直。唯思萊子來[2]，衣拖五般色。（〇九五）

【注釋】

[1] 王滌：字用霖，族望太原。昭宗景福中進士，官至中書舍人。天祐時避亂入閩。生平參《新唐書·宰相世系表二中》、《唐詩紀事》卷六七等。

[2] 萊子：即老萊子。春秋末年楚國隱士。孝養父母，行年七十，著五彩衣，作嬰兒狀以娛二親。見唐歐陽詢《藝文類聚》卷二十引《列女傳》。後以爲孝養父母典。

上馮使君五首

撑船碧江上，春日何遲遲？汀花最深處，拾得鴛鴦兒。（〇九六）

漁父無憂苦，水仙亦何別[1]？眠在緑葦邊，不知釣筒發[2]。（〇九七）

樵叟無憂苦，地仙亦何別？茅屋岸花中，弄孫頭似雪。（〇九八）

扣舷得新詩，茶煮桃花水。嶭嶭數片帆[3]，去去殊未已[4]。（〇九九）

仁政無不及，乳獺將子行。誰家苦竹林[5]，中有讀書聲。（一〇〇）

【注釋】

［1］水仙：水中神仙。唐司馬承禎《天隱子·神解》："在人謂之人仙，在天曰天仙，在地曰地仙，在水曰水仙，能變通之曰神仙。"

［2］釣筒：放置水中的竹製漁具。唐崔道融《溪夜》："漁人拋得釣筒盡，卻放輕舟下急灘。"

［3］嶭嶭：猶高高。

［4］"去去"句：去去，遠去。三國魏曹植《雜詩六首》之二："去去莫復道，沈憂令人老。"殊，猶。已，止。

［5］苦竹：竹名。

擬君子有所思二首

我愛正考甫[1]，思賢作商頌。我愛揚子雲[2]，理亂皆如鳳。振衣中夜起，露花香旖旎。撲碎驪龍明月珠，敲出鳳皇五色髓。陋巷簫簫風淅淅，緬想斯人勝珪璧。寂寥千載不相逢，無限區區盡虛擲[3]。盡虛擲，君不見沈約道，佳人不在茲，春光爲誰惜[4]？（一〇一）

安得龍猛筆[5]，點石爲黄金。西岳龍猛大士，於硯中磨藥，點筆成金。西天有龍猛金，其色紫。散爲酷吏家，使無貪殘心。甘棠密葉成翠幄[6]，欸鳳不來天地塞[7]。所以傾國傾城人，如今如今不可得[8]。（一〇二）

【校勘】

擬君子有所思二首　乙本注“一本無擬字”。

我愛揚子雲　“揚”原作“楊”，據甲本、乙本校改。

陋巷簫簫風淅淅　“簫簫”，戊本作“蕭蕭”。“淅淅”原作“枂枂”，異體字。據甲本、乙本校改。

盡虛擲　甲本、乙本無此三字。當爲衍字。

西岳龍猛大士　“岳”，甲本、乙本作“嶽”，異體字。“西”原作“卤”，異體字。據甲本、乙本校改。

散爲酷吏家　“爲”，乙本一作“間”，一作“向”。

甘棠密葉　“密”原作“宻”，異體字。據甲本、乙本校改。

欵鳳不來　“欵”，乙本一作“穎”。

“所以”兩句　乙本一作“所以傾城人，如今不可得”。

【注釋】

[1] 正考甫：《詩經·商頌序》：“其間禮樂廢壞，有正考甫者，得《商頌》十二篇於周之大師。”

[2] 揚子雲：揚雄，字子雲（前 53～後 18），蜀郡成都（今屬四川）人。西漢哲學家、語言學家，漢賦四大家之一。傳見《漢書》。

[3] 區區：仰慕、思念之情。

[4] “君不見”三句：沈約，字休文（441～513），吳興武康（今浙江德清）人。齊梁間文學家。傳見《宋書》、《梁書》。其《臨春風》詩有句“佳人不在茲，春風爲誰惜”。

[5] 龍猛：即龍樹，印度大乘佛教中觀學派創始人。《大唐西域記》卷十《憍薩羅國》言，引正王為龍猛菩薩鑿跋邏末羅耆釐山，建立伽藍。人疲財竭，功猶未半。龍猛菩薩以神妙藥滴諸大石，並變為金。遂得營建，功畢有餘。唐釋道世撰《法苑珠林》卷二九《感通篇》則言：“龕中石像形極偉大。寺成之日，龍猛就山以藥塗之，變成紫金，世無等者。”

[6] “甘棠”句：甘棠，木名，即棠梨。傳周時召公奭南巡，在棠樹下斷案，後人追思，不忍伐其樹。作《甘棠》以歌詠之。典出《詩經·召南·甘棠》，事詳《史記·燕召公世家》。後遂以“甘棠”稱頌循吏的美政和遺愛。翠幄，翠色的帳幔。

[7] 欵鳳：“欵”有尋求義。晉袁宏《後漢紀·安帝紀下》：“然君子之動非謀於衆也，求之天地之中，款之胸懷之內。”欵疑爲“穎”之訛，穎鳳猶靈凰。元方回《瀛奎律髓》卷三收宋宋祁《懷古眺望》詩“廟祠旌穎鳳”句注：“黄丞相祠并鳳皇里。”

[8] “所以”兩句：漢武帝寵妃李夫人，本倡女，其兄李延年在武帝前歌曰：“北方有佳人，絶世而獨立。一顧傾人城，再顧傾人國，寧不知傾城

與傾國，佳人難再得!”由此獲召。見《漢書·外戚列傳》。

古塞下曲四首

古塞腥膻地[1]，胡兵聚如蠅。寒鵰中髇石[2]，落在黄河冰。蒼江邐迤城[3]，杮杮賊氣興[4]。鑄金禱秋穹，還擬相憑淩。（一〇三）

戰骨踐成塵，飛入征人目。黄金忽變黑，戰鬼作陣哭。陰風吼大漠，火號出不得。誰爲天子前，唱此邊城曲?（一〇四）

日向平沙出，還向平沙没。飛蓬落軍營，驚鵰去天末。帝鄉青樓倚霄漢[5]，歌吹掀天對花月。豈知塞上望鄉人，日日雙眸滴清血。（一〇五）

狼煙作陣雲[6]，凶奴愛輕敵[7]。領兵不知數，牛羊復吞磧。嚴冬大河枯，嫖姚去深擊[8]。戰血染黄沙，風吹映天赤。（一〇六）

【校勘】

古塞下曲四首　乙本題下注“一本無古字，亦無四首二字，第三首另一題”。

蒼江邐迤城　“江”，乙本作“茫”。

還擬相憑淩　“淩”，甲本、乙本作“陵”。

戰骨踐成塵　“戰”、“踐成”，甲本、乙本一作“白”、

“化黄”。

黄金忽變黑　“金”，甲本、乙本作“雲”，一作“塵”。

戰鬼作陣哭　“陣”，甲本、乙本一作“夜”。

飛蓬落軍營　“軍”，乙本一作“陣”。

狼煙作陣雲　“作”，甲本、乙本作“在”。

凶奴愛輕敵　“凶”，甲本、乙本作“匈”。

【注釋】

［1］腥膻：難聞的腥味。謂古塞久經征戰，佈滿血腥。

［2］髇：同“髐”，響箭。

［3］邏逤：唐時吐蕃都城，今西藏自治區拉薩市。

［4］㭬㭬：升騰貌。唐陳陶《飛龍引》：“一旦黄龍下九天，騎龍㭬㭬升紫煙。”

［5］青樓：青漆塗飾的樓宇。三國魏曹植《美女篇》：“青樓臨大路，高門結重關。”

［6］狼煙：燃狼糞生起的煙，直而不散，古代邊防常用以作報警信號。

［7］凶奴：狂亂悖逆之人。《周書·辛慶之傳附辛昂傳》載，郡民反叛，“昂謂其同侶曰：‘凶奴狂悖，一至於此。’”此處指強悍善戰的西北少數民族。

［8］嫖姚：漢武帝時抗擊匈奴的名將霍去病曾任嫖姚校尉。後常以指抗擊外敵的將領。

鼓腹曲

我昔不幸兮遭百罹，蒼蒼留我兮到好時。耳聞鐘鼓兮生豐肌，白髮却黑兮自不知。東鄰老人好吹笛，倉囤峨峨穀多赤。餅紅鰕兮析麞臘[1]，有酒如濁醯兮呼我喫[2]。往往醉倒潢洿之水邊兮人盡識[3]，孰云六五帝兮四三皇？如夔如龍兮如龔黄[4]，吾不知此之言兮是何之言兮？（一〇七）

【校勘】

耳聞鐘鼓兮　“鐘”，原作“鍾”，從甲、乙本改。

餅紅鰕兮析麞臘　“析”原作“扸”，乙本作“枬”，皆異體字。據甲本校改。

【注釋】

[1]“餅紅”句：析，劈，剖。麞臘，醃製的麞肉。

[2] 醯：醋。

[3] 潢洿，池塘。

[4] 龔黄：漢代循吏龔遂與黄霸。傳見《漢書·良吏傳》。後常泛指循吏。

經曠禪師院

吾師楞伽山中人[1]，氣岸古淡僧麒麟。曹溪老兄一與語[2]，金玉聲利[3]，泥棄唾委[4]，兀兀如頑雲[5]。驪珠兮固難價其價[6]，靈芝兮何以根其根？真貌枯槁言樸略[7]，納衣爛黑燒岳痕[8]。憶昔十四五年前苦寒節，禮師問師楞伽月。此時師握玉塵尾[9]，報我却云非日月，一敲粉碎狂性歇。庭松無韻冷撼骨，搔窗㯹檜數枝雪。邇來流浪於吳越，一片閑雲空皎潔。再來尋師已蟬蜕，薝蔔林枯醴泉竭[10]。水壇香火遺影在[11]，甘露松枝月中折。師去世，有甘露降於庭松。寳師往日真隱心，今日不能墜雙血[12]。（一〇八）

【校勘】

納衣爛黑　“納”，甲本、乙本作“衲”。

搔窗㯹檜數枝雪　“搔”，乙本作“掃”。“㯹”，乙本作“㩦”。

邇來流浪於吳越　“於”，甲本、乙本作“于”。

一片閑雲　“閑”，甲本、乙本作“閒”。

今日不能墜雙血　“墜”，甲本、乙本作“墮”。

【注釋】

[1] 楞伽山：楞伽爲梵語音譯。意譯難往山、險絕山。相傳此山乃佛陀宣講《楞伽經》處。

[2] 曹溪：水名，位於韶州（今廣東曲江縣東南）。唐儀鳳二年(677)，六祖慧能歸曹溪寶林寺，大弘禪法，人稱曹溪法門。後也常以曹溪稱慧能。

[3] 金玉聲：喻聲音悦耳動人。唐白居易《題故元少尹集後二首》之二：“遺文三十軸，軸軸金玉聲。”

[4] 泥棄唾委：如泥塵、唾沫一般抛棄。喻抛棄之斷然、決絕。

[5] 兀兀：混沌無知貌。唐寒山《三界人蠢蠢》：“兀兀過朝夕，都不

別賢良。”

[6] 驪珠：寶珠。出於驪龍頷下，故名。參卷二《還舉人歌行卷》“驪龍失珠”注。

[7] 樸略：質樸簡約。

[8] 納衣：即衲衣，僧家取人所棄之布縫衣，也稱百衲衣。納通“衲”。南朝梁慧皎《高僧傳·慧持傳》：“持形長八尺，風神儁爽，常躡草屣，納衣半脛。”

[9] 玉麈：玉柄麈尾。魏晉士大夫清談時常執之。

[10] 薝蔔：梵語音譯，意譯爲鬱金花。

[11] 水壇：密宗護摩壇之一種。急病兵亂等起時，在屋宅中作壇，唯以灑水淨之，稱爲水壇；木壇亦灑水，且無場所限制，自由持行，如水之流動自在，亦稱水壇。

[12] 雙血：目中泣血成雙。唐元稹《出門行》：“持璞自枕頭，淚痕雙血漬。”

邊上作三首

山無綠兮水無清，風既毒兮沙亦腥。胡兒走馬疾飛鳥，聯翩射落雲中聲[1]。（一〇九）

陣雲忽向沙中起，探得胡兵過遼水。堪嗟護塞征戍兒，未戰已疑身是鬼。（一一〇）

見說青塚穴[2]，中有白野狐。時時出沙磧，向東而號呼。號呼復號呼，畫師圖得無[3]？（一一一）

【校勘】

邊上作三首　乙本一作“邊上作二首”，下注“一本缺第三首”。

【注釋】

［1］聯翩：接連不斷。

［2］青塚：指漢王昭君墓，在今内蒙古自治區呼和浩特市南。傳此地多白草，此墓獨青，故名。王昭君，名嬙，字昭君，西漢南郡秭歸（今屬湖北）人。漢元帝時入宫，後匈奴呼韓邪單于入朝求親，昭君自請和親。

［3］畫師：傳漢元帝時，宫中畫師繪後宫諸女像，因求賄。唯王昭君不從，被畫醜，不得召。後昭君自請和親，臨别，漢元帝驚豔，無奈遣之，遂誅殺京中畫工。見晉葛洪《西京雜記》卷二。

送張拾遺赴施州司戶[1]

道之大道古太古，二字爲名爭莽鹵[2]。社稷安危在直言，須歷堯階撾諫鼓[3]。恭聞吾皇至聖深無比，推席却几聽至理[4]。一言偶未合堯聰，賈生須看湘江水[5]。君不見頃者百官排闥赴延英[6]，陽城不死存令名[7]。君又不見仲尼遥奇司馬子，佩玉垂紳合如此[8]。公乎公乎施之椽，江上春風喜相見。畏天之命復復行，芙蓉爲衣勝絁絹[9]。好音入耳應非久，三峽聞猿莫迴首[10]。且啜千年羹，醉巴酒[11]。（一一二）

【校勘】

一言偶未合堯聰　“聰”原作“聦”，異體字。據甲本、乙本校改。

陽城不死　“陽”原作“楊”，據乙本校改。

君又不見仲尼　“君”，乙本無。

公乎公乎施之椽　“椽”，甲本、乙本作“掾”。

畏天之命復復行　“復復行”，甲本、乙本作“復行行”。

【注釋】

［1］送張拾遺赴施州司戶：拾遺，唐武則天時始置左右拾遺，掌供奉諷諫。施州，州名，治清江（今湖北恩施）。司戶，州縣佐吏，主管民戶。唐制，在府曰戶曹參軍，在州曰司戶參軍，在縣曰司戶。張拾遺指張道古，故詩中言“道之大道古太古，二字爲名爭莽鹵”。《資治通鑑》卷二六一言，昭宗乾寧四年（897）十二月，右拾遺張道古上疏稱國家有五危、二亂，上怒，貶道古施州司戶。此詩當作於張道古赴施州，路過江陵時。

［2］莽鹵：魯莽。

［3］諫鼓：設於朝廷供進諫者敲擊以聞的鼓。

［4］推席却几：推席，《後漢書·竇武傳》載，竇武輔政，常有誅翦宦官之意，太傅陳蕃亦素有此意。時共會朝堂，陳蕃私向竇武言之，“武深然之，蕃大喜，以手推席而起”。却几，推開几案，以拉近距離交談。

［5］“賈生”句：漢文帝時賈誼才高命蹇，遭排擠，被貶長沙王太傅，過湘水，作《吊屈原賦》，挽古傷己。傳見《史記》、《漢書》。

［6］排闥赴延英：排闥，推門。延英，即延英殿，唐代宮殿名。

［7］陽城：唐德宗時人，有令名。遷諫議大夫，痛飲爲事，衆人皆謂虛名。後裴延齡等亂政，陸贄等遭枉黜，無敢救者，陽城乃上疏諫爭。德宗欲相延齡，陽城復諫阻之。遂名重天下。傳見新舊《唐書》。

[8] 佩玉垂紳：指爲官。佩玉，佩帶玉飾。紳，古代士大夫繫的大帶子。

[9] 絁絹：質稍次的絲織品。

[10] 三峽聞猿：古代三峽多猿鳴。北魏酈道元《水經注》卷三四《江水》："每至晴初霜旦，林寒澗肅，常有高猿長嘯，屬引淒異，空谷傳響，哀轉久絶。"

[11] 巴酒：巴地釀造的酒。

書倪氏屋壁三首

茶烹緑乳花映簾，撑沙苦笋銀纖纖。窗中山色香翠黏，主人於我情無厭。（一一三）

白桑紅椹鶯咽咽，麵揉玉塵餅挑雪。將爲數日已一月，主人於我特地切[1]。（一一四）

水驕草媚淹山路，睡槎鴛鴦如畫作[2]。春光靄靄忽已暮，主人剛地不放去[3]。（一一五）

【校勘】

撑沙苦笋　"笋"，甲本、乙本作"筍"，異體字。

窗中山色香翠黏　"黏"，甲本作"粘"。

白桑紅椹鶯咽咽　"鶯"原作"鸎"，異體字。據乙本校改。

主人於我情無厭　"厭"原作"猒"，異體字。據甲本、乙本校改。

水驕草媚淹山路　"驕"、"淹"，甲本、乙本作"嬌"、

“掩”。

【注釋】

[1] 特地切：特地，格外。切，懇切。

[2] 槎：竹木筏。

[3] 剛地：偏偏。貫休《山居詩》之十八：“剛地無人知此意，不堪惆悵落花前。”

續姚梁公座右銘[1]并序

序曰：愚常覽白太保所作《續崔子玉座右銘》一首，其詞旨廼典廼文，再懇再切，實可警策未悟，貽厥將來。次又見姚崇、卞蘭、張說、李邕，皆有斯文，尤爲奥妙。其於束勗婉勉[2]，乃千古之鑒誡資腴矣。愚竊愛其文，唯恨世人不能行之，十得其二。一日，因抽毫遂作續白氏之續，命曰：續姚梁公座右銘一首。雖文經理緯非逮於羣公，而亦可書於屋壁。

善爲爾諸身，行爲爾性命。禍福必可轉，莫憖言前定[3]。見人之得，如己之得，則美無不克。見人之失，如己之失，是亨貞吉。返此之徒，天鬼必誅。福先禍始，好殺滅紀，不得不止。守謙寡慾，善善惡惡，不得不作。無見貴熱，諂走蹩躠[4]。無輕賤微，上下相依。古聖著書，矻矻孳孳[5]。忠孝信行，越食逾衣。生天地間，未或非假。身危彩虹[6]，景速奔馬[7]，胡不自彊？將昇玉堂，胡爲自墜？言虛行僞，艷殃爾壽須戒，酒腐爾腸須畏。勵志須至，撲滿必破[8]。非莫非於飾非，過莫過於文過。及物陰功，子孫必封。無恃文學，是司奇薄。患隨不忍，害逐無足。一此一彼，諧宮合徵[9]。親仁下問，立節求己。惡木之陰匪陰，盜泉之水非水[10]。世乎草草[11]，能生幾幾？直須如冰如玉，種桃種李。嫉人之惡，酬恩報義。忽己之慢，成人之美。無擔虛譽，無背至理。恬和愻暢，沖融終始。天人景行，盡此而已。丁寧丁寧，戴髮含齒[12]。（一一六）

【校勘】

愚常覽白太保所作　“常”，甲本、乙本作“嘗”。

其詞旨迺典迺文　“迺”，甲本、乙本皆作“乃”，異體字。

次又見姚崇　“崇”原作“宗”，據甲本、乙本校改。

其於束勗婉勉　“於”，甲本、乙本作“于”。

雖文經理緯非逮於羣公　“非”，甲本、乙本作“不”。

而亦可書於屋壁　甲本、乙本末有一“云”字。

好殺滅紀　“紀”，甲本作“絕”。

胡不自彊　“彊”，甲本作“強”，異體字。

艷殃爾壽須戒　“艷”，甲本、乙本作“豔”，異體字。

盡此而已　“盡”原缺，據甲本、乙本校補。

【注釋】

[1] 姚梁公：即姚崇。先天二年封梁國公，故稱。

[2] 束勗：警策。

[3] 慤：恭謹。

[4] 謟走蹩躠：謟，奉承。蹩躠，奔波。唐李白《鳴臯歌送岑徵君》：“若使巢由桎梏於軒冕兮，亦奚異於夔龍蹩躠於風塵!”

[5] 矻矻孳孳：矻矻，石堅貌，引申爲堅定執著義。孳孳同“孜孜”，勤勉貌。

[6] 身危彩虹：言身如彩虹般易逝。

[7] 景速奔馬：景，時光。謂時光飛逝如奔馬。

[8] 撲滿：蓄錢的瓦器。

[9] 諧宫合徵：合乎音律。五音爲宫、商、角、徵、羽。

[10]“惡木”兩句：《文選·陸機〈猛虎行〉》：“渴不飲盗泉水，熱不息惡木陰。”李善注：“《尸子》曰：‘……（孔子）過於盗泉，渴矣，而不飲，惡其名也。’江邃文釋云：‘《管子》曰：夫士懷耿介之心，不蔭惡木之枝。’”惡木，賤劣之樹。

[11]“世孚”兩句：孚，信用。幾幾，幾許。謂不爲世人信服，難於處世。

[12] 戴髮含齒：指人的形狀，也指人。《列子·黄帝》：“有七尺之骸，手足之異，戴髮含齒，倚而趣者謂之人。”

上盧少卿覓千文[1]

荆生有美玉，含華常炳爛[2]。堪爲聖君璽，堪爲聖君按。草木潤不凋[3]，煙霞覆不散。野人到山下，仰視星辰畔。儻獲如栗黄[4]，保之上霄漢。（一一七）

【校勘】

上盧少卿覓千文　“覓”原作“覔”，異體字。據甲本、乙本校改。

荆生有美玉　“生”，甲本、乙本作“山”。

含華常炳爛　“常”，乙本作“尚”。

堪爲聖君按　“按”，甲本、乙本作“案”。

草木潤不凋　“凋”，甲本、乙本作“雕”。

儻獲如栗黄　“儻獲”，甲本、乙本作“倘或”。

【注釋】

［1］上盧少卿覓千文：盧少卿，指盧知猷，字子暮，曾任太常少卿，故稱。咸通年間曾任饒州刺史，工書，貫休與之交遊。傳見新舊《唐書》。千文，法帖名。古人集王羲之字爲《千字文帖》，後多有臨者。

［2］炳爛：燦爛。

［3］“草木”句：語本《荀子·勸學》：“玉在山而木草潤。”

［4］栗黄：板栗，因去殼後肉色爲黄而得名。

謝盧少卿惠千文

廬山有石鏡，高倚無塵垢。晝景分煙蘿，夜魄侵星斗。苞含物象列[1]，搜照魚龍吼。寄謝天地間，毫端皆我有。（一一八）

【校勘】

謝盧少卿惠千文　“卿”原作“師”，據甲本、乙本校改。

【注釋】

［1］苞含：包含。苞通“包”。

卷　五

大蜀皇帝壽春節進堯銘舜頌二首[1]

堯　銘

金册昭昭[2]，列聖孤標[3]。仲尼有言[4]，巍巍帝堯。承天眷命，罔厥矜驕。四德炎炎[5]，階蓂不凋[6]。永孚於休[7]，垂衣飄飖[8]。吾皇則之，小心翼翼。秉陽亭[9]毒，不遑暇食。上階苔緑，茅茨雪滴。君既天賦，相亦天錫[10]。德輶金鏡[11]，以聖繼聖。漢高將將[12]，太宗兵柄[13]。吾皇則之，日新德盛。朽索六馬[14]，罔墜厥命。熙熙蓼蕭[15]，塊潤風調。舞擎干羽[16]，囿入芻蕘[17]。既玉其葉，亦金其枝[18]。葉葉枝枝，百工允釐[19]。亨國如堯，不疑不疑。（一一九）

舜　頌

高高歷山[20]，有黍有粟。皇皇大舜，合堯玄德[21]。

五典克從[22]，四門伊穆[23]。大道將行，天下爲公。臨下有赫，選賢用能。吾皇則之，無斁無逸[24]。綏厥品彙[25]，光光得一[26]。千輻臨頂[27]，十在隨蹕[28]。大哉大同，爲光爲龍。吾皇則之，聖謀隆隆。納隍孜孜[29]，□□切切。六宗是禋[30]，五瑞斯列[31]。排麟環鳳，披香立雪。四夷納賮[32]，九圍有截[33]。昔救世師，降生竺乾[34]。壽春亦然，萬年萬年。（一二〇）

【校勘】

永孚於休　“於”，甲本、乙本作“于”。

上階苔緑　“上”，甲本、乙本作“土”。

舞擎干羽　“干”原作“千”，形近而訛。據甲本、丙本校改。

囿入蒭蕘　“蒭”，甲本作“芻”。

綏厥品彙　“彙”原作“滙”，異體字。據乙本校改。

□□切切　“切切”前缺字，原未標。甲本作“孜孜”，乙本爲“孜孜”。

九圍有截　“圍”，甲本、乙本一作“囿”。

降生竺乾　“竺乾”原作“笁乹”，異體字。據甲本、乙本校改。

【注釋】

[1] 大蜀皇帝壽春節：大蜀皇帝，指前蜀君主王建。壽春節，王建生日的尊稱。清吳任臣《十國春秋》卷三六記，前蜀武成元年（908），“是

歲，帝以降生日爲壽春節。”五代杜光庭《廣成集》卷一《壽春節進章真人像表》題下注：“天漢元年二月八日。”則王建生日在二月八日。

[2] 金册昭昭：金冊，記載君主功績的策文。昭昭，明亮貌。

[3] 孤標：指山、樹等突出的頂端。形容德行優秀。

[4] “仲尼”兩句：仲尼，孔子的字。《論語·泰伯》：“子曰：‘大哉堯之為君也！巍巍乎，唯天為大，唯堯則之。’”

[5] 四德：指《易·乾卦》言元、亨、利、貞四德。

[6] 階蓂不凋：宋李昉等編《太平御覽》卷四引《帝王世紀》謂，堯時，蓂莢夾階而生。從月初開始，日生一莢。十六日開始，日落一莢。月底而盡。小月則餘一莢。“王者以之占曆，應和氣而生”。

[7] 永孚於休：孚，符合。休，美善。

[8] 垂衣：定衣服之制，示天下以禮。指君主無爲而治。《易·繫辭下》：“黄帝堯舜，垂衣裳而天下治。”

[9] 秉陽亭毒：秉陽，秉持陽和之氣。《禮記·禮運》：“天秉陽，垂日星。”亭毒，化育。

[10] 相亦天錫：相，指宰相。錫通“賜”。

[11] 德輈金鏡：輈，車。德輈，喻君主的德治教化。金鏡，喻顯明的正道。《太平御覽》卷七一七引《尚書考靈耀》：“秦失金鏡，魚目入珠。”鄭玄注：“金鏡，喻明道也。”

[12] 漢高將將：漢高，指漢高祖劉邦。將將，駕馭將領。語本《史記·淮陰侯列傳》：“（韓）信曰：‘陛下不能將兵，而善將將。’”

[13] 太宗兵柄：太宗，指唐太宗。兵柄，兵權。

[14] 朽索六馬：語本《尚書·五子之歌》：“予臨兆民，懔乎若朽索之馭六馬。”喻君主治理天下，謹慎警惕。

[15] 蓼蕭：《詩經·小雅·蓼蕭序》：“蓼蕭，澤及四海也。”後以喻君主的恩澤。

[16] 舞擎干羽：語本《尚書·大禹謨》：“禹拜昌言曰：‘班師振振，

舞羽干兩階，七旬有苗格。’”羽干指羽翳、干楯，舞蹈者手執之物。此句言王建廣布文德，遠人來歸。

［17］囿入蒭蕘：囿，苑囿。蒭蕘，割草采薪。語本《孟子·梁惠王下》：“文王之囿，方七十里，芻蕘者往焉，雉兔者往焉，與民同之。”謂君主與民同樂。

［18］“既玉”兩句：猶玉葉金枝。

［19］百工允釐：百工，百官。允釐，治理得當。語本《尚書·堯典》：“允釐百工，庶績咸熙。”

［20］歷山：山名，傳舜曾耕於此。所在地點説法不一。

［21］“皇皇”兩句：《尚書·舜典》：“玄德升聞，乃命以位。”謂舜德行有成，堯乃禪位之。

［22］五典克從：語本《尚書·舜典》：“慎徽五典，五典克從。”孔安國傳：“五典，五常之教，父義、母慈、兄友、弟恭、子孝。”

［23］四門伊穆：四門，指明堂的四門。伊，語助詞。穆，肅穆。語本《尚書·舜典》：“賓於四門，四門穆穆。”

［24］斁：厭倦。

［25］綏厥品彙：安撫萬物。綏，安撫。品彙，事物的品類。

［26］光光得一：光光，顯赫威武貌。得一，得乎天道。《楚辭·遠遊》：“奇傅説之託辰星兮，羨韓終之得一。”

［27］輻：車輻，指代車子。

［28］十在隨蹕：十在，指文武百官。在通“宰”，古代官吏的通稱。蹕，帝王出行的車駕。

［29］納隍：漢張衡《東京賦》：“人或不得其所，若已納之於隍。”謂推入城池中。其語本《孟子·萬章下》稱伊尹“思天下之民，匹夫匹婦，有不與被堯舜之澤者，若已納之溝中”。後指救民於水火的迫切心情。

［30］六宗是禋：六宗，古代尊祀的六神，説法不一。禋，泛指祭祀。《尚書·舜典》：“肆類於上帝，禋于六宗，望於山川，徧於羣神。”

[31] 五瑞：古代諸侯作符信用的五種玉。

[32] 四夷納賮：四夷，古代漢族對四方少數民族的統稱。賮，進貢的財物。

[33] 九圍有截：天下一統。九圍，九州。有截，齊一貌。語本《詩經·商頌·長髮》："苞有三蘖，莫遂莫達，九有有截。"

[34] 竺乾：天竺，古印度的别稱。

大蜀高祖潛龍日獻陳情偈頌[1]

有叟有叟，居岳之室。忽振金錫[2]，下彼巉崒[3]。聞蜀風境，地寧得一。富人侯王，旦奭摩詰[4]。龍角日角[5]，紫氣盤屈。揭日月行，符湯禹出。天步孔艱[6]，横流犯蹕[7]。穆穆蜀俗，整整師律。髯髮垂雪，忠貞貫日。四人蘇活[8]，方里豊謐[9]。無雨不膏，有露皆潏[10]。有叟有叟，無實行實。一缾一衲，既樸且質。幸蒙顧盼，詞暖恩鬱。軒鏡光中[11]，願如善吉。（一二一）

【校勘】

忽振金錫　“錫”，甲本、乙本作“湯”，誤。

方里豊謐　“方”，甲本、乙本作“萬”。

有露皆潏　“潏”，甲本、乙本作“滴”。

幸蒙顧盼　“盼”原作“眄”，異體字。據甲本、乙本校改。

詞暖恩鬱　“暖”，甲本、乙本作“煖”，異體字。

【注釋】

［1］潛龍：喻聖人在下位，隱而未顯。此詩當作於王建稱帝（前蜀武成元年，908）前，詩題爲後來改擬。

［2］金錫：錫杖。

［3］巉崒：指險峻的山。

［4］旦奭摩詰：旦奭，周初賢臣周公旦與召公奭的合稱。摩詰，即維摩詰，佛陀在家弟子，精通佛法，在俗以方便度人。佛教有《維摩詰所說經》。

［5］龍角日角：龍顔，眉骨圓起。《史記・高祖本紀》："高祖爲人，隆準而龍顔，美鬚髯。"後以指帝王之貌。日角，額骨中央隆起，狀如日。舊時謂大貴之相。《後漢書・光武帝紀上》："（光武帝）身長七尺三寸，美鬚眉，大口，隆準，日角。"

［6］天步孔艱：指亂世。天步，天之行步，指時運、國運。《詩經・小雅・白華》："天步艱難，之子不猶。"

［7］橫流犯蹕：大水不循道而泛濫。喻動亂。南朝宋謝靈運《述祖德詩》之二："萬邦咸震懾，橫流賴君子。"犯蹕，衝犯君主的車駕，指叛亂。

［8］四人蘇活：四人，即四民，士農工商。蘇活，蘇醒。

［9］方里：一里見方之地，指鄉野市井。

［10］有露皆瀼：猶瀼露，即甘露。南朝梁簡文帝《菩提樹頌序》："靈芝瀼露，月萃郊園。"

［11］軒鏡：即軒轅鏡，古用以辟邪。此處喻君恩煌煌而盛大。

寄大願和尚

道朗居太山[1]，達磨住熊耳[2]。手擎清涼月，靈光溢天地。盡騎金師子，去世久已矣。吾師隱廬岳，外念全刋削[3]。擲孔聖之日月，相空王之橐籥[4]。曾昇麟德殿[5]，譚無著。賜衣[6]三銖讓不著[7]。太平裴相公與師詩云[8]：竟辭聖主宫中詔，來赴遺民社内期[9]。唯思紅泉白石閣，因隨裴楷離京索[10]。時裴公出守鍾陵[11]，與師同行。邐來便止於匡霍[12]，瀑布千尋噴冷煙，旃檀一枝翹瘦鶴[13]。峴首故人清信在，千書萬書取不諾。裴公鎮襄陽，頻使迎取，師堅不往。微人昔爲門下人，扣玄佩惠無邊垠[14]。自憐亦是師子子，未逾三載能嚬伸。江西三載，誦法華經。一從散席歸寧後，溪寺更有誰相親？青山古木入白浪，赤松道士爲東鄰。焚香西望情何極，不及曇詵淚空滴。詵，遠公弟子，常在左右。桐江太守社中人[15]，還送郗超米千石[16]。昔郗鑒送米入山與道安[17]。寶書遽掩修章句，萬里空函亦何益？終須一替辟蛇人[18]，未解融神出空寂。匡山神爲遠公侍者□辟蛇人，大師曾□書不知何緣再得相見，唯融沖無相而會耳。（一一二）

【校勘】

竟辭聖主　“辭”原作“辞”，異體字。據甲本、乙本校改。

扣玄佩惠　“佩”，甲本、乙本作“珮”。

不知何緣再得相見　“再”，甲本、乙本無。

終須一替辟蛇人　“蛇”原作“虵”，異體字。據乙本校改。

唯融沖無相而會耳　“唯融沖”，甲本、乙本作“惟沖融”。

【注釋】

[1]“道朗”句：道朗，東晉高僧，弘揚《涅槃經》。傳見《高僧傳》。太山，即泰山。

[2]“達磨”句：達磨，即禪宗初祖菩提達摩。熊耳，山名，位於今河南宜陽。達摩圓寂後，起塔於熊耳山定林寺。

[3]刬削：消除。

[4]“空王”句：空王，諸佛別名。以其親證諸法空性，爲萬法之王，故稱。橐籥，古代冶煉時鼓風的裝置，喻本源。《隋書·經籍志一》：“其教有適，其用無窮，實仁義之陶鈞，誠道德之橐籥也。”

[5]麟德殿：唐長安宮殿名。

[6]賜衣：猶賜紫。

[7]三銖，銅幣名，鑄於漢武帝建元元年，上有字“三銖”，故名。此處指財寶。

[8]裴相公：即裴坦（？～874），字知進，絳州聞喜（今屬山西）人。太和八年進士。會昌間爲江西觀察使，咸通間出鎮襄陽，遷華州刺史。乾符元年入相，旋卒。因其居長安太平里，故號太平宰相。傳見《新唐書》。

[9]“來赴”句：東晉名士劉遺民曾與廬山高僧慧遠等結白蓮社，信念阿彌陀淨土。參卷三《紅藕映嘉舫》“終召丨七人”注。

[10]“因隨”句：裴楷，字叔則，西晉名臣。司馬炎代魏稱帝後，累官侍中。精通《周易》、《老子》，寬厚清通，美容儀。元康（291～299）中死，年五十五。傳見《晉書》。京索，京邑（今河南滎陽東南）、索亭（今滎陽縣治）。

[11]鍾陵：古縣名。隋開皇中改南昌縣置，治所在今江西進賢西北。唐寶應元年改名鍾陵，貞元中復名南昌。

[12]匡霍：匡，匡山，江西廬山的別稱。霍，霍山，安徽天柱山的別名。

[13]旃檀：即檀香。

[14]扣玄佩惠：扣玄，指探求玄奧的大道。佩惠，指修持美好的品德。

［15］社中人：共同結社修佛之人。

［16］郗超：（333～375），字敬興，郗鑒子愔之子。負才不羈，善清談，奉佛好施，與支遁友，爲桓溫所重。傳見《晉書》。

［17］郗鑒：字道徽（269～339），高平金鄉（今山東金鄉北）人。與王導等人受遺詔輔助晉成帝。官至司空，加侍中。傳見《晉書》。

［18］辟蛇人：宋陳舜俞《廬山記》卷二："峯頂院之前有辟蛇行者飲牛池。遠公始居山，山多蛇蟲。行者不知何許人，嘗侍遠公，善驅蛇，蛇為之盡去，故號辟蛇行者。"

上雇大夫

碧海瀁仙洲，驪珠外無寶。一岳倚青冥，羣山盡如草。君侯聖朝瑞，動只關玄造[1]。誰云倚天劍，含霜在懷抱。誰云青雲險，門前是平道。洪民亦何幸，里巷清如掃。至化無經綸，至神無祝禱。即應炳文柄，孤平去浩浩。即應調鼎味，比屋堪封保。野人慕正化，來自海邊島。經傳髻裏珠[2]，詩學池中藻[3]。閉門十餘載，庭杉共枯槁。今朝投至鑒[4]，得不傾肝腦。斯文如未精，歸山更探討。（一二三）

【校勘】

上雇大夫　"雇"，甲本、乙本作"顧"。

碧海瀁仙洲　"瀁"，甲本、乙本作"漾"。

【注釋】

[1] 玄造：猶造化。

[2] 髻裏珠：亦作髻珠。髮髻中的明珠。語本《妙法蓮華經·安樂行品》，言有轉輪王討伐取勝，以財寶城池等賞賜有功者，唯髻中明珠，因獨有而不與。《法華經》爲諸如來第一之説，於諸説中，最爲甚深，正如此珠。佛教因以喻第一義諦、甚深法義。唐永嘉大師玄覺《證道歌》："不向邪兵揮智刃，髻珠無類有誰知？"

[3] 池中藻：池中，南朝宋謝靈運詩《登池上樓》："池塘生春草，園柳變鳴禽。"藻，文采。

[4] 至鑒：極高的鑒察能力。

寒月送玄道士入天台

之子逍遥塵世薄，格淡於雲語如鶴。相見唯譚海上山，碧側青斜冷相沓[1]。芒鞋竹杖寒涷時，玉霄忽去非有期[2]。僮擔赤籠密雪裏，世上無人留得之。想入紅霞路深邃，孤峯縱嘯仙飇起，星精覷空泣海鬼。月湧薄煙花點水，送君丁寧有深旨[3]，好尋佛窟遊銀地[4]。佛窟、銀地，皆天台靈境也。雪眉衲僧皆正氣，伊昔貞白先生同此意[5]。若得神聖之藥，即莫忘遠相寄。(一二四)

【校勘】

寒月送玄道士入天台　"道"，全唐詩一本無。

星精覷空　"覷空"，甲本、乙本作"聚觀"。

伊昔貞白先生　“昔”原作“音”，據甲本、乙本校改。

【注釋】

［1］碧側青斜：謂山峰青翠，側聳斜立狀。

［2］玉霄：天台山峰名。

［3］丁寧：同“叮嚀”。

［4］“好尋”句：佛窟、銀地皆天台山地名。《宋高僧傳》卷十有《唐天台山佛窟巖遺則傳》。唐徐凝《天台獨夜》：“銀地秋月色，石梁夜溪聲。”

［5］“伊昔”句：伊昔，從前。貞白先生，指南朝梁道士陶弘景，隱於句容句曲山（今江蘇茅山），創茅山派。謚貞白先生。傳見《梁書》、《南史》。

上杜使君

爲魚須處海，爲木須在岳。一登君子堂，頓覺心寥廓。右聽青女鏡[1]，左聽宣尼鐸[2]。政術似蒲盧[3]，詩情出沖漠。從來苦清苦，近更加淡薄。訟庭何所有[4]？一隻兩隻鶴。煙霞色擁牆，禾黍香侵郭。嚴霜與美雨，皆從二天落[5]。蒼生苦瘡痍，如何盡消削？聖君新雨露，更作誰恩渥？即捉五色筆[6]，密勿金鑾角[7]。即同房杜手，把乾坤橐籥[8]。休說卜圭峯[9]，開門對林壑。（一二五）

【校勘】

政術似蒲盧　“蒲盧”原作“蒱蘆”，據甲本、乙本校改。

近更加淡薄　“淡”，甲本、乙本作“澹”。

即捉五色筆　“筆”原作“筆”，異體字。據甲本、乙本校改。

密勿金鑾角　“鑾”原作“變”，據甲本、乙本校改。

【注釋】

[1] 青女：掌霜雪的女神。《淮南子·天文訓》：“至秋三月……青女乃出，以降霜雪。”高誘注：“青女，天神，青霄玉女，主霜雪也。”

[2] 宣尼鐸：喻合乎孔子之道的教化之言。典出《論語·八佾》：“天下之無道也久矣，天將以夫子爲木鐸。”鐸，即木鐸，古代宣佈政教法令時用的木舌大鈴。

[3] 蒲盧：即果蠃。又名細腰蜂。《禮記·中庸》：“夫政也者，蒲盧也。”鄭玄注：“蒲盧，蜾蠃，謂土蜂也。《詩》曰：‘螟蛉有子，蜾蠃負之。’螟蛉，桑蟲也，蒲盧取桑蟲之子去而變化之，以成爲己子，政之於百姓，若蒲盧之於桑蟲然。”後以喻對百姓的仁愛教化。宋楊億《并州王諫議》：“蒲盧善化終成政，蟋蟀深思未變風。”

[4] 訟庭：即訟堂。審案的場所。

[5] 二天：指正直賢能的官守。晉陸機《晉平西將軍孝侯周處碑》：“陝北留棠，遂有二天之詠；荆南渡虎，猶標十部之書。”

[6] 恩渥：君主的恩澤。

[7] 五色筆：傳南朝梁文學家江淹，嘗夢郭璞言有筆在其處多年，現討還。江淹探懷中，得五色筆以授之。此後作詩絶無美句。見《南史》本傳。後以五色筆譽稱筆力非凡，文采出衆。

[8] 金鑾：翰林學士的美稱。唐元稹《祭翰林白學士太夫人文》：“仲則金鑾之英，季則蓬山之選。”

[9] 槖籥：冶煉時鼓風吹火的裝置。此處喻以善政理天下，使天地爲之改觀。

［10］圭峯：終南山别峰，位於陝西鄠縣東南，山形如圭，山下有草堂寺。唐華嚴宗第五祖宗密禪師常住於此。

送僧人馬頭山[1]

馬頭賨峯，秀塞寒空。有叟有叟，真隱其中。無味醍醐，亦非般若[2]。白趾碧目，數百簫灑。苦竹大於杉，白熊卧如馬。金鐘撼壑，布水噴瓦。芙蓉堂開峯月入，岳精踏雪立屋下[3]。伊余解攀緣，已是非常者。更有叟，獨往來，與我語。情無剛彊，氣透今古。竹笠援補，芒鞋藤乳。北風倒人，乾雪不聚，滿頭霜雪湯雪去。湯雪去[4]，無人及，空望真風江上立。（一二六）

【校勘】

數百簫灑　“簫”，甲本、乙本作“瀟”。

金鐘　“鐘”，原作“鐘”，從甲本改作“鐘”。

空望真風　“風”，甲本、乙本作“氣”。

【注釋】

［1］馬頭山：位於今江西資溪。

［2］般若：梵語音譯，意譯智慧。佛教指如實理解一切事物的智慧，爲别於一般所指的智慧，故用音譯。

［3］岳精：山精。

［4］湯雪：冒雪而行。湯，衝撞，冒。貫休《讀劉得仁賈島集二首》

之二：“馬病難湯雪，門荒劣有人。”

上盧使君[1]

夔龍在廟堂[2]，雖然有僉議[3]。蒼生得父母，自是天之意。鄱陽氣候正，文物皆鮮媚[4]。金鏡有餘光，春風少閑地。膺門倚寒碧[5]，到者寧容易。賔從皆鳳毛[6]，爪牙悉猿臂[7]。樓臺十萬戶，錦繡籠歌吹[8]。大惠蟲鳥全，至嚴龍鬼畏。可憐召伯樹[9]，婆娑不勝翠。詩搜日月華，適宴神仙未。嘉樹白雀來，祥煙甘露墜。中川一帶香，□開幽邃地。立□新刱。逸少情有餘[10]，東山境不啻[11]。恭聞聖天子，廊廟猶虛位。應知黎庶心，只恐徵書至。（一二七）

【校勘】

春風少閑地　“閑”，甲本、乙本作“閒”。

樓臺十萬戶　“十”，甲本、乙本作“千”。

錦繡籠歌吹　“籠”、“吹”，甲本、乙本作“龍”、“沸”。

可憐召伯樹　“憐”原缺，據甲本、乙本校補。

適宴神仙未　“適宴”，甲本、乙本作“道嗾”。“未”，甲本、乙本作“味”。

立□新刱　乙本無。

只恐徵書至　“徵”，原作“徴”，異體字，據甲本、乙本校改。

【注釋】

［1］盧使君：指盧知猷。下言鄱陽即饒州。隋置鄱陽郡，唐武德四年（621）改鄱陽郡，治鄱陽縣（今江西波陽）。天寶元年（742）復稱鄱陽，乾元元年（758）改饒州。領鄱陽、樂平等五縣。《舊唐書》本傳言："宰臣蕭鄴鎮江陵、成都，辟為兩府記室，入拜左拾遺，改右補闕、史館脩撰，轉員外郎，出為饒州刺史。"按《資治通鑑》卷二五〇載，咸通五年（864）二月蕭鄴自西川節度使遷山南西道觀察使。則盧知猷任饒州刺史當在此年。《清一統志》卷二四一《饒州府》言："盧知猷，河中蒲人，僖宗時為饒州刺史，以政最聞。"

［2］夔龍：相傳舜的二臣，夔爲樂官，龍爲諫官。

［3］僉議：衆人的意見，此處指群臣百官。

［4］文物：指禮樂。

［5］膺門：東漢名臣李膺之門。李膺名重天下，受其交接者，有登龍門之稱。見《後漢書》本傳。後用以泛指名高望重的門第或大臣。唐杜牧《昔事文皇帝》："吠聲嗾國猘，公議怯膺門。"

［6］鳳毛：鳳凰的羽毛，喻人材出衆非凡。

［7］"爪牙"句：爪牙，指衛士。猿臂，喻勇武善射。典出《史記·李將軍列傳》："廣為人長，猿臂，其善射亦天性也。"

［8］歌吹：歌樂聲。南朝宋鮑照《蕪城賦》："廛閈撲地，歌吹沸天。"龍歌，管樂器的吹奏聲。唐李德裕《寒食日三殿侍宴奉進》："宛轉龍歌節，參差燕羽高。"

［9］"可憐"句：可憐，可愛、可喜。唐李白《清平調詞三首》之二："借問漢宮誰得似，可憐飛燕倚新妝。"唐王昌齡《蕭駙馬宅花燭》："可憐今夜千門裏，銀漢星回一道通。"召伯樹，猶甘棠。參卷四《擬君子有所思二首》之二"甘棠"句注。

［10］逸少：晉王羲之（303～361），字逸少，著名書法家。傳見《晉

書》。盧知猷工書，故以王羲之況之。

[11]“東山”句：東山，東晉謝安早年曾隱居會稽東山。見《晉書》本傳。不啻，不如。

送顥雅法師

霜鋒擗石鳥雀聚，帆凍陰飇吹不舉。芬陁利香釋驎虎[1]，幡幢冒雪爭迎取。春光主，芙蓉堂窄堆花乳。手提金桴打金鼓[2]，天花娉婷下如雨[3]，狻猊座上師子語[4]。苦却樂，樂却苦，盧至黄金忽如土[5]。（一二八）

【校勘】

幡幢冒雪　“冒”原作“冐”，異體字。據甲本、乙本校改。

狻猊　“狻”原作“狡”，據甲本、乙本校改。

【注釋】

[1] 芬陁利：梵語音譯，即白蓮花。

[2] 桴：鼓槌。

[3]“天花”句：天花，天界仙花。佛教言佛、菩薩説法、出行時，常有天花墜落，以顯其威勢神通。如馬鳴菩薩造、北涼曇無讖譯《佛所行讚·阿惟三菩提品》言，“甘蔗族仙人，諸有生天者。見佛出興世，歡喜充滿身。即於天宫殿，雨花以供養”。

[4]“狻猊”句：狻猊、師子，即獅子。獅子爲萬獸之王。佛教以喻佛之威神，言其説法，毫無怖畏，震伏四方，故稱“師子語”。

［5］“盧至”句：佛教有東晉譯《盧至長者因緣經》，中言盧至長者富有而慳貪，常不樂。帝釋爲破其慳貪，乘其酒醉在外，化其形歸家，散其財於衆人。

和楊使君遊赤松山[1]

爲郡三星無一事[2]，龔黄意外攀喬松。日邊楊歷不爭路，雲外苔蘚須留蹤。溪月未落漏滴滴，隼旟已入山重重。捫蘿蓋輸山屐伴[3]，駐旆不見朝霞濃。乳猿劇黠掛險樹，露木翠脆生諸峯。初平謝公道非遠[4]，黯然物外心相逢[5]。石羊依俙齕瑤草[6]，桃花髣髴聞仙鍾[7]。終當歸補吾君衮[8]，好山好水那相容。（一二九）

【校勘】

龔黄意外攀喬松　“攀”，乙本作“扳”。

日邊楊歷　“楊”，甲本、乙本作“揚”。據上下聯，疑當作“楊櫪”。

乳猿劇黠　“黠”原缺，據甲本、乙本補。

石羊依俙　“俙”，甲本、乙本作“稀”。

桃花髣髴聞仙鍾　“髣髴”，甲本、乙本作“彷彿”，異體字。“鍾”，甲本、乙本作“宫”。

【注釋】

［1］楊使君：即楊發。同州馮翊人，太和四年（830）進士。曾官福建

觀察使、嶺南節度使。《舊唐書》本傳言："發以嚴爲理，軍亂，爲軍人所囚，致於郵舍。坐貶婺州刺史，卒於治所。"據《資治通鑑》卷二四九記載，唐宣宗大中十二年（858）四月，嶺南都將王令寰作亂，囚節度使楊發。則楊發任婺州刺史始於此年，貫休此詩當作於此年或稍後。

[2] 三星：古人認爲歲星十二年繞天一周，每年行經一個星次。三星，行經三個星次，指三年。

[3] 山屐：即登山屐。

[4] 謝公：指劉宋謝靈運，謝氏寄情山水，創作了大量山水詩。

[5] 物外：世外。謂超脱於塵世之外。

[6] "石羊"句：石羊，晉葛洪《神仙傳》卷二《皇初平》載，皇初平十五歲牧羊，被道士引入金華山石室，後成仙，能起石爲羊。參上注。依俙同"依稀"。

[7] 髣髴：同"彷彿"，隱約。

[8] "終當"句：猶補袞，補救規諫君主的過失。語本《詩經·大雅·烝民》："袞職有闕，維仲山甫補之。"

送崔使君

柳門柳門，芳草芊綿[1]。日日日日，黯然黯然。子牟戀闕歸闕[2]，王粲下樓相别[3]。食實得地，頗淹歲月。今朝天子在上，合雪必雪。況絳之牧，文行炳潔。釋謂緣因，久昵清塵。王嘉迎安[4]，遠狎遺民[5]。媿彼二子，厥或相似。論文不文，話道無滓。士有貴逼，勢不可遏。麟步規矩[6]，鳳翥昂枿[7]。峴首仁蹤項頻跋[8]，商雲乳麝香可撮[9]。望塵一氣連紫闥[10]，吾皇必用整乾坤，莫忘江頭白頭達[11]。高僧傳：□法達□年□□白，時人□□白頭達。（一三〇）

【校勘】

柳門柳門　“柳”原作“桺”，異體字。據乙本校改。

王粲　“粲”原作“璨”，據甲本、乙本校改。

望塵一氣　“一氣”原缺，據甲本校補。

“高僧傳”以下原注　乙本作“白頭達事見高僧傳”。

【注釋】

[1] 芊綿：草木茂盛。

[2] 子牟戀闕：典出《莊子·讓王》：“中山公子牟謂瞻子曰：‘身在江海之上，心居乎魏闕之下，奈何？”指身在京城外，而心念君主。

[3] “王粲”句：王粲爲漢末建安七子之一，後依西蜀劉表，有《登樓賦》，抒去國懷鄉、感時傷亂之懷。

[4] 王嘉迎安：王嘉（？～約 390），字子年，隴西安陽（今甘肅清渭）人。隱於終南山，爲公侯所重，後爲姚萇所殺。傳見《晉書》。安，即道安（314～385），東晉高僧，常山扶柳（今河北冀縣）人。慧遠之師。於譯經、僧團發展，貢獻甚多。傳見《高僧傳》卷五、《出三藏記集》卷十五。王嘉迎候道安事，《出三藏記集·道安傳》言：“未終之前，隱士王嘉往候安。安曰：‘世事如此，行將及人，相與去乎？’嘉曰：‘誠如所言，師且前行。吾有小債未了，不得俱去。’”

[5] 遠狎遺民：遠，東晉高僧慧遠（334～416），雁門樓煩（今山西寧武附近）人，俗姓賈，道安之徒，中土淨土宗初祖。長居廬山東林寺弘法。傳見《高僧傳》卷六、《出三藏記集》卷十二。遺民即劉遺民（352～410），

名程之，字仲恩，彭城（今江蘇徐州）人。東晉名士，入廬山師事慧遠，結白蓮社。

[6] 麟步：喻氣度、舉止非凡。

[7] 鳳翥昂枘：鳳翥，義同“麟步”。昂枘，猶昂揚、高昂。

[8] “峴首”句：峴首，山名，即峴山，在湖北襄陽。仁蹤，晉羊祜任襄陽太守，有政績。後人感懷其德，在峴山立碑紀念之。見《晉書·羊祜傳》。項頻跋，謂感念其人，不斷回望其遺迹。跋，翻轉。

[9] 商雲乳麝：商雲，秋雲。《藝文類聚》卷三九録梁王僧孺《侍宴詩》：“散漫輕煙轉，霏微商雲散。”乳麝，指乳香、麝香，皆香料。

[10] 紫闥：指皇宫。

[11] 白頭達：宋齊時僧人，少而頭白，故稱。博解衆典，性剛忤物。傳附於《高僧傳·道慧傳》。

杜侯行[1]并序

愚自江東兵荒之後，受杜氏兄弟深知。往曾見陳陶與撫州蔡京使君雜言[2]，曰蔡氏行。今亦擬之，曰杜侯行云耳。

天目連天摶秀氣[3]，崢嶸作起新城地。德門鍾秀光盛時，三虎八龍皆世瑞[4]。頃者天厖亂下鯨翻海[5]，烽火崩騰照行在[6]。江表唯傳君子營[7]，劍衝斗牛疏真宰[8]。金昆玉季輕三鼓[9]，煮海懸魚臣節苦[10]。雁影參差入瑞煙，荆花燦爛開仙圃。我聞大中咸通真令主，相惟大杜兼小杜。但能致君活國濟生人，亦何必須踏金梯，折桂樹[11]。宣宗懿宗調舜琴，大杜小杜爲殷霖。出將入相兮功德深，生人受賜兮直至今。杜侯兄弟繼之後，璞玉渾金美騰口。常言一呼百萬何足云，終取封侯之印大如斗。恭聞吾皇似堯禹，搜索賢良皆面覩。杜侯杜侯，君儻修令德，克有終，即必還爲大杜兼小杜[12]。人之戴兮天筆註，國之福兮天固祚。四海無波八表臣，如今而後君看取。(一三一)

【校勘】

曰杜侯行云耳　“云”原作“去”，據甲本、乙本校改。

劍衝斗牛　“斗牛”，甲本、乙本作“牛斗”。

人之戴兮　“戴”原缺，據甲本、乙本校補。

【注釋】

[1] 杜侯：指杜稜。字騰雲，新城人。唐乾符、廣明間黄巢入浙時，為東安都將，吏號武安營，與董昌、徐及等抗之。後歸屬錢鏐。傳見清吳任臣《十國春秋》卷八四。該傳中言，杜稜“屬其兵於諸子，建思治内，建徽禦外，建孚則往來經度其間，皆以武藝稱焉”。“杜氏兄弟”當指此三人。

[2] 撫州：州名，治所在臨川（今屬江西撫州）。

[3] 天目：指天目山，位於今浙江臨安。

[4] 三虎八龍：三虎，東漢賈彪三兄弟並有高名，世稱“三虎”。見《後漢書·黨錮傳·賈彪傳》。八龍，東漢荀淑八子皆有令名，世稱“八龍”。見《後漢書·荀淑傳》。

[5] 厖：犬。

[6]“烽火”句：崩騰，動亂。南朝宋謝靈運《述祖德詩》之二：“崩

騰永嘉末，逼迫太元始。”行在，天子所在之地。

[7] 江表：江外，指長江以南地區。

[8]“劍衝”句：傳晉武帝時，豫章郡人雷煥見“斗牛之間，頗有異氣”，知其郡豐城縣有寶劍。尚書張華任他爲豐城縣令，雷煥後果得龍泉、太阿雙劍。一自佩，一與張華。後張華死，其劍失落。雷煥死後，其子佩劍過延平津，劍躍入水中，衹見兩龍作浪而去。見《晉書·張華傳》。

[9] 金昆玉季：金昆、玉季，皆美稱他人的兄弟。

[10] 懸魚：《後漢書·羊續傳》載，羊續爲南陽太守，有府丞獻魚，羊續受而懸於庭。府丞再獻之，續出前者以拒之。後以指爲官清廉。

[11] 折桂樹：猶折桂。《晉書·郤詵傳》：“武帝於東堂會送，問詵曰：‘卿自以爲何如?’詵對曰：‘臣舉賢良對策，爲天下第一，猶桂林之一枝，崑山之片玉。’”後以謂科舉及第。

[12]“相惟”句：大杜、小杜，指杜悰、杜審權。兩人在唐懿宗時先後爲相，杜悰先進，故稱杜審權“小杜公”。傳見新舊《唐書》。

偶作五首

誰信心火多[1]，多能焚大國。誰信鬢上絲，莖莖出蠶腹。嘗聞養蠶婦，未曉上桑樹。下樹畏蠶飢，兒啼亦不顧。一春膏血盡[2]，豈止應王賦！如何酷吏酷，盡爲搜將去！蠶蛾爲蝶飛，僞葉空滿枝。冤梭與恨機，一見一霑衣。（一三二）

機生機，巧生巧，心鏤烘烘日煎炒。闖蜀眉嚬遊海島，扶桑椹熟金烏飽[3]。金烏飽，飛復飛，四天下人眼

眙眙[4]。(一三三)

孰云我輕薄，石頭如何喚作玉？孰云我是非，隨邪逐惡又爭得？古人終不事悠悠，一言道合死即休。豈不見大鵬點翼蓋十洲[5]，是何之物鳴啾啾？(一三四)

君子食即食，何必在珍華！小人食不食，縱食如泥沙。清歌且莫唱，妙舞亦休誇。爾非鳳炙麒麟肉，焉能一挂於齒牙？去來去來歸去來，紅泉正灑芙蓉霞。(一三五)

君不見金陵風臺月榭煙霞光，如今十里五里野火燒茫茫。君不見西施緑珠顔色可傾國，樂極悲來留不得。君不見漢王力盡得乾坤[6]，如今秋雨灑廟門。銅臺老樹作精魅，金谷野狐多子孫[7]。幾許繁華幾更改，唯有堯舜周召丘軻似長在[8]。坐看樓閣成丘墟，莫話桑田變成海[9]。吾有清涼雪山雪，天上人間常皎潔。茫茫欲火欲燒人，惆悵無因爲君說。(一三六)

【校勘】

僞葉空滿枝　“空滿”，甲本作“滿空”。

闖蜀眉嚬遊海島“闖”下六字缺，據甲本、乙本補。

四天下人眼眙眙　“眙眙”，丁本作“昭昭”。

焉能一挂於齒牙　“於”，甲本作“于”。

如今十里五里　“十里五里”，甲本、乙本作“五里十里”。

如今秋雨　“今”，乙本作“何”。

唯有堯舜周召丘軻似長在　“丘軻”，甲本作“孔孟”。

坐看樓閣成丘墟　“丘”原作“坵”，異體字。據甲本、乙本校改。

【注釋】

[1] 心火：喻指内心的煩惱、焦慮。

[2] 膏血：猶民脂民膏。

[3] “扶桑”句：扶桑，神話中的樹名，傳説日浴息處，或謂日拂其樹杪而升。《山海經·海外東經》：“湯谷上有扶桑，十日所浴，在黑齒北。”《淮南子·天文》：“日出於暘谷，浴于咸池，拂於扶桑。”《海内十洲記·帶洲》：“其樹雖大，其葉椹故如中夏之桑也，但椹稀而色赤，九千歲一生實耳，味絶甘香美。”金烏，即陽烏。

[4] 眙眙：直視貌。眙，直視。《史記·滑稽列傳》：“六博投壺，相引爲曹，握手無罰，目眙不禁。”

[5] 點翼：拍翅。唐閻伯璵《河橋賦》：“梁勢編緜，疑海鵬之點翼。”

[6] 漢王：指漢朝開國君主高祖劉邦。

[7] 金谷：晉石崇有金谷園，極盡奢華。

[8] 周召：同“周邵”。

[9] “莫話”句：即滄海桑田，喻世事變化極大。典出晉葛洪《神仙傳》卷三《麻姑》：“麻姑自説，接待以來，已見東海三為桑田。”

山中作

山爲水精宫，藉花無塵埃[1]。吟狂岳似動，筆落天瓊瓌。伊余自樂道，不論才不才。有時鬼笑兩三聲，疑

是大謝小謝李白來[2]。（一三七）

【注釋】

［1］藉花：以花作鋪墊。

［2］大謝小謝：指南朝劉宋謝靈運、蕭齊時謝朓。兩人爲族叔侄關係，同以詩名。

聞前王使君在澤潞居[1]

爲善無近名，竊名者得聲不如心，誠哉是言也！使君聖朝瑞，乾符初刺婺[2]。德變人性靈，筆變人風土。煙霞與蟲鳥，和氣將美雨。千里與萬里，合合來相附。信哉有良吏，玄識應百數[3]。東陽古者相傳有記云[4]，刺史滿一百，即有好刺史來，後有大殺至。使君來正當一百人，兩年後果有黄賊來[5]。公避地遠去。古人古人自古人，今日又見民歌六七袴[6]。不幸大寇崩騰來，孤城勢孤固難錮。攀轅既不及，旌旆衝風露。大駕已西幸[7]，飄零何處去？婺人空悲哀，對生祠泣霑莓苔[8]。忽聞暫寄河之北，兵強四面無塵埃[9]。唯祝鑾輿早歸來[10]，用此咎繇仲虺才[11]。使四海霧廓，八宏鏡開[12]。皇天無親，長與善鄰[13]。宜哉宜哉！（一二八）

【校勘】

乾符　“乾”原作“乹”，異體字。據甲本、乙本校改。

後有大殺至　“殺”，甲本、乙本作“寇”。

兵強四面　“強”原作“疆”，據甲本、乙本校改。

用此咎繇　“咎”原作“陶”，據甲本、乙本校改。

使四海霧廓　“海”，甲本、乙本作“野”。

八宏鏡開　“宏”，甲本、乙本作“紘”。

【注釋】

［1］聞前王使君在澤潞居：澤潞，唐方鎮名，治所在潞州（今山西長治)。王使君，即王檤。

［2］乾符：唐僖宗年號（874～879)。

［3］玄讖：玄妙的讖語。

［4］東陽：即婺州。武德四年，改原隋東陽郡爲婺州。天寶元年，改名東陽郡。乾元元年，復名婺州。

［5］黄賊：指黄巢農民軍。按《資治通鑑》卷二五三載，廣明元年（880）六月，黄巢别將陷睦州、婺州。

［6］“今日”句：參卷三《上孫使君》“袴襦”汁。

［7］大駕已西幸：唐僖宗廣明元年（880）十二月，黄巢農民軍入長安，唐僖宗逃奔成都。次年正月至。參新舊《唐書》之《僖宗本紀》。

［8］生祠：爲活人建立的祠廟。

［9］塵埃：喻災亂。

［10］鑾輿：君主的車駕，借指君主。

［11］“用此”句：咎繇，即皐繇，傳説虞舜時的司法官。咎通“皐”。仲虺，商湯賢臣。《尚書》有《仲虺之誥》。

［12］八宏鏡開：八宏，八方極遠之地。鏡開，如鏡開照，謂光明清寧。

［13］“皇天”兩句：語本《尚書・蔡仲之命》：“皇天無親，惟德是輔。”

將入匡山別芳晝二公二首

噴嵐堆黛塞寒碧[1]，窗前古雪如白石。臨岐約我來不來[2]，若來須撥紅霞覓。（一三九）

紅豆樹間滴紅雨[3]，戀師不得依師住。世情世界愁殺人[4]，錦繡谷中歸舍去。（一四〇）

【校勘】

乙本一題作“將入廬山別僧”。

紅豆樹間　“豆”原作“荳”，異體字。據甲本、乙本校改。“樹”，甲本、乙本一作“花”。

【注釋】

［1］噴嵐堆黛：嵐，山氣。黛，黛青色，指山中蒼翠的景物。

［2］臨岐：面臨岐路，指別離。唐杜甫《送李校書》：“臨岐意頗切，對酒不能喫。”

［3］紅豆：即相思豆。

［4］世情世界：猶塵世。

卷　六

送楊秀才

北山峨峨香拂拂，翠漲青奔勢巉崪。赤松君宅在其中，紫金爲牆珠作室[1]。頗黎門下仙猶睡[2]，幢節森森絳煙密。水精簾捲桃花開，文錦娉婷衆非一。撫長離[3]，坎答鼓[4]。花姑吹簫[5]，弄玉起舞[6]。三萬八千爲半日，海涸鼇枯等閑覩[7]。愛共安期棋，苦識彭祖祖[8]。有時朝玉京[9]，紅雲擁金虎。石橋亦是神仙住[10]，白鳳飛來又飛去。五雲縹緲羽翼高，世人仰望心空勞。(一四一)

【校勘】

頗黎門下　“頗黎”，甲本、乙本作“玻璃”。

坎答鼓　“答”原作“荅”，異體字。據乙本作校改。

海涸鼇枯等閑覩　“閑”，乙本作“閒”。

有時朝玉京　“京”原缺，據甲本、乙本校補。

石橋亦是神仙住　“住”，甲本、乙本一作“柱”。

【注釋】

［1］紫金：一種珍貴礦物。

［2］“頗黎”句：頗黎，即玻璃，玉名，或以爲即水晶。明李時珍《本草綱目·金石·玻璃》：“本作‘頗黎’。頗黎，國名也。其瑩如水，其堅如玉，故名水玉，與水精同名。”唐釋皎然《題報恩寺惟照上人房》：“手縈頗黎縷，願證黄金姿。”瀫同“㯋”。

［3］長離：樂器，箏名，或謂鷟鸑。

［4］坎答鼓：坎，鼓聲。《詩經·陳風·宛丘》：“坎其擊鼓。”後以“坎鼓”指擊鼓。答鼓，即腰鼓。

［5］花姑：指初唐女道士黄令（或作“靈”）微。生平見唐顔真卿《晉紫虚元君領上真司命南嶽夫人魏夫人仙壇碑銘》，中言“有唐女道士黄令微，道行高遠，八十而有少容。躡屣而行，奔馬不及。時人見其顔色殊異，號曰花姑”。黄令微於武則天長壽二年至洪州（今江西南昌）西山，於魏夫人道壇舊處修道，屢獲魏夫人諭示。於開元九年升化。

［6］弄玉：人名，傳爲春秋秦穆公女，嫁善吹簫之蕭史，日就蕭史學簫作鳳鳴，穆公爲作鳳台以居之。後夫妻乘鳳升仙。見漢劉向《列仙傳》卷上《蕭史》。

［7］等閑：輕易、隨意。唐白居易《新昌新居》：“等閑栽樹木，隨分占風煙。”

［8］彭祖：傳說爲顓頊帝玄孫陸終氏的第三子，姓籛名鏗，壽八百。見漢劉向《列仙傳》卷上、晉葛洪《神仙傳》卷一。

［9］玉京：道教稱天帝所居之處。

［10］石橋：天台山地名。宋祝穆《方輿勝覽》卷八《台州》：“石橋。在（天台）縣北五十里，即五百應真之境。相傳有方廣寺，有石梁架兩崖間，龍形龜背，廣不盈咫，其上雙澗合流，洩為瀑布。”

别杜將軍

伊余本自胡爲者，採蕈鋤茶在窮野。偶抛蓑笠事空王，餘力爲文擬何謝？少年心在青雲端，知音動地皆龍鸞。遽逢天步艱難日，深藏溪谷空長歎。偶出重圍遇英哲，留我江樓經歲月。身限玉帳香滿衣，夢歷金盆金華山最高處。雨和雪。東風來兮歌式微[1]，深雲道人召來歸。燕辭大廈兮將何爲？濛濛花雨兮鶯鶯飛，一汀楊柳兮同依依。（一四二）

【校勘】

伊余本自　“自”，甲本、乙本作“是”。

知音動地皆龍鸞　“動”，甲本、乙本作“滿”。“龍”，甲本作“鳳”。

燕辭大廈　“燕”原作“鷰”，異體字。據甲本、乙本校改。

濛濛花雨兮鶯鶯飛　“鶯鶯飛”原作“鸎鸎飛”，乙本作“鶯飛飛”，甲本作“鸎飛飛”。

【注釋】

［1］式微：《詩經・邶風》篇名，《詩序》言黎侯流亡衛國，隨臣作此詩勸其歸國。後常以賦《式微》，表思歸之意。

送夢上人歸京

伊余龍鍾歸海涯[1]，千山萬水情自怡。夢公别我還上國，江邊慘執行遲遲。向我道雲中覓伴未得伴，又示我數首新詩盡是詩。只恐不如此，若如此如此，即須天子知。蕭蕭金吹荆門口，槐菊鬭黄落葉走[2]。前程勝事未可涯[3]，但恐圭峯難入手[4]。蓮峯掌記韓拾遺[5]，雁行雍睦世所希[6]。二十年前即别離，憑師一話吟朝飢。（一四三）

【校勘】

雁行雍睦　“睦”，甲本、乙本作“穆”。

【注釋】

［1］龍鍾：年邁衰老貌。

［2］鬭黄：猶爭黄。

［3］“勝事”句：勝事，美事。涯，量。

［4］圭峯：即宗密（780～841），華嚴宗五祖。因常住終南山圭峰蘭若，世稱圭峰禪師。宗密倡禪教一致，主張佛儒一源。傳見《宋高僧傳》卷六、《佛祖統紀》卷二九。

［5］“蓮峯”句：蓮峯，即蓮花峰，華山之中峰。掌記，唐代官名，觀察使或節度使的屬官掌書記的省稱。

［6］雍睦：猶和睦。

問安禪師疾

世病如山岳，世醫皆拱手[1]。道病如金鏁，師遭鎖鎖否。大塵爲世病，無爲無事爲道病，如金鎖。伊昔芙蓉頰，譚經似主涉。蘇合晝氤氳[2]，天花似飛蝶。覺樹垂實[3]，魔輩刺疾[4]。病也不問，終不皴膝[5]。師常坐不卧也。春光苒苒，不上爾質。東風浩浩，謾入爾室。云何斯人，而有斯疾[6]？（一四四）

【校勘】

問安禪師疾　“安”，甲本、乙本作“岳”。

大塵爲世病　“大”原缺，據甲本、乙本校補。

如金鎖　“鎖”原作“鏁”，異體字。據甲本、乙本校改。

春光苒苒　“苒苒”，甲本、乙本作“冉冉”。

【注釋】

[1] 拱手：猶束手，無能爲力。《魏書·天象志三》：“及齊王殂而西昌侯篡之，高武子孫所在棋布，皆拱手就戮。”

[2]“蘇合”句：蘇合，即蘇合香，香料名。氤氳，香氣彌漫。

[3] 覺樹垂實：傳釋迦牟尼在菩提樹下端坐，有群魔來襲，盡爲其逐退，後終覺悟。參《佛本行經·降魔品》、《普曜經·降魔品》。

[4] 刺疾：猶傷害。

[5] 皴：皮膚坼裂。

［6］“云何”兩句：語本《論語·雍也》：“伯牛有疾，子問之，自牖執其手，曰：‘亡之，命矣夫！斯人也而有斯疾也！斯人也而有斯疾也！’”

上荆南府主三讓德政碑[1]

明明赫赫中興主，動納諸隍冠前古[2]。四海英雄盡戢兵[3]，皆如圪圪天金柱[4]。萬姓多論政與德，請樹豐碑似山岳。一從寇滅二十年，琬琰雕鎸賜重疊[5]。荆州化風何卓異，寡欲無爲合天地。雖立貞碑與衆殊，字字皆是吾皇意。君侯捧碑西拜泣，臣且何人恩薦及？鳳皇銜下雕龍文[6]，德昧政虛爭敢立？函封三奏心葡萄，堅讓此碑聲蓋國。我恐江淹五色筆，作不立此碑之碑文不得。（一四五）

【校勘】

皆如圪圪　“圪圪”，甲本、乙本一作“矻矻”。

臣且何人恩薦及　“薦”，甲本、乙本作“洊”。

鳳皇銜下　“銜”原作“銜”，據甲本、乙本校改。兩本一作“詔”。

函封三奏心葡萄　“葡萄”，甲本、乙本作“匍匐”。

【注釋】

［1］荆南府主：荆南節度使成汭。荆南，唐方鎮名，至德二年（757

年）置，治荆州（今湖北江陵），領荆、澧等十州。成汭（？～903），青州人（今屬山東）。文德元年（888），取荆南。被任爲節度使，有治績。後與李神通戰，敗而投江。傳見《新唐書》。

[2] 隍：城池。

[3] 戢兵：收藏兵器，即停止戰爭。

[4] 圪圪：高大貌。矻矻，勤勉貌。

[5] 琬琰：琬圭、琰圭。

[6] 雕龍文：喻華美的文辭。

[7] 葡萄：通“匍匐”，順從。

施萬病丸

我聞昔有海上翁，眉鬢皎白塵土中。瓠蘆盛藥行如風[1]，病者與藥皆惺憽[2]。藥王藥上親兄弟，救人急於已諸體。玉毫調御偏讚揚[3]，金輪釋梵咸歸禮[4]。賢守運心亦相似，不吝親親拘子子。曾聞古德有深言[5]，由來大士皆如此[6]。（一四六）

【校勘】

眉鬢皎白　“眉鬢”，乙本作“鬢眉”。

瓠蘆盛藥　“瓠蘆”，甲本、乙本作“葫蘆”。

病者與藥皆惺憽　“憽”，甲本作“忪”，乙本作“惚”。

【注釋】

［1］瓠蘆：同“葫蘆”。

［2］惺憽：清醒。謂病癒如醒。

［3］玉毫調御：玉毫，指佛眉间白毫，佛教謂其有神力。調御，調御丈夫的省稱。佛十號之一。佛能化度衆生，故稱。

［4］金輪釋梵：金輪，佛教語。輪是印度古代武器。印度古傳說中征服四方的轉輪王出生時，空中出現此輪寶，預示其無敵力量。輪寶有金銀銅鐵四種，感得金輪寶者，爲金輪王，乃四輪之首，領東南西北四大洲。釋梵，帝釋和梵天二天王，佛教守護神。

［5］古德：對有德高僧的尊稱。

［6］大士：佛教對菩薩的通稱。

甘雨應祈

春雨偶愆期[1]，草木亦未覺。君侯不遑處[2]，退食或閉閣。東海浪滔滔，西江波漠漠。得不願身爲大虯，金其角，玉其甲。一吸再呬[3]，雲平霧匝[4]。華暢九有，清傾六合。使不蘇者蘇，不足者足。情通上玄[5]，如膏綿綿。有叟有叟，鼓腹歌於道邊。歌曰：麥苗芃芃兮鶬鶊飛[6]，日出而作兮日入歸[7]。如彼草木兮雨露肥，古人三樂兮我樂多之[8]。天之成兮，地之平兮[9]。柘系黄兮[10]，瓠葉青兮[11]。乳女啼兮，蒸黍馨兮。炙背捫虱兮[12]，復何經營兮[13]？（一四七）

【校勘】

玉其角　“玉”原作“五”，據甲本、乙本校改。

柘糸黄兮　“糸”，甲本、乙本作“系”。

【注釋】

［1］愆期：誤期。

［2］遑：閑暇。

［3］啗：同“歃”，飲。

［4］匝：遍佈。

［5］上玄：上天。

［6］“麥苗”句：語本《詩經·鄘風·載馳》：“我行其野，芃芃其麥。”及《詩經·豳風·東山》：“倉庚于飛，熠燿其羽。”芃芃，茂盛貌。鶬鶊，黄鸝。

［7］“日出”句：《藝文類聚》卷十一引晉皇甫謐《帝王世紀》言，帝堯之世，天下安樂無事，有老人擊壤於道。觀者歎言帝德所致。老人曰：“吾日出而作，日入而息，鑿井而飲，耕田而食。帝何力於我哉？”後常以頌太平盛世。

［8］三樂：三種樂趣，所指多樣。如《孟子·盡心上》：“孟子曰：‘君子有三樂，而王天下不與存焉。父母俱存，兄弟無故，一樂也；仰不愧於天，俯不怍於人，二樂也；得天下英才而教育之，三樂也。’”《韓詩外傳》卷九：“子夏曰：‘敢問三樂？’曾子曰：‘有親可畏，有君可事，有子可遺，此一樂也；有親可諫，有君可去，有子可怒，此二樂也；有君可喻，有友可助，此三樂也。’”

［9］“天之”兩句：語出《尚書·大禹謨》：“帝曰：‘俞！地平天成，六府三事，允治。萬世永賴，時乃工。’”謂諸事安妥，時世太平。

［10］柘：木名。

［11］瓠：即瓠瓜。

［12］炙背捫虱：形容生活安閒。炙，烤。捫，執持。

［13］經營：籌劃治理。

寄韓團練[1]

真宰動洪爐[2]，萬物皆消息[3]。唯有三珠樹，不用東風力。君子天廟器，頭骨何巉崱[4]！海内久聞名，江西偶相識。誰不有詩機，麟龍不解織。誰不有心地，蘭茝不曾植。多君二俱作[5]，獨立千仞壁。話道出先天，評詩動臻極[6]。青霄雁行律[7]，紅露荆花滴。偶然成遠別，別後長相憶。行至鄱陽郡，又見謝安石[8]。留我遇殘冬，身心苦恬寂。江上春又至，引頸山空積。何日再相逢，天香滿瑶席。（一四八）

【校勘】

評詩動臻極　“評詩”，乙本作“憑師”。“臻”原作“榛”，甲本、乙本一作“臻”，據以校改。

【注釋】

［1］團練：官名。唐肅宗時置於諸道，掌一州或數州之防務。又名防禦使、團練守捉使。多爲刺史所兼。諸道不設節度使者，多以都團練使或都防禦使總領軍務。五代沿置。參《舊唐書·職官志三》。

［2］“真宰”句：真宰，宇宙的主宰。洪爐，猶造化。

［3］消息：消長，盛衰。

［4］巉岄：形容風骨特出不凡。

［5］多君：猶贊君、重君。多，稱讚，重視。唐李白《敘舊贈江陽宰陸調》："多君秉古節，嶽立冠人曹。"

［6］臻極：達致極點。

［7］"青霄"句：指大雁按一定方向與陣勢飛行。

［8］謝安石：謝安（320～385），字安石，陳郡陽夏（今河南太康）人。東晉名臣、詩人。出身世族，主持朝政，有安邦之功。傳見《晉書》。

春野作五首

閑步淺青平緑，流水征車自逐。誰家挾彈少年，擬打紅衣啄木[1]。（一四九）

山花雨打盡，滿地如爛錦。遠尋鷓鴣鷄，拾得一團蕈。（一五〇）

大牛苦耕田，乳犢望似泣。萬事皆天意，緑草頭戢戢。（一五一）

斜陽射破塚，髑髏半出地。不知誰氏子，猶自作意氣。（一五二）

牛兒小，牛女小，抛牛沙上鬬百草[2]，鋤隴老人又太老。薄煙漠漠覆桑棗，戴嵩醉後取次掃[3]。（一五三）

【校勘】

閑步　"閑"，甲本、乙本作"閒"。

牛女小　“小”，甲本、乙本作“少”。

斜陽射破塚　“塚”，乙本作“冢”，異體字。

鋤隴　“鋤”，甲本、唐詩本作“鉏”。

【注釋】

[1] 啄木：即啄木鳥。

[2] 鬬百草：古代遊戲。競采花草，賽其多寡優劣，常行於端午。唐崔顥《王家少婦》：“閑來鬬百草，度日不成妝。”

[3] “戴嵩”句：戴嵩，唐代畫家，善畫水牛。見唐張彥遠《歷代名畫記》卷十。取次，隨意。掃，畫。

深山逢老僧二首

納衣線粗心似月[1]，自把鋤鋤崗榾柮[2]。青石溪邊踏葉行，數片雲隨兩眉雪。（一五四）

山童貌頑名乞乞，放火燒畬採崖蜜。擔頭何物帶山香，一籮白蕈一籮栗[3]。（一五五）

【校勘】

納衣線粗心似月　“納”，甲本、乙本作“衲”。“粗”原作“麁”，異體字。據乙本校改。

自把鋤鋤崗榾柮　甲本、乙本作“自把短鋤鋤榾柮”。

青石溪邊　“邊”，戊本作“橋”。

放火燒畬採崖蜜　“採”，甲本、乙本作“采”。

【注釋】

[1] 心似月：佛教謂心性明淨如月。

[3] 榾柮：節段的木頭。

[4] 蕈：一種菌類植物。

道情偈

草木亦有性，與我將不別。我若似草木，成道無時節。世人不會道，向道却嗔道。傷嗟此輩人，寶山不得寶[1]。（一五六）

【注釋】

[1]“寶山”句：喻身處當有所得之境，却空無所得。唐般若譯《心地觀經·離世間品》：“如人無手，雖至寶山，終無所得。”

懷二三朝友

傷心復傷心，流光似飛電。有惠驪龍十斛珠[1]，不如一見君子面。愁人復愁人，滿眼皆埃塵。有惠黄金一萬斤，不如一見於仁人。我昔讀詩書，如今盡拋也。只記得田叔孟溫舒[2]，帝王滿口呼長者。（一五七）

【注釋】

［1］驪龍十斛珠：參卷二《還舉人歌行卷》"驪龍失珠"注。

［2］田叔孟溫舒："溫"疑衍。田叔，漢高祖時爲趙王張敖郎中。後趙王屬下反，漢高祖捕趙王至長安，言"有敢隨者，皋三族"。唯孟舒、田叔等十餘人隨之。趙王冤白，田叔、孟舒皆被拜爲太守。後漢文帝召見田叔，稱之爲長者。田叔進言孟舒亦爲長者，文帝贊同之。參《史記·田叔列傳》。

偶作

君子稱一善，馨香遍九垓[1]。小人妬一善，處處生嫌猜。口如暴死人，鐵尺拗不開。稂蕕蝕田髓[2]，積陰成冬雷。因知咋舌人[2]，千古空悠哉。（一五八）

【校勘】

小人妬一善　"妬"，甲本作"妒"，異體字。

稂蕕　"蕕"，甲本、乙本作"莠"。

【注釋】

［1］九垓：中央至八極之地。

［2］"稂蕕"句：稂蕕，對禾苗有害的雜草。蕕，惡草名。莠，田間雜草，俗名狗尾草。田髓，猶農田之精氣。

［3］咋舌：咬舌，謂恐懼不敢言。

義士行

先生先生不可遇，愛平不平眉斗豎[1]。黄昏雨雹空似黳，別我不知何處去。（一五九）

【注釋】

[1] 斗豎：陡立，聳立。清《江西通志》卷十三《山川七・贛州府》："烏石嶂，在石城縣西五里，巖石斗豎如屏。"

觀懷素草書歌[1]

張顛顛後顛非顛[2]，直至懷素之顛始是顛。師不譚經不説禪，筋力唯於草書朽。顛狂却恐是神仙，有神助兮人莫及。鐵石書兮墨須入，金罇竹葉數斗餘。半斜半傾山納濕，醉來把筆獰如虎。粉壁素屏不問主，亂拏亂抹無規矩。羅剎石上坐伍子胥[3]，蒯通八字立對漢高祖[4]。勢崩騰兮不可止，天機暗轉鋒鋩裏。閃電光邊霹靂飛，古柏身中湼龍死。駭人心兮目眓呼葝。瞁[5]音旭。頓人足兮神辟易[6]。乍如沙場大戰後，斷槍檿箭皆狼藉[7]。又似深山朽石上，古病松枝掛鐵錫。月兔筆[8]，天竈墨[9]，斜鑿黄金側剉玉。珊瑚枝長大束束，天馬驕獰不可勒[10]。東却西，南又北，倒還起，斷復續。忽如鄂公喝住單雄信[11]，秦王肩上剔著棗木槊[12]。懷素師，懷素師，若不是星辰降瑞，即必是河岳孕靈。固宜須冷笑逸少，爭得不心醉伯英[13]。天台古杉一千尺，崖崩劇折何崢嶸[14]！或細微，仙衣縫折金線垂。或妍媚，桃花半紅公子醉。我恐山爲墨兮磨海水，天與筆兮書大地，乃能略展狂僧意。長恨與師不相識，一見此書空歎息。伊昔張謂任華葉季良[15]，數子贈歌豈虛飾？所不足者渾未曾道著其神力。石橋被燒燒，良玉土不蝕。錐畫沙兮印印泥，世人世人爭得測？知師雄名在世間，明月清風有何極？（一六〇）

【校勘】

觀懷素草書歌　乙本"懷素"後注"一本有上人二首"。《唐僧弘秀集》卷六作"懷素上人草書歌"。

筋力唯於草書朽　"於"，甲本作"于"。"朽"，乙本一作"妙"。

有神助兮人莫及　"人"，乙本一作"神"。

鐵石書兮　"書"，甲本、乙本作"畫"。

金罇竹葉數斗餘　"罇"，乙本作"尊"。"餘"，丁本一作"飲"。

半斜半傾山納濕　"斜"，乙本一作"飲"。"納"，甲本、乙本作"衲"。"濕"，甲本、乙本作"溼"，異體字。

醉來把筆獰如虎　"獰"，乙本一作"猛"。

古柏身中湼龍死　“柏”原作“栢”，異體字。據乙本校改。“湼”，乙本一作“旱”。

呼蒴　“呼”，甲本、乙本作“音”。“呼蒴”，《唐僧弘秀集》卷六作“呼鬱切”。

音旭　《唐僧弘秀集》卷六作“香激切”。

乍如沙場大戰後　“大戰”，甲本、乙本一作“戰敗”。

斷槍檛箭皆狼藉　“斷槍檛箭”，甲本、乙本一作“斷骸折骨”。“皆”，乙本一作“何”。“狼藉”，甲本、乙本作“狼籍”。

又似深山朽石上　“朽”，乙本一作“怪”。

倒還起　“還”，乙本一作“又”。

珊瑚枝長大束束　“束束”，乙本一作“如束”。

忽如鄂公喝住單雄信　“喝”，乙本一作“捉”。

秦王肩上剔著棗木槊　“剔”，乙本一作“搭”。

懷素師，懷素師　《唐僧弘秀集》卷六無一“懷素師”。

固宜須冷笑逸少　“冷”，乙本一作“令”。

爭得不心　“爭”，甲本作“安”。

崖崩劓折　“劓”，乙本一作“岸”。

仙衣縫折金線垂　“縫折”，甲本、乙本作“半拆”，乙本一作“縫綻”。

“我恐山爲”以下兩句　乙本一作“我恐山爲墨兮海爲水，天爲筆兮書大地”。

長恨與師　“長”，甲本、乙本作“常”。

伊昔張謂任華葉季良　“謂”，乙本一作“渭”，誤。“良”原作“艮”，據甲本、乙本校改。

石橋被燒燒　“燒燒”，乙本一作“燒卻”

良玉土不蝕　“玉”原作“王”，從甲本、乙本校改。“土不”，乙本一作“不土”。

世人世人爭得測　“爭”，《唐僧弘秀集》卷六作“莫”。“爭得測”，戊本作“莫得知”。

知師雄名　“知”，戊本作“素”。

【注釋】

[1] 懷素：(725～785，或737～799)，唐長沙人，書僧。以狂草聞。其筆法系承張旭，世謂“顛張醉素”。生平見唐陸羽《僧懷素傳》。唐人多歌詠之。

[2] 張顛：即張旭，字伯高，吳縣（今屬江蘇）人。草書家。嗜酒，常醉後叫呼狂走，揮毫落紙，時稱張顛，尊爲草聖。傳見《新唐書》。

[3]“羅刹”句：羅刹，梵語略譯。傳原爲印度土著民族之名稱。後成爲惡人惡事之代名詞，終演爲惡鬼之總名。羅刹石，江中險石名。在今安徽貴池附近長江中。伍子胥，名員，字子胥，春秋楚國人。因父兄爲楚平王所殺，矢志報仇奔吳。率吳軍攻入楚國郢都，掘平王墓，鞭屍三百。後吳王夫差聽信讒言，逼其自殺。傳見《史記》。

[4]“蒯通”句：蒯通，即蒯徹，范陽（今河北定興西南）人。陳勝令武臣取趙地。蒯通說范陽令徐公歸降，武臣不戰而取三十餘城。韓信用其計破齊。後勸韓信叛劉邦自立。韓信被殺前悔不聽其言，劉邦收捕欲烹之。蒯通言各爲其主意，獲赦免。生平參《史記·淮陰侯列傳》、《漢書》本傳。八字，叉腿站立，爲不恭敬的姿勢。

[5] 眡瞁：眡，眼向上看。瞁，疑爲“瞁”之訛。瞁，驚視貌。《玉篇·目部》：“瞁，許役切，驚視也。”

[6] 辟易：退避。

［7］橛：折斷。

［8］月兔筆：以月中白兔毫毛製作的筆。晉傅咸《擬天問》："月中何有？白兔擣藥。"

［9］天竈墨：以天庭竈上煙煤製作的墨。

［10］驕獰：驕縱兇猛。

［11］"忽如"句：鄂公，即尉遲恭（585～658），字敬德，朔州善陽（今山西朔州）人，唐太宗李世民之勇將，封鄂國公。傳見新舊《唐書》。單雄信（？～621），隋東郡人（治今河南滑縣東）人，善馬上用槍，初從李密，後歸王世充。秦王李世民破洛陽，被殺。傳見新舊《唐書》。單雄信曾進逼秦王，爲尉遲恭所止。《舊唐書·尉遲敬德傳》："是日，因從獵於榆窠。遇王世充領步騎數萬來戰，世充驍將單雄信領騎直趨太宗。敬德躍馬大呼，横刺雄信墜馬，賊徒稍卻。"

［12］"秦王"句：即單雄信進逼秦王事。�，碰觸。唐慧琳《一切經音義》卷五六引《字書》："剔，著也。"槊，即長矛。

［13］伯英：即張芝，字伯英，東漢人，善草書。《後漢書·張奐傳》："長子芝，字伯英，最知名。"李賢注："王愔《文字志》曰：（張芝）尤好草書，學崔杜之法……韋仲將謂之草聖也。"

［14］劓折：斷裂。

［15］"伊昔"句：任華，青州樂安（今山東博興）人。性狷直，官至監察御史，與高適友。《全唐詩》卷二六一收其詩三首，有《懷素上人草書歌》。生平見五代王定保《唐摭言》卷一一、《唐詩紀事》卷二二。葉季良，事迹見《唐詩紀事》卷三二。《全唐詩》卷四六六小傳言其"登貞元進士第"，收詩三首，並無言及懷素草書之作，當已佚。張謂（？～778?），字正言，河内（今河南沁陽）人，天寶二年進士。官至禮部侍郎。生平見《唐詩紀事》卷二五。《全唐詩》卷一九七收其《贈懷素》詩殘句"奔蛇走虺勢入坐，驟雨旋風聲滿堂"。

送盧舍人三首

一曰：勸君不用登峴首山，讀羊祜碑，男兒事業須自奇。此碑山頭如日月，日日照人人不知。人不知，青山白雲徒爾爲[1]！（一六一）

二曰：勸君登商山，不用覓商山皓[2]，雲深雪深騾馬倒。我願終南太華變爲金，吾后見之不爲寶。我願九州四海紙，幅幅與君爲諫草[3]。使躡卨踐夔，逢軒見皞[4]。日環五色，是物得老[5]，如此即商山皓。商山皓，君不用討他，他必來相討。（一六二）

三曰：君不見釋梵諸天壽億垓[6]，天上人間去復來。君又不見紫金爲輪一千輻，寶洲□四皆臣伏。輪王釋梵作何因[7]，衹是弘隆大乘福。自古皇王與賢哲，頂敬心師刻金玉。報通三世釋迦言[8]，莫將梁武爲題目[9]。君不見近代韋裴蔣與蕭，韋處厚相國出入廟堂[10]，禮佛如朝見君父。裴休相國師事空王[11]，信敬無比。出將入相，偏重禪門。蔣□相國墻塹空門[12]，爲大檀越[13]。中書蕃鎮[14]，常事天王[15]。蕭倣相國[16]，清德冠世，白業常修[17]，爲佛骨碑，見行於世。文房書府師百僚。代天理物映千古，布髮掩泥非一朝[18]。大哉釋梵輪王璞，已矣何人繼先覺？行行珍重寄斯言，斯言不是尋常曲。（一六三）

【校勘】

祇是弘隆大乘福　“祇”原作“秖”，異體字。據乙本校改。“乘”原作“乗”，異體字。據乙本校改。

韋處厚相國出入廟堂　“入”原無，據甲本、乙本補。

見行於世　“世”前，甲本、乙本有一“當”字。

蔣□相國墻塹空門　缺字疑爲“伸”。參注釋。“塹”原作“壍”，異體字。據乙本校改。

中書蕃鎮　“蕃”，甲本、乙本作“藩”。

【注釋】

［1］徒爾：徒然。

［2］商山皓：即商山四皓。秦末東園公、綺里季、夏黄公、角里先生隱居商山（今陝西商縣東），鬚眉皓白，時稱商山四皓。漢高祖欲廢太子，呂后用張良計，迎以輔太子。漢高祖遂寢廢太子意。見《史記·留侯世家》。

［3］諫草：諫書的草稿。

［4］逢軒見皞：軒，即黄帝軒轅氏。皞，少皞。

［5］是物：萬物。唐劉得仁《中秋月》：“露洗微埃盡，光濡是物清。”

［6］“釋梵”句：諸天，佛教泛指三界諸天之神。垓，古以萬萬爲垓。

［7］輪王：轉輪王的省稱。佛教言有金、銀、銅、鐵四輪王先後出遊，統治各洲。他們各御寶輪，轉遊治境，故名。參卷六《施萬病丸》“金輪釋梵”注。

［8］“三世”句：佛教有三世之説，即過去世、現在世、未來世，各依其業因而獲果報。

［9］梁武：即梁武帝蕭衍（464～549），字叔達，南朝梁的建立者。以崇佛著稱。傳見《梁書》。

［10］韋處厚：字德載（773～829），京兆萬年（今陝西西安）人。元和元年進士。寶曆二年十二月，文宗拜爲中書侍郎、同中書門下平章事。多良策善政，信佛。傳見新舊《唐書》。

［11］裴休：字公美（791？～864），孟州濟源（今屬河南）人。長慶中進士。大中六年，以禮部尚書同平章事，在位五年。長於書翰，崇佛。傳見新舊《唐書》。

［12］"蔣□"句：蔣□，疑爲蔣伸。蔣伸，字大直，常州義興（今江蘇宜興），進士出身。大中十二年（858）拜相。咸通二年（861）罷。傳見新舊《唐書》。墻塹，築牆爲溝，喻庇護、護衛。唐王叡《二陣圖論》："如兩軍交鋒之際，列兵無陣，由人民居而無城池，立而無墻塹。"空門，泛指佛法。大乘以觀空爲法門，故稱。唐王維《歎白髮》："一生幾許傷心事，不向空門何處銷？"

［13］檀越：佛教謂施主。即施與僧衆衣食，或出資舉行法會者。

［14］中書：中書令的省稱。唐代以中書令、侍中、尚書令共議國政，俱爲宰相。

［15］天王：佛教稱護法神爲天王，如毗沙門天王。

［16］蕭倣：（796～875），字思道，郡望蘭陵（今江蘇武進）。大和元年進士。咸通初，遷左散騎常侍，時懿宗崇佛，蕭倣常規諫之。咸通十四年僖宗拜爲相。耿直清廉，有治績。傳見新舊《唐書》。蕭倣信佛，諸書乏載，待考。

［17］白業：佛教謂善業，與黑業相對。

［18］布髮掩泥：鋪髮於泥途。佛經載釋迦於燃燈佛前鋪散頭髮於泥途之上，供其踐踏而行，以示虔信。北齊那連提耶舍譯《大悲經》卷三："我又見彼然燈佛，奉散五莖優波羅。布髮淹泥令佛蹈，即悟無生勝法忍。"《宋高僧傳·貞辯傳》："有婦人陳氏，布髮掩地，請辯蹈之。"

宿深村

行行一宿深村裏[1]，雞犬豐年鬧如市。黄昏見客合家喜，月下取魚戽塘水[2]。（一六四）

【注釋】

［1］行行：行了又行。

［2］戽：汲水。

黄鶯

一種爲春禽[1]，花中開羽翼。如何此鳥身，便作黄金色？黄金色，若逢竹實終不食[2]。（一六五）

【校勘】

便作　“作”，甲本、乙本作“是”。

【注釋】

［1］一種：一樣。唐劉長卿《喜晴》：“湖天一種色，林鳥百般聲。”

［2］竹實：竹子所結的子實。

送越將歸會稽[1]

面如玉盤身八尺，燕語清獰戰袍窄[2]。古嶽龍腥一匣霜[3]，江上相逢雙眼碧[4]。苒苒春光方婉婉[5]，黯然别我歸稽巘[6]。他年必帥邯鄲兒[7]，與我殺所甲。輕班定遠[8]。（一六六）

【校勘】

苒苒春光方婉婉　“苒苒”，甲本、乙本作“冉冉”。“婉婉”，甲本、乙本作“婉娩”。

【注釋】

[1] 會稽：郡名。秦王政二十五年（前222）始置，唐代治所在山陰（今浙江紹興）。

[2] “燕語”句：燕語，閑談。清獰，言其説話清脆響亮。

[3] 一匣霜：喻匣中刀劍光芒閃爍。宋李石《再用九日韻答何邵卿二首》之二：“讀書牕外千堆雪，利劍床頭一匣霜。”

[4] 雙眼碧：猶碧眼，形容人物玄遠古雅。唐李咸用《臨川逢陳百年》：“麻姑山下逢眞士，玄膚碧眼方瞳子。”

[5] 婉娩：天氣溫和。南朝梁庾肩吾《奉使北徐州參丞御》：“年光正婉娩，春樹轉豐茸。”

[6] 稽巘：即會稽山。在浙江紹興東南。相傳夏禹大會諸侯於此計功，故名。

［7］邯鄲兒：猶邯鄲少年輩。代稱慷慨、有抱負之士。唐杜甫《承聞河北諸道節度入朝歡喜口號絶句十二首》之十："漁陽突騎邯鄲兒，酒酣并轡金鞭垂。"

［8］班定遠：東漢名將班超（32～102），字仲升，扶風安陵（今陝西咸陽東北）人。永平十六年出使西域，後任西域都護。繼張騫後鑿通西域，功封定遠侯，故稱。傳見《後漢書》。所甲，"殺"之反切。

别仙客

巨鼇頭縮翻仙翠，蟠桃爛落珊瑚地。浪濺霓旌濕鵬翅，略别千年太容易。（一六七）

寒江上望

荒岸燒未死[1]，白雲凝不動。極目無人行，浪打取魚籠。（一六八）

【注釋】

［1］燒：指野火。

讀唐史

我愛李景伯[1]，内宴執良規[2]。君臣道昭彰，天顔

終熙怡。大簸怡清風，粃糠遼亂飛[3]。洪爐烹五金[4]，黄金終自奇。大哉爲忠臣，捨此何所之？　（一六九）

【校勘】

大簸怡清風　“怡”，甲本、乙本作“怕”。

粃糠遼亂飛　“粃糠”，甲本、乙本作“糠粃”。“遼”，甲本、乙本作“繚”。

【注釋】

［1］李景伯：中宗、睿宗時臣，善規諫。傳見《舊唐書·李懷遠傳附》。唐劉肅《唐新語》卷三《公直第五》載，中宗遊興慶池。侍宴者多唱《迴波詞》，以求官爵。李景伯亦歌曰：“迴波詞持酒巵，微臣職在箴規。侍宴既過三爵，諠譁竊恐非儀。”於是宴罷。

［2］内宴：君主在宮内舉辦的宴會。

［3］遼亂：猶繚亂。唐溫庭筠《題西明寺僧院》：“新雁參差雲碧處，寒雅遼亂葉紅時。”

［4］“洪爐”句：洪爐，大火爐。五金：指金、銀、銅、鐵、錫五種金屬。

樵　叟

樵父貌飢帶塵土，自言一生苦寒苦。擔頭擔箇赤瓷罌[1]，斜陽獨立濛籠塢[2]。（一七〇）

【校勘】

樵父貌飢帶塵土　“塵土”，乙本一作“風雨”。

自言一生苦寒苦　“寒苦”，乙本一作“寒暑”。

斜陽獨立濛籠塢　“立”，乙本一作“入”。“濛籠”，甲本作“朦朧”。

【注釋】

［1］瓷罌：盛酒漿等用的陶瓷容器。

［2］濛籠塢：濛籠，蒙朧。塢，村落。

卷　七

春山行

重疊太古色[1]，濛濛花雨時。好峯行恐盡，流水語相隨。黑壤生紅术，黄猿領白兒。因思石橋月，曾與道人期。(一七一)

【校勘】

好峯　“峯”，乙本一作“山”。

黑壤生紅术　“术”，乙本一作“黍”。

因思石橋月　“月”，《唐僧弘秀集》作“日”。

曾與道人期　“道”，乙本一作“故”。

【注釋】

[1] 太古：遠古。

送諫官南遷

危行危言者，從天落海涯。如斯爲遠客，始是好男兒。瘴雜交州雨[1]，犀揩馬援碑[2]。不知千萬里，誰復識辛毗[3]？（一七二）

【注釋】

[1] 交州：州名，今越南河内附近一帶。

[2] 馬援：（前13～49），字文淵，扶風茂陵（今陝西興平東北）人。多謀善戰，爲劉秀獲取天下建功甚多。拜伏波將軍，曾平交趾。傳見《後漢書》。

[3] 辛毗：三國曹魏名臣，字佐治，穎川陽翟（今河南禹州）人，洞曉時勢，剛正敢諫。傳見《三國志·魏書》。

懷香爐峯道人[1]

常思峯頂叟，石窟土爲牀。日日先見日，煙霞多異香。冥心同槁木，掃雪帶微陽。終必相尋去，斯人不可忘。（一七三）

【校勘】

煙霞　“煙”，甲本作“烟”，異體字。

【注釋】

［1］香爐峯：位於廬山北部，狀似香爐。

觀李翰林真二首[1]

日角浮紫氣，凜然塵外清。雖稱李太白，知是那星精[2]。御宴千鍾飲，蕃書一筆成[3]。宜哉杜工部[4]，不錯道騎鯨[5]。（一七四）

誰氏子丹青[6]，毫端曲有靈。屹如山忽墮，爽似酒初醒。天馬難攏勒[7]，仙房久閑扃。若非如此輩，何以傲彤庭[8]？（一七五）

【校勘】

知是那星精　“那”原作“郍”，異體字。據甲本、乙本校改。

屹如　“屹”，乙本作“屹”，丁本、甲本作“矻”。

仙房久閑扃　“閑”，甲本、乙本作“閉”。

何以慠彤庭　“傲”原作“慠”，異體字。據甲本、乙本校改。

【注釋】

［1］觀李翰林真：李翰林，即李白，李白曾入翰林院。真，寫真。

［2］星精：傳李白生時，母夢長庚星，即太白金星而命其名。參唐白居易原本、宋孔傳續撰《白孔六帖》卷二二、《新唐書》本傳。

［3］“蕃書”句：李白曾於朝堂上作答蕃書。唐范傳正《唐左拾遺翰林學士李公新墓碑並序》：“論當世務，草答蕃書，辯如懸河，筆不停綴。”

［4］杜工部：杜甫曾任工部員外郎，故名。

［5］騎鯨：傳李白騎鯨而逝。唐杜甫《送孔巢父謝病歸遊江東兼呈李白》：“幾歲寄我空中書，南尋禹穴見李白。”清仇兆鼇注：“南尋句，一作‘若逢李白騎鯨魚’。按，騎鯨魚，出《羽獵賦》。俗傳太白醉騎鯨魚，溺死潯陽，皆緣此句而附會之耳。”

［6］丹青：丹砂和青雘，可製顏料，常借稱繪畫。

［7］攏：牽，拉。唐白居易《府西亭納涼歸》：“帶寬衫解領，馬穩人攏轡。”

［8］彤庭：漢代宮廷。因以朱漆塗飾，故稱。後泛指皇宮。

晚泊湘江作

煙浪濱愁色[1]，高吟似有鄰。一輪湘渚月，萬古獨醒人。岸濕穿花遠，風香禱廟頻。祇應諛佞者，到此不傷神。（一七六）

【校勘】

乙本一題作“晚泊湘江作懷古”。

煙浪濱愁色　“濱”，乙本一作“濛”。“愁”，乙本作“秋”。

高吟似有鄰　“有”，乙本一作“得”。

萬古　“萬”，乙本一作“千”。

祇應諛佞者　“佞”原作“佞”，異體字。據甲本、乙本校改。

【注釋】

[1] 瀁：同“漾”。

淮上逢故人

故園離亂後，十載始逢君。長恨南薰奏[1]，尋常只自聞。荒窗秋見岳，赤地夜生雲。莫歎謀身晚，中興正用文。（一七七）

【注釋】

[1] 南薰：《孔子家語·辨樂解》：“昔者舜彈五弦之琴，造《南風》之詩。其詩曰：‘南風之薰兮，可以解吾民之慍兮；南風之時兮，可以阜吾民之財兮。’”

讀杜工部集二首

造化拾無遺，唯應杜甫詩。豈非玄域橐[1]，奪得古人旗。日月精華薄，山川氣概卑。古吟吟不盡，惆悵不同時。（一七八）

甫也道亦喪，孤舟出蜀城。彩毫終不撅[2]，白雪更能輕。命薄相如命[3]，名齊李白名。不知耒陽令，何以

葬先生[4]？（一七九）

【校勘】

豈非玄域橐　“橐”，甲本、乙本一作“槖”。

古吟吟不盡　“古吟”，甲本、乙本作“古今”。

孤舟　“舟”，甲本、乙本作“身”。

何以葬先生　“葬”原作“塟”，異體字。據甲本、乙本校改。

【注釋】

[1] 玄域橐：玄域，天地。橐，袋子。兩者連屬，猶天地造化。

[2] 彩毫：即五色筆。

[3] “命薄”句：漢武帝時司馬相如空負才華，卻被視爲文學侍臣。傳見《漢書》。

[4] “不知”以下二句：杜甫大曆三年（768）起，漂泊於岳陽、衡州一帶。至五年，卒于湘水扁舟中。新舊《唐書》本傳言，期間杜甫曾流寓耒陽（今屬湖南），與當地縣令交往，卒於耒陽。

題簡禪師院

機忘室亦空，靜與沃洲同[1]。唯有半庭竹，能生竟日風。思山海月上，出定印香終[2]。繼後傳衣者[3]，還須立雪中[4]。（一八〇）

【校勘】

唯有　“唯”，甲本作“惟”。

【注釋】

[1] 沃洲：亦作“沃州”。山名。在浙江新昌東。上有放鶴亭、養馬坡，傳爲晉支遁放鶴養馬處。

[2]“出定”句：定，禪定。印香，禪定時所燃之香。

[3] 傳衣：傳授衣缽。

[4] 立雪：禪宗二祖慧可參達摩，時天大雪，終夜立於雪中。天明不獲見，自斷左臂，以示虔誠。終得達摩傳法。參《景德傳燈錄》卷三。

讀劉得仁賈島集二首[1]

二公俱作者[2]，其奈亦迂儒。且有諸峯在，何將一第吁[3]？句還如菡萏[4]，誰復贈襜褕[5]？想得重泉[6]下，依前與衆殊。(一八一)

役思曾衝尹[7]，多言阻國親[8]。桂枝何所直[9]，陋巷不勝貧。馬病難湯雪，門荒劣有人。伊余吟亦苦，爲爾一眉嚬。(一八二)

【校勘】

何將一第吁　“第”原作“弟”，據從甲本、乙本校改。

句還如菡萏　“萏”原作“萻”，據乙本校改。

馬病難湯雪　“難”，甲本、乙本一作“唯”。

爲爾一眉嚬　“嚬”，甲本作“顰”。

【注釋】

[1] 劉得仁賈島：劉得仁，公主子。長慶時以詩名，苦吟。與姚合、雍陶等友。出入場屋二十餘年而無所成。生平見《唐摭言》卷十、《唐才子傳校箋》卷六。賈島（779～843），字閬仙，一作浪仙，范陽（治今河北涿州）人。早年爲僧，法名無本。憲宗元和年間以詩謁韓愈，後還俗應舉而無獲。曾任遂州長江（今四川蓬溪西）主簿，也稱賈長江。以苦吟稱。有《長江集》。生平見唐蘇絳《賈司倉墓誌銘》、《新唐書》本傳等。

[2] 作者：藝業、成就卓越者。貫休《懷諸葛珏二首》：“諸葛子作者，詩曾我細看。”

[3]“何將”句：指二人爲不能獲進士登第而憂愁。

[4] 菡萏：荷花。

[5] 襜褕：一種單衣，因其寬大而長作襜襜然狀，故名。

[6] 重泉：猶黄泉。唐竇常《哭張倉曹南史》：“萬事竟蹉跎，重泉恨若何?”

[7]“役思”句：賈島吟得“鳥宿池中樹，僧敲月下門”句，於驢上斟酌“推”、“敲”孰妥，不覺衝撞時爲京兆尹的韓愈。後者知其故後，謂作“敲”佳。參後蜀何光遠《鑑戒錄》卷八《賈忤旨》。

[8]“多言”句：傳賈島微時，吟《病蟬》以刺公卿，公卿惡而阻其科舉。後宣宗微行，至其寓居寺院鐘樓，取觀其詩卷。後者不識，奪而譏之。帝慚赧下樓。後賈島追悔欲投鐘樓下。宣宗下急詔赦罪，除為長江主簿。參《鑑戒錄》卷八《賈忤旨》。

[9] 桂枝：猶折桂。

天台老僧

獨住無人處，松龕岳雪侵。僧中九十臘[1]，雲外一生心。白髮垂不剃，青眸笑更深[2]。猶能指孤月[3]，爲我暫開襟。（一八三）

【校勘】

天台老僧　乙本一作“老僧”。

松龕岳雪侵　“雪”，乙本作“嶽色”。

白髮垂不剃　“不”原作“下”，據甲本、乙本校改。

青眸笑更深　“更”，乙本作“轉”。

【注釋】

[1] 臘：法臘，僧人受具足戒後之年數。

[2] 青眸：清亮的黑眼珠。唐王勃《彭州九隴縣龍懷寺碑》：“星開紺髮，月湛青眸。”

[3] 指孤月：佛教常以月喻佛法、佛性之圓滿、潔淨。唐船子和尚詩：“夜靜水寒魚不食，滿船空載月明歸。”又，佛教以指譬教，以月比法。《楞嚴經》卷二：“如人以手指月示人，彼人因指，當應看月，若復觀指，以爲月體，此人豈唯亡失月輪，亦亡其指。”禪宗借此要人跳出言筌，即心悟道。

經費徵君舊宅[1]

巉巖玉九株[2]，秀濕掩蒼梧。祥瑞久不出，羲軒銷得無？雨和高瀑濁，燒熷大樹枯[3]。到此思歸去，迢迢隔五湖[4]。（一八四）

【校勘】

經費徵君舊宅　“徵”，乙本作“隱”。

巉巖　“巖”原作“嵒”，甲本作“巗”，異體字。據乙本校改。

【注釋】

［1］費徵君：即費冠卿，字子軍，池州青陽（今安徽青陽）人。元和二年進士，長隱於九華山，不就徵召。爲人淡泊，作詩多寫山林意趣。死後，其舊宅成爲九華山名勝。事迹見《唐摭言》卷八、《唐詩紀事》卷六〇等。徵君，不受朝廷徵聘者。

［2］巉巖：險峻的山岩。

［3］燒熷：燒，野火。熷，熏烤。

［4］五湖：江南五大湖的總稱。《史記·三王世家》：“大江之南，五湖之間，其人輕心。”司馬貞索隱：“五湖者，具區、洮滆、彭蠡、青草、洞庭是也。”此處泛稱吳越地區湖泊。

秋末懷舊山

昔住匡廬北[1]，無人知姓名。侵雲收穀粟，引蟻上

柑橙。寒雨雪兼落，枯林虎獨行。誰能將白髮，共向此中生？（一八五）

【注釋】

[1] 匡廬：即廬山。

春過鄱陽湖

百慮片帆下，風波極目看。吳山兼鳥沒，楚色入衣寒。過此愁人處，始知行路難。夕陽沙島上，迴首一長歎。（一八六）

寄僧野和尚

鳥外更誰親，諸峯即四鄰。白頭寒枕石，青納爛無塵。橡栗堆行逕，猿猴繞定身。儻然重結社[1]，願作掃壇人。（一八七）

【校勘】

鳥外　“鳥”，甲本、乙本一作“島”。

青納　“納”，甲本、乙本作“衲”。

橡栗堆行逕　“逕”，乙本作“徑”，異體字。

【注釋】

[1] 結社：指僧俗結成社團，修佛向道。參卷三《紅藕映嘉魴》“終召十七人”注。

寄馮使君

端居碧雲暮，好鳥啼紅芳。滿郭桃李熟，捲簾風雨香。清吟繡段句[1]，默念芙蓉章。未得歸山去，頻升謝守堂[2]。（一八八）

【注釋】

[1]“繡段”句：喻其文辭華美。下“芙蓉章”同。

[2] 謝守：即南朝宋謝靈運，曾任永嘉太守。

懷紫閣隱者

積翠藏一叟，常思未得遊。不知在巖下，爲復在峯頭。苔上枯藤笐[1]，泉淋破石樓。伊余更何事，不學此翁休。（一八九）

【校勘】

懷紫閣隱者　“懷”，甲本、乙本作“寄”。

【注釋】

[1] 笐：擱物的架子。

寄天台道友

大是清虛地，高吟到日晡。水聲金磬亂，雲片玉盤粗[1]。仙有遺蹤在，人還得意無。石碑文不直，壁畫色多枯。泠立千年鶴，閑燒六一爐[2]。松枝垂似物，山勢秀難圖。紫府程非遠[3]，青溪逕不迂。馨香柏上露，皎潔水中珠。賢聖無他術，圓融只在吾[4]。寄言桐柏子，珍重保之乎。(一九〇)

【校勘】

泠立　“泠”，丁本作“泠”。

閑燒　“閑”，甲本、乙本作“閒”。

【注釋】

[1] 雲片：雲霧；雲塊。唐劉禹錫《海陽十詠·飛練瀑》：“瓊枝曲不折，雲片晴猶下。”

[2] 六一爐：道教煉丹爐。

[3] 紫府：道教稱仙人所居。

[4] 圓融：佛教語。無偏無執，圓滿融通。

旅中懷孫路[1]

暮塵微雨收，蟬急楚鄉秋。一片月生海，幾家人上樓。砌香殘果落[2]，汀草宿煙浮。唯有知音者，相思欲白頭。（一九一）

【校勘】

一片月生海　“生”，甲本、乙本作“出”。

汀草宿煙浮　“煙”，甲本作“烟”，異體字。

相思欲白頭　“欲”，甲本、乙本作“歌”。

【注釋】

［1］孫路：清《浙江通志》卷一九二《人物十·隱逸上》謂其浙江富陽人，“少有詩名，後隱居不仕”。參唐姚合《寄孫路秀才》、鄭谷《寄贈孫路處士》等詩。

［2］砌：臺階。

貽世

至理不誤物，悠悠自不明。黄金燒欲盡，白髮火邊生。苦惑神仙讖[1]，難收日月精。捕風兼繫影[2]，信矣不須爭。（一九二）

【注釋】

［1］讝：猶謡讝。《集韻·銑韻》："謡，讝謡，言不定。"

［2］"捕風"句：猶捕風捉影。喻虚幻無實。語本《漢書·郊祀志下》："聽其言，洋洋滿耳，若將可遇。求之，蕩蕩如係風捕景，終不可得"。

覽李秀才卷

香沐整山衣，開君一軸詩。吟當秋景苦，味出雪林遲。經濟幾人到[1]，功夫兩鬢知。因嗟和氏淚[2]，不是等閑垂。（一九三）

【校勘】

功夫　"功"，甲本、乙本作"工"。

不是等閑垂　"閑"，甲本、乙本作"閒"。

【注釋】

［1］經濟：經營。

［2］和氏淚：按《韓非子·和氏》載，楚人和氏（卞和）得玉璞楚山中，獻於厲王。王使玉人相之，曰石。王以和爲誑，刖其左足。武王即位，和又獻之。復如前，被刖其右足。文王即位，和氏抱璞而泣。王乃使玉人理其璞，而得寶，命曰和氏之璧。

懷方干張爲[1]

冥搜入仙窟，半夜水堂前。吾道祇如此，古人多亦然。螢沈荒塢霧，月苦緑梧蟬。因憶垂輪者，滄浪何處邊？（一九四）

【校勘】

螢沈　“沈”，甲本作“沉”，異體字。

因憶垂輪者　“輪”，甲本、乙本作“綸”。

【注釋】

[1] 方干張爲：方干（？～885?），字雄飛。新定（治今浙江建德）人，一作桐廬人。屢舉不第，遂隱鑒湖。與喻鳧、李頻等遊。生平見《唐詩紀事》卷六八、《唐才子傳校箋》卷七。張爲，閩（今福建）人。善評詩，有《詩人主客圖》。大中十二年（858）曾遊長沙，後入鈞臺山訪道。生平見五代杜光庭《毛仙翁傳》、《唐才子傳校箋》卷十。

四皓圖[1]

何人圖四皓，如語話嘮嘮。雙鬢雪相似，是誰年最高？溪苔連豹褥，仙酒污雲袍。想得亡秦日，伊余亦合逃。（一九五）

【校勘】

四皓圖　“圖”原作“圗”，異體字。據乙本校改。

仙酒污雲袍　“污”，甲本、乙本作“汙”，異體字。

想得亡秦日　“亡”，乙本作“忘”。

【注釋】

［1］四皓：即商山四皓，參卷六《送盧舍人三首》“商山皓”注。

懷白閣道侶[1]

寒思白閣層，石屋兩三僧。斜雪掃不盡，飢猿喚得應。香燃一字火，磬過數潭冰。終必相尋去，孤懷久不勝。（一九六）

【校勘】

飢猿喚得應　“應”，甲本作“譍”。

【注釋】

［1］白閣：山峰名，位於今陝西户縣東。

讀孟郊集[1]

東野子何之，詩人始見詩。清刳霜雪髓[2]，吟動鬼神司。舉世言多媚，無人師此師。因知吾道後，冷淡亦如斯。（一九七）

【注釋】

［1］孟郊：字東野（751～814），湖州武康（今浙江德清）人。性孤直，一生潦倒，以苦吟稱，韓孟詩派代表詩人。有《孟東野詩集》。傳見新舊《唐書》。

［2］“清刳”句：言其詩格如霜雪，清遠高妙。刳，挖。

懷四明亮公

孤峯含紫煙，師住此安禪。不下便不下，如斯大可憐。坐侵天井黑，吟久海霞蔫。豈覺塵埃裏，干戈已十年。（一九八）

【校勘】

不下便不下　“便不”，甲本、乙本一作“便石”。

如斯大可憐　“大”，甲本、乙本作“太”。

秋過錢塘江

巨浸東隅極，山吞大野平。因知吳相恨[1]，不盡海濤聲。黑氣騰蛟窟，秋雲入戰城。遊人千萬里，過此白髭生。（一九九）

【注釋】

［1］吳相恨：指春秋時吳相伍子胥受伯嚭讒毁，吳王夫差逼其自殺。《吳越春秋·夫差内傳》言，吳王取其屍，盛以鴟夷，投於江中，“子胥因隨流揚波，依潮來往，蕩激崩岸”。

上俞許二判官

近抛蓑笠者，急善遇休明。未省親宗伯[1]，焉能識正聲[2]？病容經夏在，岳夢入秋并。無限林中意，今逢許郭傾[3]。（二〇〇）

【校勘】

未省　“省”，甲本作“許”。

岳夢　“夢”原作“夣”，異體字。據甲本、乙本校改。

【注釋】

[1] 宗伯：文章學問受人尊崇的大家。

[2] 正聲：雅正的詩篇。

[3] 許郭：東漢許劭、郭太的並稱。《後漢書·許劭傳》言兩人皆好獎掖後進，"故天下言拔士者，咸稱許郭"。後泛指喜於提攜後進者。

懷劉得仁

詩名動帝畿[1]，身謝亦因詩。白日只如哭，皇天得不知。旅墳孤蹢岳[2]，羸僕泣如兒。多少求名者，聞之淚盡垂。（二〇一）

【注釋】

[1] 帝畿：京城或京城及其附近地區。

[2] 蹢：《類篇·足部》："蹢，足不前也。"

卷 八

歸故林後寄二三知己

昨別楚江邊，逡巡早數年[1]。詩雖清到後，人更瘦於前。岸翠連喬岳，汀沙入壞田。何時重一見，談笑有茶煙。（二〇二）

【校勘】

逡巡　“巡”原作“廵”，異體字。據乙本校改。

汀沙入壞田　“壞”，甲本、乙本一作“瀼”。

【注釋】

［1］逡巡：頃刻。唐張祜《偶作》：“徧識青霄路上人，相逢祇是語逡巡。”

春寄西山陳陶[1]

搔首復搔首，孤懷草萋萋。春光已滿目，君在西山西。塹水成文去，庭柯擎翠低。所思不可見，黄鳥花中啼。（二〇三）

【校勘】

庭柯擎翠低　“低”原作“仾”，疑爲“低”之異體“佦”之訛，據甲本、乙本校改。

【注釋】

[1] 西山：位於今江西南昌屬縣新建西，即古散原山，道教所謂第十二洞天。《全唐詩》卷七四五陳陶小傳言其大中時遊長安，南唐昇元中隱西山，後不知所終。貫休圓寂於永平二年（912），不及南唐。《全唐詩》所記當誤。《唐才子傳·陳陶傳》則言陶大中中，避亂入西山。《北夢瑣言》卷五也有相關記載。陳陶隱西山當在大中年間（847～859）。

秋末江行

四顧木落盡，扁舟增所思[1]。雲衝遠燒出，帆轉大荒遲[2]。天際霜雪作，水邊蒿艾衰。斷猿不堪聽，一聽亦同悲。（二〇四）

【注釋】

［1］扁舟：小船。

［2］大荒：荒遠的地方。

送人歸新羅[1]

昨夜西風起，送君還故鄉。積愁窮地角[2]，見日上扶桑。蜃氣生初霽[3]，潮痕匝亂荒。從茲頭各白，魂夢一相望。（二〇五）

【校勘】

送君還故鄉　“還”，甲本、乙本作“歸”。

【注釋】

［1］新羅：朝鮮古國名，位於今朝鮮半島東南部。

［2］地角：地的盡頭，言偏遠。

［3］“蜃氣”句：蜃氣，即海市蜃樓，海面或沙漠中，由折光而形成的城郭樓宇等幻象，古人認爲由蜃吐氣而成。蜃，大蛤蜊。霽，雨雪停，雲霧散。

思匡山賈匡[1]

山兄詩癖甚，寒夜更何爲？覓句唯頑坐，嚴霜打不

知。石膏黏木屐，崖栗落冰池。近見禪僧說，生涯勝往時[2]。(二〇六)

【校勘】

思匡山賈匡　乙本一作“寒夜思廬山賈生”。

覓句唯頑坐　“唯”，乙本一作“如”。

石膏黏木屐　“黏”，甲本作“粘”。“屐”，乙本一作“履”。

崖栗　“栗”，乙本一作“蜜”。

【注釋】

[1] 賈匡：生平不詳，《全唐詩》卷七一七有曹松《廬山訪賈匡》。

[2] 生涯：生活。

偶作

一載獨扃扉，唯爲二雅詩[1]。道孤終不雜，頭白更何疑？句冷杉松與，霜嚴鼓角知。修心對閑境，明月印秋池[2]。(二〇七)

【校勘】

一載　“一”，甲本、乙本作“十”。

句冷　丁本作“泠”。

修心對閑境　“閑”，甲本、乙本作“間”。

【注釋】

[1] 二雅：《詩經》作品按音樂分風、雅、頌，雅分大雅、小雅，故稱。後泛指典雅的詩作。唐許裳《送劉校書遊東魯》："才偏精二雅，分合遇諸侯。"

[2]"明月"句：喻禪心寧靜空明。

贈方干[1]

盛名與高隱，合近謝敷村[2]。弟子已得桂[3]，先生猶灌園。垂綸侵海分[4]，拾句歷雲根[5]。白日昇天路，知君別有門。（二〇八）

【校勘】

贈方干　《古今禪藻集》卷四作"贈方干處士"。

垂綸侵海分　"分"，甲本、乙本作"介"。戊本作"岸"。

拾句　"句"，《古今禪藻集》卷四作"栗"。

知君　"知"，甲本、乙本作"如"，句末注"弟子謂李頻也"。

【注釋】

[1] 按，此詩本事，《唐摭言》卷四："方干師徐凝，干常刺凝曰'把得新詩草裏論'，反語曰村裏老。李頻師方干，後頻及第。詩僧清越贈干詩云'弟子已得桂，先生猶灌園。'"《唐詩紀事》卷六三録整詩，作貫休詩。

[2] 謝敷：字慶緒，會稽人。澄靖寡欲，人太平山十餘年，屢辭徵召。

傳見《晉書》。

［3］得桂：猶折桂。

［4］"垂綸"句：垂綸，垂釣。海分，海際。

［5］雲根：深山雲起處。

漁父

一葉一竿竹，眉鬢雪欲零[1]。陸應無祖業，香必是伊腥。兒亦名魚鷗，歌稱我洞庭。迴頭深自愧，舊業近滄溟。（二〇九）

【校勘】

歌稱我洞庭　"我"，甲本、乙本一作"爾"。

【注釋】

［1］零：落下。

題友人山居

卜居鄰塢寺[1]，魂夢又相關。鶴本如雲白，君初似我閑。月明僧渡水，木落火連山。從此天台約，來茲未得還。（二一〇）

【校勘】

君初似我閑　“閑”，甲本、乙本作“閒”，異體字。

【注釋】

[1] 卜居：擇地居住。

寄宋使君[1]

寺倚烏龍腹[2]，窗中見碧稜[3]。空廊人畫祖，古殿鶴窺燈。風吼深松雪，爐寒一鼎冰。唯應謝内史[4]，知此道心澄。（二一一）

【注釋】

[1] 宋使君：指宋震，曾任睦州刺史。貫休有《寄杭州靈隱寺宋震使君》、《上新定宋使君》、《寄杭州宋使君》，末詩原注：“公初罷睦州。”各詩所及宋使君，當爲一人。宋震，《舊唐書·懿宗本紀》記咸通十年（869），“以虞部郎中宋震、前昭應主簿胡德融考科目舉人。”《登科紀考》卷二二：“《永樂大典》引《瑞陽志》：‘宋震，高安懷舊鄉萱村里人。會昌二年柳璟下進士。’又引《袁州府圖經》：‘宋震，齊邱之祖，登會昌二年進士第。’”

[2] 烏龍：山名，位於浙江建德北。

[3] 稜：田埂，田壟。

[4] 謝内史：指謝靈運。謝氏曾爲臨川内史。

懷武夷紅石子二首

常思紅石子，獨自住山椒[1]。窗外猩猩語，爐中奼奼嬌[2]。乳香諸洞滴，地秀衆峯朝。曾見奇人説，煙霞恨太遥。（二一二）

弋者終何慕，高吟坐緑蘿。燒侵薑芋窖，僧與水雲袍。竹鞘畬刀缺[3]，松枝獵箭牢。何時一相見，清話擘蟠桃。（二一三）

【校勘】

弋者終何慕　“慕”原作“莫”，據甲本、乙本校改。

【注釋】

[1] 山椒：山頂。

[2] 奼奼：道教煉丹，稱水銀爲奼奼。亦作“姹姹”。唐釋齊己《送王處士遊蜀》：“自修姹姹爐中物，擬作飄飄水上仙。”

[3] 畬刀：畬，耕翻土地。畬刀，用來耕地的刀。

送人征蠻

七縱七擒處[1]，君行事可攀。亦知磨一劍，不獨定諸蠻。樹盡低銅柱，潮常沸火山。名須麟閣上[2]，好去

及瓜還[3]。(二一四)

【校勘】

好去及瓜還　“瓜”原作“苽”，異體字。據甲本、乙本校改。

【注釋】

[1] 七縱七擒：三國時蜀國丞相諸葛亮於蜀建興三年平定南中，曾七擒七放孟獲，後者終誠服。見《三國志·蜀書·諸葛亮傳》裴松之注引《漢晉春秋》。

[2] 麟閣：即麒麟閣。漢宣帝時繪功臣之像以張挂其間。

[3] 及瓜：《左傳·内莊公八年》：“齊侯使連稱、管至父戍葵丘，瓜時而往，曰：‘及瓜而代。’”言今年瓜熟而往，明年瓜熟任滿，使人替代。後以指任滿。

懷周朴張爲

二子無消息，多應各自耕。巴江思杜甫，漳水憶劉楨[1]。白髮應全白，生涯作麽生[2]？寄書多不達，空念重行行[3]。(二一五)

【校勘】

漳水憶劉楨　“楨”原作“禎”，據甲本、乙本校改。

【注釋】

［1］劉楨：字公幹（？～217），東平寧陽（今屬山東）人。建安七子之一。生平附見《三國志·魏書·王粲傳》。

［2］作麽生：做什麽。

［3］“空念”句：《古詩十九首》有《行行重行行》，述相思牽挂意。此處用以表達思念友人。

寄令狐郎中[1]

雨打繁暑盡，放懷步微涼。緑苔狂似人，入我白玉堂[2]。塹鳥眠堪畫，庭欅夜益香。唯應蕊宫子，時到虎溪傍。（二一六）

【校勘】

塹鳥眠堪畫　“畫”，甲本、乙本作“晝”。

唯應蕊宫子　“蕊”原作“蘂”，異體字。據乙本校改。

【注釋】

［1］郎中：隋大業三年（607）改尚書省六部諸司侍郎爲左右司郎，唐改稱郎中。分掌各司事務，爲尚書、侍郎之下的高級官員。

［2］白玉堂：神仙所居之屋堂。唐劉方平《烏棲曲》之一：“銀漢斜臨白玉堂，芙蓉行障掩燈光。”

鄱陽道中作

鄱陽古岸邊，無一樹無蟬。路轉他山大，砧驅鄉思偏[1]。湖平帆盡落，天淡月初圓。何事堯雲下，干戈滿許田[2]。（二一七）

【注釋】

[1] 砧：搗衣石。

[2] 干戈：指戰爭。

歸故林別知己

別離無古今，柳色向人深。萬里長江水，平生不印心[1]。遠書容北雁，贈別謝南金[2]。愧勉青雲志[3]，余懷非陸沈[4]。（二一八）

【注釋】

[1] 印心：猶挂心。

[2] 南金：南方出產的銅。借指貴重之物。

[3] 青雲志：喻遠大志向。唐張九齡《照鏡見白髮》："宿昔青雲志，蹉跎白髮年。"

[4] 陸沈：陸地無水而沈。喻隱居。北周庾信《幽居值春》："山人久

陸沈，幽逕忽春臨。”

送僧遊天台

囊空心亦空，城郭去騰騰[1]。眼作麽是眼[2]，僧誰識此僧？歇限紅樹久，笑看白雲崩。已有天台約，深秋必共登。（二一九）

【注釋】

[1] 騰騰：舒緩悠閑貌。唐寒山《隱士遁人間》：“騰騰且安樂，悠悠自清閑。”

[2] 麽是：這樣，如此。宋楊萬里《觀太平寺畫水長句》：“横看側看只麽是，分明是畫不是水。”

詠竹根玟子[1]

出處慚林藪，才微幸一陽。不緣懷片善，豈得近馨香？節亦因人浄，聲從擲地彰。但令筋力在，永願報時昌。（二二〇）

【校勘】

詠竹根玟子　“玟”原作“校”，據甲本、乙本校改。

永願報時昌　“報”，甲本作“保”。

【注釋】

[1] 珓子：即杯珓，占卜用具。唐韓愈《謁衡嶽廟遂宿嶽寺題門樓》："手持杯珓導我擲，云此最吉餘難同。"明方以智《通雅》卷三四："卜筊當為卜教，或作盃珓。《演繁露》言：盃珓用兩蚌殼，或以竹根。"

硯瓦[1]

淺薄雖頑樸，其如近筆端。低心蒙潤久，入匣更身安[2]。應念研磨苦，無爲瓦礫看。儻然仁不棄，還可比琅玕。（二二一）

【校勘】

還可比琅玕　"琅"原作"瑯"，異體字。據甲本、乙本校改。

【注釋】

[1] 硯瓦：即瓦硯。舊取古宫殿之瓦爲硯，故名。後通稱硯。

[2]"入匣"句：《宋高僧傳·貫休傳》："（乾寧三年）尋被誣譖於荆帥，黜休於功安。鬱悒中題硯子曰'入匣始身安'。弟子勸師入蜀。"

水壺子

良匠曾陶瑩[1]，多居筆硯中。一從親几案，常恐近

兒童。卓立澄心久，提攜注意通。不應嫌器小，還有濟人功。（二二二）

【校勘】

水壺子　“壺”原作“壷”，異體字。據甲本、乙本校改。

一從親几案　“几”，甲本作“席”。

提攜　“攜”，甲本、乙本作“擕”，異體字。

【注釋】

[1] 陶瑩：猶刮垢磨光。

筆

莧訶書紳苦，功成在一毫。日從蒙管録，便覺用心勞。手點時難棄，身閑架亦高。何妨成五色[1]，永願助風騷[2]。（二二三）

【校勘】

日從　“日”，甲本、乙本作“自”。

身閑　“閑”，甲本、乙本作“閒”。

【注釋】

[1] 五色：參卷五《上杜使君》“五色筆”注。

[2] 風騷：《詩經》中的《國風》與楚辭《離騷》。借指詩文。

［3］書紳：猶書紳帶。參卷三《上孫使君》"書紳帶"注。

棋

棋信無聲樂，偏宜境寂寥。著高圖暗合，勢王氣彌驕。人事掀天盡，光陰動地銷。因知韋氏論，不獨爲吳朝。（二二四）

【校勘】

偏宜境寂寥　"境"，丁本作"竟"。

勢王氣彌驕　"王"，甲本作"旺"。

夜對雪作寄友生

皓彩中宵合，開門失所蹤。何年今夜意，共子在孤峯。氣射燈花落，光侵壁罅濃。唯君心似我，吟到五更鐘。（二二五）

【校勘】

己本題作"雪夜寄友人"。

開門失所蹤　"蹤"，乙本一作"從"。

共子在孤峯　"在"，乙本一作"老"。

吟到五更鐘　“鐘”原作“鍾”，甲本、乙本改。

題惠琮律師院[1]

苦節兼青目，公卿話有餘。唯傳黄葉喻[2]，還似白泉居[3]。猿撥孤雲破，鐘撞衆木疏。社壇蹤跡在[4]，重結復何如？（二二六）

【校勘】

鐘撞衆木疏　“鐘”，原作“鍾”，從甲本、乙本改。“疏”原作“踈”，異體字。據乙本校改。

【注釋】

［1］律師：佛教稱善解戒律者。

［2］黄葉喻：佛家勸誘世人的方便之説。如來見衆生欲造惡，即爲説二十二天之常樂我淨，使之斷惡從善。如嬰兒啼哭，父母以楊樹之黄葉爲金，予以止哭。黄葉非金，乃父母之權便。參北涼曇無讖譯北本《大般涅槃經》卷二十。

［3］白泉：傳説中白色泉水。南朝梁孫柔之《瑞應圖·白泉》：“泉色白，自出山澤。得禮制則澤谷之白泉出，飲之使人長壽。”

［4］社壇：僧俗社衆舉行法事的場所。

寄清泠山道人[1]

常憶清泠子，深雲種旱禾。萬緣雖不涉，一句子如

何[2]？蹤跡諸峯匝，衣裳老虱多。江頭無事也，終必到煙蘿。（二二七）

【注釋】

[1] 清泠山：即武當山。清李蕃《募修雞子頂真武廟疏》："夫人夢天日光而娠，生於隋開皇文帝元年甲辰三月三日，入清泠山修道，清泠即武當。"

[2] 一句子：指表詮佛法究竟之語。《景德傳燈錄》卷十四："藥山上堂云：'我有一句子，未曾說向人。'"

秋盡途中作

行行芳翠歇，潭島葉紛紛。山色路無盡，砧聲客彊聞。殘陽曜極野，黑水浸空墳。那得無鄉思，前程入楚雲。（二二八）

【校勘】

砧聲客彊聞　"彊"，甲本、乙本作"強"，異體字。

秋居寄王相公三首

禪林蟬蛻落，地燥可生苔。好句慵收拾，清風作麼來？餅唯餐喜悅，社已得宗雷[1]。還似山中日，柴門更

不開。（二二九）

松聲高似瀑，藥熟色如花。誰道全無病，時猶不在家。逐六塵名[2]，不在家也。山童舂菽粉，園叟送銀瓜。唯訪孫弘閣[3]，談玄到日斜。（二三〇）

氣與非常合，常人爭得知。直須窮到底，始是出家兒。閣雀銜紅粟，鄰僧背古碑。祇應王與謝[4]，時有沃洲期。（二三一）

【校勘】

禪林蟬蜕落　“蜕”原缺，據甲本校補。

餅唯餐喜悦　“餐”原作“飡”，異體字。據乙本校改。

唯訪　“唯”，甲本、乙本作“誰”。

【注釋】

[1] 宗雷：宗炳、雷次宗。參卷三《紅藕映嘉舫》“終召十七人”注。

[2] 六塵：佛教指色塵、聲塵、香塵、味塵、觸塵、法塵。塵，染污義。謂染污情識，使真性不能顯發。

[3] 孫弘閣：《漢書·公孫弘傳》言，西漢公孫弘爲相後，“於是起客館，開東閣以延賢人，與參謀議”。後常用爲招攬賢材之典。唐駱賓王《帝京篇》：“汲黯薪逾積，孫弘閣未開。”

[4] 王與謝：六朝望族王氏、謝氏的並稱。

讀玄宗幸蜀記[1]

宋璟姚崇死，中庸遂變移[2]。如何遊萬里，祇爲一胡兒[3]？泣濕乾坤色[4]，飄零日月旗。火從龍闕起，淚向馬嵬垂[5]。始憶張丞相[6]，全師郭子儀[7]。百官皆剽刼[8]，九廟盡崩隳[9]。塵撲銀輪暗[10]，雷奔棧閣危[11]。倖臣方賜死[12]，野老不勝悲。時有羣叟遮道，泣見於上[13]。及霤飄淪日[14]，行宫寂寞時[15]。人心雖未厭，天意亦難知。聖兩歸丹禁[16]，承乾動四夷[17]。因知納諫爭，始是太平基。（二三二）

【校勘】

塵撲銀暗輪　“輪”，乙本一作“輪”。

泣見於上　“於”，甲本、乙本作“于”。

承乾動四夷　甲本作“勳名太華齊”。

因知納諫爭　“爭”，甲本、乙本作“諍”。

【注釋】

[1] 玄宗幸蜀記：當即《新唐書·藝文志二》著録唐宋巨《明皇幸蜀記》一卷。天寶十四載（755）平盧、范陽、河東三鎮節度使安禄山起兵反唐，後其部將史思明繼之。至寶應二年（763）始平。史稱安史之亂。天寶十五載六月，潼關失守，長安危急，唐玄宗被迫離開長安，遠赴成都。參新舊《唐書》之《玄宗本紀》。

[2] 中庸：儒家主張不偏不倚，堅守常道。此處指中正不偏的執政之道。唐柳宗元《祭呂衡州溫文》：“洎乎獲友君子，乃知適於中庸，削去邪雜，顯陳直正。”

[3] 胡兒：指安祿山（703～757），營州柳城（今遼寧朝陽）胡人。受玄宗寵信，任平盧、范陽、河東三鎮節度使。後反叛，稱帝，國號燕。終

爲其子安慶緒所殺。傳見新舊《唐書》。

[4] 溻：濕。

[5] 馬嵬：地名，在今陝西興平。安史之亂發生，玄宗奔蜀，途次馬嵬驛而兵變。衛兵殺楊國忠，玄宗被迫賜楊貴妃死。參新舊《唐書》之《玄宗本紀》。

[6] 張丞相：指玄宗時賢相張九齡（678～740），字子壽，韶州曲江（今屬廣東）人。長安二年進士，開元二十一年爲相。後爲李林甫所諂，貶荆州長史。其爲相時，范陽節度使張守珪以裨將安禄山兵敗，執送京師治罪。張九齡奏言“禄山狼子野心，面有逆相”，請戮之，以絶後患。玄宗不聽，放歸之。參新舊《唐書》本傳。

[7] 郭子儀：（697～781），華州鄭縣（今陝西華縣）人。唐代名將，在平定安史之亂、反擊吐蕃中，屢建功勳，深受朝廷信用。傳見新舊《唐書》。

[8] 剽刼：搶劫。

[9]“九廟”句：九廟，帝王的宗廟。古時帝王立廟祭祀祖先，共七廟。王莽增爲祖廟五、親廟四，共九廟。後沿之。崩隳，毁棄。

[10] 軨：車軨，車軸上的裝飾。《集韻·魚韻》：“軨，車軨也。”漢張衡《東京賦》：“重輪貳轄，疏轂飛軨。”

[11] 棧閣：棧道。

[12] 倖臣：寵臣，指楊國忠（？～756），蒲州永樂（今山西芮城西南）人。唐玄宗寵妃楊貴妃的堂兄。天寶十一載爲相，結黨營私，奢豪至極。十四載，安禄山以討其爲名，發動叛亂。隨玄宗奔蜀，於馬嵬驛被士兵殺死。傳見新舊《唐書》。

[13]“時有羣叟”兩句：安史之亂中，唐玄宗奔蜀，行至馬嵬，有百姓攔道，乞留太子討賊，玄宗許之。參《舊唐書·玄宗本紀》、《新唐書·肅宗本紀》。

[14]“及霤”句：霤，屋檐水。飄淪，飄泊淪落。

[15] 行宫：古代京城以外供帝王出行時居住的宫室。

[16] “聖兩”句：聖兩，指玄宗與肅宗。天寶十四載，安史之亂爆發，玄宗奔蜀。七月，太子於靈武（今寧夏靈武西南）登基，即肅宗。玄宗其時並未遜位。至德二載（757）九月，長安復。十月，肅宗歸京。十二月，玄宗亦歸。丹禁，帝王所住的紫禁城。

[17] 承乾：猶承天，承奉天道。

卷 九

聞徵四處士

一詔羣公起，移山四海聞。因知丈夫事，須佐聖明君。白酒全傾甕，蒲輪半載雲[1]。從茲居諫署，筆硯幾人焚。（二三三）

【注釋】

[1] 蒲輪：指用蒲草裹輪的車子。轉動時震動較小。古常用於封禪或迎接賢士，以示禮敬。

送友生下第遊邊

失意窮邊去，孤城值晚春。黑山霞不赤，白日鬼隨人。角咽胡風緊，沙昏磧月新。明時至公在，迴首莫因循[1]。（二三四）

【校勘】

送友生下第遊邊　“第”原作“弟”，據甲本、乙本校改。

角咽胡風緊　“胡”，甲本作“邊”。

【注釋】

[1] 因循：懈怠，拖延。

寄匡山紀公

錦繡谷中人，相思入夢頻。寄言無別事，琢句似終身。書卷須求旨，鬚根易得銀。斯言如不惑，千里亦相親。（二三五）

聞無相道人順世五首[1]

一事不經營，孤峯長老情。唯飡橡子餅，愛說道吾兄。池藕香狸掘，山神白日行。又聞行腳也[2]，何處化羣生？（二三六）

自昔尋師日，顛峯絶頂頭。雖聞不相似，特地使人愁。庭樹雪摧殘，上有白獼猴。大哉法中龍[3]，去去不可留。（二三七）

常思將道者，高論地爐傍。迂談無世味，夜深山木

僵。下山遭離亂，多病唯深藏。一别三十年，煙水空茫茫。（二三八）

石霜既順世[4]，吾師亦不住。杉桂有猩猩，粃糠無句句[5]。土肥多孟蕨[6]，道老如孾孺[7]。莫比優曇花[8]，斯人更難遇。（二三九）

百千萬億偈，共他勿交涉[9]。所以那老人，密傳與迦葉[10]。吾師得此法，不論劫不劫[11]。去矣不可留，無蹤若爲躡[12]。（二四〇）

【校勘】

唯殞橡子餅　“唯”，甲本、乙本作“惟”。“殞”，乙本作“餐”，異體字。

愛説道吾兄　“吾”，甲本、乙本作“君”。

池藕香狸掘　“狸”，甲本、乙本作“貍”，異體字。

粃糠無句句　“粃糠”，甲本、乙本作“糠粃”。

【注釋】

［1］無相道人順世：無相，《宋高僧傳·桂琛傳》載，後唐釋桂琛（867～928）曾於其家鄉衡州常山，師事萬歲寺無相大師。其時間、地點與貫休所言相近，當即是。道人，指僧人。順世，佛教稱僧徒逝世。

［2］行脚：僧人爲尋師求法而雲遊四方。

［3］法中龍：喻悟道修行之高深、非凡。《佛祖歷代通載》卷八：“王景文至，值其（按，指釋法瑗）講，歎曰：‘所舉皆所未聞，所指皆出意表，真法中龍也。’”

［4］石霜：即石霜慶諸（807～888），唐代禪僧，青原行思下第四世。

吉州新淦（今江西新干）人，俗姓陳。曾至潭州雲岩參謁道吾和尚，後止於石霜山（位於今湖南瀏陽）。傳見《宋高僧傳》卷十二、《景德傳燈錄》卷十五等。佛典中，多言貫休爲石霜弟子，並典知客。南宋晦翁悟明《聯燈會要》卷二二《潭州石霜慶諸禪師法嗣·秀才張公拙》："往石霜，訪禪月、齊己、太布衲。石霜相接，公但略相顧而已。即與三人，終日劇談。"明費隱通容撰、百癡行元編《叢林兩序須知·知客須知》："知客為叢林綱紐，外護耳目，自非達才能幹，正直服眾者，未易以克當。如雪竇之在太陽，禪月之在石霜是也。"

[5] 無句句：猶不落言筌，而表詮佛法究竟。

[6] 蕨：即蕨菜，嫩葉、根莖可食。

[7] 孾孺：幼兒。

[8] 優曇花：梵語音譯。即無花果樹。佛教謂其開放爲佛的瑞應，稱爲祥瑞花。

[9] 交涉：關聯。

[10] "所以"兩句：《聯燈會要》卷一《釋迦牟尼佛》曰："世尊在靈山會上，拈花示衆。衆皆默然，唯迦葉破顔微笑。世尊云：'吾有正法眼藏，涅槃妙心，實相無相，微妙法，不立文字，教外别傳。付囑摩訶迦葉。'"

[11] 劫：梵語音譯，劫波的省稱。意爲極久遠的時節。原爲古代印度婆羅門教極大時限之時間單位。佛教沿之，視之爲不可計算之長大年月。並以劫爲基礎，說明世界生成與毀滅之過程。

[12] 躡：追蹤。

苦　熱

松桂晝不動，陽烏飛半天。稻麻須結實，沙石欲生

煙。毒氣仍干扇[1]，高枝不立蟬。舊山多積雪，歸去是何年？（二四一）

【校勘】

松桂晝不動　“晝”，乙本一作“枝”。

稻麻須結實　“須”，乙本一作“傾”，又作“難”。

舊山多積雪　“積”，乙本一作“貯”。

【注釋】

［1］干扇：干犯侵襲。

鄂渚贈祥公

寂寥堆積者，自爲是高僧。客遠何人識，吟多冷病增。松煙青透壁，雪氣細吹燈。猶賴師於我，依依非面朋[1]。（二四二）

【校勘】

猶賴師於我　“於”，甲本作“于”。

【注釋】

［1］面朋：非真誠相交的友朋。漢揚雄《法言·學行》：“朋而不心，面朋也；友而不心，面友也。”

懷武昌棲一二首

常憶能吟一，房連古帝墟。無端多忤物，唯我獨知渠[1]。病癒囊空後，神清木落初。衹因烽火起，書札自兹疏。（二四三）

清風江上月，霜灑月中砧。得句先呈佛，無人知此心。師得句，衹云勘供養佛。寂寥從鬼出，蒼翠到門深。唯有雙峰寺，時時獨去尋。（二四四）

【校勘】

唯我獨知渠　“唯”，甲本作“惟”。

病癒囊空後　“癒”，甲本、乙本作“愈”，異體字。

師得句　丁本作“休每得句”。

衹云勘供養佛　“勘”原缺，據丁本、乙本校改。

唯有雙峰寺　“唯”，乙本作“惟”。

【注釋】

［1］栖一：武昌僧人，與貫休同時。《全唐詩》卷八四九收其詩兩首。

［2］渠：他。

寒食郊外

寒食將吾族，相隨過石溪。塚花霑酒落，林鳥學人啼。白水穿蕪疾[1]，新霞出霧低。不堪回首望，家在赤松西。（二四五）

【校勘】

不堪回首望　“回”，甲本、乙本作“迴”，異體字。

【注釋】

［1］蕪：叢生的雜草。

送道士歸天台

道高留不住，道去更何云。舉世皆趨世，如君始愛君。逕侵銀地滑，瀑到石城聞[1]。他日如相憶，金桃一爲分[2]。（二四六）

【校勘】

他日　“他”，甲本、乙本作“它”。

【注釋】

[1] 石城：山名，入天台山之西門，在今浙江紹興東北。

[2] 金桃：桃的一種。唐杜甫《山寺》："麝香眠石竹，鸚鵡啄金桃。"

經孟浩然鹿門舊居二首[1]

孟子終焉處，遊人得得過。檥深黄狖小[2]，地暖白雲多。孔聖嗟大謬[3]，玄宗爭奈何。空餘峴山色，千古共嵯峨。（二四七）

花落谷鶯啼，精靈安在哉？青山不可問，永日獨徘徊[4]。塚穴應藏虎，碑荒衹見苔。伊余亦惆悵，昨日郢城迴。（二四八）

【校勘】

經孟浩然鹿門舊居二首　"浩"原作"皓"，誤。據甲本、乙本校改。

地暖白雲多　"暖"，甲本作"煖"，異體字。

千古共嵯峨　"嵯峨"原作"差莪"，異體字。據甲本、乙本校改。

永日獨徘徊　"徘徊"，乙本作"裴回"。

碑荒衹見苔　"碑荒"，乙本作"荒碑"。

【注釋】

[1] 孟浩然：（689～740），以字行，襄州襄陽（今屬湖北）人。常隱

于家鄉之鹿門山。盛唐山水田園詩派代表詩人。傳見新舊《唐書》。

[2] 狖：長尾猿。

[3] 孔聖：即孔子。

[4] 永日：整日。

春送禪師歸閩中

春色滿三湘[1]，送師還故鄉。穿霞逢黑鴥[2]，乞食得紅薑[3]。大化宗門闢[4]，孤禪海樹涼。儻爲新句偈，寄我亦何妨。(二四九)

【注釋】

[1] 三湘：泛指湘江流域及洞庭湖地区。

[2] 鴥：疾飛貌。南朝宋鮑照《松栢篇》："人生浮且脆，鴥若晨風悲。"此處指疾飛的鳥。

[3] 紅薑：紅色生薑。

[4] "大化"句：大化，指佛的教化。宗門，禪宗自稱，稱其他各宗爲教門。

途中逢周朴

東西南北路，相遇共興哀。世濁無知己，子從何處來？菊衰芳草在，程遠宿煙開。儻遇中興主，還應不用

媒。（二五〇）

【校勘】

世濁　“濁”，乙本作“獨”。

避寇上山作

山翠碧嵯峨，攀牽去者多。淺深俱得地，好惡未知他。有草皆爲戶，無人不荷戈。相逢空悵望，更有好時麽？（二五一）

【校勘】

避寇上山作　“上山”，甲本、乙本作“山中”。

好惡未知他　“他”，甲本作“它”。

避寇上唐臺山

蒼逷緣鳥道[1]，峯脅見樓臺。樫桂香皆滴，煙霞濕不開。僧高眉半白，山老石多摧。莫問塵中事，如今正可哀。（二五二）

【校勘】

蒼遑 “遑”，甲本、乙本作“黄”。

【注釋】

[1] 蒼遑：匆迫。蒼通“倉”。蒼黄，義同。

題擇詞律師院

律中麟角者[1]，高淡出塵埃。芳草不曾觸，幾生如此來？壑風吹磬斷，杉露滴花開。如結林中社[2]，伊余亦願陪。（二五三）

【校勘】

題擇詞律師院 “擇詞”，乙本一作“峄桐”。

伊余亦願陪 “余”，《唐僧弘秀集》卷六作“予”。“亦願”，戊本、丁本作“願一”，

【注釋】

[1] 麟角：麒麟之角，喻罕見、突出。

[2] 林中社：謂閑逸、超俗之會。林中，猶林下。唐李涉《遊西林寺》：“如今再結林中社，可羡當年會裏人。”

上馮使君渡水僧障子[1]

跣足柱巴藤[2]，潺湲渡幾曾[3]。盡權無著印[4]，不是等閑僧。熊耳應初別，牛頭始去登[5]。畫來偏覺好，將寄柳吳興[6]。（二五四）

【校勘】

跣足柱巴藤　“柱”，甲本、乙本作“拄”。

不是等閑僧　“閑”，甲本、乙本作“閒”。

熊耳應初別　“別”，甲本、乙本作“到”。

【注釋】

［1］障子：題有文字或繪有圖畫的整幅綢布。

［2］“跣足”句：跣足，赤足。柱，拄持。巴藤，巴地產的藤杖。

［3］潺湲：水流貌。

［4］無著：圓融無執著。

［6］牛頭：山名，位於江蘇南京西南。禪師法融（594～657）於唐貞觀十八年（644）來山修禪，創牛頭禪。

［7］柳吳興：即梁代柳惲（465～517），字文暢，河東解縣（今山西運城西南）。工詩。曾兩爲吳興太守，故稱。有德政。傳見《梁書》。

秋夜玩月懷玉霄道士

光異磨礱出[1]，輪非雕斲成[2]。今宵剛道別，舉世

勿人爭。征婦砧添怨[3]，詩人哭到明。唯宜華頂叟[4]，笙磬有餘聲。（二五五）

【校勘】

秋夜玩月懷玉霄道士　“玩”原作“翫”，異體字。據乙本校改。

唯宜　“唯”，甲本、乙本作“惟”。

【注釋】

［1］磨礱：猶磨礪。

［2］雕斵：雕刻，削斫。

［3］“征婦”句：謂秋至，征婦搗衣，爲征夫置辦寒裝，多生哀怨。

［4］華頂：峰名，浙江天台山最高處。

上杭州令狐使君

顔冉德無鄰[1]，分憂浙水濱。愛山成大癖，求瘼似諸身。視事奸回盡，登樓海岳春。野人如有幸，應得見陶鈞[2]。（二五六）

【注釋】

［1］顔冉：指孔子弟子顔回、冉求。

［2］陶鈞：製作陶器用的轉輪。喻治理國家。

懷諸葛覺二首[1]

諸葛子作者，詩曾我細看。出山因覓孟，踏雪去尋韓。遇孟郊、韓愈於洛下。謬獨哭不錯，謬□，諸葛云：思牽吳岫起，吟索剡雲開。常流飲實難。諸葛曾爲僧，名然，有詩云：到處自鑿井，不能飲常流。知音知便了，歸去舊江干。（二五七）

羸馬與羸僮，微吟冒北風。店孤僧共歇，日落思無窮。囊草無非刺，魏人那識公。投魏，不遇而去。鶯花五陵道[2]，去去與誰同？（二五八）

【校勘】

懷諸葛覺　“覺”原作“玨”，甲本、乙本作“珏”，異體字。兩本一作“覺”。從之。

遇孟郊、韓愈於洛下　“於”，乙本作“于”。

謬□　乙本無。

【注釋】

［1］諸葛覺：越州（今浙江紹興）人。曾爲僧，法名淡然。後還俗。與韓愈、賈島等交遊。約卒于大中以後。事迹參宋魏仲舉編《五百家注昌黎文集》卷七《送諸葛覺往隨州讀書》詩韓醇注、《唐詩紀事》卷三〇。

［2］五陵：指長安附近唐高祖、太宗、高宗、中宗、睿宗的陵園。

懷錢唐羅隱章魯封[1]

二子依公子，鷄鳴狗盜徒[2]。青雲十上苦，黑髮一莖無。風灁潮聲惡，天寒角韻孤。别離千萬里，何以慰榮枯？（二五九）

【校勘】

按，戊本題下注“《紀事》云，羅隱與桐廬張魯封齊名。錢鏐起，初以魯封為表奏孔目官，不就，執之。後以隱為錢塘令，懼而受命”。

黑髮 “黑”，甲本、乙本作“白”。

風灁 “灁”原作“澁”，異體字。據甲本、乙本校改。

【注釋】

［1］羅隱章魯封：羅隱（833～910），本名横，字昭諫，新城（今浙江富陽）人。依吳越錢鏐，善詩，工小品文。傳見《舊五代史》。章魯封，桐廬（今屬浙江）人。有俊才，少與羅隱齊名。傳見清吳任臣《十國春秋》卷八五。

［2］鷄鳴狗盜：戰國時，秦昭王囚孟嘗君。後者求解於秦王寵姬，寵姬欲得白狐裘。孟嘗君隨從有能爲狗盜者，夜從秦宫中盜而獻之。寵姬爲之進言，得歸。秦王悔，使追。孟嘗君夜半至函谷關，門客有能爲雞鳴者，爲之，群雞從鳴，而關開，遂得脫。見《史記·孟嘗君列傳》。

送沈侍郎

從知無遠近，木落去閩城。地入無諸俗，冠峨甲乙精[1]。山多高興亂，江直好風生。儉府清無事[2]，唯應薦禰衡[3]。（二六〇）

【注釋】

［1］“冠峨”句：峨，卓然特立。甲乙，唐代進士分甲乙科。言其突出於衆進士間。

［2］儉府：南朝齊王儉的府第。儉於高帝時爲衛將軍，領朝政，用才名之士爲幕僚。後世遂以爲幕府美稱。

［3］禰衡：字正平（173～198），平原般（今山東樂陵西南）人。少有才辯，尚氣傲物，與孔融、楊修友。曾擊鼓羞辱曹操，後爲江夏太守黄祖所殺。傳見《後漢書》。

題宿禪師院

身閑心亦然，如此已多年。語淡不著物[1]，茶香别有泉。古衣和蘚納，新偈幾人傳？時説秋歸夢，孤峯在海邊。（二六一）

【校勘】

身閑 “閑”，甲本、乙本作“閒”。

古衣和蘚納 “納”，甲本、乙本作“衲”

【注釋】

[1] 著物：關涉塵事俗物。

秋晚泊石頭驛有寄[1]

蕭索章江北[2]，何人慰寂寥？北風人獨立，南國信空遙。燒塢新雲白，漁家衆木凋。所思不可見[3]，行雁在青霄。（二六二）

【校勘】

蕭索章江北 “章”，甲本、乙本作“漳”。

【注釋】

[1] 石頭驛：位於南昌西。宋吳曾《能改齋漫録》卷九《地理·石頭之名有二》：“韓退之有《次石頭驛寄江西王十中丞閣老》詩，故今洪州石頭驛皆以為證。大觀三年，汪藻彦章為江西提學，作《石頭驛記》云：‘自豫章絶江而西，有山屹然並江而出，曰石頭渚。’”

[2] “蕭索”句：蕭索，景物淒涼。章江，也稱章水，位於江西，爲贛水西源。漳江位於福建境内。

[3] “所思”句：梁何遜《贈族人秣陵兄弟》詩有句“所思不可見，邈

若胡與秦”。

别盧使君

杜宇聲聲急[1]，行行楚水濆。道無禆政化，行處傲孤雲。幸到膺門下，頻蒙俸粟分。詩雖曾引玉[2]，棋數中埋軍。山好還尋去，恩深豈易云。扇風千里泰，車雨九重聞。晴霧和花氣，危檣破浪文。終期陶鑄日[3]，再見信陵君[4]。（二六三）

【校勘】

行行楚水濆　“濆”，甲本、乙本作“瀆”。

【注釋】

［1］杜宇：即杜鵑鳥。傳説古蜀帝杜宇死後，魂魄化爲杜鵑，故稱。

［2］引玉：猶抛磚引玉。

［3］陶鑄：燒製陶器，鑄造金屬器皿。喻培育、造就。

［4］信陵君：戰國時魏國公子，名無忌，魏昭王少子。以急賢好義聞。傳見《史記》。

秋夜吟

如愚復愛詩，木落即眠遲。思苦香銷盡，更深筆尚

隨。飢僮春赤黍，繁露灑烏椑[1]。看却龍鍾也，歸山是底時[2]？（二六四）

【校勘】

思苦香銷盡 “銷”，甲本、乙本作“消”。

飢僮 “僮”，甲本、乙本作“童”。

【注釋】

[1] 椑：柿樹的一種。

[2] 底時：何時。

卷十

桐江閑居作十二首

木落雨脩脩[1]，桐江古岸頭。擬歸仙掌去[2]，剛被謝公留[3]。猛燒侵茶塢[4]，殘霞照角樓[5]。坐來還有意，流水面前流。(二六五)

香刹通真觀[6]，樓臺倚郡城。陰森古樹氣，羸淡老僧情[7]。壁畫連山潤，仙鐘扣月清。何須結西社[8]，大道本無生[9]。(二六六)

靜室焚檀印[10]，深爐燒鐵瓶。茶和阿魏煖[11]，火種柏根馨。數隻呼來鶴，成堆讀了經。何妨似支遁[12]，騎馬入青冥。(二六七)

不問庚桑子[13]，唯師妙吉祥[14]。等閑眠片石，不覺到斜陽。獨自收櫧葉，教童採柏瓤。王孫莫指笑[15]，淡泊味還長。(二六八)

詩琢冰成句，多將大道論。人誰知此意，日日秪關

門。乳鼠穿荒壁，溪龜上凈盆。因知無事貴，言外更無言。（二六九）

紅黍飯溪苔，清吟茗數杯。祇應唯道庇，無可俟時來。樹叠藏仙洞，山蒸足爆雷[16]。從他嫌復笑，門更不曾開。（二七〇）

蟬急野蕭蕭，山中信屢招。廚香烹菌朮，詩好抵瓊瑶。諸境教人認，荒榛引燒燒。吾皇禮金骨[17]，誰更美南朝。（二七一）

露滴滴衡茅，秋成爽氣交。霜榫如蜜裹，風栗似鹽苞。凈蘚侵蛩穴[18]，微陽落鶴巢。還如山裹日，門更絶人敲。（二七二）

塹鳥毛衣别，頻來似愛吟。蕭條秋病後，班剝緑苔深[19]。珠翠籠金像，風泉灑玉琴。孰知吾所適，終不是心心。（二七三）

芙蓉峯裹居，關閉復何如？白玃兼花鹿[20]，多年不見渠。紅泉香滴瀝，丹桂冷扶疏[21]。唯有西溪叟，時時到弊廬。（二七四）

憶在山中日，爲僧鬢欲衰。一燈常到曉，十載不離師。水汲冰溪滑，鐘撞雪閣危。從來多自省，不學擬何爲？（二七五）

囊非撲滿器，門更絶人過。上井連岡冷，風簾迸葉多。村童頑似鐵，山菜硬如莎[22]。唯有前山色，窗中無奈何。（二七六）

【校勘】

桐江閑居作　“閑”，甲本、乙本作“閒”。

木落雨翛翛　“翛翛”，甲本、乙本作“脩脩”。

麤淡老僧情　“麤”，甲本作“麄”，乙本作“粗”。

仙鐘扣月清　“鐘”，原作“鍾”，從甲本、乙本改。

數隻呼來鶴　“呼”，甲本、乙本作“飛”。

不問庚桑子　“庚”原作“賡”，據甲本校改。

等閑眠片石　“閑”，甲本、乙本作“閒”。

教童採柏瓤　“採”，甲本、乙本作“探”。

因知無事貴　“貴”原作“責”，據甲本、乙本校改。

清吟茗數杯　“杯”原作“桮”，異體字。據甲本、乙本校改。

秖應唯道庇　“庇”，乙本一作“在”。

無可俟時來　“可”，甲本、乙本作“意”。

詩好抵瓊瑤　“好抵”原缺，據甲本校補。

誰更美南朝　“更”原缺，據甲本校補。

露滴滴衡茅　“衡”，甲本、乙本作“蘅”。“茅”原作“茆”，異體字。據甲本、乙本校改。

風栗似鹽苞　“風栗”原缺，據甲本校補。

浄蘚侵蛩穴　“淨”，甲本、乙本作“浮”。

班剝緑苔深　“班剝”，甲本、乙本作“斑駁”。

闢閉復何如　“閉”原作“閇”，異體字。據甲本、乙本校改。

鐘撞雪閣危　“鐘”，原作“鍾”，從甲本、乙本改。

上井連岡冷　“上”，甲本、乙本作“土”。

【注釋】

[1] 脩脩：風雨聲。唐姚合《渚上行》："微風屢此來，泱泱復脩脩。"翛翛，義同。

[2] 仙掌：華山峰名。在今陝西華陰。

[3] 謝公：指南朝宋詩人謝靈運。

[4] 茶塢：種滿茶樹的小山丘。

[5] 角樓：古代供瞭望和防守用的城樓，建於城垣四角。

[6] 真觀：道觀。

[7] 羸淡：猶粗淡。羸，粗劣。

[8] 西社：僧俗所結，共修往生西方淨土之社。參卷三《紅藕映嘉舫》"終召十七人"注。

[9] 無生：佛教語，無生無滅。

[10] 檀印：檀香。

[11] 阿魏：一種有臭氣的植物，可入藥。

[12] 支遁：東晉僧人（314－366），本姓關，字道林。陳留（今河南開封）人。多往來金陵，與名士交遊清談。立即色本空義。傳見《高僧傳》。

[13] 庚桑子：即庚桑楚。《莊子》有《庚桑楚》篇，言爲老子弟子，戰國時楚人，爲得道的至人。

[14] 妙吉祥：即文殊師利菩薩。

[15] 王孫：王的子孫。泛指貴族子弟。此處爲對人的尊稱。

[16] 山蒸足爆雷：謂山氣蘊聚蒸騰，發出劇烈的聲響。

[17] 金骨：佛骨。宋仁宗《佛牙舍利贊》："惟有吾師金骨在，曾經百鍊色長新。"

[18] 蛩：蟋蟀。

[19] 班剝：色彩錯雜貌。班通"斑"。

[20] 玃：猿猴。

[21] 扶疏：枝葉繁茂分披貌。

[22] 莎：即莎草。

寄馮使君

山風與霜氣，浩浩滿松枝。永日燒杉子，無人共此時。爲文攀諷諫，得道在毫釐[1]。唯有桐江守，常憐志不卑。（二七七）

【注釋】

[1] 毫釐：十絲爲毫，十毫爲釐。喻細微的事物。

經棲白舊院二首[1]

竺卿何處去[2]，觸目盡淒涼。不見中秋月，空餘一炷香。殘花飄暮雨，枯葉蓋啼螿[3]。誰禮新墳塔，蕭條渭水傍。（二七八）

國寶還亡一，時多李德林[4]。故人卿相泣，承制渥恩深[5]。舊稾誰收得，空堂影似吟。徘徊不能去，寒日下西岑[6]。（二七九）

【校勘】

經棲白舊院二首　“棲”原作“捿”，據甲本、乙本校改。“二首”原無，據甲本、乙本校補。

承制渥恩深　“制”原作“製”，據甲本校改。

舊稾誰收得　“稾”，甲本、乙本作“藁”，異體字。

徘徊不能去　“徘徊”，乙本作“裴回”。

【注釋】

[1] 棲白：晚唐詩僧。唐宣宗大中間，曾爲内供奉並引駕。與李頻、貫休友。生平參《大宋僧史略》卷三《内供奉並引駕》、《唐才子傳校箋》卷三。

[2] 竺卿：即竺道生，鉅鹿（河北平鄉）人，俗姓魏。晉宋間僧人。鳩摩羅什弟子，首倡“一闡提人皆得成佛”，立頓悟成佛義。傳見《高僧傳》。

[3] 螀：寒螀。即寒蟬。

[4] 李德林：字公輔（530～590），博陵安平（今屬河北）人。歷仕北齊、北周、隋三朝。傳見《隋書》。

[5]“承制”句：承制，謂秉承皇帝旨意而便宜行事。渥恩，深厚的恩澤。

[6] 岑：山峰，山頂。

贈李祐道人

闒茸復埃塵[1]，難親復易親。皆疑有仙術，問著却

愁人。祇是躭浮蟻[2]，曾云見泣麟[3]。相逢先合手[4]，渾似有前因。(二八〇)

【校勘】

贈李祐道人　乙本一作“贈道士”。

祇是躭浮蟻　“躭”，甲本、乙本作“耽”，異體字。

相逢先合手　“手”，《唐僧弘秀集》卷六、戊本作“掌”。

【注釋】

[1] 闒茸：卑微。

[2] 浮蟻：酒面上的浮沫。借指酒。

[3] 泣麟：《公羊傳·哀公十四年》：“十有四年，春，西狩獲麟……孔子曰：‘孰爲來哉！孰爲來哉！’反袂拭面，涕沾袍。”又，“西狩獲麟。孔子曰：‘吾道窮矣。’”何休注：“麟者太平之符，聖人之類，時得麟而死，此亦天告夫子將沒之徵，故云爾。”後以爲哀歎世衰道窮之典。

[4] 合手：兩手相合表示敬意。

贈景和尚院

藏經看幾遍[1]，眉有數條霜。萬境心都泯，深冬日亦長。窗虛花木氣，衲掛水雲鄉。時說秋歸夢，峯頭雪滿牀。(二八一)

【校勘】

藏經看幾遍　“遍”，乙本作“徧”，古字。

峯頭雪滿牀　“牀”原作“床”，異體字。據甲本、乙本校改。

【注釋】

［1］藏經：佛教經典的總稱。

上宋使君

折桂文如錦[1]，分憂力若春。位高空倚命，詩妙古無人。有感禾爭熟，無私吏盡貧。野人如有幸，應得見陶鈞。（二八二）

【注釋】

［1］折桂：猶折桂樹。

離亂後寄九華和尚二首

亂後知深隱，菴應近石樓[1]。異香因雪歇，□栗落池浮。詩老全抛格，心空未到頭。還應嫌笑我，歧路獨悠悠。（二八三）

蕭灑復蕭灑，松根獨據梧[2]。瀑冰吟次折，遠燒坐

來無。老嬰寒披納[3]，孤雲靜入廚。不知知我不，已到不區區[4]。（二八四）

【校勘】

離亂後寄九華和尚二首　“華”，甲本、乙本作“峯”。

菴應近石樓　“菴”，乙本作“庵”，異體字。

□栗落池浮　“□”，原殘，餘左邊“虫”旁。“□栗”，甲本、乙本作“仙果”。

歧路獨悠悠　“歧”，甲本、乙本作“世”。

老嬰寒披納　“嬰”，甲本、乙本作“玃”。“納”，甲本、乙本作“衲”。

不知知我不　末“不”字，甲本、乙本作“否”。

【注釋】

［1］石樓：石築的樓臺。又，浙江義烏東南有石樓山。參明李賢等撰《明一統志》卷四二《金華府》。

［2］老嬰：待考。玃，玃如。《山海經·西山經》：“有獸焉，其狀如鹿而白尾，馬足人手而四角，名曰玃如。”

［3］據梧：操琴。《莊子·齊物論》：“惠子之據梧也。”陸德明釋文：“司馬云：‘梧，琴也。’崔云：‘琴瑟也。’”

［4］區區：拘泥。

送黄賓于赴舉

冬暮雨霜霏，行人喜可稀。二階欣夜雪，亞聖在春

闈[1]。馬疾頑童遠，山荒凍葉飛。經師無一事，應見麗龜歸[2]。（二八五）

【校勘】

送黄賓于赴舉　“黄”，甲本作“王”。“賓”原作“賔”，異體字。據甲本、乙本校改。

二階欣夜雪　“欣”原缺，據甲本校補。

經師　“經”原缺，據甲本校補。“師”原作“帥”，據甲本、乙本校改。

【注釋】

［1］“亞聖”句：亞聖，道德才智僅次於聖人者。春闈，唐禮部試士在春季舉行，故稱。

［2］麗龜：射中禽獸背部隆起的中心處，喻科舉中試得官。唐黄滔《謝試官啓》：“徒以獻豕辭遼，賫花躬魏，税駕而旋同飲鼈，操弧而果異麗龜。”

題靈溪暢公墅

境清僧格冷，新斬古林開。舊隱還如此，令人來又來。嵐飛黏似霧，茶好碧於苔。但使心清浄，從渠歲月催。（二八六）

送高九經赴舉

回也曾言志[1]，明君則事之。中興今若此，須去更何疑！志列秋霜好[2]，忠言劇諫奇[3]。志列、忠言，皆舊人也。陸機遊洛日[4]，文舉薦衡時[5]。虎跡商山雪，雲痕岳廟碑。憑君將潦倒，一說向深知。（二八七）

【校勘】

憑君　“憑”，甲本、乙本一作“夫”。

【注釋】

[1]“回也”句：回，指孔子弟子顏回，字子淵，好學，安貧樂道，以德行稱。《論語·公冶長》：“顏淵、季路侍，子曰‘盍各言爾志?’……顏淵曰：‘願無伐善。’”

[2] 秋霜：喻心志壯烈。

[3] 劇諫：極力進諫。

[4]“陸機”句：西晉文學家陸機、陸雲兄弟，兩人在吳亡後，於289年至洛陽，名動一時。參《晉書》本傳。

[5]“文舉”句：孔融（153～208），字文舉。建安七子之一，善爲文。後爲曹操所殺。傳見《後漢書》。孔融與禰衡友，後薦衡於曹操。參《後漢書·禰衡傳》。

東西二林寺流泉[1]

水爾何如此，區區矻矻流。牆牆邊瀝瀝，砌砌下啾啾。味不卑於乳，聲常占却秋。崩騰成大瀑，落托出深溝[2]。遠歷神仙窟，高淋竹樹頭。數家舂碓磑，幾處浴猿猴。共月穿峯罅，喧僧睡石樓。派通天井闊，霤入楚江浮[3]。爲潤知何極，無邊始自由。好歸滄海裏，長負濟川舟[4]。（二八八）

【校勘】

聲常占却秋　“却”，甲本、乙本作“得”。

落托　“托”，甲本作“拓”。

派通天井闊　“井”，甲本、乙本一作“宇”。

【注釋】

［1］東西二林寺：即廬山名寺東林寺、西林寺。

［2］落托：言水流奔騰無羈。

［3］霤：向下流的水。

［4］濟川：猶渡河。語出《尚書・説命上》：“爰立作相，王置諸其左右。命之曰：‘朝夕納誨，以輔台德。若金，用汝作礪；若濟巨川，用汝作舟楫。’”

送王貞白重試東歸[1]

心苦酬心了，東歸謝所知。可憐重試者，如折兩三枝。雨毒逢花少，山多愛馬遲。此行三可羨，正值倒戈時。時□西□用。（二八九）

【校勘】

心苦酬心了　“酬”原作“詶”，異體字。據甲本、乙本校改。

山多愛馬遲　“愛”，甲本作“礙”，丁本作“疑”。

時□西□用　甲本、乙本無。

【注釋】

[1] 王貞白：字有道，信州永豐（今江西廣豐）人。乾寧二年（895）進士，有詩名。與羅隱、貫休等友。事迹見《唐摭言》卷七、《唐詩紀事》卷六七。宋阮閱《詩話總龜》卷十一《雅什門》引《青瑣後集》，有王貞白作詩示於貫休事。

早秋即事寄馮使君

金脈火初微[1]，開門竹杖隨。此身全是病，今日更嗔誰？落葉崢嶸處，諸峯爽拔時[2]。唯思棠樹下[3]，高

論入圓伊[4]。（二九〇）

【注釋】

［1］金脈：金爲五行之一，位屬西方，時爲秋天。

［2］爽拔：清朗高峻。

［3］棠樹：猶甘棠。參卷四《擬君子有所思二首》之二“甘棠”句注。

［4］圓伊：即心，心性。

贈景和尚院

貌古眉如雪，看經二十霜[1]。尋常對詩客，祇勸療心痏[2]。炭火邕湖瀅，山情紫竹涼。怡然無一事，流水自湯湯[3]。（二九一）

【注釋】

炭火 “炭”，乙本作“炭”，異體字。

【注釋】

［1］二十霜：猶二十年。

［2］心痏：猶心病，内心迷失不悟。

［3］湯湯：水急流貌。

寄西山胡汾[1]

待價欲要君[2]，山前獨灌園。雖然未識面，要且已

消魂。鹿睡紅霞影，泉淋白石門。伊余心更苦，何日共深論？（二九二）

【校勘】

要且已消魂　“消”，甲本作“銷”。

泉淋　“淋”，甲本作“流”。

【注釋】

［1］胡汾：唐末處士，隱居洪州西山，與貫休、曹松等詩歌唱和。約卒於昭宗時。生平參《唐摭言》卷十。《唐摭言》作“胡玢”，《全唐詩》卷七六八作“胡玢”，一作“胡汾”。

［2］待價：等待善價出售，喻懷才待用。語本《論語·子罕》：“子貢曰：‘有美玉於斯，韞匵而藏諸？求善賈而沽諸？’子曰：‘沽之哉！沽之哉！我待賈者也。’”賈通“價”。

題師穎和尚院

師院清無敵，師心智不知。臘高清眼細，閑甚白雲卑。煮茗然楓枿，泥牆札祖碑。愛師終不及，謾住許多時。（二九三）

【校勘】

閑甚　“閑”，甲本、乙本作“閒”。

煮茗然楓枿　“然”，甲本作“燃”。

謾住許多時　“多”原作“名”，據甲本、乙本校改。

遊雲頂山晚望[1]

雲頂聊一望，山靈草木奇。黔南在何處[2]，堪笑復堪悲。菊歇香未歇，露繁蟬不飢。明朝又西去，錦水與峨眉[3]。（二九四）

【校勘】

錦水　“水”，甲本作“衣”。

【注釋】

［1］雲頂山：位於今四川金堂境内龍泉山脈中段，方位在成都東北。此詩當作於貫休入蜀途中。

［2］黔南：指黔州，治彭水縣（今屬重慶）。

［3］“錦水”句：錦水，即錦江，流經四川成都。峨眉，山名，位於今四川省峨眉山市。

劉相公見訪[1]

千騎擁朱輪，香塵豈是塵？如何補衮眼[2]，來看納衣人。莊叟同先覺[3]，空王有宿因。對花無俗態，愛竹見天真。攲枕松窗迥，題牆道意新。戒師慚匪什[4]，都

講更勝詢[5]。桃熟多紅璺[6]，茶香有碧筋。高宗多不寐，終是夢中人[7]。（二九五）

【校勘】

如何補衮眼　“眼”，甲本、乙本作“服”。

來看納衣人　“納”，甲本、乙本作“衲”。

欹枕　“欹”，乙本作“攲”，異體字。

茶香有碧筋　“筋”原作“觔”，異體字。據甲本、乙本校改。

【注釋】

[1] 劉相公：指劉崇望（838～899），字希徒，河南（今河南洛陽）人。咸通十五年（874）進士。昭宗龍紀元年正月（889），拜中書侍郎、同平章事。十一月，兼吏部尚書。景福元年（892）罷相。乾寧二年（895），貶昭州司馬。途中，被召回，遷兵部尚書。光化元年（898）正月，以平章事任東川節度使兼梓州刺史。傳見新舊《唐書》。此詩當作於其赴昭州途經江陵時。

[2] 補衮：補救規諫君主的過失，語本《詩經·大雅·烝民》：“衮職有闕，維仲山甫補之。”

[3] 莊叟：即莊子，道家創始人之一。

[4] “戒師”句：戒師，授戒的師父。什，即高僧鳩摩羅什（344～413，一說350～409），龜茲國（今新疆庫車一帶）人。四大譯經家之一。其譯經弘法重在般若一系，對戒律之學也多有促進。

[5]“都講”句：都講，爲經論講會中所設之職。魏晉南北朝時，佛教講經由都講發問，講師則講解闡發。詢，指許詢。許詢曾爲都講，支遁爲講師，一問一答，宣說佛理，衆人歎服。見《世說新語·文學》。

［6］璺：裂紋。

［7］"高宗"兩句：典出《尚書·說命上》："高宗夢得說，使百工營求諸野，得諸傅岩。"這裏以商時賢相傅說譬之。

卷十一

寄赤松舒道士二首[1]

不見高人久，空令鄙吝多[2]。遥思青嶂下，無奈白雲何。子愛寒山子[3]，歌唯樂道歌[4]。會應陪太守，一日到煙蘿。（二九六）

余亦如君也，詩魔不敢魔。一餐兼午睡，萬事不知他。雨陣衝溪月，蛛絲罥砌莎[5]。近知山果熟，還擬寄來麽？（二九七）

【校勘】

空令鄙吝多　“吝”原作“悋”，異體字。據乙本校改。

無奈白雲何　“奈”，甲本、乙本作“那”。

歌唯樂道歌　“唯”，甲本、乙本作“惟”。

萬事不知他　“知”，甲本、乙本作“如”。

蛛絲罥砌莎　“罥”原作“羂”，異體字。據甲本、乙本校改。

【注釋】

[1] 舒道士：即舒道紀。參卷二《苦熱寄赤松道者》"赤松道者"注。

[2] 鄙吝：心胸狹窄。

[3] 寒山子：唐代詩僧寒山子。長居台州翠屏山（又稱寒岩、寒山），自號寒山子。往來天台山國清寺，與拾得友。其時代多有歧説，或以爲是貞觀時人，或考其爲玄宗朝人，貞元中猶在世。其詩或諷世勸俗，或歌詠山林之趣，雅俗兼得。生平見舊傳唐閭丘胤作《寒山子詩集序》、《宋高僧傳》卷一九。

[4] 樂道歌：唐懶南道吾有《樂道歌》一篇，見《景德傳燈錄》卷三十，表樂佛向道之心。

[5] 罥：纏繞。

鄂渚逢楊贊禹[1]

流浪兵荒苦，相思歲月闌。理唯通至道，人或謂無端。燒猛湖煙赤，窗虛雪月寒。知音不可見，始爲一吟看。（二九八）

【校勘】

鄂渚逢楊贊禹　"贊"原作"賛"，異體字。據乙本校改。

理唯　"唯"，甲本、乙本作"惟"。

窗虛　"虛"，甲本、乙本作"空"。

【注釋】

[1] 鄂渚逢楊贊禹：鄂渚，地名。傳在今湖北武漢黃鵠山上游三百步

長江中。隋置鄂州，即因渚而得名。後稱鄂州爲鄂渚。楊贊禹，唐昭宗時人，大順元年（890）曾主考進士科。《文苑英華》卷三八三有薛廷珪《授長安縣尉直弘文館楊贊禹左拾遺鄠縣鄭谷右拾遺制》。

别性空禪師[1]

積翠迸一瀑，紅霞碧霧開。方尋此境去，莫問幾時迴。盪槳入檜石，思詩聞早雷。唯師心似我，欲近不燃灰[2]。（二九九）

【校勘】

唯師　“唯”，甲本作“惟”。

欲近不燃灰　“燃”，乙本作“然”。

【注釋】

［1］性空禪師：與貫休差不多同時的禪師稱性空的有三位：一爲潭州（今湖南長沙）石霜山性空禪師，百丈懷海禪師法嗣。見《景德傳燈録》卷九；一爲丹霞天然法嗣吉州（今江西吉安）性空禪師。見同書卷十四。杭州大慈山寰中禪師咸通三年（862）圓寂後，朝廷敕謚也稱性空。見《釋氏稽古略》卷三。本詩中的性空禪師當是前兩者中的一位。

［2］不燃灰：猶心如死灰。謂内心沈静，不爲外物動擾。

送胡處士

不名兼不利，相遇海西濆。白字未干髮，清時錯愛

雲。頭巾多酒氣，竹杖有苔文。久積希顏意[1]，林中又送君。（三〇〇）

【注釋】

[1] 希顏：仰慕顏淵。泛指仰慕賢者。《隋書·隱逸傳·崔頤》："本無意於希顏，豈有心於慕藺。"顏，顏淵，孔子最賢德的弟子。

寄瀾公二首

小一頭應白[1]，孤高住歙城[2]。不知安樂否，何以近無生？師常供養十六羅漢。羅漢，梵語，此云無生。燒逼鴻行側，風乾雪朕清。途中逢此信，珍重未精誠。（三〇一）

荒亂拋深隱，飄零遠寓居。片雲無定所，得力是逢渠。光洞山道人云：吾生獨自住，處處得逢渠。瀑瀄羣公社[3]，江崩古帝墟。終期再相見，招手復何如？（三〇二）

【校勘】

孤高住歙城　"歙"，原左下角缺筆，據甲本、乙本校作"歙"。

師常供養十六羅漢　"常"原作"當"，據甲本、乙本校改。

珍重未精誠　"珍"原作"珎"，異體字。據甲本、乙本校改。

處處得逢渠　"處處"原作"処処"，異體字。據甲本、乙本校改。

【注釋】

［1］小一：當指瀾公。似與“大一”相對而言。參卷十四《經普化禪師影院》。

［2］歙城：今安徽歙縣，唐代歙州郡治所在。

［3］“瀑潨”句：瀑潨，水聲。羣公社，參卷三《紅藕映嘉魴》“終召十七人”注。

寄栖一上人

花塹接滄洲，陰雲閑楚丘。雨聲雖到夜，吟味不如秋。古屋藏花鴿，荒園聚亂流。無機心便是，何用話歸休？（三〇三）

【校勘】

寄栖一上人　“栖”原作“捿”，乙本作“棲”，異體字。據甲本校改。

陰雲閑楚丘　“閑”，乙本作“閒”，甲本作“閉”。

送僧之湖南

湘水萬餘里，師遊芳草生。登山乞食後，無伴入雲

行。宿雨和花落，春牛擁霧耕。不知今夜月，何處聽猿聲？（三〇四）

秋末寄張侍郎

靜住黔城北，離仁半歲彊。霧中紅黍熟，燒後白雲香。多病如何好，無心去始長。寂寥還得句，溪上寄三張[1]。（三〇五）

【校勘】

靜住　“住”，甲本、乙本一作“處”。

【注釋】

[1] 三張：西晉文學家張載與弟張協、張亢的合稱。

古塞曲三首

單于烽火動[1]，都護去天涯[2]。別賜黃金甲，親臨白玉墀[3]。塞垣須靜謐[4]，師旅審安危。定遠條支寵[5]，如今勝古時。（三〇六）

方見將軍貴，分明對冕旒[6]。聖威如遠被，狂虜不難收。臣節唯期死，功勳敢望侯。終辭修里第[7]，從此

出皇州[8]。（三〇七）

百萬精兵動，參差便渡遼[9]。如何好白日，亦照此天驕。遠樹深疑賊，驚蓬迥似雕。凱歌何日唱，磧路共天遙[10]。（三〇八）

【校勘】

古塞曲　“古”，乙本一作“入”。

親臨白玉墀　“墀”，乙本一作“除”。

分明對冕旒　“對”，甲本、乙本作“帶”，乙本已校改。

聖威如遠被　“威”，甲本、乙本作“恩”。

狂虜不難收　“狂虜”，甲本作“窮寇”。

臣節唯期死　“唯”，甲本作“惟”。

終辭修里第　“修”，甲本、乙本作“脩”，異體字。“第”原作“弟”，據甲本、乙本校改。

百萬精兵動　“萬”，全唐詩卷十八作“里”。

參差便渡遼　“參”原作“叅”。據甲本、乙本校改，異體字。“渡”，甲本作“度”。

“如何”以下兩句　甲本作“山迴疑天絕，秋老壯天驕”。

【注釋】

[1] 單于：漢時匈奴君長稱號。後泛稱北方少數民族政權的君主。

[2] 都護：漢宣帝置西域都護，爲西域地區最高長官。唐置安東、安西等六大都護，權任與漢同。

[3] 白玉墀：宮殿前的玉石臺階。借指朝堂。

[4] 塞垣：指北方邊境地帶。

[5] 條支：亦作“條枝”。唐代西域地名，在今吉爾吉斯坦和哈薩克斯坦一帶。唐設條枝都督府。

[6] 冕旒：皇冠。借指皇帝。

[7]“終辭”句：漢武帝爲霍去病治里第，後者對曰：“匈奴不滅，臣何以家爲?”參漢荀悅《前漢紀》卷十三。里第，里中宅第，多指官要私宅。

[8] 皇州：京城。

[9] 參差：很快；頃刻。

[10] 磧路：多沙石的道路。

古塞下曲七首

下營依遁甲[1]，分帥把河隍[2]。地使人心惡，風吹旗燄荒。搜山得探卒，放火獵黄羊。唯有南飛雁，聲聲斷客腸。（三〇九）

歸去是何年，山連邏逤川。蒼黄曾戰地，空闊養雕天。旗插蒸沙堡，槍擔卓槊泉。蕭條寒日落，號令徹窮邊。（三一〇）

虜寇日相持，如龍馬不肥。突圍金甲破，趁賊鐵槍飛[3]。漢月堂堂上，胡雲慘慘微。黄河冰已合，猶未送征衣。（三一一）

南北唯堪恨，東西實可嗟。常飛侵夏雪，何處有人家？風刮陰山薄，河推大岸斜。祗應寒夜夢，時見故園花。（三一二）

不是將軍勇，胡兵豈易當？雨曾淋火陣，箭又中金瘡。鐵嶺全無土[4]，豺羣亦有狼。因思無戰日，天子是陶唐[5]。（三一三）

榆葉飄蕭盡，關防烽寨重。寒來知馬疾，戰後覺人兇。燒逐飛蓬死，沙生毒霧濃。誰能奏明主，功業已堪封。（三一四）

萬戰千征地，蒼茫古塞門。陰兵爲客祟，惡酒發刀痕。風落崑崙石，河崩苜蓿根。將軍更移帳，日日近西蕃。（三一五）

【校勘】

分帥把河隍　“河”原作“何”，據甲本、乙本校改。“把”，甲本作“祀”。

搜山得探卒　“得”，乙本一作“見”。

唯有南飛雁　“唯”，甲本作“惟”。

聲聲斷客腸　“斷”，甲本作“動”。

虜寇日相持　“虜”，甲本作“強”。

趁賊鐵槍飛　“趁”原作“趂”，異體字。據乙本作校改。

南北唯堪恨　“唯”，甲本、乙本作“惟”。

不是將軍勇　“勇”，甲本作“下”。

胡兵豈易當　“胡”，甲本作“邊”。

鐵嶺全無土　“全無土”，甲本作“無青草”。

豺羣亦有狼　“豺”原作“犲”，異體字。據乙本校改。此句，甲本作“金微有白狼”。

蒼茫古塞門　“門”，甲本作“明”。

河萌苜蓿根　“萌”，甲本、乙本作“崩”。

【注釋】

[1] 遁甲：古代術數。起於《易緯乾鑿度》太乙行九宫法。其法以十干的乙、丙、丁爲三奇，以戊、己、庚、辛、壬、癸爲六儀，分置九宫，而以甲統之，視其加臨吉凶，以爲趨避，故稱遁甲。

[2] 河隍：亦作“河湟”，黄河與湟水的並稱。此處指河湟兩水之間的地區。

[3] 趁：追趕。

[4] 鐵嶺：山名，在河南盧氏縣北。

[5] 陶唐：即唐堯。初封於陶，後徙於唐，故名。

古塞上曲七首

幽并兒百萬[1]，百戰未曾輸。蕃界已深入，將軍仍遠圖。月明風拔帳，磧暗鬼騎狐。但有東歸日，甘從筋

力枯。（三一六）

中軍殺白馬，白日祭蒼蒼。號變旗幡亂，春乾草木黄。朔雲含凍雨，枯骨放妖光。故國今何處，參差近鬼方[2]。（三一七）

白雁兼羌笛，幾年垂淚聽。陰風吹殺氣，永日在青冥。遠戍秋添將，邊烽夜雜星。嫖姚頭半白，猶自看兵經。（三一八）

大雨始無塵，邊聲四散聞。浸河荒寨柱，吹角白頭軍。戰馬齕羶草[3]，烏鳶識陣雲。征人心力盡，枯骨更遭焚。（三一九）

帳幕侵奚界[4]，憑淩未可涯[5]。擒生行别路，尋箭向平沙。赤落蒲桃葉，香微甘草花[6]。不堪登壠望，白日又西斜。（三二〇）

地角天涯外，人號鬼哭邊。大河流敗卒，寒日下蒼煙。殺氣諸蕃動，軍書一箭傳。將軍莫惆悵，高處是燕然[7]。（三二一）

山接胡奴水，河連勃勃城[8]。數州今已伏，此命豈堪輕。磧吼旄頭落，風乾刁斗清。因嗟李陵苦，祇得没蕃名。（三二二）

【校勘】

古塞上曲七首　戊本無“古”字。

甘從筋力枯　“筋”原作“觔”，異體字。據甲本、乙本校改。

春乾草木黄　“春”，甲本、乙本作“犨”，一作“沙”。
嫖姚頭半白　“頭半白”，甲本作“半頭白”。
大雨始無塵　“大”，乙本一作“久”。
戰馬齕羶草　“戰”，乙本一作“牛”。
憑淩未可涯　“淩”，甲本、乙本作“陵”。
不堪登壠望　“壠”，甲本、乙本作“隴”。
高處是燕然　“是”，甲本作“勒”。
山接胡奴水　“胡奴”，甲本作“蒲昌”。

【注釋】

［1］幽并兒：幽、并二州古多豪俠之士，故用以稱任俠勇武者。語出三國魏曹植《白馬篇》：“借問誰家子？幽并遊俠兒。”梁簡文帝《雁門太守歌》：“少鮮孫吳法，家本幽并兒。”

［2］鬼方：泛指邊遠少數民族地區。

［3］羶草：沾染腥味的草。羶同“腥”。

［4］奚界：指北方少數民族之疆界。奚，古北方少數民族族名。亦泛指北方少數民族。

［5］憑淩：登高憑眺，淩駕其上。清曹寅《舟中望惠山舉酒調培山》：“放眼凴淩太湖水，君如不遊他日悔。

［6］甘草：草名，根甜，可入藥，作香料。

［7］燕然：即今蒙古國境内杭愛山。漢永元元年（101），車騎將軍竇憲大破北匈奴，登燕然山，刻石勒功。見《後漢書·竇憲傳》。

［8］勃勃：煙氣上升貌。

古出塞曲三首

掃盡狂胡跡，迴戈望故關。相逢唯死鬬，豈易得生

還？縱宴參胡樂，收兵過雪山。不封十萬戶[1]，此事亦應閑。（三二三）

玉帳將軍意，殷勤把酒論。功高寧在我，陣沒與招魂。塞色干戈束，軍容喜氣屯。男兒今始是，譀出玉關門[2]。（三二四）

迴首壠山頭[3]，連天草木秋。聖君應入夢，半路遣封侯。水不擔陰雪，柴令倒戍樓。歸來麟閣上，春色滿皇州。（三二五）

【校勘】

掃盡狂胡跡　“狂”，甲本作“邊”。

迴戈望故關　“戈”，乙本一作“頭”。

相逢唯死鬭　“鬭”原作“鬦”，異體字。據甲本、乙本校改。“唯”，甲本、乙本作“惟”。

縱宴參胡樂　“參”原作“叅”，異體字。據甲本、乙本校改。“胡”，甲本作“邊”。

此事亦應閑　“閑”，甲本、乙本作“閒”，異體字。

譀出玉關門　“譀”，戊本作“敢”。

迴首壠山頭　甲本、乙本作“隴”。

【注釋】

[1] 十萬戶：食邑十萬戶之侯。泛指高爵顯位。

[2] 譀：吼叫。

[3] 壠山：即隴山，壠通“隴”，六盤山南段的别稱。

聞赤松舒道士下世東陽未亂前相别

地變賢人喪，瘖痍不可觀[1]。一聞消息苦，千種破除難。陰隲那虚擲[2]，深山近始安。玄關評兔角[3]，玉器琢鷄冠。傲野高難狎，融怡美不殫。巽迎新渥澤[4]，時太守方録道業[5]，奏聞徵出。遽逐逝波瀾。蜕殼埋金隧[6]，飛精駕錦鸞。傾摧千仭壁，枯歇一株蘭。仙廟詩雖繼，苔牆篆必輓[7]。師題赤松子廟云：人皆□□□，佳共得神仙。人皆伏之。又善大小篆也。煙霞成片黯，松桂著行乾。影拄溪流咽，堂扃隟月寒。寂寥遺藥犬，縹緲想瓊竿。伊昔相尋遠，留連幾盡歡。論詩花作席，炙菌葉爲盤。彭伉心相似[8]，承禎趣一般[9]。琴彈溪月側，棋次砌雲殘。倏忽成千古[10]，飄零見百端。荆襄春浩浩，吴越浪漫漫。已矣紅霞子[11]，空留白石壇。無弦亦須絶[12]，迴首一長嘆。（三二六）

【校勘】

玉器琢鷄冠　“鷄”，甲本、乙本作“雞”，異體字。

蜕殼埋金隧　“隧”原作“墜”，異體字。據甲本、乙本校改。

飛精駕錦鸞　“精”，甲本作“情”。

傾摧千仭壁　“壁”原缺，據甲本、乙本校補。

枯歇一株蘭　“蘭”，乙本一作“難”。

仙廟詩雖繼　“雖”，甲本一作“難”。

“師題”以下原注　乙本作“師善大小篆，嘗有詩題赤松子廟”。

影拄溪流咽　“拄”、“咽”原缺，據甲本、乙本校補。

堂扃隟月寒　“隟”，乙本作“隙”。

承禎趨一般　“趨”，甲本、乙本作“趣”。

無弦亦須絶　“弦”原作“絃”，異體字。據乙本校改。

迴首一長嘆　“迴”，甲本、乙本作“回”，異體字。

【注釋】

［1］瘡痍：比喻灾害困苦。

［2］陰隲：陰德。

［3］“玄關”句：玄關，佛教指入道的法門。兔角，兔不生角，佛教常以喻有名無實，或現實中必無之事。印度龍樹造、後秦鳩摩羅什譯《大智度論》卷一：“一切種、一切時、一切法門中，求不可得。譬如兔角、龜毛常無。”

［4］渥澤：恩惠。

［5］録道業：登記修道者的名籍以便存查。

［6］“蜕殼”句：蜕殼，指遺骸。隧，墓道。

［7］“苔牆”句：篆，指牆上的苔痕。鞔，蒙上；連綴。

［8］彭伉：傳說中修道成仙者。清《江西通志》卷一百三：“彭伉，字武陽，蘭陵人。仕晉為尚書左丞，密修仙術。永康中，棄官事遜，遜以長女妻之。永和二年八月十五日，全家二十六人白日上昇。”（出《仙苑編珠》）

［9］承禎：指唐代道士司馬承禎（647～735），字子微，河内溫縣（今

屬河南）人。道教上清派代表人物，著述豐富，爲朝野敬仰。傳見新舊《唐書》。

[10] 千古：死的婉辭。

[11] 已矣：逝去。

[12] 無弦：無弦的琴。南朝梁蕭統《陶靖節傳》："淵明不解音律，而蓄無弦琴一張，每酒適，輒撫弄以寄其意。"

贈抱麻劉舍人[1]

郡政今良吏，門風古搢紳。萬年唐社稷，一箇哭麻人。憤烈身先死，敷歍氣益真[2]。天乎資大寶[3]，泰矣見忠臣。得罪鍾多故[4]，投荒豈是迍[5]？玉寒方重瀊，松古更清皴[6]。鵬鶚寧唯白[7]，龍多豈止荀[8]？道孤梳有雪，恩重淚盈巾。喻蜀須憑苪[9]，成周必仗仁。三峯霄旰切[10]，萬里渥恩新。賦鵩言無累[11]，依劉德有鄰[12]。風欺仁祖帽[13]，鼠訝史雲塵[14]。禪叟知何幸，玄譚有昔因。雙溪逢陸海[15]，東陽見故浙西侍郎。荆渚遇平津。江陵見吏部相公[16]。落日愁聞笛，何人爲吐茵[17]？生徒希匠化[18]，寰海仰經綸[19]。疾愈蟬聲老，時公在荆州閑居，夏疾方可。年豐雨滴頻。劉虯師弟子[20]，時喜一相親。（三二七）

【校勘】

門風古搢紳　“搢”，甲本、乙本作“縉”。

敷敭氣益真　“真”，乙本一作“貞”。

鵬鶵寧唯白　“唯”，甲本作“惟”。

賦鵩言無累　“鵩”原作“服”，據甲本、乙本校改

玄譚有昔因　“譚”，甲本、乙本作“談”。“昔”，甲本、乙本作“宿”。

時公在荆州閑居　“閑”，乙本作“閒”。甲本作“間”。

【注釋】

[1] 抱麻劉舍人：指劉崇魯。字郊文，劉崇望弟。廣明元年進士，後以水部郎中知制誥。傳見《舊唐書》。《北夢瑣言》卷四《哭麻劉舍人事》言：“唐李相溪，高才傲學，冠絕群彥，爲朋黨所排。洎登岩廊，似涉由徑，雖然，亦才俊也。制下之日，劉舍人崇魯抱麻而哭之。”麻，唐時用麻紙寫詔令。按《舊唐書・昭宗本紀》，乾寧二年十月，劉崇魯因前事而貶崖州司戶。貫休此詩當作於其赴崖州途經江陵時。

[2] 敭：飛舉；稱揚。

[3] 大寶：《易・繫辭下》：“聖人之大寶曰位。”後因以指帝位。

[4] 鍾：彙聚。

[5]“投荒”句：貶謫、流放至荒遠之地。災難，禍殃。

[6] 皴：指松樹枝幹上的樹紋。

[7] 鶵：待考。

[8]“龍多”句：東漢荀淑八子皆有令名，世稱“八龍”。見《後漢書・荀淑傳》、《世說新語・品藻》。

[9]“喻蜀”句：漢武帝時司馬相如曾出使巴蜀，略定西南夷。有《喻巴蜀檄》、《難蜀父老》。草，指文稿。

［10］宵旰：猶宵衣旰食。霄通“宵”。天未亮就穿衣起身，天黑纔食。形容勤勞，多用以稱頌勤於政事。

［11］賦鵩：漢賈誼有《鵩鳥賦》，抒寫不得志之抑鬱。後以指仕途失意。

［12］依劉：《三國志·魏書·王粲傳》：“〔王粲〕年十七，司徒辟，詔除黄門侍郎，以西京擾亂，皆不就。乃之荆州依劉表。”後指投靠有權勢者。

［13］仁祖：晉謝尚，字仁祖，陳郡陽夏（今河南太康）人。多才藝，尚清談。歷任豫州刺史、尚書仆射等。傳見《晉書》。《世説新語·任誕》言，謝尚去墓地哭吊，回來路上，受王濛、劉惔等相邀飲宴。“諸人門外迎之，把臂便下。裁得脱幘，著帽酣宴。半坐，乃覺未脱衰”。此處以此言劉崇魯灑脱超俗。

［14］史雲塵：東漢范冉，字史雲。節操高遠。遭黨錮之禍，結草而居，雖困窘而無憂。閭里歌之曰：“甑中生塵范史雲，釜中生魚范萊蕪。”參《後漢書》本傳。

［15］雙溪：水名，在浙江。分東港（源出東陽大盆山）、南港（源出縉雲黄碧山）兩支，會於金華。唐李白《送王屋山人魏萬還王屋》：“徑出梅花橋，雙溪納歸潮。”

［16］“江陵”句：江陵，唐上元元年（760）升荆州爲江陵府，治所江陵（今屬湖北）。吏部相公，指劉崇望。參卷十《劉相公見訪》“劉相公”注。

［17］吐茵：茵，車墊子。典出《漢書·丙吉傳》：“吉馭吏耆酒，數逋蕩，嘗從吉出，醉歐丞相車上。西曹主吏白欲斥之，吉曰：‘以醉飽之失去士，使此人將復何所容？西曹第忍之，此不過汙丞相車茵耳。’”

［18］匠化：教化。

［19］“寰海”句：寰海，海内；全國。經綸，整理絲縷、理出絲緒和編絲成繩，統稱經綸。引申爲籌劃治理國家大事。

［20］劉虯：字靈預（438～495），居江陵。抗節好學，樂隱居，官府屢徵不就。禮佛長齋，自講佛義。傳見《南齊書》。

卷十二

寒夜寄盧給事二首

刻羽流商否[1]，霜風動地吹。邇來唯自惜，知合是誰知？塹雪消難盡，鄰僧睡大奇。知音不可得，始為一吟之。（三二八）

心苦味不苦，世衰吾道微。清如吞雪雹，誰把比珠璣[2]？作者相收拾，常人任是非。舊居滄海上，歸去即應歸。（三二九）

【校勘】

寒夜寄盧給事二首　“寒夜”，甲本、乙本作“夜寒”。

邇來唯自惜　“唯”，甲本作“惟”。

鄰僧睡大奇　“大”，甲本、乙本作“太”。

【注釋】

［1］刻羽流商：指演奏樂曲。羽、商爲五音之二。宋馮熙之《摸魚兒

(和玉林韻蓋為遺蜕山中桃花作)》:“記刻羽流商,裁紅剪翠,山徑日將暮。”清陳元龍《格致鏡原》卷九九《昆蟲類·蛇》引《蛇譜》:“烏思藏山中又有歌蛇……每至秋,清風明月之夜,輙長歌如蚓。然有節韻,抑揚婉轉,儼若刻羽流商。”

[2] 珠璣:珠寶,珠玉。喻道德心性超俗、可貴。

送葉蒙赴舉

年年屈復屈,惆悵曲江湄。自古身榮者,多非年少時。空囊投刺遠[1],大雪入關遲。來歲還公道,平人不用疑[2]。(三三〇)

【注釋】

[1] 投刺:投遞名帖。刺,名片。

[2] 平人:衆人。

聞王慥常侍卒三首[1]

世亂君巡狩[2],清賢又告亡。星辰皆有角[3],日月略無光。金柱連天折[4],瑶階被賊荒[5]。令人轉惆悵,無路問蒼蒼。(三三一)

宗社運微衰[6],山摧甘井枯。不知千載後,更有此人無?政入龔黄甲,詩輕沈宋徒[7]。受恩酬未得,不覺

祇長吁。(三三二)

儻在扶天步，重興古國風。還如齊晏子[8]，再見狄梁公[9]。棠樹梅溪北[10]，公為婺州大理。梅溪，婺之亭名。佳城舜廟東。誰修循吏傳，對此莫忿忿。(三三三)

【校勘】

清賢又告亡　“亡”原作“云”，當爲“亡”之誤，據甲本、乙本校改。

對此莫忿忿　“對”原缺，據甲本、乙本校補。“忿忿”，全唐詩作“怱怱”，甲本作“悤悤”，異體字。

【注釋】

[1] 常侍：散騎常侍的簡稱。唐高宗分置左右散騎常侍，分隸門下、中書二省。掌侍從規諫，顧問應對，多安置退罷大臣。

[2] 巡狩：天子出行，視察邦國州郡。當指唐僖宗離長安事。廣明元年（880）十二月，黄巢入長安，唐僖宗奔成都，次年正月至。至光啓元年（885）三月始還長安。參新舊《唐書》之《僖宗本紀》。

[3]“星辰”句：星象，古人以爲應朝政紊亂。北周庾季才原撰、宋王安禮等重修《靈臺秘苑》卷十三《西方七宿·奎宿》：“若德政虧，則星有角。”

[4]“金柱”句：喻國運傾覆。

[5] 瑤階：玉砌的臺階，用爲臺階的美稱。

[6] 宗社：宗廟和社稷，借指國家。

[7] 沈宋：指初唐詩人沈佺期、宋之問。

[8] 晏子：指晏嬰（？～前500），字平仲，夷維（今山東高密）人。齊靈公時任齊卿，歷靈公、莊公、景公三朝。以節儉善諫稱。

［9］狄梁公：即狄仁傑（630～700），字懷英，并州太原（今山西太原西南）人。高宗儀鳳中，任大理丞，善斷案。神功元年（697）爲相，多善政。睿宗時，追封梁國公。傳見新舊《唐書》。

［10］棠樹：猶甘棠。參卷四《擬君子有所思二首》之二“甘棠”句注。

秋晚野步

藤屨兼閩竹[1]，吟行一水傍。樹涼蟬不少，溪斷路多荒。燒岳陰風起，田家濁酒香。登高吟更苦，微月出蒼茫。（三三四）

【校勘】

藤屨　“藤”原作“籐”，據甲本、乙本校改。

【注釋】

［1］藤屨：單底鞋。多以麻、葛等製成。

聞大願和尚順世三首

王室今如燬，仍聞喪我師。古容圖得否，内院去無疑[1]。大師行高德廣，必生彌勒内院。岳鬼月中哭，松龕雪次隳。直須文五色，始可立高碑。（三三五）

鄴衛杉松外，芝蘭季孟間[2]。盡希重詔出，祗待六龍還[3]。不疾成千古，令焚動四山。感恩終有淚，遥寄水潺潺。（三三六）

師稟盡名卿，孤峯老稱情。若遊三點外[4]，爭把七賢平[5]。苦霧埋空室，啼猿有咽聲。今朝益惆悵，曾沐下牀迎。愚常念《法華經》，師見，即下牀迎，云：吾不敢以衆人相待也。（三三七）

【校勘】

鄴衛杉松外　“杉松”，甲本、乙本作“松杉”。

即下牀迎，云　“云”原作“去”，據甲本、乙本校改。

【注釋】

［1］内院：佛家謂兜率天有内外二院，内院名善法堂，彌勒菩薩常居此說法。

［2］“芝蘭”句:，芷和蘭。皆香草。喻才德傑出者。芝通“芷”。季孟，猶伯仲之間。

［3］六龍：古代天子的車駕爲六馬，馬八尺稱龍，因以代稱天子車駕。

［4］三點：據南本《大般涅槃經》卷二所載，摩醯首羅面上之三目，其狀如伊字之三點。同書並將伊字三點譬喻爲涅槃之法身、般若、解脱等三德。因此三德具有相即不離之關係，由此三德而成涅槃實義。

［5］七賢：隋智顗說、灌頂記《仁王護國般若經疏》卷二：“一名初發心人，二名有相行人，三名無相行人，四名方便行人，五名絕種性人，六性種性人，七道種性人，俱在地前，調心順道，名爲七賢。”

聞葉蒙及第

憶昨送君詩，平人不用疑。吾徒若不得，天道即應私。塵土茫茫曉，麟龍草草騎。相思不可見，又是落花時。（三三八）

【校勘】

平人 “人”原作“又”，據甲本、乙本校改。

送僧之靈夏[1]

舊識爲邊帥，帥遊勝事兼。連天唯白草[2]，野餅有紅鹽[3]。蕃近風多教[4]，河渾磧半淹。因知心似月，處處有人瞻。（三三九）

【校勘】

蕃近風多教 “教”，乙本作“敎”。

【注釋】

[1] 靈夏：靈州、夏州的合稱。靈州，治回樂（今寧夏靈武西南）。夏州，即夏州都督府，治朔方（今陝西靖邊東北白城子）。

[2] 白草：牧草，乾熟時呈白色，故名。《漢書·西域傳》：“（鄯善）

國出玉，多葭葦檉柳胡桐白草。”顔師古注：“白草似莠而細，無芒，其乾熟時正白色，牛馬所嗜也。”

［3］紅鹽：食鹽的一種。

［4］敎：同“勃”，強盛。

書無相道人庵

諠滑太茫茫[1]，端居紫石房。心遺無句句，頂剃石霜霜。白麈眠枯葉[2]，紅泉灑毾㲪[3]。寄言疑未決，須到雪溪旁。（三四〇）

【校勘】

諠滑太茫茫　“諠滑”，甲本、乙本作“造化”。

頂剃石霜霜　“剃”，乙本作“處”。“石“，甲本、乙本作“有”。

白麈　“麈”，甲本、乙本作“鹿”。

紅泉　“紅”，甲本、乙本作“清”。

寄言疑未決　“決”，甲本、乙本一作“已”。

須到　“到”，甲本、乙本作“道”。

【注釋】

［1］諠滑：猶喧鬧。此處指紛擾的俗世。諠同“喧”。唐釋齊己《送乾康禪師入山過夏》：“由來喧滑境，難駐寂寥蹤。”

［2］麈：駝鹿，俗稱四不像。

［3］毳囊：皮囊。

胡進士北齋避暑

相訪多衝雨，由來得有鄰。卷簾繁暑退，濕樹一蟬新。道在誰爲上，吾衰自有因。衹應江海上，還作狎鷗人。（三四一）

【校勘】

胡進士北齋避暑　“胡”，甲本、乙本作“明”。

由來得有鄰　“得”，乙本作“德”。

道在誰爲上　“上”，甲本、乙本作“主”。

晚春寄吴融于兢二侍郎[1]

白頭爲遠客，常憶白雲間。衹覺老轉老，不知閑是閑。花含宜細雨，室冷似深山。唯有霜臺客，依依是往還。（三四二）

【校勘】

晚春寄吴融于兢二侍郎　“兢”，甲本、乙本作“競”。誤。

不知閑是閑　“閑”，甲本、乙本皆作“閒”。

室冷似深山　“似”，甲本、乙本作“是”。

唯有　“唯”，甲本作“惟”。

【注釋】

[1] 吳融于兢：吳融，字子華（？～903），越州山陰（今浙江紹興）人。詩人，工行楷。乾寧二年因貶官，流寓荆南。與貫休友，爲其《西岳集》作序。昭宗時召爲翰林學士。生平見《唐摭言》卷五、《新唐書》本傳等。于兢，善畫牡丹。按《舊五代史·梁書第四·太祖紀四》，其於開平二年（908）封相。生平見《舊五代史·梁書·末帝紀上》、宋郭若虚《圖畫見聞誌》卷二。

喜不思上人來

沃洲那不住，一别許多時。幾度懷君夜，相逢出夢遲。瓶擔千丈瀑，偈是七言詩。若向羅浮去[1]，伊余亦願隨。（三四三）

【注釋】

[1] 羅浮：山名。在廣東東江北岸。晉葛洪曾在此修道，道教第七洞天。

秋懷赤松道士

仙觀在雲端，相思星斗闌。常憐呼鶴易，却恨見君

難。石罅青蛇濕，風梩白菌乾。終期花月下，壇上聽君彈。（三四四）

【校勘】

相思星斗闌　“闌”，乙本一作“寒”。

送劉遜赴閩辟

離亂生涯盡，依劉是見機。從來吟太苦，不得力還稀。路入閩山熱，江浮瘴雨肥。何須折楊柳[1]，相送已依依。（三四五）

【校勘】

路入閩山熱　“熱”，乙本作“熟”。

【注釋】

[1] 折楊柳：古有折柳相送的習俗。《三輔黄圖·橋》：“霸橋在長安東，跨水作橋。漢人送客至此橋，折柳贈别。”

苦雨中作

通宵復連夕，其狀衹如傾。却遣思山者，忽然嫌水

聲。好花飄草盡，古壁欲雲生。不奈天難問，迢迢遠客情。（三四六）

送僧歸日本

焚香祝海靈，開眼夢中行。得達即便是，無生可作輕。流黃山火著，碇石索雷鳴。想到夷王禮，還爲上寺迎。有僧遊日本，云彼中祗有三寺，上寺名兜率[1]，國王供養。中寺名浮上，極品官人供養。下寺名祗上寺[2]，風俗供養。有德行即漸遷上也。（三四七）

【校勘】

想到夷王禮　“夷”，甲本作“名”。

彼中祗有三寺　“中”，甲本、乙本無。

下寺名祗上寺　“祗”原爲殘字。據乙本校補。甲本作“秖”。

【注釋】

[1] 兜率：即兜率天，梵語音譯。佛教謂天分多層，第四層叫兜率天。其内院是彌勒菩薩淨土，外院是天上衆生所居之處。

[2] 祗上：猶敬天。祗，敬。

贈信安鄭道人[1]

貌古如蒼鶴，心清似鼎湖[2]。仍聞得新義，更欲註

陰符[3]。點化金常有，閑行影漸無。杳兮中便是，應不食昌蒲[4]。（三四八）

【校勘】

貌古如蒼鶴　“如”，甲本、乙本作“似”。

心清似鼎湖　“似”，甲本、乙本作“如”。

點化金常有　“點化金”，乙本一作“默坐詩”。

閑行　“閑”，甲本、乙本作“閒”。

應不食昌蒲　“昌”，甲本、乙本作“菖”。

【注釋】

[1] 信安：地名，位於今浙江衢縣境内。

[2] 鼎湖：位於今河南靈寶南。傳黄帝鑄鼎於荆山下，鼎成，爲龍垂髯迎其上天。後因名其處爲鼎湖。參《史記·封禪書》。

[3] 陰符：古兵書名。《戰國策·秦策　》："（蘇秦）乃夜發書，陳篋數十，得《太公陰符》之謀。

[4] 昌蒲：植物名。民間於端午節，懸挂其葉，或飲其葉浸製的酒，以驅邪避疾。昌通“菖”。

送吏部劉相公除東川[1]

帝念梓州民，年年戰伐頻。山川無草木，烽戍沒煙塵。政亂皆因亂，安人必籍仁。皇天開白日，殷鼎輟誠臣[2]。一日離君側，千官送渭濱。酒傾紅琥珀，馬控白麒麟。渥澤蕃蕃降，壺漿處處陳。旌幢山色濕，邛僰鳥啼新[3]。帟幕還名儉[4]，良醫始姓秦[5]。軍雄城似岳，地變物含春。白必侵雙鬢，清應誡四鄰。吾皇重命相，更合是何人？（三四九）

【校勘】

烽戍沒煙塵　“戍”，甲本、乙本作“火”。“煙”，甲本作“烟”，異體字。

安人必籍仁　“籍”，甲本、乙本作“藉”。

馬控白麒麟　“麒麟”，甲本、乙本作“騏驎”，異體字。

渥澤蕃蕃降　“蕃蕃”，甲本、乙本作“番番”。

帟幕還名儉　“帟”原作“奕”，據甲本、乙本校改。

【注釋】

［1］送吏部劉相公除東川：劉相公，指劉崇望。劉氏於乾寧五年，即光化元年（898）正月，以平章事任東川節度使兼梓州刺史。参卷十《劉相公見訪》“劉相公”注。貫休此詩當作於其赴蜀經江陵時。東川，即劍南東川，唐方鎮名。

［2］殷鼎：大鼎。相傳夏禹鑄九鼎，歷商至周，爲傳國重器。後以指國家政權和帝位。

［3］邛僰：邛、僰，原都爲古代西南少數民族。此處指其所居今川南及滇東一帶。

［4］帟幕：帳幕。

［5］“良醫”句：戰國時良醫扁鵲，原名秦越人。傳見《史記》。

送智先禪伯[1]

萬事歸一納，曹溪初去尋。從來相狎輩，盡不是知音。乞食林花落，穿雲翠巘深[2]。終希重一見，示我祖師心。（三五〇）

【校勘】

送智先禪伯　“先”，甲本、乙本作“光”。

萬事歸一納　“納”，甲本、乙本作“衲”。

【注釋】

［1］禪伯：對有道僧人的尊稱。

［2］巘：山，山頂。

夜對雪寄杜使君

片片含天意，紛紛勢莫拘。灑於諸瑞後，時有柏樹再生，甘露頻降。憂恐一冬無。鶴濚聲偏密[1]，風焦片益粗。冷牽人夢轉，清逼瘴根徂。掃逕僧傾笠，爲詩士棄爐。橋高銀螮蝀[2]，峯峰玉浮圖[3]。盈尺何須問，豐年已可敷。遙思郢中曲[4]，句句出冰壺。（三五一）

【校勘】

灑於諸瑞後　“灑”，甲本、乙本作“洒”，異體字。

甘露　“露”原作“靈”，據甲本、乙本校改。

鵠凚　“凚”原作“禁”，據乙本校改。丁本、甲本作“噤”。

峯峰　“峰”，甲本、乙本作“峻”。

豐年已可敷　“敷”原殘，爲左半邊“言”。乙本無。據甲本校補。

【注釋】

［1］凚：《玉篇·冫部》：“凚，寒極也。”

［2］蝃蝀：即蝃蝀，虹的别名。蝃同“蝃”。

［3］浮圖：與佛圖、浮屠同爲佛陀的另一音譯。意譯爲淨覺，也是寺塔别名。此處指寺塔。

［4］郢中曲：猶白雪。喻高雅的詩作。參卷三《上裴大夫二首》“白雪”注。唐獨孤及《自東都還濠州奉酬王八諫議見贈》：“賴君贈我郢中曲，别後相思被管弦。”

送王轂及第後歸江西[1]

太宗羅俊彦[2]，桂玉比光輝。難得終須得，今歸始是歸。風帆天際吼，金鶚月中飛[3]。五府如交辟[4]，音書莫便稀。（三五二）

【校勘】

今歸　“今”，乙本作“言”。

音書　“音”，甲本、乙本作“魚”。

【注釋】

［1］王轂：字虛中，袁州宜春（今屬江西）人。久困場屋，乾寧五年（898）進士。長於樂府。生平見《新唐書·藝文志四》、《唐詩紀事》卷七〇等。

［2］太宗羅俊彦：太宗，指唐太宗李世民。羅，收羅。俊彦，賢才。

［3］金鶚：鳥名，雕屬。此處喻非凡傑出的人才。

［4］“五府”句：五府，原指周代的太府、玉府、内府、外府、膳府。後泛指各個官府。交辟，交相徵聘。

送盧瞻罷夷陵幕歸閿鄉[1]

文行成身事，從知貴得仁。歸來還寂寞，何以慰交親？芳草色似動，胡桃花又新。昌朝有知己[2]，好作諫垣臣[3]。（三五三）

【校勘】

芳草　“草”原作“艸”，異體字。據甲本、乙本校改。

【注釋】

［1］夷陵幕歸閿鄉：夷陵，郡名，治所夷陵（今湖北宜昌）。閿鄉，今

河南靈寶。

［2］昌朝：昌盛的朝代。

［3］諫垣：諫官官署。

避寇白沙驛作[1]

避亂無深淺，蒼黄古驛東[2]。草枯牛尚齕，霞濕燒微烘。寇亂時時作，人愁處處同。猶逢好時否，孤坐雪濛濛。（三五四）

【校勘】

霞濕燒微烘　“烘”，甲本、乙本作“紅”。

寇亂時時作　原存第三字，乙本存第三、四字，據甲本校補。

【注釋】

［1］白沙驛：驛站名。位於今湖南湘陰縣湘水邊。唐杜甫有《宿白沙驛》詩。

［2］蒼黄：匆促。

聞李頻員外卒[1]

蒼蒼難可問，問答亦難聞。落葉平津岸，愁人李使君。文章應力竭，茅土始天分。又逐東流去，迢迢隔嶺

雲。（三五五）

【校勘】

又逐東流去　“流”，甲本、乙本作“風”。

【注釋】

［1］李頻：（？～876）字德新，睦州壽昌（今浙江壽昌）人。大中八年進士，曾任都官員外郎。曾從姚合學詩，以苦吟稱。生平見《新唐書》本傳、《唐才子傳校箋》卷七。

江陵寄翰林韓偓學士[1]

久住荆溪北，禪關掛緑蘿[2]。風清閑客去，睡美落花多。萬事皆妨道，孤峯謾憶他。新詩舊知己，始爲味如何？（三五六）

【校勘】

江陵寄翰林韓偓學士　“偓”原作“渥”，據甲本、乙本校改。

風清閑客去　“閑”，甲本、乙本作“閒”。

始爲味如何　“如何”，丁本作“何如”。

【注釋】

［1］韓偓：（約 842～923）字致堯，一作致光，京兆萬年（今陝西西

安）人。龍紀元年進士。後為翰林學士，受昭宗信任。詩多感時歎己之作。生平見《新唐書》本傳、《唐詩紀事》卷六五等。

［2］禪關：禪門。

閑居作

閑門微雪下，慵惰計全成。默坐便終日，孤峯衹此情。身心閑少夢，杉竹冷多聲。唯有西峯叟，相逢眼最明。（三五七）

【校勘】

閑居作　“閑”，甲本、乙本作“閒”。下同。

孤峯衹此情　“情”，甲本、乙本作“清”。

唯有　“唯”，甲本作“惟”。

和韋相公見示閑臥

刻形求得相，事事未嘗眠。霖雨方爲雨，非煙豈是煙？僮收庭樹果，風曳案頭牋。仲虺專爲誥[1]，何充雅愛禪[2]。靜嫌山色遠，病是酒杯偏。蜩響初穿壁[3]，蘭芽半出甎[4]。堂懸金粟像[5]，相公常供養維摩居士。門枕御溝泉。旦沐雖頻握[6]，融帷孰敢褰[7]？德高羣彥表[8]，善植幾生前。修補烏皮几[9]，深藏子敬氈[10]。扶持千載聖，蕭灑一聲蟬。棋陣連殘月，僧交似大顛[11]。韓吏部重大顛禪師。常知生似幻，唯重直如弦[12]。餅憶蓴羹美[13]，茶思岳瀑煎。衹聞溫樹譽[14]，堪鄙竹林賢[15]。穎脱三千士[16]，馨香四十年。寬平開義路，淡泞潤清田。哲后知如子[17]，空王夙有緣。對歸香滿袖，吟次月當川。休說慚如捷，堯天即梵天[18]。（三五八）

【校勘】

僮收庭樹果　“僮”，甲本、乙本作“童”。

病是酒杯偏　“杯”，甲本作“盃”，異體字。

深藏子敬氈　“氈”，乙本作“氊”，異體字。

蕭灑一聲蟬　“蕭”，甲本、乙本作“瀟”。

唯重直如弦　“唯”，甲本、乙本作“維”。

堪鄙竹林賢　“鄙”，甲本作“比”。

穎脱三千士　“穎脱”，甲本、乙本作“脱穎”。

休說慚如捷　“慚”，乙本作“捷”，甲本作“犍”。

【注釋】

［1］仲虺：仲虺，商湯的賢臣。《尚書》有《仲虺之誥》。

［2］何充：（292～346），字次道，廬江灊（今安徽六安東北）人。官至中書令、領軍將軍。《晉書》本傳言其“性好釋典，崇修佛寺”。

［3］蜩：蟬。

［4］甎：即磚。

［5］金粟：金粟如來的省稱，即維摩詰居士。

［6］旦沐：《韓詩外傳》卷三載周公自言，“然一沐三握髮，一飯三吐哺，猶恐失天下之士”。《史记·鲁周公世家》亦記此事。後因以爲國家禮賢下士，殷切求才之典。

［7］“融帷”句：東漢經學家馬融，常在堂中置絳色帷幕，前授生徒，後置女樂。見《後漢書》本傳。後多以此指老師講學授徒之所。褰，撩起。

［8］羣彥表：賢士；俊才。表，表率。

［9］烏皮几：烏羔皮裹飾的小几案。古人坐時用以靠身。

［10］子敬氊：晉代王獻之，字子敬。家中遇盜，財物將盡，卧床不爲所動。後小偷登床搜索，始言“青氊我家故物，可特置之”。見《晉書》本傳。後以此指士大夫傳世之物或舊業。

［11］大顛：（732～824），潁川人，俗姓陳，一說楊。法號寶通，自號大顛和尚。大曆中，師事惠照於西山。復謁石頭希遷，大悟宗旨。於潮州創靈山禪院。韓愈被謫貶潮州時，過從甚密。傳見《景德傳燈錄》卷十四、《祖庭事苑》卷四等。

［12］直如弦：直如弓弦，喻爲人正直。語出《後漢書·五行志》：“順帝之末，京都童謡曰：直如弦，死道邊；曲如鉤，反封侯。”

［13］蓴羹：用蓴菜烹製的羹。

［14］溫樹：《漢書·孔光傳》言孔光主管朝廷機密十餘年，守口如瓶，雖面對家人也如此。“或問光：‘溫室（漢殿名）省中樹何木也?’光嘿不應。”後以喻稱身處機要，能堅守職分。

［15］竹林賢：即竹林七賢。魏晉間阮籍、嵇康、山濤、向秀、阮籍兄子咸、王戎、劉伶相友善，常宴集於竹林下，放曠自適。時號竹林七賢。

［16］“穎脱”句：穎，錐芒。穎脱，猶脱穎，錐芒顯露。喻才華突顯。典出《史記·平原君虞卿列傳》：趙孝成王九年，秦攻趙，王命平原君趙勝赴楚求救，食客毛遂自薦。平原君辭以“賢士之處世也，譬若錐之處囊中，其末立見”，毛遂爲門客三年，無所稱聞。毛遂乃請今日處囊中，言若早處之，“乃穎脱而出，非特其末見而已”。後至楚，多有建樹，終使楚王定盟，

聯合抗秦。三千士，指衆多的才士。《史記·孔子世家》："孔子以詩書禮樂教弟子，蓋三千焉，身通六藝者七十有二人。"

[17] 哲后：賢君。

[18] 梵天：佛教稱三界中的色界初三重天爲梵天，特指其中的大梵天。此處即指大梵天，爲佛教護法神。

卷十三

寄山中伉禪師

舉世遭心使，吾師獨使心[1]。萬緣冥目盡，一句不言深[2]。野火燒禪石，殘霞照栗林。秋風溪上路，終願一相尋。（三五九）

【注釋】

[1]“舉世”兩句：指世俗爲人心種種念想、欲望所左右，而悟道者能駕馭自己的心靈，回歸本心。

[2] 一句：猶一句子。參卷八《寄清泠山道人》“一句子”注。

秋寄栖一

一別一公後，相思時一吁。眼中瘡校未[1]，般若偈持無？公時有眼瘡，因勸之念《多心經》[2]。卷句冰團火，爐煙櫪櫪粗[3]。勸君君記取。不用更他圖。（三六〇）

【校勘】

秋寄栖一　“栖”原作“捿”，據甲本、乙本校改。

因勸之念《多心經》　“勸”，甲本、乙本作“爲”。

卷句冰團火　“火”，甲本、乙本作“大”。

爐煙櫪橛粗　“粗”原作“麤”，甲本作“麄”，異體字。據乙本校改。

【注釋】

[1] 校：病癒。

[2] 多心經：即《心經》，全稱《般若波羅蜜多心經》，唐玄奘譯。

[3] 櫪橛：櫪同“櫟”，樹名，即麻櫟。橛，樹木的殘根。

懷匡山山長二首[1]

白石峯之半，先生好在麽？卷簾當大瀑，常恨不如他。杉罅龍涎溢，潭坳石髮多[2]。吾皇搜草澤，爭奈謝安何？（三六一）

見說面前峯，尋常醉亦登。雨餘多菌出，燒甚古崖崩。覓句曾衝虎，耕田半爲僧。聞名多歲也，常恨不飛騰。（三六二）

【校勘】

潭坳　“坳”，原作“坳”，從甲本改作“坳”。

【注釋】

[1] 山長：隱者。

[2] "潭坳"句：坳，窪下處。石髮，水邊石上苔藻。

懷高貞動二首

知爾今何處，孤高獨不羣。論詩唯許我，窮易到無文。貰酒兒穿雪，尋僧月照雲。何時再相見，兵寇尚紛紛。（三六三）

久別無消息，今秋忽得書。諸孤婚嫁苦，求己世情疏。亂甚無喬木，溪多不釣魚。衹應金岳色，如爾復如余。（三六四）

【校勘】

懷高貞動二首　"貞"，甲本、乙本作"真"。

論詩唯許我　"唯"，甲本作"惟"。

衹應金岳色　"金"，乙本一作"全"。

秋末入匡山船行八首

楚國茱萸月，吳吟梨栗船。遠遊無定所，高卧是何年？浪卷紛紛葉，檣衝澮澮煙。去心還自喜，廬岳倚青

天。（三六五）

蘆葦深花裏，漁歌一曲長。人心雖憶越，帆態似浮湘。石獺銜魚白，汀茅浸浪黄。等閑千萬里，道在亦無妨。（三六六）

島上誰家住，茅茨竹戶開。黄桑雙鵲喜，白日有誰來？擔浪澆秋芋，緣灘取浄苔。迴頭深自愧，舊業本蒿萊。（三六七）

匡阜層層翠，脩江疊疊波。從來未曾到，此去復如何？水廟寒鴉集，沙村夕照多。誰如垂釣者，孤坐鬢皤皤。（三六八）

晚泊蒼茫浦，風微浪亦粗。估喧如亥合[1]，檣密似林枯。地峻湖無□，潮寒蚌有珠。東西無定所，何用問前途。（三六九）

島香思賈島，江碧憶清江[2]。囊橐誰相似[3]，饞慵世少雙。鼉驚入窟月，燒到繫船樁。謾有歸鄉夢，前頭是楚邦。（三七〇）

南北雖無適，東西亦似萍。霞根生石岸，象跡壞沙汀。莽莽兼葭赤[4]，微微蜃蛤腥[5]。因思范蠡輩[6]，未免亦飄零。（三七一）

曉色千檣去，長江八月時。雨淙山骨出，棹擲岸形卑[7]。野水畬田黑，荒汀獨鳥癡。如今是清世，誰道出山遲。（三七二）

【校勘】

石獺銜魚白　“獺”原作“㺚”，異體字。據甲本、乙本校改。

等閑千萬里　“閑”，甲本、乙本作“間”，異體字。

島上誰家住　“誰家住”，甲本、乙本作“離家化”。

水廟寒鴉集　“鴉”原作“鵶”，異體字。據甲本、乙本校改。

誰如垂釣者　“如”，甲本作“知”。

估喧如亥合　“喧”原作“諠”，異體字。據甲本、乙本校改。

謾有歸鄉夢　“鄉”，甲本作“香”，誤。

霞根生石岸　“岸”，甲本、乙本作“片”。

莽莽兼葭赤　“莽莽”，甲本作“隱隱”。“兼”，乙本作“蒹”。

微微蜃蛤腥　“蜃”原作“蜄”，異體字。據乙本校改。

【注釋】

［1］“估喧”句：估，商人。亥合，指集市交易。

［2］清江：中唐詩僧，會稽（今浙江紹興）人。約終於憲宗元和年間。傳見《宋高僧傳》。

［3］囊橐：袋子。

［4］兼葭：猶蒹葭。蘆葦。

［5］蜃：大蛤。

［6］范蠡：字少伯，楚國宛（今河南南陽）人。越大夫。輔助越王勾踐滅吳。後乘扁舟浮於江湖。適齊，稱鴟夷子皮。後至陶（今山東定陶西北），改名陶朱公，經商致富。參《史記·貨殖列傳》。

[7] 橰擉：橰，木名。擉，刺；戳。

送僧歸華山

心枯納亦枯，歸岳揭空盂。七貴留不住[1]，孤雲出便孤。燒灰猶湯足[2]，雪片側黏鬚。他日如相覓，還應道到吳。（三七三）

【校勘】

心枯納亦枯　“納”，甲本、乙本作“衲”。

孤雲出便孤　乙本一作“更”。

還應道到吳　“道到”原作“到道”，從甲本、乙本校改。

【注釋】

[1] 七貴：原指西漢時七個把持朝政的外戚家族。隋末，洛陽人稱段達、王世充等七人爲七貴。見《隋書·越王侗傳》。後泛指權貴。

[2]“燒灰”句：燒灰，焚燒後的灰燼。湯，燙灼。

送友人之嶺外[1]

五嶺難為客[2]，君遊早晚迴。一囊秋課苦[3]，萬里瘴雲開[4]。金柱根應動[5]，南風舶欲來。明時好登進，莫滯長卿才[6]。（三七四）

【校勘】

南風舶欲來　“南風”，甲本、乙本校作“風雷”。

明時好登進　“時”、“進”原缺，據甲本、乙本校補。“登”原缺，據甲本校補。

【注釋】

［1］嶺外：即嶺南，指五嶺以南地區。參下注。

［2］五嶺：大庾嶺、越城嶺、騎田嶺、萌渚嶺、都龐嶺的總稱，位於江西、湖南、廣東、廣西四省間，是長江與珠江流域的分水嶺。

［3］秋課：猶夏課。科舉時代，士人習舉業的課卷。

［4］瘴雲：猶瘴氣。

［5］金柱：太陽的光柱。

［6］長卿：司馬相如（約前179～前118），字長卿。蜀郡成都（今屬四川）人。西漢著名辭賦家、散文家。曾出使巴蜀，略定西南夷。傳見《漢書》。

送盧舍人朝覲[1]

羶行無爲日[2]，垂衣帝道亨。聖真千載聖，明必萬年明。重德須朝覲，流年不可輕。洪才傳出世，清甲得高名[3]。罕玉藏無映[4]，嵇松畫不成。起銜軒后勑[5]，醉別亞夫營[6]。燒闊荆州熟，霞新峴首晴。重重堯雨露，去去漢公卿。白髮應從白，清貧但更清。夢緣丹陛險[7]，春傍彩衣生。既握鍾繇筆[8]，須調傅說羹[9]。儻

因星使出[10]，一望問支鏗。（三七五）

【校勘】

原本卷首亦題作“江陵送盧舍人”。

明必萬年明　兩“明”字，甲本作“清”。“萬”原作“万”，古字。據甲本、乙本校改。

清甲得高名　“清”、“名”，甲本作“高”、“榮”。

罕玉藏無映　“無”原作“元”，據甲本、乙本校改。

起銜軒后勑　“勑”，乙本作“敕”、甲本作“勅”，異體字。

白髮應從白　“應從白”，甲本作“從如雪”。

清貧但更清　甲本作“青雲路有程”。

【注釋】

［1］送盧舍人朝覲：舍人，隋唐置起居舍人，掌修記言之史。置通事舍人，掌朝見引納。朝覲，朝見君主。

［2］羶行：令人仰慕的德行。

［3］清甲：清門甲族的省稱，指高貴的世家大族。

［4］映：照耀。晉郭璞《江賦》：“青綸競糾，縟組爭映。”

［5］軒后：即軒轅。

［6］亞夫營：漢將周亞夫駐軍細柳，營中戒備森嚴。漢文帝來勞軍亦不得入，至以天子名義下詔令，始開營門。見《史記·絳侯周勃世家》。後因以稱戒備森嚴的軍營。

［7］丹陛：宮殿的臺階。借稱朝廷或皇帝。

［8］鍾繇：字元常（151～230），三國魏人，穎穎長社（今河南長葛東）人。書法家，官至太傅。傳見《三國志·魏書》。

［9］傅說羹：商王武丁之賢相。《尚書·說命下》言，武丁命其，“若

作和羹，爾惟鹽梅。”梅，指醋。鹽醋適中，方成美味。後多以喻稱宰輔治國有方。

[10] 星使：古人認爲天節八星主使臣事，因稱帝王使者爲星使。

上馮使君山水障子

憶山歸未得，畫出亦堪憐。崩岸全隳路，荒林半有煙。筆鈎崗勢轉，墨槍燒痕顛。遠浦深通海，孤峯冷倚天。柴棚坐逸士，露茗煮紅泉。繡與蓮峯競，威如劍閣牽[1]。石門關麈鹿，氣候有神仙。茅屋書窗小，苔階瀑滴圓。松根擘石朽，桂葉蝕霜鮮。畫出欺王墨[2]，擎將獻惠連[3]。新詩寧妄說，舊隱實如然。願似窗中列，時聞大雅篇[4]。（三七六）

【校勘】

墨槍燒痕顛　“槍”，甲本、乙本作“搶”。

繡與蓮峯競　“競”原作“竟”，據乙本校改。

松根擘石朽　“擘”，甲本作“擎“。

擎將獻惠連　“連”原作“蓮”，據甲本、乙本校改。

【注釋】

[1] 劍閣：古道名，在今四川劍閣縣東北大劍山、小劍山間。爲川陜要道，唐于此設劍門關。

[2] 王墨：唐朝畫家。唐朱景玄《唐朝名畫錄·王墨》：“王墨者，不

知何許人，亦不知其名。善潑墨畫山水，時人故謂之王墨。”

［3］惠連：即謝惠連（407～433），南朝宋辭賦家、詩人。少年才俊，謝靈運族弟，深受其器重。傳見《宋書》。

［4］大雅篇：《詩經》的組成部分之一。舊訓雅爲正，謂詩歌之正聲。此處指雅正的詩篇。

送令狐煥赴闕[1]

渚宫摇落日[2]，相送碧江湄。陟也須爲相[3]，天乎更贊誰？風高檣力出，霞熱鳥行遲。此去多來客，無忘慰所思。（三七七）

【校勘】

渚宫摇落日　“摇”，乙本作“遥”。

【注釋】

［1］送令狐煥赴闕：令狐煥，疑當作“令狐涣”，令狐綯之子，進士出身，位至中書舍人。參新舊《唐書》之《令狐綯傳》、《新唐書·韓偓傳》等。赴闕，入朝，指陛見皇帝。

［2］渚宫：春秋楚國宫名，故址在今湖北江陵。

［3］陟：升遷。

送吴融員外赴闕

漢文思賈傅[1]，賈傅遂生還。今日又如此，送君非

等閑。雲寒猶惜雪，燒猛似烹山。應笑無機者[2]，騰騰天地間[3]。（三七八）

【校勘】

送君非等閑　“閑”，甲本、乙本作“閒”。

【注釋】

[1] 賈傅：即賈誼（前200～前168），曾官長沙王太傅，故稱。善文賦，多材略。漢文帝召爲博士，深受信用。後受讒毁，出爲長沙王太傅。終爲梁懷王太傅，因後者墮馬死，自傷爲傅無狀，因病，歲餘而卒。傳見《史記》。

[2] 無機者：無機遇者。

[3] 騰騰：形容求索之盛。

送姚洎拾遺自江陵幕赴京

捧詔動征輪，分飛楚水濱。由來真廟器[1]，多作伏蒲人[2]。捨魯知非願，朝天不話貧。沙頭千騎送，島上一蟬新。莫使身侵貴，無矜貴逼身。玉階凝正色，蘭苑漲芳塵。鑾輅方離華[3]，車書漸似秦。流年飄倏忽，書札莫因循。涼雨鳴紅葉，非煙閉紫宸[4]。憑將西社意，一說向荀陳。（三七九）

【校勘】

多作伏蒲人 "蒲"原作"蒱"，據甲本、乙本校改。

流年飄倏忽 "倏"，甲本、乙本作"儵"，異體字。

【注釋】

[1] 廟器：宗廟祭器。引申指社稷棟梁。

[2] 伏蒲：漢元帝欲廢太子，史丹候帝獨寢，直入卧室，伏青蒲上泣諫。事見《漢書·史丹傳》。後因以爲犯顔直諫之典。唐韓愈《答張徹》："峨豸忝備列，伏蒲愧分涇。"蒲，即青蒲，指天子内庭。《漢書·史丹傳》："丹直入卧内，頓首伏青蒲上。"顔師古注引應劭曰："以青規地曰青蒲，自非皇后不得至此。"

[3] 鑾輅：天子的車駕。天子車駕有鑾鈴，故稱。輅，大車，多指帝王之車。

[4] 紫宸：宫殿名，唐時接見群臣及外國使者朝賀的内朝正殿，在大明宫内。

送僧入石霜[1]

舉世祇堪吁，空知與道俱。論心齊至聖，對境破坡勿。凡夫。業王如雲合，頭低似箭驅。牛頭大師云[2]：猶妄心起，業業如雲。《俱合論》云[3]：入地獄人，頭向下也[4]。三清徒妄想[5]，千載亦須臾。唯我流陽叟[6]，深雲領毳徒[7]。盡騎香白象[8]，皆握月明珠[9]。□密排松榻，斕斑半雪鬚。苔侵長者論，嵐蝕祖師圖。翠巇金鐘曉，香林寶月孤[10]。犹犹齊白趾[11]，赫赫共洪爐[12]。山色鋤難盡，松根踏欲無。難評傳的的[13]，須到不區區。撩舍新羅瘦，爐煙榾柮粗[14]。燒畬平虎窟，分瀑入香廚[15]。師去情何切，人間事莫拘。穿林宿古塚，踏葉揭空盂。無事終無事，令枯便合枯。昔鳥窠和尚云[16]：無事無□□爲法道□，云學向上事不入，即須如枯木□好也。他年相覓在，亦不是生蘇[17]。（三八〇）

【校勘】

俱合論云　“合”，疑當作“舍”。

三清徒妄想　“妄”原作“忘”，據甲本、乙本校改。

唯我流陽叟　“唯”，甲本作“惟”。

□密排松榻　“□密”，甲本、乙本作“寂寞”。

翠巘金鐘曉　“鐘”原作“鍾”，從甲本、乙本改作“鐘”。

無事無□□爲法道□□　丙本、甲本作“無事無事爲法道”。

即須如枯木□好也　“木”，乙本無，校缺字作“木”。“枯木□”，甲本作“枯便”。

【注釋】

[1] 石霜：山名，位於湖南瀏陽西南。上有崇勝寺，唐代慶諸禪師（807～888）於此棲止二十年。

[2] 牛頭大師：即牛頭宗初祖法融（594～657）禪師，世稱牛頭法融。潤州延陵（今江蘇鎮江）人，俗姓韋。貞觀十七年（643），因其於牛頭山幽棲寺北岩下立室潛修而得名。生平見《續高僧傳》卷二六、《景德傳燈錄》卷四。

[3] 俱合論：疑當爲“俱舍論”。說一切有部論典，印度世親造，唐玄

奘譯。全稱《阿毗達磨俱舍論》。

［4］“人地獄人”兩句：佛教所言地獄刑罰。此語不見今傳《俱舍論》。尸陀槃尼撰、前秦僧伽跋澄譯《鞞婆沙論》卷十四：“謂生地獄者，足在上頭向下。”

［5］三清：道教所指玉清、上清、太清三清境。

［6］流陽：指人世歲月。貫休《賓禪師見訪》：“因話流陽事，斯須不可抛。”

［7］毳徒：指僧徒。《景德傳燈錄》卷二五《杭州永明寺道潛禪師》：“淨慧曰：‘子向後有五百毳徒，而為王侯所重在。’”毳，毳衣，僧服的一種。

［8］白象：白色的象，古代以爲瑞物，佛教尤甚。

［9］月明珠：即夜光珠。因珠光晶瑩似月光，故名。

［10］“香林”句：香林，禪林。賓月，明月。

［11］兟兟：衆多貌。

［12］赫赫：光明貌。

［13］的的：即嫡嫡。嫡派親傳。的通“嫡”。

［14］榾柮：木柴塊，樹根疙瘩。

［15］香廚：即香積廚，僧家廚房。唐杜甫《岳麓山道林二寺行》：“塔劫宮牆壯麗敞，香廚松道清涼俱。”

［16］鳥窠：即鳥窠道林（741～824），唐代牛頭宗僧，徑山道欽法嗣。見西湖之北秦望山有長松如蓋，遂棲止其上，時稱鳥窠禪師。白居易任杭州刺史，曾問道於師。生平見《宋高僧傳》卷十一、《景德傳燈錄》卷四。

［17］生蘇：猶蘇生。

送僧歸南康[1]

縠縠學得律[2]，還鄉見苦情[3]。遠思芳草盛，不入

楚山行。帆入汀煙健，經吟戍月清。到鄉同學輩，應到贛江迎。（三八一）

【注釋】

[1] 南康：郡名，治所贛縣（今江西贛州）。

[2] 殼殼：通“慤慤”，恭謹，樸實。

[3] 苦情：親人；親情。貫休《經弟妹墳》：“恩愛苦情拋未得，不堪回首步遲遲。”

送陳秀才赴舉兼寄韓舍人

主聖臣賢日，求名莫等閑。直須詩似玉，不用力如山。草白兵初息，年豐駕已還。憑將安養意[1]，一說向曾顔[2]。昔西社羣公，盡生安養。安養，西方也。（三八二）

【校勘】

求名莫等閑　“閑”，甲本、乙本作“閒”。

憑將安養意　“養”原作“飬”，異體字。據甲本、乙本校改。

【注釋】

[1] 安養：佛教語，即極樂世界。衆生於此，可安心養身，聞法修道。

[2] 曾顔：孔子弟子曾參和顔回的並稱。

送友人及第後歸台州

得桂爲邊辟，翩翩頗合宜。嫖姚留不住，晝錦已歸遲[1]。島側花藏虎，湖心浪撼棋。終期華頂下，共禮緑身師[2]。天台石橋有白道猷坐化身淥也[3]。（三八三）

【校勘】

終期華頂下　“華”原作“葉”，據甲本、乙本校改。

共禮緑身師　“緑”原作“淥”，據戊本校改。

【注釋】

[1] 晝錦：《史記·項羽本紀》載秦末項羽入關，屠咸陽。或勸其留居關中，羽見秦宮已毁，思歸江東，曰：“富貴不歸故鄉，如衣繡夜行。”《漢書·項籍傳》作“衣錦夜行”。後遂稱富貴還鄉爲“衣錦晝行”，省作“晝錦”。

[2] 緑身師：指東晉僧人帛道猷，隋灌頂《隋天台智者大師别傳》作“白道猷”。或云爲竺姓。唐釋道宣《集神州三寶感通録》卷下，言其入天台山，於石梁邊結草為菴，禪觀修行。後横石洞開，梁道平正。因而得度，見寺塔奇美，有神僧敘接。至晉太元年間終於山所。“形似緑色，端坐如生”。緑身師之名當源於此。

[3] 淥：清池。

春晚寄張侍郎

遐想涪陵岸[1]，山花半已殘。人心何以遣，天步正艱難。時昭宗在岐下[2]。鳥聽黄袍小[3]，黄袍，禽也。城臨白帝寒[4]。應知窗下夢，日日到江干。（三八四）

【校勘】

春晚寄張侍郎　原本卷首亦題作“黔中寄張侍郎”。“春晚”，甲本、乙本作“晚春”。

【注釋】

［1］涪陵：指涪陵江。即烏江下流，自貴州入重慶彭水縣，至涪陵縣入長江。

［2］時昭宗在岐下：指天復元年（901）年十一月，宦官韓全誨聞朱全忠將至，劫昭宗奔鳳翔（即岐下，今陝西鳳翔。）。至天復三年正月始還長安。參新舊《唐書》之《昭宗本紀》。

［3］黄袍：鳥名。三國吴陸璣《毛詩草木鳥獸蟲魚疏》卷下《黄鳥于飛》：“黄鳥，黄鸝鶹也，或謂之黄栗留。幽州人謂之黄鶯，或謂之黄鳥，一名倉庚……或謂之黄袍。”

［4］白帝：古城名，在今重慶奉節東白帝山上。東漢初公孫述建，因其自號白帝而得名。

寄景判官兼思州葉使君[1]

獨住孤峯半，尋常欲下難。石多桐屐齾[2]，香甚藥花乾。荏苒新鶯老，窮通亦自寬。髯參與短簿[3]，始爲一吟看。（三八五）

【校勘】

獨住孤峯半　“孤”，甲本、乙本作“西”。

髯參與短簿　“簿”，丁本作“薄”。

【注釋】

［1］思州：州名，治所在務川（今貴州沿河縣東）。

［2］齾：齒缺。《說文·齒部》：“齾，缺齒也。”引申爲殘缺。

［3］髯參與短簿：典出南朝宋劉義慶《世說新語·寵禮》。謂東晉王珣、郄超並有奇才，為大司馬桓溫所重。珣為主簿，多髯。超為記室參軍，身短。時有語曰：“髯參軍，短主簿，能令公喜，能令公怒。”髯參，髯參軍的省稱，泛指記室參軍。短簿，短主簿的省稱，泛指主簿。

送盧秀才應舉

幾載阻兵荒，一名終不忘。還衝猛風雪，如畫冷朝陽。時多畫李白、王昌齡、常建、冷朝陽冒風雪入京[1]。句好慵將出，囊

空却不忙。明年公道日，去去必穿楊[2]。（三八六）

【校勘】

時多畫李白　“多”，乙本原作“名”，已校改。

【注釋】

［1］“時多畫”句：王昌齡（690？～756?），字少伯，京兆萬年（今陝西西安）人。開元十五年進士，天寶中，被貶龍標尉。安史亂時，爲亳州刺史閭丘曉所殺。與李白、王維等交往，擅七絕。生平參新舊《唐書》本傳、《唐詩紀事》卷二四。常建，開元十五年進士。曾任盱眙尉。仕途失意，常往來於山林，多山水詩作。事迹參《唐詩紀事》卷三一、《唐才子傳校箋》卷二。泠朝陽，潤州江寧（今江蘇南京）人。大曆四年進士。官至監察御史，有詩名。事迹參《元和姓纂》卷五、《唐詩紀事》卷三〇。

［2］穿楊：射箭能命中遠處楊柳的葉子。極言射技之精。語本《戰國策·西周策》：“楚有養由基者，善射。去柳葉者百步而射之，百發百中。”此處指其才華過人，必定中舉。

聞新蟬寄桂雍[1]

新蟬中夜叫，嘒嘒隔溪濆[2]。杜宇仍相雜，故人聞不聞？捲簾花動月，冥目砌生雲。終共謝時去[3]，西山鸞鶴羣。（三八七）

【校勘】

新蟬中夜叫　“叫”原作“呌”，異體字。據甲本、乙本校改。

【注釋】

［1］桂雍：不詳。貫休另有詩《寄新定桂雍》、《聞許棠及第因寄桂雍》。

［2］嘒嘒：蟬鳴聲。

［3］謝時：避世。

寄懷楚和尚二首

吾師師子兒[1]，而復貌瓌奇[2]。何得文明代，不爲王者師？鐵盂湯雪早，石炭煮茶遲。謾有參尋意，因循到亂時。（三八八）

跳擲諸峯險，徊翔萬里空。爭將金鎖鎖，那把玉籠籠。印缺香崩火，窗疏蝎喫風。永懷今已矣，吟坐雪濛濛。（三八九）

【校勘】

原本卷首亦題作“懷寄楚和尚”。

徊翔　“徊”，乙本作“回”。

【注釋】

[1] 師子兒：即獅子。獅子爲獸中之王，衆所服仰。佛教用以喻稱佛，以及僧徒之道高悟深者。《古尊宿語録》卷八《次住寶應語録》："師云：'名利已彰天下播，手中如意有誰知?'主云：'與麼則珍重去也。'師云：'真師子兒，一撥便轉。'"

[2] 瓌奇：亦作"瑰奇"。奇美非凡。唐釋道宣《集神州三寶感通録》卷下："（帛道猷）遂見棟宇宏壯，圖塔瓌奇。"唐釋慧琳《一切經音義》卷十二言爲"美大之貌也"。

和韋相公話婺州陳事

昔事堪惆悵，譚玄愛白牛[1]。法華經中以白牛喻大乘。千場花下醉，一片夢中遊。耕避初平石[2]，燒殘沈約樓。無因更重到，且副濟川舟。（三九〇）

【校勘】

譚玄　"譚"，甲本、乙本作"談"。

【注釋】

[1]"譚玄"句：譚玄，談論玄理。白牛，猶白牛車，參卷三《題弘顗三藏院》"雪嶺白牛"注。

[2] 初平石：參卷五《和楊使君遊赤松山》"初平"注。

卷十四

遇五天僧入五臺五首[1]

十萬里到此，辛勤詎可論？唯云吾上祖，見買給孤園[2]。一月行沙磧，三更到鐵門[3]。白頭鄉思在，迴首一銷魂。（三九一）

雪嶺頂危坐，乾坤四顧低。河横于闐北[4]，日落月支西[5]。水石香多白，猿猱老不啼。空餘忍辱草[6]，相對色萋萋。（三九二）

遠禮清涼寺[7]，尋真似善才[8]。身心無所得，日月不將來。白疊還圖像[9]，滄溟亦泛杯[10]。唐人亦何幸，處處覺花開[11]。（三九三）

塗足油應盡[12]，乾陁帔半穠[13]。辟支迦狀貌[14]，刹利帝家兒[15]。結印魔應哭[16]，遊心聖不知。深嗟頭已白，不得遠相隨。（三九四）

送迎經幾國，多化帝王心。電激青蓮目[17]，環垂紫磨金。眉根霜入細，梵夾蠹難侵[18]。必似陁波利[19]，

他年不可尋。（三九五）

【校勘】

唯云吾上祖　“唯”，甲本作“惟”。

見買給孤園　“見”，丁本作“自”。

白疊還圖像　“像”，甲本、乙本作“象”。

滄溟亦泛杯　“泛”，乙本作“汎”，異體字。

乾陁帔半膫　“陁”，甲本、乙本作“陀”，下同。

梵夾蠹難侵　“難”，甲本作“相”。

【注釋】

［1］遇五天僧入五臺：五天，即五天竺，古指印度。古代印度分爲東、南、西、北、中五天竺。五臺，即五臺山，中國佛教四大名山之一，文殊道場。在山西五臺縣東北。五峰聳峙，峰頂如壘土之臺，故稱五臺。

［2］給孤園：佛教聖地名。給孤獨長者請佛至舍衛城說法，出巨金購祇陀太子之園林，爲佛說法地，故稱。也稱祇樹給孤獨園、祇園、給孤園。參北魏慧覺等譯《賢愚經·須達起精舍品》。

［3］鐵門：古關名，故址在今烏兹别克斯坦南部傑爾賓特西面，爲古代中亞南北交通樞紐。

［4］于闐：古西域國名，在今新疆和田一帶。

［5］月支：古族名，曾於西域建月氏國。初遊牧於敦煌、祁連間。漢文帝時，遭匈奴攻擊而西遷，稱大月氏。少數入南山（今祁連山）者，與羌人雜居，稱小月氏。

［6］忍辱草：佛經中異草名。《大般涅槃經·師子吼菩薩品》：“雪山有草，名為忍辱，牛若食者，則出醍醐。”

［7］清涼寺：位於五臺山中台之清涼谷，北魏時創建。

［8］善才：即善財，梵語意譯。亦稱善財童子，佛教菩薩。

［9］白疊：指棉布。《史記·貨殖列傳》："榻布皮革千石。"張守節正義："白疊，木棉所織，非中國有也。"

［10］滄溟：大海。

［11］覺花：花名。佛教常以喻對佛性的解悟。唐宋之問《遊雲門寺》："覺花塗砌白，甘露洗山青。"

［12］塗足：古天竺僧人以油塗足，驅除塵勞。

［13］"乾陁"句：乾陁，即乾陀羅，印度産香料植物，佛家以其汁染製比丘三衣，其色黄濁。帔，背帔。䙡，破損。

［14］辟支迦：辟支迦佛陀的簡稱。因其觀十二因緣法而得道，意譯爲緣覺；因其因自已覺悟而成道，又名獨覺。

［15］剎利帝：即剎帝利，梵語音譯。省稱剎利。古印度第二族姓，爲世俗統治者。

［16］結印：手結印契。密宗修法，手結印，口念咒，意觀想，做到三密相應。

［17］青蓮目：蓮花清淨無染，佛教常用以指稱與佛教有關的事物。此處即以之喻佛眼。宋晦岩智昭編《人天眼目》卷二《佛正法眼藏帶》："昔靈山會上，世尊以青蓮目瞬示四衆，無能領其密意。惟大迦葉，獨領解佛旨。"

［18］梵夾：指佛教經書。因其以貝葉重疊作書，用板木夾兩端，以繩穿結，故稱。

［19］陁波利：即佛陀波利，唐代譯經僧，北印度罽賓國人。唐高宗儀鳳元年（676）至五臺山，禮拜文殊菩薩。逢老翁示教，返本國，取梵本《尊勝陀羅尼經》，復至長安。與精通梵語之僧順貞共譯之。後入五臺山，莫知所終。傳見《開元釋教錄》卷九、《宋高僧傳》卷二。

經普化禪師影院[1]

大一今何處[2]？登堂似昔時。曾蒙金印印[3]，得異野干兒[4]。影束龍神在，門荒桐竹衰。誰云續僧史，別位著吾師。（三九六）

【注釋】

［1］普化禪師影院：普化（？～860），唐禪僧，師事馬祖道一門人盤山寶積。行爲簡放，常出入城市或塚間，歌舞悲號，時稱普化和尚。生平參《宋高僧傳》卷二十、《五燈會元》卷四。影院，寺觀供奉佛祖、尊師真影之所。

［2］大一：疑指普化禪師。

［3］金印：指君主的印璽。

［4］野干兒：野干，狐之一種。佛教常以喻不涉佛道、低劣愚頑者。元宗義、省端編《了堂和尚語錄》卷三《次芭蕉泉禪師示衆韻》："野干兒何所宜，師子之皮不易披。"

秋寄李頻使君二首[1]

爲郎須塞詔[2]，當路亦驅驅。貴不因人得，清還似句無。燒煙連野白，山藥捊階枯[3]。想得徵黄詔[4]，如今已在途。（三九七）

務簡趣難陪，清吟坐緑苔。葉和秋蟻落，僧帶野香來。留客朝嘗酒，憂民夜畫灰[5]。終期冒風雪，江上見宗雷。（三九八）

【校勘】

清吟坐緑苔　“坐”，《唐僧弘秀集》卷六、丁本作“共”。

僧帶野香來　“香”，乙本一作“風”。

終期冒風雪　“期”，甲本作“朝”。

江上見宗雷　“雷”原作“靁”，異體字。據甲本、乙本校改。

【注釋】

［1］使君：漢時稱刺史爲使君，後以尊稱州郡長官。

［2］蹇詔：報答皇命。蹇，回報。

［3］“山藥”句：山藥，薯蕷别名。摻，逼，近。唐陸龜蒙《雲北》：“壇當星斗下，樓摻翠微邊。”

［4］徵黄：西漢黄霸爲潁川太守，有治績，被徵爲京兆尹。事見《漢書·循吏傳》。後以謂地方官員有治績，被朝廷徵召升任京官。

［5］畫灰：用棍在灰中撥動，言沈思謀慮狀。

上東林和尚

讓紫歸青壁[1]，高名四海聞。雖然無一事，得不是要君？道衹傳伊字[2]，詩多笑碧雲[3]。應憐門下客，餘

力亦爲文。（三九九）

【注釋】

［1］讓紫：推讓賜紫之榮。

［2］伊字：猶伊字三點。參卷十二《聞大願和尚順世三首》之三“三點”注。

［3］碧雲：南朝梁江淹《休上人怨别》有句“日暮碧雲合，佳人殊未來”。後多以此作贈僧、别僧語。唐韋應物《寄皎然上人》：“願以碧雲思，方君怨别餘。”

江邊道士

獨住大江濱，不知何代人。藥爐生紫氣，肌肉似紅銀。酒釃竹屋斕[1]，符收山鬼仁。何妨將我去，一看武陵春[2]。（四〇〇）

【校勘】

酒釃竹屋斕　“釃”，甲本作“醸”。“斕”原作“爛”，全唐詩校作“斕”。甲本作“斕”。從之。

【注釋】

［1］斕：色彩錯雜貌。唐李賀《河南府試十二月樂詞·九月》：“露花飛飛風草草，翠錦斕斑滿層道。”

［2］武陵：縣名，治所在今湖南常德。

送僧之湖外

去旨趣非常，春風爾莫狂。唯擎一鐵鉢，舊亦講金剛[1]。午飯孤煙裏，宵禪大石傍。羡師終不及，湘浪淥茫茫。（四〇一）

【校勘】

唯擎　“唯”，甲本、乙本作“惟”。

宵禪大石傍　“傍”，乙本作“旁”。

湘浪淥茫茫　“淥”，甲本作“綠”。

【注釋】

[1] 金剛：指《金剛般若波羅蜜經》，後秦鳩摩羅什譯。略稱《金剛經》。闡揚一切法無我之理，尤爲禪宗所重。

懷謬獨一

常憶蘭陵子[1]，瓌奇皴渴才[2]。思還如我苦，時不爲伊來。岳霞猱擲雪，湖月浪翻杯。未聞霑寸禄，此事亦堪哀。（四〇二）

【校勘】

思還　“思”原作“忘”，據甲本、乙本校改。

【注釋】

[1] 蘭陵：古縣名，今江蘇常州。

[2] 皴渴：中國畫的兩種技法名。借指繪畫藝術。

送廬山納僧[1]

擎錫下崆峴[2]，清高世少雙。凍天方篩雪，别我去何邦？燒遶赤烏亥[3]，雲漫白蚌江[4]。路人爭得識，空仰鬢眉痝。（四〇三）

【校勘】

送廬山納僧　“納”，甲本、乙本作“衲”。

擎錫　“擎”，甲本、乙本作“飛”。

燒遶　“遶”，乙本作“繞”，異體字。

空仰鬢眉痝　“痝”，乙本校作“龐”，甲本作“厖”。

【注釋】

[1] 納僧：即僧人。納通“衲”。

[2] 崆峴：山高峻貌。漢張衡《南都賦》：“其山則崆峴嶱嵑。”

[3] 燒遶赤烏亥：燒，指彩霞。赤烏，金烏，指太陽。亥，古代陰陽五行家將十二地支和四方相配，亥在酉、子之間而偏於子，爲西北偏北方向。

[4] 白蚌江：江名，位於今江西九江。《通典》卷一八二："按張須《九江圖》云：'九江參差，隨水勢而分。其間有洲，或長或短，百里至五十里。始别於鄂陵，終會於江口。一云白烏江，二云白蚌江……'"

寄西山胡汾吳樵

帶經鋤壠者[1]，何止手胼胝。覓句句句好，慚余筋力衰。雲堆臨案冷，鹿隊過門遲。相憶空迴首，江頭日暮時。(四〇四)

【校勘】

帶經鋤壠者　"壠"，甲本、乙本作"隴"。

慚余　"余"，甲本、乙本作"予"。

雲堆　"堆"，甲本、乙本作"䲭"，異體字。

【注釋】

[1] 壠：成行種植農作物的土埂。隴通"壠"。

休糧僧[1]

不食更何憂，自由中自由。身輕嫌衲重，天旱爲人愁。應器誰將去[2]，生臺蟻不遊[3]。會須傳此術，相去老山丘。(四〇五)

【校勘】

不食更何憂　“憂”，乙本一作“求”。

自由中自由　“中”，乙本一作“終”。

身輕嫌納重　“納”，甲本、乙本作“衲”。

天旱爲人愁　“人”，甲本、乙本作“民”。

應器　“應”原作“忌”，據甲本、乙本校改。乙本一作“供”。

生臺　“臺”，乙本一作“靈”。

相去　“去”，乙本一作“共”。

【注釋】

[1] 休糧：停食穀物。

[2] 應器：梵語意譯，音譯鉢多羅。即鉢，僧徒食器。

[3] 生臺：寺院施捨飯食供禽蟲啄食的臺案。

送杜使君朝覲

借寇借不得，清聲徹帝聰[1]。坐來千里泰，歸去一囊空。遺愛封疆熟，攀轅草木同[2]。路遙山不少，江靜思無窮。花軻衝雲濕[3]，朱衣照浪紅。援毫兩岸燒[4]，欹枕滿旗風。道罕將人合，心唯與聖通。從玆林下客[5]，應許代天功。（四〇六）

【校勘】

送杜使君朝覲　“覲”，甲本作“勤”，誤。

攀轅　“攀”，甲本、乙本作“扳”。

花軻　“軻”，甲本、乙本作“舸”。

心唯　“唯”，甲本、乙本作“難”。

援毫兩岸燒　“燒”，甲本、乙本作“曉”。

應許　“許”原缺，據甲本補。

【注釋】

[1] 帝聰：君主的聽聞。

[2] 攀轅：《後漢書·侯霸傳》：“更始元年，遣使徵霸，百姓老弱相攜號哭，遮使者車，或當道而卧。皆曰：‘願乞侯君復留朞年。’”又《第五倫傳》：“永平五年，坐法徵，老小攀車叩馬，嗁呼相隨。”後以爲挽留良吏之典。

[3] 軻：泛指車子。

[4] 援毫：執筆。

[5] 林下客：指居處山林的隱士、高士。林下，山野退隱處。唐牟融《送羽衣之京》：“自是長生林下客，也陪鴛鷺入清朝。”

送人之嶺外

見說還南去，迢迢有侶無？時危須早轉，親老莫他圖。小店蛇羹黑，空山象糞枯。三閭遺廟在[1]，為我一

嗚呼[2]。（四〇七）

【注釋】

[1] 三閭：原爲戰國楚官名，掌昭、屈、景三姓貴族。屈原曾任此職，後常以此指屈原。

[2] 嗚呼：舊時祭文中常用辭。此處借指祭奠哀悼。

題弘式和尚院兼呈杜使君

二雅兼二密[1]，愔愔衹自怡[2]。臘高雲屐朽，貌古畫師疑。塹蟻緣金錫[3]，爐煙惹雪眉。仍聞有新作，衹是寄丘遲[4]。（四〇八）

【校勘】

衹是寄丘遲　“丘遲”，乙本一作“相思”。

【注釋】

[1] 二密：佛教指理密與事密。理密即説圓融不離之理者，事密即説如來身、口、意之秘密者。

[2] 愔愔：和悦安閑貌。

[3] 金錫：指錫杖。

[4] 丘遲：字希範（464～508），吳興烏程（今屬浙江湖州）人。南朝梁文學家，其《與陳伯之書》爲駢文名篇。傳見《梁書》、《南史》。

湖頭别墅三首

梨棗鳥啾啾，高歌若自由。人誰知此意？舊業在湖頭。飢鼠掀菱殼，新蟬避栗皺[1]。不知滄海上，戈甲幾時休？（四〇九）

桑柘參桐竹，陰陰一逕苔。更無他事出，祇有納僧來。塹蟻爭生食，窗經卷燒灰。可憐門外路，日日起塵埃。（四一〇）

南北如仙境，東西似畫圖。園飛青啄木，檐挂白蜘蛛。鄰叟教修壩[2]，牛童與納租[3]。寄言來往客，不用問榮枯。（四一一）

【校勘】

梨棗鳥啾啾　“棗”，甲本、乙本作“栗”。

高歌若自由　“若”原作“苦”，據甲本、乙本校改。

飢鼠掀菱殼　“掀”，甲本、乙本一作“齩”。

不知滄海上　“滄”，甲本、乙本作“江”。

祇有納僧來　“納”，甲本、乙本作“衲”。

鄰叟教修壩　“壩”，甲本、乙本作“廢”。

【注釋】

[1] 栗皺：包在栗子外面帶刺的外殼。唐杜甫《野望因過常少仙》：

"入村樵徑引，嘗果栗皺開。"

［2］修壖：壖，耕地時一耦所翻起的土。修壖，猶整治田壟。

［3］牛童：放牛的兒童。

三峽聞猿

歷歷數聲猿，寥寥渡白煙。應栖多月樹，況是下霜天。萬里客危坐，千山境悄然。更深仍不住，使我欲移舡。（四一二）

【校勘】

應栖　"栖"原作"棲"，異體字。據乙本校改。

使我欲移舡　"舡"，甲本、乙本作"船"。

聞知聞赴成都辟請[1]

文翁還化蜀[2]，帟幕列鴛鸞。飲水臨人昜，燒山覓士難[3]。錦機花正合[4]，梭蕈火初乾[5]。知己相思否，如何借羽翰？（四一三）

【校勘】

帟幕列鴛鸞　"帟"原作"弈"，據乙本校改。甲本作"帟"。"鴛"，甲本、乙本作"鵷"。

梭蕈　“梭”，甲本、乙本作“椶”。

【注釋】

［1］辟請：即辟聘。

［2］文翁：漢廬江舒人。景帝末，任蜀郡守，于成都起官學，獎掖學子，教化蜀人。蜀郡自是文教大興。傳見《漢書》。

［3］燒山覓士：傳春秋時介之推有功於晉文公，後奉母隱於綿山（今山西介休東南）。晉文公燒山以求其出，欲封賞之。介之推至死未出。參漢劉向《新序》卷七。

［4］錦機：織錦的織機。

［5］梭：木名。

題淮南惠照寺律師院

儀冠凝寒玉[1]，端居似沃洲。學徒梧有鳳[2]，律藏目無牛[3]。茗滑香黏齒，鐘清雪滴樓。還須結西社，來往悉諸侯。（四一四）

【校勘】

鐘清　原作“鍾”，從甲本、乙本改作“鐘”。

【注釋】

［1］“儀冠”句：謂儀容風度如寒玉般清雅出俗。

［2］梧有鳳：傳說鳳凰棲息於梧桐。《莊子·秋水》：“夫鵷鶵發於南海，而飛於北海。非梧桐不止，非練實不食，非醴泉不飲。”此處喻品性

高潔。

［3］“律藏”句：律藏，佛教戒律著作的總稱。目無牛，猶目無全牛。謂技藝純熟。此處指對律藏的通曉、熟習。典出《莊子·養生主》，中載庖丁解牛，技藝精妙，自言“始臣之解牛之時，所見無非牛者；三年之後，未嘗見全牛也。”

秋末長興寺作

荒寺古江濱，莓苔地絶塵。長廊飛亂葉，寒雨更無人。栗不和皺落[1]，僧多到骨貧。行行行未得，孤坐更誰親？（四一五）

【注釋】

［1］皺：猶栗皺。

寄杭州靈隠寺宋震使君[1]

罷郡歸侵夏，仍聞靈隱居。僧房謝朓語[2]，寺額葛洪書[3]。昔道士葛洪與靈隱寺書額了去，至今在。月樹獼猴睡，山池菡萏疏。吾皇愛清靜，莫便結吾廬。（四一六）

【校勘】

僧房謝朓語　“朓”原作“眺”，據甲本、乙本校改。

昔道士葛洪　“昔”，乙本作“晉”。

【注釋】

[1] 寄杭州靈隱寺宋震使君：靈隱寺，位於浙江杭州靈隱山麓。宋震，參卷八《寄宋使君》“宋使君”注。

[2] 謝朓：字玄暉（464～499），陳郡陽夏（今河南太康）人。南朝齊詩人，出身世家，擅山水詩。傳見《南齊書》、《南史》。

[3] 葛洪：字稚川（281？～341），號抱朴子，晉句容（今屬江蘇）人。好神仙導養術，著《抱朴子》。傳見《晉書》。明田汝成《西湖遊覽志》卷十：“靈隱禪寺，晉咸和元年僧慧理建。山門扁曰‘絶勝覺埸’，相傳葛洪所書。”

送人歸夏口[1]

雁雁桀紛紛，行行豈易聞？千山與萬水，何處更逢君？貌不長如玉，人生衹似雲。儻經三祖寺[2]，一爲禮龕墳[3]。（四一七）

【校勘】

貌不長如玉　“長”，甲本作“常”。

人生衹似雲　“似”，甲本作“是”。

【注釋】

[1] 夏口：古城名，位於今湖北武漢黄鵠山上。

[2] 三祖寺：又稱乾元禪寺、山谷寺，位於安徽天柱山中。傳爲南朝

寶志禪師創建。後禪宗三祖僧璨遊此，擴建寺院，故稱。

［3］龕墳：指僧人的墓穴。

送新羅僧歸本國

忘身求至教，求得却東歸。離岸乘空去，終年無所依。月衝陰火出，帆拶大鵬飛。想得還鄉後，多應著紫衣[1]。（四一八）

【校勘】

求得却東歸　“東”，甲本作“忘”。

【注釋】

［1］著紫衣：即受賜紫。

避寇入銀山[1]

草芋穿銀峽，崎嶇路未諳。旁山無店戍，永日遶溪潭。燒地生毛蕨[2]，人家煮僞蠶[3]。翻如歸舊隱，步步入煙嵐。（四一九）

【校勘】

草芋　“芋”，甲本、乙本作“草”。

崎嶇　“崎”原作“𥔲”，異體字。據乙本校改。

旁山　“旁”，甲本、乙本作“傍”。

燒地生毛蕨　“毛”，甲本、乙本作“芼”。

【注釋】

[1] 銀山：山名，位於浙江紹興東。

[2] 毛蕨：植物名。類蕨而有毛，色紫，不可食。宋施宿等《會稽志》卷十七：“今會稽山間有一種，似蕨而毛，紫色。土人謂之蕨綦，亦謂之毛蕨，乃不可食，鄉人但以藏繭，及藉楊梅，取其性疎而不浥鬱也。”芼蕨，初生的蕨。芼，草木初生貌。漢揚雄《法言·寡見》：“春木之芼兮，援我手之鶉兮。”蕨，生在山野，嫩葉可食，俗稱蕨菜。亦泛指蕨類植物。

[3] 僞蠶：野蠶。亦指野蠶與家蠶的雜交蠶種。

聞友人駕前及第

見心知命好，一別隔煙波。世亂無全士，君方掇大科[1]。早隨鑾輅轉[2]，莫戀蜀山多。必貢安時策，忠言奈爾何！（四二〇）

【校勘】

聞友人駕前及第　“第”原作“弟”，據甲本、乙本校改。

【注釋】

[1] 掇大科：掇，考取。大科，唐代取士之科，由皇帝自詔者曰制舉。

其科目隨皇帝臨時所定，如賢良方正、直言極諫等。

［2］鑾輅：君主的馬車，代指君主。詩中所言指黄巢入長安，唐僖宗奔成都事。參卷十二《聞王慥常侍卒三首》“巡狩”注。此詩當作於此間。

避地毗陵上王慥使君

時黄賊陷東陽，公避地於浙右

至理至昭昭，心通即不遙。聖威無遠近，吾道太孤標[1]。辛苦蘇甿俗[2]，端貞答盛朝。氣高吞海岳，貧甚似漁樵。庾亮風流澹[3]，劉寬政事超[4]。清須遭貴逼，隱已被誰招？栗塢修禪寺，仙香寄石橋。風雷巡稼穡，蟲鳥合歌謡。視事私終殺，憂民態亦凋。道高無不及，恩甚固難銷。大寇山難隔，孤城數合燒。烽煙終日起，湯沐用心憔[5]。勇義排千陣，誅鋤擬一朝。誓盟違日月，時賊僞降，盟書終背[6]。旌旆過寒潮。古驛江雲入，荒宫海雨飄。仙松添瘦碧，天驥減豐臕[7]。似在陳兼衛，終爲宋與姚[8]。已觀雲似鹿，即報首皆梟。盡願迴清鏡[9]，重希在此條。應憐千萬户，禱祝向唐堯。（四二一）

【校勘】

公避地於浙右　“於”，甲本作“于”。

辛苦蘇甿俗　“甿”，甲本、乙本作“氓”。

端貞答盛朝　“盛”，甲本作“聖”。

清須遭貴逼　“逼”，甲本、乙本作“遇”。

蟲鳥合歌謡　“蟲”，甲本、乙本作“魚”。

憂民態亦凋　“態”，甲本作“泰”。“凋”，甲本、乙本作“彫”。

恩甚固難銷　“銷”，甲本、乙本作“消”。

湯沐用心憔　“憔”，甲本、乙本作“燋”。

古驛江雲入　“驛”，甲本作“駟”。

【注釋】

［1］孤標：形容突出、高潔。

［2］蘇甿俗：蘇，解救。甿，泛指百姓。氓義同。

［3］庾亮：（289～340）字元規，潁川鄢陵（今屬河南）人。好老莊，善玄談，官至中書令。傳見《晉書》。

［4］劉寬：（120～185）字文饒，弘農華陰（今屬陝西）人。温仁多恕，有善政。官至太尉，爲漢靈帝所重。傳見《後漢書》。

［5］湯沐：指爲死者沐浴所用熱水等物。《梁書・任昉傳》："湯沐具而非弔，大廈構而相驩。"

［6］"時賊"兩句：《資治通鑑》卷二五三載廣明元年五月黄巢詐降，"且致書請降於高駢，求保奏。駢欲誘致之，許為之求節鉞……賊詗知諸道兵已北度淮，乃告絶於駢，且請戰降"。"秋七月，黄巢自采石度江，圍天長、六合，兵勢甚盛"。

［7］豐膴：肥壯。

［8］宋與姚：唐代賢相宋璟、姚崇。

［9］清鏡：明鏡。

送崔尚書朝覲

至理契穹昊[1]，方生甫與申[2]。一麾歌政正，三相賀仁人[3]。叵似盧懷慎[4]，全如邵信臣[5]。澄渟消宿蠹[6]，煦愛劇陽春[7]。對客煙花拆，焚香渥澤新。徵黄還有自，令弟相公號當，公遂避賢路也。挽鄧住無因[8]。峽水全輸潔[9]，巫娥却訝神[10]。宋均顔未老[11]，劉寵骨應貧[12]。大醉辭王翦[13]，含香望紫宸。三峯初有雪，萬里正無塵。伊昔林中社，多招席上珍。終期仙掌下，香火一相親。（四二二）

【校勘】

至理契穹昊　“昊”，甲本、乙本作“旻”。

煦愛劇陽春　“劇”，丁本、甲本作“及”。

【注釋】

[1] 穹昊：蒼天。穹旻，義同。

[2] 甫與申：周代名臣仲山甫、申伯，泛指賢能的輔佐之臣。

[3] 三相：唐代指中書、門下、尚書三省首腦。

[4] “叵似”句：叵，不。盧懷慎（？～716），滑州靈昌（今河南滑縣）人。玄宗開元元年（713）封相，與姚崇對掌樞密。以才不如姚，臨事皆推讓，時人譏爲伴食宰相。傳見新舊《唐書》。

[5] 邵信臣：漢宣帝時名臣，有治績。參漢荀悦《前漢紀》卷二十、

《三國志·魏書·楊阜傳》。

［6］蠹：蛀蟲。喻禍國害民者。

［7］“煦愛”句：煦愛，撫愛。劇，甚。陽春，溫暖的春天。五代王仁裕《開元天寶遺事·有腳陽春》：“宋璟愛民恤物，朝野歸美，時人咸謂璟爲有腳陽春，言所至之處，如陽春煦物也。”

［8］挽鄧：鄧，指鄧攸（？～326），字伯道。晉元帝時曾爲吳郡守，清廉愛民。後去郡，百姓數千留牽其船，不得進。乃夜中發去。傳見《晉書》。後以爲讚頌官員深受百姓愛戴之典。明王鏊《送李尹經述職之京》：“春風十里楓橋路，挽鄧無由奈爾何?”

［9］輸潔：不如其清潔，言其清廉無比。

［10］“巫娥”句：巫娥，巫山神女。唐杜牧《柳》：“巫娥廟裏低含雨，宋玉宅前斜帶風。”訝神，歎其神明。

［11］宋均：（？～76）字叔庠，南陽安衆（今河南鄧縣）人。漢明帝時官至尚書令。曾爲九江太守，當地多虎患。宋均爲郡清廉寬仁，虎皆渡江東去。傳見《後漢書》。

［12］劉寵：字祖榮，牟平（今山東福山）人，漢桓帝、靈帝時名臣。曾任會稽太守，政多清廉。傳見《後漢書》。

［13］王翦：戰國時頻陽（今陝西富平東北）人，秦國名將。傳見《史記》。

卷十五

寒夜有懷同志

永夜殊不寐，懷君正寂寥。疏鐘寒遍郭，微雪靜鳴條。南省雁孤下[1]，西林鶴屢招。終當謝時去[2]，與子住山椒[3]。（四二三）

【校勘】

疏鐘寒遍郭　“鐘”，原作“鍾”，從甲本、乙本作“鐘”。“遍”，乙本作“徧”，古字。

【注釋】

［1］南省：指南方。

［2］鳴條：隨風搖動發聲的樹枝。

［3］山椒：山頂。

寄新定桂雍[1]

獨自住烏龍，隣應是納僧。句須人未道，君此事偏能。塢濕雲埋觀，溪寒月照層[2]。相思不可見，江上立騰騰[3]。（四二四）

【校勘】

隣應是納僧　“隣應”，甲本、乙本作“應憐”。“納”，甲本、乙本作“衲”。

溪寒月照層　“照”，甲本、乙本一作“在”。“層”，甲本、乙本作“罾”。

【注釋】

［1］新定：即睦州。唐天寶元年（742）改睦州爲新定郡，乾元元年（758）復名睦州。

［2］層：重屋，樓房。南朝梁劉孝綽《棲隱寺碑》：“珠殿連雲，金層輝景。”罾，形似仰傘的魚網。

［3］騰騰：悠閑貌。

贈靈鷲山道潤禪師院[1]

常恨煙波隔，聞名二十年。終爲清氣引，來到法堂

前。薪撮紛紛葉，茶烹滴滴泉。莫嫌來又去，大道本冷然[2]。（四二五）

【校勘】

戊本題作“寶積院”。

終爲清氣引　“終”，甲本、乙本作“結”。戊本作“結為清氣外”。

薪撮　“撮”，甲本、乙本作“拾”。

大道本冷然　“大”、“冷”，甲本、乙本作“天”、“泠”。

【注釋】

［1］靈鷲山：靈鷲山有多處，難以確指。江西廣豐、湖北荊門等地都有之，最著名者當屬杭州者，即飛來峰。

［2］冷然：輕妙貌。泠然義同。

干霄亭晚望懷王棨侍郎[1]

霜打汀島赤，孤煙生池塘。清吟倚大樹，瑶草何馨香！久别青雲士，常思白石房。誰能共歸去，流水似鳴璫。（四二六）

【校勘】

干霄亭晚望懷王棨侍郎　“干”原作“十”，據甲本、乙本校改。

【注釋】

[1] 干霄亭晚望懷王棨侍郎：干霄亭，亭名，位於嚴州（今浙江桐廬西北）。貫休另有《登干霄亭》、《夏雨登干霄亭上宋使君二首》。王棨，字輔之，福州福唐（今福建福清）人，擅詞賦。咸通三年進士。九年，江西觀察使李騭辟爲團練判官。後入京，歷官大理司直、水部郎中等。廣明元年黄巢入長安後，入高駢幕。事迹見唐崔致遠《桂苑筆耕集》卷十三、清《福建通志》卷五一《文苑》。

海昏見羅鄴[1]

清世詩聲出，誰人得似君？命通須有日，天未喪斯文。楚木寒連寺，脩江碧入雲。相思喜相見，庭葉正紛紛。（四二七）

【校勘】

海昏　“昏”，甲本、乙本作“邊”。

脩江　“脩”，甲本、乙本作作“修”，異體字。

【注釋】

[1] 海昏見羅鄴：海昏，洪州（今江西南昌）古地名。唐李吉甫《元和郡縣志》卷二九《江南道·洪州·建昌縣》：“東三里故海昏城，即漢昌邑王賀所封，今縣城則吳太史慈所築。”羅鄴（831？～896?），蘇州吳縣（今屬江蘇）人，或謂餘杭。工律詩，坎坷不遇，與方干、貫休等友。生平見《唐摭言》卷三、卷十、《唐詩紀事》卷六八。

送僧之東都

之子之東洛[1]，囊中有偈新。紅塵誰不入，獨鶴自難親。定鼎門連岳[2]，黄河凍過春。憑師將遠意，說似社中人。（四二八）

【注釋】

[1] 東洛：即洛陽。唐時以洛陽爲東都，故稱。

[2] 定鼎：傳禹鑄九鼎，以象九州。歷商至周，爲傳國重器，置於國都。因以稱定立國都。

送于兢補闕赴京[1]

亂離吾道在，不覺到清時。得句下雪岳，送君登玉墀。冷驚蟬韻斷，涼觸火雲隳。儻遇南來使，無忘問所之。（四二九）

【校勘】

冷驚　“冷”，丁本作“吟”。

【注釋】

[1] 補闕：唐武后垂拱元年始置左右補闕，掌供奉諷諫。

送鄭準赴舉[1]

兩河兵火後[2]，西笑見吾曹[3]。海靜三山出，天空一鶚高。賃居槐拶屋[4]，行卷雪埋袍[5]。他日如相覓，栽桃近海濤。（四三〇）

【校勘】

送鄭準赴舉　“鄭準”，《唐僧弘秀集》卷六、戊本作“人”。

天空一鶚高　“鶚”，《唐僧弘秀集》卷六、戊本作“鶴”。

賃居槐拶屋　“拶”，乙本一作“陟”。

他日如相覓　“覓”，戊本作“見”。

栽桃近海濤　“近”，戊本作“向”。

【注釋】

[1] 鄭準：字不欺，滎陽（今屬河南）人。乾寧時進士，長於箋奏，荆南節度使成訥辟爲文書。終爲其所殺。生平見《北夢瑣言》卷七、《唐才子傳校箋》卷十。

[2] 兩河：唐自安史之亂以後，稱河北、河南兩道爲兩河，爲當時藩鎮集中、爭端多發之地。

[3] 吾曹：我輩。

[4] 拶：逼；壓。

[5] 行卷：唐代應舉者考試前常把所作詩文寫成卷軸，投朝中顯貴以延譽，稱爲行卷。

寄拄杖上王使君[1]

拄杖林僧與，殊常不可名。一條鷖玉重[2]，百兩紫金輕。有乳盤春力，無心合道情。唯宜高處著，將寄謝宣城[3]。（四三一）

【校勘】

寄拄杖上王使君　“拄”，甲本作“柱”。

拄杖林僧與　“林”，乙本一作“鄰”。

唯宜　“唯”，甲本、乙本作“惟”。

【注釋】

[1] 拄杖：手杖，拐杖。

[2] 鷖玉：黑色的玉。

[3] 謝宣城：南朝齊詩人謝朓。曾任宣城太守，故稱。

秋望寄王使君

靜躡紅蘭逕，憑高曠望時。無端求句苦，永日壑風吹。大月生峯角，殘霞在樹枝。祇應劉越石[1]，清嘯正相宜。（四三二）

【注釋】

［1］劉越石：即劉琨（271～318），字越石，中山魏昌（今河北無極東北），西晉著名詩人。早年生活放縱，永嘉之亂後，矢志恢復，在北方抗戰多年。存詩三首，慷慨悲涼。傳見《晉書》。

送緣有禪師與雷處士入武夷山[1]

師與雷居士，尋山道入閩。應將熊耳印，別授武夷君。崖罅仙棺出[2]，江垠毒草分。他年相覓在，莫苦入深雲。（四三三）

【校勘】

送緣有禪師與雷處士入武夷山　“緣”，甲本作“禄”。

崖罅　“罅”，甲本、乙本作“磚”，異體字。

【注釋】

［1］送緣有禪師與雷處士入武夷山：緣有，疑當作“有緣”。有緣（835～907），俗姓馮，東川梓潼（今四川三臺）人。出家成都福感寺，曾南遊至武夷山。乾符三年（876），賜住缙雲龍安寺，後遷連雲院。傳見《宋高僧傳》。武夷山，在今福建武夷山市。

［2］仙棺：即懸棺。武夷山山崖上多有之。

送友生入越投知

才大終難住，東浮景漸暄。知將刖足恨[1]，去擊李

膺門[2]。宿霧開花塢，春潮入紵村[3]。預思秋薦後[4]，一鶚出乾坤。（四三四）

【校勘】

才大終難住　“住”，甲本作“任”。

春潮入紵村　“紵”，甲本、乙本作“苧”。

【注釋】

[1] 刖足恨：刖足，斷足，古代肉刑。此言卞和事，參卷七《覽李秀才卷》“和氏淚”注。

[2] 李膺門：即膺門。參卷五《上盧使君》“膺門”注。

[3] 紵村：紵，苧麻織成的布。紵村，指以紡紗織布爲業的鄉村。苧村，猶苧蘿村，位於今浙江諸暨南。傳爲春秋越國美女西施的家鄉，西施爲苧蘿山鬻薪之女。參漢趙曄《吳越春秋》卷五《勾踐陰謀外傳》。

[4] 秋薦：唐時州府向朝廷薦舉會試人員的選拔考試，於秋季舉行，故稱。

寄烏龍山賈秦處士

庭果色如丹，相思夕照殘。雲邊踏燒去，月下把書看。澗水仙居共，窗風漆樹寒。吾君方仄席[1]，未可便懷安。（四三五）

【校勘】

寄烏龍山賈秦處士　“秦”，甲本、乙本作“泰”。

吾君方仄席　“仄”，甲本、乙本作“側”。

【注釋】

［1］仄席：側坐以待賢良。形容帝王禮賢下士。《漢書·陳湯傳》：“湯曰：‘臣聞楚有子玉得臣，文公爲之仄席而坐。’”

題大安寺通禪師院

應行諸岳遍，象屣半無綱[1]。一法尋常説，此機仍永忘。窗閑藤影老，納厚瀑痕荒。寄語迷津者，來茲問不妨。（四三六）

【校勘】

應行諸岳遍　“遍”，乙本作“徧”，古字。

此機仍永忘　“永”，甲本、乙本作“未”。

窗閑　“閑”，甲本、乙本作“閒”。

納厚　“納”，甲本、乙本作“衲”。

【注釋】

［1］“象屣”句：象屣，當爲鞋名，待考。綱，指捆紮鞋的繩帶。

春晚寄盧使君

滿郭春如畫，空堂心自澄。禪拋金鼎藥，詩和玉壺冰[1]。白雨飄花盡，晴霞向閣凝。寂寥還得句，因寄柳吳興[2]。（四三七）

【注釋】

［1］玉壺冰：喻品性高潔。南朝宋鮑照《代白頭吟》：“直如朱絲繩，清如玉壺冰。”

［2］柳吳興：柳惲（465～517），字文暢，南朝齊梁間詩人。曾兩任吳興太守，故稱柳吳興。在郡時，與吳均詩酒往來。傳見《梁書》。

武昌縣與晝公兼寄邑宰

小一何人識，騰騰天地間。尋常如一鶴，亦不愛青山。鐵鉢年多赤，麻布帶毳斑[1]。祇聞尋五柳[2]，時到月中還。（四三八）

【注釋】

［1］毳：鳥獸的細毛。

［2］五柳：指陶淵明（365～427）。晉宋時詩人，好隱逸，品行高潔，擅田園詩。有《五柳先生傳》，爲自傳之作。傳見《晉書》、《南史》等。

别東林僧

大士宅裏宿[1]，雙□□□□大士宅。芙蓉龕畔遊。芙蓉，道人生□。自憐無定在，子莫苦相留。燥葉飄山席，孤雲傍茗甌[2]。徘徊不能去。房在好峯頭。（四三九）

【校勘】

雙□□□□大士宅　甲本、乙本無。

道人生□　“生□”，甲本、乙本作“坐處”。

自憐無定在　“無定”原缺，據甲本校補。

徘徊不能去　“徘徊”，乙本作“裴回”。

【注釋】

［1］大士：佛教對菩薩的通稱。此處指東晉高僧慧遠。慧遠於廬山創建東林寺，在此弘法。參卷五《送崔使君》“遠狎遺民”注。

［2］茗甌：裝有茶水的杯或碗。

避地寄高蟾[1]

荒寺雨微微，空堂獨掩扉。高吟多忤俗，此貌若爲肌。旅夢遭鴻喚，家山被賊圍。空餘老萊子，相見獨依依。（四四〇）

【校勘】

高吟多忤俗　“俗”，甲本作“客”。

【注釋】

［1］高蟾：郡望渤海（今河北滄州一帶）。僖宗乾符三年（876）進士，昭宗時官至御史中丞。能詩。生平見《新唐書·藝文志四》、《唐才子傳校箋》卷九。

懷武夷山禪師

萬疊仙山裏，無緣見有緣[1]。紅心蕉遶屋，白額虎同禪。古木苔封菌，深崖乳雜泉[2]。終期還此去，世事衹如然。（四四一）

【注釋】

［1］有緣：參同卷《送緣有禪師與雷處士入武夷山》“緣有”注。

［2］乳：似乳汁之物。

秋末閑居作

幽居山不別，落葉與階平。永日吟詩坐，無端箇病成。逕苔因旱赤，池水入冬清。惟有東峯叟，相尋月下

行。（四四二）

【校勘】

秋末閑居作　“閑”，甲本、乙本作“閒”。

永日　“永”，甲本、乙本作“盡”。

贈許徵君

晝公友秦系[1]，來往踏溪雲。如今又到我，還愛許徵君。落花鳥銜來，永日香氤氳[2]。終期將爾曹[3]，歸去麋鹿群。（四四三）

【校勘】

晝公友秦系　“系”原作“奚”，誤，改之。參下注。

來往　“往”原作“徃”，異體字。據甲本、乙本校改。

【注釋】

[1] 晝公友秦系：晝公，即皎然（720？～？），字清晝，詩僧，湖州長城（今浙江長興）人。本姓謝，自言爲謝靈運十世孫。與靈徹、顔真卿、陸羽等人交遊酬唱。有《杼山集》十卷、《詩式》五卷傳世。傳見《宋高僧傳》卷二九。秦系（720？～800？），字公緒，會稽人（今浙江紹興）。天寶間避亂隱剡山。建中時隱南安、越州。時出遊湖、撫等州，與皎然、韋應物等交遊。年八十餘卒。有詩名。生平見《新唐書》本傳、《唐詩紀事》卷二八。皎然有《七言酬秦系山人戲贈》、《題秦系山人麗句亭》等詩，

秦系有《奉寄晝公》詩。

〔2〕氤氳：香氣濃烈。

〔3〕爾曹：汝輩，你們。

秋夜作因懷天台道者

萬事何須問，良時即此時。高秋半夜雨，落葉滿前池。靜怕龍神識，貧從草木欺。平生無限事，祇有道人知。（四四四）

偶作因懷大同道友

蠻木葉不落，微吟瘴水濱。二毛空有雪[1]，萬事不如人。塹水平芳草，山花落淨巾。天童好真伴[2]，何日更相親？（四四五）

【校勘】

微吟瘴水濱　“瘴”，甲本、乙本作“漳”。

【注釋】

〔1〕二毛：頭上黑髮、白髮雜生，指年老。

〔2〕天童：即天童寺，禪宗道場。在今浙江寧波天童山上。東晉時始建。

邊上行

白榆林外路，風角遠嗗嗗[1]。朔氣生荒堡，秋塵滿病容。豺掊沙底骨，人上月邊烽。休作西行計，西行地漸凶。（四四六）

【校勘】

白榆林外路　“白榆”，乙本一作“黑松”。

秋塵　“塵”，甲本作“城”，誤。

【注釋】

[1]“風角”句：風角，角笛聲。嗗嗗，笛聲清遠貌。

江西再逢周璉[1]

六七年不見，相逢鬢已蒼。交情終淡薄，詩語更清狂。未得丹霄便[2]，依前四壁荒。但令吾道在，晚達亦何妨？（四四七）

【校勘】

相逢鬢已蒼　“鬢”，甲本作“髩”，異體字。

依前四壁荒　“荒”，甲本作“光”。

【注釋】

［1］周璉：不詳。貫休另有《聞閔廷言周璉下第》、《春末寄周璉》詩。宋潛說友撰《咸淳臨安志》卷八一《寺觀七》："净信院，在桐扣山。天福六年，邑人周璉捨宅為寺。"或即此人。

［2］丹霄：指朝廷。

登鄱陽寺閣

寺樓閑縱望，不覺到斜暉。故國在何處，多年未得歸。寒江平楚外，細雨一鴻飛。終斆於陵子[1]，吳山有緑微。（四四八）

【校勘】

寺樓閑縱望　“閑”，甲本、乙本作“閒”。

不覺　“覺”，《古今禪藻集》卷四、《唐詩品彙》卷七十作“可”。

終斆　“斆”，乙本作“斅”，異體字。

吳山有緑微　“山”，戊本作“中”。“微”，甲本、乙本作“薇”。

【注釋】

［1］於陵子：即陳仲子，戰國齊人。以兄食祿萬鍾爲不義，適楚，居

於陵，故名。楚王欲以爲相，逃去，爲人灌園。見《孟子·滕文公下》、《戰國策·齊策四》。

秋晚野居

僻居人不到，吾道本來孤。山色園中有，詩魔象外無。霜禾連島赤，煙草倚橋枯。何必求深隱，門前似畫圖。（四四九）

酬杜使君見寄

軋軋復軋軋，更深門未關。心疼無所得，詩債若爲還？露灑一鶴睡，鐘餘萬象閑。慚將此時意，明日寄東山。（四五〇）

【校勘】

鐘餘萬象閑　“鐘”原作“鍾”，从甲本、乙本改作“鐘”。“閑”，甲本、乙本作“閒”。

露灑　“灑”，甲本作“洒”。

湖上作

我竟胡爲者，嘮嘮但愛吟。身中多病在，湖上住年深。山霤穿苔壁，風鐘度雪林。近來心更苦，誰復是知音？（四五一）

【校勘】

風鐘　“鐘”原作“鍾”，從甲本、乙本改作“鐘”。

送僧歸天台寺

天台四絶寺[1]，歸去見師真。莫折枸杞葉，令他拾得嗔[2]。天空聞聖磬，瀑細落花巾。必若雲中老，他時得有鄰。（四五二）

【校勘】

令他拾得嗔　“拾”原作“十”，據乙本校改。

瀑細　“瀑”原作“暴”，據乙本校改。

他時得有鄰　“得”，甲本、乙本一作“德”。乙本句末有注“天台國清寺有拾得花巾，即波羅巾也”。

【注釋】

［1］四絶寺：指天台山國清寺。隋開皇十八年（598）晉王楊廣承智顗大師遺意建成，初名天台山寺。大業元年（605）煬帝賜國清寺額。爲天台宗發源地。時謂爲"四絶"之一。宋王存等《元豐九域志》卷五："景德寺舊名國清寺……時以齊州靈岩、荆州玉泉、潤州棲霞、台州國清為四絶。"

［2］拾得：唐天台山僧，傳幼爲豐干禪師撿得，帶回國清寺，故名。與寒山友。行多狂放，善詩。後與寒山同離國清寺，不知所終。生平見《宋高僧傳》卷十九、《景德傳燈錄》卷二七。

卷十六

壽春節進武成元年作

聖運闢天紀[1]，龍飛古帝基。振搖三蜀地[2]，聳發萬年枝。出震同中古[3]，承乾動四夷。恩頒新命廣，淚向舊朝垂。大寶歸玄讖[4]，殊祥出遠池[5]。時有黄龍現在嘉州之野[6]。法天深罔測，體聖妙難知。儉德爲全德，無思契十思[7]。丕圖非力致[8]，英武悉天資。正直方親切，回邪豈敢窺[9]？將排頗與牧[10]，相得卨兼夔。鹽出符真主，鹽湧於野[11]。麟來合大規[12]。麒麟見。賡歌隨羽籥[13]，奕葉斆伊祁[14]。寡慾情雖泰，憂民色未怡。盛如唐創業，宛勝晉朝儀[15]。旰食宫鶯囀[16]，宵衣禁漏遲[17]。多於湯土地[18]，還有禹胼胝[19]。視物如傷日[20]，勝殘去殺時[21]。守文情的的[22]，無逸戒孜孜[23]。軒頊風重振[24]，皇唐鼎創移[25]。始聞呈瑞石，又報産靈芝。瑞石放光，靈芝生野。覆燾高緣大[26]，包容妙在卑。兄呼春赫日[27]，師指釋牟尼[28]。大梵天王[29]、帝釋[30]，以佛爲師也，今上皇帝亦然。佳氣宸居合[31]，淳風樂府吹[32]。急賢彰帝業，解網見天慈[33]。粟赤千千窖[34]，軍雄萬萬兒。八蠻須稽顙[35]，四海仰昌期[36]。玉輦嬪嬙擁，宮花錦繡攲[37]。堯雲同靉靆[38]，漢祖太驅馳[39]。氛祲根株盡[40]，澆訛朕兆隳[41]。山河方有截[42]，野逸詔無遺[43]。境靜銷鋒鏑[44]，田香熟稻穈[45]。夢中逢傅說[46]，殿上見辛毗。金鏡懸千古，彤雲起四維[47]。盛行唐典法，再睹舜雍熙[48]。祝壽乾文動[49]，郊天太一隨[50]。煌煌還宿衛，亹亹叶聲詩[51]。飲醴和膏雨，非煙繞御帷。銀輪隨寶馬，玉沼見金龜。金色龜見[52]。杳杳聞韶濩[53]，重重降撫綏。魏徵須却出，葛亮更何之[54]？簡約逾前古，昇平美不疑。觸邪羊唅唅[55]，鼓腹叟嘻嘻[56]。邁五方云大[57]，超三始見奇[58]。錦霞連紫極[59]，仙鳥下峨眉。謝傅還爲傅[60]，周師又作師。納隍爲永任，從諫契無爲[61]。子子寰瀛主[62]，孫孫日月旗[63]。壽春躋壽域，萬國盡虔祈。捧日三車子[64]，恭思八彩眉。願將七萬歲，匍匐進瑶墀[66]。（四五三）

【校勘】

承乾動四夷　“動四夷”，甲本作“協易辭”。

時有黄龍現在嘉州之野　“現在”，乙本作“見於”，甲本作“見于”。

相得卨兼夔　“卨”，甲本、乙本作“稷”。

鹽湧於野　“鹽”原作“塩”，異體字。據甲本、乙本校改。“於”，甲本、乙本作“并”。

寡慾情雖泰　“慾”，甲本、乙本作“欲”，異體字。

覆燾高緣大　“燾”，甲本、乙本作“幬”。

師指釋牟尼　“釋”，甲本、乙本作“佛”。

境靜銷鋒鏑　“銷”，甲本、乙本作“消”。

田香熟稻穈　“穈”，甲本、乙本作“穈”。

郊天太一隨　“一”，甲本作“乙”。

飲醴和膏雨　“膏”，甲本、乙本作“甘”。

葛亮更何之　“葛亮”，甲本作“諸葛”。

仙鳥下峨眉　“眉”，甲本作“嵋”。

壽春躋壽域　“躋”，甲本、乙本作“嗟”。

匍匐進瑶墀　“進”，甲本、乙本作“拜”，附註“拜當作進”。

【注釋】

［1］天紀：上天之紀綱。借指国家法紀。

［2］三蜀：漢初分蜀郡置廣漢郡，武帝時又分置犍爲郡，合稱三蜀。

［3］出震：八卦中震卦位應東方。出震，出於東方。

［4］“大寶”句：大寶，《易·繫辭下》：“聖人之大寶曰位。”後以此指帝位。玄讖，神奇的預兆。

［5］殊祥：奇特的預兆。

［6］“時有”句：《十國春秋》卷三五《高祖本紀上》言天復七年（907）夏六月，黄龍見嘉陽江。

［7］十思：魏徵於貞觀十一年（637）上《諫太宗十思疏》，提出十條

建議，規勸唐太宗勵精圖治。

［8］丕圖：宏圖。

［9］回邪：邪佞之人。

［10］頗與牧：戰國時趙國良將廉頗、李牧。

［11］鹽湧於野：《十國春秋》卷三五《高祖本紀上》："是歲（天復七年），遣官祭鹽井玉女之神，其神出半面享之。初，帝見裸體婦人於鹽井，告曰：'若當爲吾國土地主，富貴至矣。'故有是命。"

［12］"麟見"句：古代以麒麟出現爲太平之瑞。大規，猶大道。

［13］"賡歌"句：賡歌，酬唱和詩。羽籥，古代祭祀或宴饗時舞者所持的舞具和樂器。羽，指雉羽。籥，一種編組多管樂器。

［14］"奕葉"句：奕葉，累世。斆，效仿。伊祁，古帝號，即神農，一說即帝堯。

［15］朝儀：朝廷的禮儀。

［16］旰食：晚食。事務繁忙不能按時吃飯。泛指勤於政事。

［17］"宵衣"句：宵衣，天不亮就穿衣起身。此處稱頌帝王勤於政事。禁，皇宫。漏，漏壺，古代計時器。

［18］湯：商湯，殷商開國君主，古代視爲賢君典範。

［19］禹胼胝：《史記·李斯列傳》言大禹治水辛勤，"而股無胈，脛無毛，手足胼胝，面目黎黑。"

［20］視物如傷：猶視民如傷。對待百姓如照顧傷口般細心、輕柔，形容帝王、官吏顧恤民衆疾苦。唐楊炯《遂州長江縣先聖孔子廟堂碑》："自非愛人猶子，視物如傷，豈能躬斬兇渠，親除災害！"

［21］勝殘去殺：實行仁政，使殘暴的人化而爲善，因而可以廢除刑殺。

［22］的的：真切貌。

［23］無逸：不貪圖安樂。

［24］軒頊：傳說中的古代帝王軒轅（即黄帝）和顓頊的並稱，皆被視爲賢君。

［25］皇唐：猶大唐。

［26］覆燾：亦作“覆幬”，猶覆被。謂施加恩惠。

［27］赫：盛。

［28］釋牟尼：即佛祖釋迦牟尼。

［29］大梵天王：即梵天。參卷十二《和韋相公見示閑臥》“梵天”注。

［30］帝釋：亦稱帝釋天。佛教護法神，爲三十三天忉利天之主。

［31］宸居：帝王居所。

［32］“淳風”句：敦厚古樸的風俗。樂府，主管音樂的官署，漢武帝時始立。後稱樂府採集的歌詩爲樂府歌辭，簡稱樂府。

［33］“解網”句：解網，典出《史記·殷本紀》，謂湯出巡，見有四面張網者，乃去其三面，以利鳥獸。喻寬宥、仁德。天慈，皇帝的慈愛。

［34］粟赤：謂窖中儲糧常年不用，層層累積，因陳舊而發紅。爲太平盛世之像。《史記·平準書》：“太倉之粟陳陳相因，充溢露積於外，至腐敗不可食。”唐寒山《富兒多鞅掌》：“倉米已赫赤，不貸人斗升。”

［35］“八蠻”句：八蠻，古謂南方的八蠻國。後泛指外族。稽顙，跪拜禮，屈膝下拜，以額觸地，表示虔誠。

［36］昌期：昌盛时期。

［37］欹：斜倚。宋趙長卿《荷花》：“半斂半開，斜立斜欹，好似困嬌無力。”

［38］靉靆：雲盛貌。

［39］驅馳：辛勤。

［40］氛祲：霧氣，喻災亂。

［41］“澆訛”句：澆訛，浮薄詐僞。朕兆，預兆。隳，毀棄。

［42］有截：天下安定一統。有，助詞。《詩經·商頌·長髮》：“九有有截。”鄭玄箋：“九州齊一截然。”

［43］野逸：指隐逸者。

［44］銷鋒鏑：刀刃和箭鏃。借指兵器。銷鋒鏑，謂止戰。

［45］穈：通“穈”。穈即穄子，黍之不黏者。漢許慎《説文解字·黍部》：“穈，穄也。”唐慧琳《一切經音義》卷六五：“穄米，子曳反，《説文》：穄似黍而不粘者也。關西謂之穈是也。”

［46］傅説：殷高宗武丁的賢相。武丁夜夢得聖人，名曰説。醒而求之，時傅説於傅岩（今山西平陸東）事版築，被武丁起用，故名。見《史記·殷本紀》。

［47］四維：四方。

［48］雍熙：和樂昇平。

［49］乾文：天象。

［50］“郊天”句：郊天，祭天。太一，星名。即帝星，俗稱紫微星。古用來象徵皇帝。

［51］“亹亹”句：謂言論優美動人。叶，合。聲詩，樂歌。

［52］金色龜見：《十國春秋》卷三五《高祖本紀上》載，天復七年夏六月，會昌廟岸側穴中現四龜，各三、二寸，背有金書“王”字。

［53］韶濩：商湯時樂曲名。或以爲舜樂和湯樂。後亦以指廟堂、宫廷之樂。

［54］葛亮：即諸葛亮（181～234），字孔明，琅琊陽都（今山東沂南南）人。三國時蜀國賢相、政治家、軍事家，輔佐劉備建立蜀漢。傳見《三國志·蜀書》。

［55］“觸邪”句：觸邪，古傳有神羊，名獬豸，能辨邪，觸不正者。《晉書·束晳傳》：“朝養觸邪之獸，庭有指佞之草。”哈哈，象聲詞。

［56］鼓腹：謂飽食。語出《莊子·馬蹄》：“夫赫胥氏之時，民居不知所爲，行不知所之，含哺而熙，鼓腹而遊，民能以此矣。”後以形容太平盛世。

［57］五方：東、南、西、北和中央。亦泛指各方。

［58］三始：謂儀容端正，態度莊重，辭令遜順。此三者爲禮義之始，故稱。

[59] 紫極：星名，借指帝王宮殿。

[60] 謝傅：西晉名臣謝安，有安邦定國之功，卒後贈太傅，故稱。

[61] 無爲：儒家主張選能任賢，以德化人，稱無爲。

[62] 寰瀛：天下。

[63] 日月旗：古代帝王儀仗中繪有日月圖像的旗。

[64] 三車：佛教指三乘。以羊車喻小乘，以鹿車喻中乘，以牛車喻大乘。參卷三《題弘顗三藏院》"雪嶺白牛"注。

[65] 瑶墀：猶玉階。

送僧之安南[1]

安南千萬里，師去趣何長？鬢有炎洲雪[2]，心爲異國香。退牙山象惡，過海布帆荒。早作歸吳計，無忘父母鄉。（四五四）

【校勘】

鬢有炎洲雪　"炎"，甲本、乙本一作"沃"。

【注釋】

[1] 安南：指安南都護府，唐調露元年（679）改交州都護府置，治所交州（今越南河内）。

[2] 炎洲：神話中的南海炎熱島嶼。《海内十洲記·炎洲》："炎洲在南海中，地方二千里，去北岸九萬里。"此處泛指南方炎熱地區。

送僧歸剡山[1]

袁晁爲亂處[2]，寺與石城連。木落歸山路，人初刈剡田[3]。荒林猴咬栗，戰地鬼多年。好去楞伽子[4]，精修莫偶然。（四五五）

【校勘】

袁晁爲亂處　“袁晁”，甲本、乙本作“遠逃”。

【注釋】

［1］剡山：山名，位於浙江嵊州北。

［2］袁晁：唐寶應元年（762）十月，台州人袁晁於浙東起事，輾轉台州、溫州等地。廣德元年（763）爲李光弼所敗。參新舊《唐書·代宗本紀》、《李光弼傳》。

［3］剡田：剡地之田。秦、漢之際置剡縣。唐武德四年（621）置嵊州，並分置剡城縣，八年重置剡縣。

［4］楞伽子：因達磨傳授慧可四卷《楞伽經》爲禪法心要，故禪宗初也稱楞伽宗，禪師遂亦名楞伽子。

送僧入幽州[1]

高士高無敵，騰騰話入燕。無人知爾意，向我道非

禪。栗逕穿蕃塚，狼聲隔遠煙。棃山多道侶[2]，應未有歸年。（四五六）

【校勘】

栗逕穿蕃塚　“蕃”，甲本作“播”。

【注釋】

[1] 幽州：郡名，唐屬河北道，治薊，故城在今北京市西南。

[2] 棃山：山名，位於天津市薊縣西北。

送僧遊臺[1]

羨師遊五頂[2]，乞食值年豐。去去誰爲侶，栖栖力已充[3]。濁河高岸拆[4]，衰草古城空。必到花嚴寺，憑師問辯公[5]。（四五七）

【校勘】

送僧遊臺　“臺”，甲本、乙本前有“五”字。

濁河高岸拆　“拆”，乙本作“坼”。

必到花嚴寺　“花”，甲本、乙本作“華”。

憑師問辯公　“辯”，甲本、乙本作“辨”。

【注釋】

[1] 臺：指五臺山。

[2] 五頂：指五臺山。五臺山五峰聳峙，故稱。

[3] 栖栖：忙碌貌。《詩經·小雅·六月》："六月棲棲，戎車既飭。"

[4] 拆：裂。

[5] 辯公：當指辯才（723～778）。襄陽（今屬湖北）李氏。七歲出家，受具於荊州玉泉寺，受朝廷尊崇。肅宗時，曾受詔建華嚴道場。傳見《宋高僧傳》。

送僧入五洩[1]

五洩江山寺，禪林境最奇。九年喫菜粥，此事少人知。山響僧擔穀，林香豹乳兒。伊余頭已白，不去更何之？（四五八）

【注釋】

[1] 五洩：山名，在浙江諸暨。

題令宣和尚院

軒窗領嵐翠，師得世情忘。唯愛談諸祖，曾經宿大荒。泉聲淹卧榻，雲片犯爐香。寄語題門者，看經在上方[1]。（四五九）

【校勘】

唯愛　“唯”，甲本、乙本作“惟”。

【注釋】

[1] 上方：住持僧居住的內室。

寄四明閭丘道士二首[1]

淮海兵荒日，分飛直至今。知擔諸子出，却入四明深。衣必編仙草，僧應共栗林。秋風溪上路，應得一相尋。（四六〇）

三千功未了[2]，大道本無程[3]。好共禪師好，常將藥犬行。石門紅蘚剝，柘塢白雲生。莫認無名是，無名已是名[4]。（四六一　）

【注釋】

[1] 四明：山名，在浙江寧波西南。

[2] 三千功：道教語。三千言其多，指修煉之多種功行。明徐應秋《玉芝堂談薈》卷十六：“呂純陽既得道，求雲房授以黄白秘方，期於濟世利物，使三千功滿，八百行圓，方成道果。”

[3]“大道”兩句：言大道無路可達，需自心領悟。

[4]“莫認”兩句：謂萬法皆空，真如無名。執著於物，即是虛妄。執著於無名，有分別想，也爲妄執。無思無慮，了無分別，方爲正道。

經士馬中作[1]

偷兒成大寇，處處起煙塵。黄葉滿空宅，青山見俗人。妖星鋩刺越[2]，鬼哭勢連秦。惆悵還惆悵，茫茫江海濱。（四六二）

【校勘】

妖星鋩刺越　“鋩”，甲本、乙本作“芒”。

【注釋】

[1] 士馬：兵馬，引申指戰亂。

[2]“妖星”句：妖星，喻盜賊作亂。越，指浙江一帶。

士馬後見赤松舒道士

滿眼盡瘡痍，相逢相對悲。亂階猶未已，一柱若爲支？堰茗蒸紅棗，看花似好時。不知今日後，吾道竟何之？（四六三）

題方公院兼寄夏侯明府[1]

銀地有餘光[2]，方公道益芳。誰分修藏力[3]，頂有剃刀霜。經劬松風燥，檐垂塢茗香。終須結西社，此縣似柴桑[4]。（四六四）

【校勘】

題方公院兼寄夏侯明府　“兼”，甲本、乙本無。

方公　“方”原作“芳”，據甲本、乙本校改。

頂有剃刀霜　“刀”，甲本作“頭”。

【注釋】

[1] 明府：縣令。

[2] 銀地：佛教謂菩薩所居以琉璃鋪地，故稱。常借指佛寺。

[3] 修藏：編集佛藏。

[4] 柴桑：古縣名，位於今江西九江西南，東晉詩人陶淵明家鄉。

與劉象正字[1]

獨居三島上[2]，在觀中住。花竹映柴關[3]。道廣羣仙惜，名成萬事閑。病多唯縱酒，靜極不思山。唯有逍遥子，時時自往還。（四六五）

【校勘】

與劉象正字　“正”原作“王”，據甲本、乙本校改。

名成萬事閑　“閑”，甲本作“閒”。

病多唯縱酒　“唯”，甲本作“惟”，下同。

時時自往還　“自”原作“是”，據甲本、乙本校改。

【注釋】

[1] 劉象正字：劉象（832～?），京兆人（今陝西西安），昭宗天復元年（901）進士，與曹松、柯崇等四人同榜，皆年過七十。時稱“五老榜”。生平見《唐摭言》卷八、《唐才子傳校箋》卷十。正字，官名，掌校勘典籍，刊正文字。

[2] 三島：即傳說中的蓬萊、方丈、瀛洲三座海上仙山。泛指仙境。

[3] 柴關：柴門。

懷智體道人

柄筆思吾友，庭鶯百囀時。唯應一處住，方得不相思。雪水淹門閫[1]，春雷在樹枝。平生無限事，不獨白雲知。（四六六）

【校勘】

懷智體道人　“道”，《唐僧弘秀集》卷六、戊本作“上”。

柄筆思吾友　“柄筆思”，乙本作“栖碧思”，一作“把筆懷”。

唯應　“唯”，甲本作“惟”。

雪水　“雪”，甲本、乙本作“雲”。

春雷在樹枝　“在”，乙本一作“折”。

【注釋】

［1］門閫：門檻。

贈晦公禪人

流陽為役者，相訪葉芬芬[1]。有句雖如我，無心未似君。搆林青及竹，茅屋暖於雲。何日相將去，千山麋鹿群。（四六七）

【校勘】

相訪葉芬芬　“芬芬”，甲本、乙本作“紛紛”。

茅屋暖於雲　“於”，甲本作“如”。

何日　“日”，甲本作“似”。

【注釋】

［1］芬芬：猶紛紛。

寄靜林別墅胡進士兄弟

見說山居好，書樓被翠侵。燒熛汀島境，月色弟兄

吟。犬吠黄樺落，牛歸紅樹深。仍聞多白菌，應許一相尋。（四六八）

懷赤松故舒道士

可惜復可惜，如今何所之？信來堪大慟，余復用生爲？亂世今交鬬，玄宫玉柱隳[1]。春風五陵道，迴首不勝悲。（四六九）

【注釋】

[1] “玄宫”句：玄宫，指道觀。玉柱隳，喻其逝世之可惜與震動。

偶作

無端爲五字，字字鬢星星[1]。衹覺人情薄，空餘鶴眼青。砌莎藏墜果，窗雪浸殘經。衹有歸山計，茫茫何所營。（四七〇）

【注釋】

[1] 星星：頭髮花白貌。

春日許徵君見訪

龍鍾多病後，日望遇昇平。遠念穿嵩雪，前林囀早鶯。廚香烹瓠葉，道友扣門聲。還似青溪上，微吟踏葉行。（四七一）

【校勘】

道友扣門聲　“扣”，甲本作“叩”。

經先主廟作[1]

古廟積煙蘿[2]，威靈及物多。因知曹孟德[3]，爭奈此公何？樹古雷痕剝，碑荒篆畫訛[4]。今朝冥禱祝，祇望息干戈。（四七二）

【注釋】

［1］先主廟：指三國蜀主劉備之廟。

［2］煙蘿：謂草樹茂密，煙聚蘿纏。唐李端《寄廬山真上人》：“更説謝公南座好，煙蘿到地幾重陰。”

［3］曹孟德：即曹操（155～220），字孟德，沛國譙（今安徽亳縣）人。漢末年政治家、軍事家、詩人。與劉備、孫權形成三足鼎立的割據局面。傳見《三國志·魏書》。

[4]“碑荒”句：指碑上篆文漫漶不清。

寄中條道者[1]

柏梯杉影裹，頭白藥山孫。今古管不得，是非爭肯論？虎鬚懸瀑滴，禪納帶苔痕。常恨龍鍾也，無因接話言。（四七三）

【校勘】

禪納　“納”，甲本、乙本作“衲”。

【注釋】

[1] 中條：即中條山。有二：一在河北滄州之北；一在山西永濟東南。

夏日晚望

登臨聊一望，不覺意怏然[1]。陶侃寒溪寺[2]，如今何處邊？汀沙生旱霧，山火照平川。終事東歸去，干戈滿許田[3]。（四七四）

【注釋】

[1] 怏然：怡悦。

[2] 寒溪寺：古寺名，位於湖北武昌。傳東晉陶侃曾在廣州得阿育王

像，送與寒溪寺。見《高僧傳·慧遠傳》。

［3］許田：許，如此，這樣。唐杜甫《野人送朱櫻》："數回細寫愁仍破，萬顆勻圓訝許同。"許田，如此多的地方。

送僧歸山

眼青禪帔赤[1]，氣岸出塵埃。霞外終須去，人間作麼來？崖香泉吐乳，塢燥燒如雷。他日終相覓，山門何處開？（四七五）

【校勘】

塢燥燒如雷　"如"，甲本、乙本缺。

【注釋】

［1］眼青：言相貌古樸清奇。

覽皎然渠南鄉集

學力不相敵，清還髣髴同。高於寶月月[1]，誰得射雕弓？至鑿逢姚監[2]，良工遇魯公[3]。如斯深可羨，千古共清風。（四七六）

【校勘】

覽皎然渠南卿集　“渠”原作“集”，據甲本、乙本校改。“鄉”原作“鄕”，異體字。據甲本、乙本校改。

清還髣髴同　“髣髴”，甲本、乙本作“彷彿”，異體字。

高於寶月月　“於”，甲本、乙本作“于”。

至鑒　“逢”，甲本、乙本作“封”。

【注釋】

［1］寶月：南朝齊詩僧。其《行路難》詩有句“凝霜夜下拂羅衣，浮雲中斷開明月”。

［2］姚監：即姚合（781？～846），陝州硤石（今河南陝縣）人，元和十一年（816）進士。敬宗寶曆年間，曾任監察御史。故稱姚監。生平見《新唐書·姚崇傳附姚合傳》、《唐詩紀事》卷四九。姚合編有《極玄集》，收錄唐王維以下二十一家詩一百首，皎然也在其列。其自序言入選者“此皆詩家射雕手也”。

［3］魯公：即顏真卿（708～784），字清臣，京兆萬年（今陝西西安）人。代宗朝曾被封魯郡公，故稱顏魯公。著名書法家，以義烈聞。大曆八年（773），顏真卿任湖州刺史。皎然時居抒山妙喜寺，成爲文友。顏真卿在妙喜寺招隱院編纂《韻海鏡源》，陸羽、皎然等五十餘人與之。參《唐才子傳校箋》卷四。

覽姚合極玄集

至鑒如日月，今時即古時。髮如邊草白，誰念射聲□。好鳥挨花落，清風出院遲。知音郭有道，始為一吟

之。（四七七）

【校勘】

至鑒　"鑒"，甲本、乙本作"覽"。

【注釋】

[1] 郭有道：指東漢名士郭泰（128～169）。字林宗，太原介休人。爲當時士林領袖，好獎拔世子。因曾被舉"有道"，故名。傳見《後漢書》。

大駕西幸秋日聞雷[1]

軍書日日催，處處起塵埃。黎庶何由泰，鑾輿早晚迴。夏租方減食，秋日更聞雷。莫道蒼蒼意，蒼蒼眼甚開[2]。（四七八）

【注釋】

[1] 大駕西幸：當指黃巢入長安，唐僖宗奔成都事。參卷《聞王慥常侍卒三首》"巡狩"注。此詩當作於此間。

[2] 蒼蒼：猶上蒼。

詩

經天緯地物[1]，動必計天才。幾處覓不得，有時能

自來。真風含素髮，秋色入靈臺[2]。吟向霜蟾下[3]，終須神鬼哀。（四七九）

【校勘】

詩　乙本注“紀事題作言詩”。《古今禪藻集》卷四、戊本作“詠吟”。

動必計天才　“計”，乙本一作“是”。“天”，甲本、乙本作“仙”。

幾處覓不得　“幾處”，《唐僧弘秀集》卷六、《古今禪藻集》卷四作“盡日”。

有時能自來　“能”，甲本、乙本作“還”。

【注釋】

[1] 經天緯地：經、緯，織物的豎線叫經，横線叫緯，喻規劃。經天緯地，規劃大地。形容才能出衆，能成就宏偉事業。《左傳·昭公二十八年》：“經緯天地曰文。”

[2] 靈臺：指心。《莊子·庚桑楚》：“不可内於靈臺。”郭象注：“靈臺者，心也。”

[3] 霜蟾：指月亮。月光如霜，又傳説月中有蟾蜍，故稱。

秋末江上望

莽莽古江濱，紛紛墜葉頻。煙霞誰是主，丘壠自傷神[1]。吞併寧唯漢，淒涼莫問陳。盡隨流水去，寂寞野

花春。（四八〇）

【校勘】

丘壠　“壠”，甲本、乙本作“隴”。

吞併寧唯漢　“唯”，甲本作“惟”。

【注釋】

［1］丘壠：亦作丘隴，墳墓。《漢書·楚元王傳》：“黄帝葬於橋山，堯葬濟陰，丘壠皆小，葬具甚微。”

卷十七

乞食僧

擎鉢貌清羸，天寒出寺遲。朱門當大路[1]，風雪立多時。似月心常浄，如麻事不知。行人莫輕誚[2]，古佛盡如斯。（四八一）

【校勘】

朱門當大路　“路”，甲本作“道”。

【注釋】

［1］朱門：紅漆大門。指富貴之家。

［2］誚：嘲笑。

寒望九峯作[1]

九朵碧芙蕖，王維圖未圖。層層皆有瀑，一一合吾

居。雨歇如爭出，霜嚴不例枯。世猶多事在，爲爾久躊躕。（四八二）

【校勘】

一一合吾居　“居”，甲本作“廬”。

爲爾久躊躕　“躕”，乙本作“躇”。

【注釋】

[1] 九峯：山名，在今浙江蘭溪市南。

薊北寒月作[1]

薊門寒到骨[2]，戰磧雁相悲。古屋不勝雪，嚴風欲斷髭。清吟得冷句，遠念失家期。寂寞誰相問，迢迢天一涯。（四八三）

【校勘】

薊北　“薊”原作“蓟”，據甲本、乙本校改。下同。

遠念失家期　“家”，甲本、乙本作“佳”。

【注釋】

[1] 薊：古地名，在今北京市西南。

[2] 薊門：即薊丘，古地名，在今北京城西德勝門外西北隅。

新蟬

尋常看不見，花落樹多苔。忽向高枝發，又從何處來？風清聲更揭[1]，月苦意彌哀。多少求名者，年年被爾催。（四八四）

【校勘】

新蟬　“蟬”，甲本、乙本一作“猿”。

月苦意彌哀　“意”，乙本一作“思”。

【注釋】

[1] 揭：高亢。

懷南岳隱士二首[1]

千峯映碧湘，真隱此中藏。餅不煮石喫，眉應似髮長。楓梩支酒甕，鶴虱落琴牀。雖𣪧忘機者[2]，斯人尚未忘。（四八五）

見說祝融峯[3]，擎天勢似騰。藏千尋暴布，出十八高僧[4]。古路無人跡，新霞出石稜[5]。終期將爾叟，一一月中登。（四八六）

【校勘】

懷南岳隱士二首　乙本一作“贈隱者”。按，此兩詩也收入《孟東野詩集》卷七。

楓榿支酒甕　“楓”，甲本、乙本作“風”。“榿”，乙本一作“根”。

雖斅忘機者　“雖”，甲本、乙本一作“誰”。“斅”，乙本作“斆”，異體字。

【注釋】

[1] 南岳：即衡山，在今湖南衡陽。

[2] 忘機者：忘却機巧之心者。

[3] “見説”句：見説，聽説。祝融峯，衡山最高峰。

[4] 十八高僧：唐代衡山僧人惠日爲南朝陳代慧思以下，駐錫衡山的十八位高僧立傳，因有此名。唐盧藏用《衡嶽十八高僧序》：“有沙門惠日……備聞衆異，祇覿前脩。而山間椇睿，簡編無次，遂覃思翰墨，博采遺風。事無虛美，務存摭實，自思大師凡一十八人，著之於傳。”

[5] 石稜：多稜的山石。

追憶馮少常[1]

盛德方清貴，旋聞逐逝波[2]。令人翻不會，積善合如何？直道登朝晚，分憂及物多。至今新定郡，猶詠袴襦歌[3]。（四八七）

【校勘】

旋聞逐逝波　“逐”原作“遂”，據甲本、乙本校改。

令人翻不會　“翻”原作“飜”，異體字。據甲本、乙本校改。

直道　“直”，甲本作“且”。

【注釋】

［1］馮少常：即馮岩。少常，爲太常少卿的别稱。協理太常卿掌管宗廟郊社禮樂，通判本寺事。新定即睦州。按，《嚴州圖經》卷一言馮岩自太府少卿拜爲睦州刺史，與此不符。疑《嚴州圖經》有誤。

［2］逐逝波：謂逝世。

［3］袴襦歌：參卷三《上孫使君》“袴襦”注。

聞閔廷言周璉下第[1]

前牓年年見，高名日日聞。常因不平事，便欲見吾君。兄弟居青島，園林生白雲。相思空悵望，庭葉赤紛紛。（四八八）

【校勘】

兄弟居青島　“青”，甲本、乙本作“清”。

【注釋】

［1］閔廷言：豫章（今江西南昌）人，咸通中與來鵠齊名。鄭誠、王

桀重之，謂其文似西漢。參《唐摭言》卷五、卷十。

寄景地判官

渚宫江上别，倏忽十餘年。舉世唯攻說，多君即不然。浦珠爲履重[1]，園柳助詩玄[2]。勉力酬知己，昌朝正急賢。（四八九）

【校勘】

渚宫　“渚”原作“諸”，據乙本校改。

倏忽　“倏”，乙本作“倏”，異體字。

舉世唯攻說　“唯”，甲本作“惟”。

【注釋】

［1］浦珠：《後漢書·循吏傳·孟嘗傳》載合浦郡海中盛産珍珠，因前任郡守貪腐，珠遂漸徙於交阯郡界。後孟嘗到任，清廉愛民。踰歲，去珠復還。後以浦珠指珍珠。

［2］園柳：南朝宋謝靈運《登池上樓》有句“池塘生春草，園柳變鳴禽”。

讀賈區賈島集[1]

區終不下島，島亦不多區。冷格俱無敵[2]，貧根亦

似愚。青雲終歎命，白閣久圍爐[3]。今日成名者，還堪爲爾吁。（四九〇）

【校勘】

白閣久圍爐　“爐”，乙本作“鑪”，甲本作“罏”，異體字。

【注釋】

[1] 賈區：武宗會昌間人。能詩，與賈島齊名，詩風相似。事迹另參唐于武陵《宿友生林居因懷賈區》。

[2] 冷格：清高的品格。

[3] 白閣：樓閣。唐李商隱《街西池館》：“白閣他年别，朱門此夜過。”

送納僧之江西

索索復索索[1]，無憑却有憑。過溪遭惡雨，乞食得乾菱。祇有山相伴，終無事可仍。如逢梅嶺旦，向道祇寧馨[2]。（四九一）

【校勘】

送納僧之江西　“納”，甲本、乙本作“衲”。

向道祇寧馨　“馨”原作“興”，據甲本、乙本校改。

【注釋】

［1］索索：細雨聲。

［2］寧馨：晉宋時俗語，如此、這樣。

故林偶作

朗吟無一事，孤坐縠江濆[1]。媚世非吾道，良圖有白雲。蠹魚開卷落[2]，啄木隔花聞[3]。唯寄壺中客[4]，金丹許共分[5]。（四九二）

【校勘】

孤坐縠江濆　“縠”，甲本、乙本作“瀫”。“濆”，甲本、乙本作“瀆”。

唯寄　“唯”，甲本作“惟”。

【注釋】

［1］縠江：縠通“瀫”。瀫江，水名，在今浙江金華境内，又名衢江。因其自龍遊至蘭溪一段水波旋回如縠文而得名。

［2］蠹魚：蟲名。即蟫，又稱衣魚，蛀蝕書籍衣服。

［3］啄木：即啄木鳥。

［4］壺中客：傳説東漢費長房爲市掾時，市中有老翁賣藥，懸一壺於肆頭，市罷，跳入壺中。長房後與之俱入壺中，見玉堂嚴麗，旨酒甘肴，共飲畢而出。事見《後漢書·方術傳下·費長房傳》。

［5］金丹：猶仙丹。

寄栖白大師二首[1]

流浪江湖久，攀緣歲月闌[2]。高名當世重，好句逼人寒。月苦蟬聲嗄，鐘清柿葉乾。龍鍾千萬里[3]，擬欲訪師難。（四九三）

蒼蒼龍闕晚，九陌雜香塵[4]。方外無他事[5]，僧中有近臣。青門玉露滴，紫閣錦霞新[6]。莫話圭峯去[7]，澆風正蕩淳[8]。（四九四）

【校勘】

鐘清柿葉乾　“鐘”原作“鍾”，從甲本、乙本改作“鐘”。

莫話圭峯去　“圭”，甲本、乙本作“三”。

【注釋】

［1］栖白：唐憲宗時僧人，曾任内供奉並引駕，能詩。參《大宋僧史略》卷三《内供奉并引駕》。

［2］攀緣：佛教謂心隨外境變動，如猿攀樹，搖曳不定。攀緣歲月，指世俗生活。

［3］龍鍾：行進艱難貌。

［4］九陌：漢長安城中的九條大道。泛指京城大街。唐耿湋《元日早朝》：“九陌朝臣滿，三朝候鼓賒。”

［5］方外：世外。指僧道的生活环境。

［6］紫閣：金碧輝煌的殿閣。指君主居處。

［7］圭峯：終南山別峰，位於陝西鄠縣東南，山形如圭，山下有草堂寺。唐華嚴宗第五祖宗密禪師常住於此，世稱圭峰禪師。

［8］澆風：浮薄的社會風氣。

送人之渤海

國之東北角，有國每朝天。海力浸不盡，夷風長宛然。山藏羅刹宅，水雜巨鼇涎。好去吳鄉子，歸來莫隔年。（四九五）

【校勘】

夷風長宛然　“夷”，甲本作“淳”。“長”，甲本、乙本作“常”。

寄李道士

常見高人說，猶來不偶然。致身同槁木[1]，話道出忘詮[2]。長嘯仙鍾外，眠槎海月邊。儻修陰妊妊，一望寄余焉。（四九六）

【校勘】

猶來　“猶”，甲本作“由”。

長嘯仙鍾外　“鍾”，乙本作“鐘”，甲本作“風”。

眠槎　“槎”，乙本作“楂”。

【注釋】

[1] 致身同槁木：猶身如槁木，謂身心不受外物干擾，枯寂沈靜。《莊子·齊物論》：“形固可使如槁木，而心固可使如死灰乎？”

[2] 忘詮：即忘筌。詮通“筌”。参卷二《漁家》“忘筌”注。

秋送夏郢歸錢唐

歸客指吳國，風帆幾日程。新詩陶雪字，玄髮有霜莖。微月生滄海，殘濤傍古城。從兹江島意，應續子陵名[1]。（四九七）

【校勘】

殘濤傍古城　“古”，乙本作“石”。

【注釋】

[1] 子陵：東漢嚴光的字，餘姚（今屬浙江）人。曾與漢光武帝劉秀同學，劉秀即位後，改名隱居。後被召至京師，不受官而退隱於富春山。後人稱其居遊之地爲嚴陵山、嚴陵釣台等。傳見《後漢書》。

送僧歸翠微[1]

衹納一箇納，翠微歸舊岑。不知何歲月，即得到師

心。逕繞千峯細，菴開亂木深。儻然雲外老，他日亦相尋。（四九八）

【校勘】

衹納一箇納　第二個“納”，甲本、乙本作“衲”。

菴開　“菴”，甲本、乙本作“庵”，異體字。

儻然　“儻”，甲本、乙本作“倘”。

【注釋】

[1] 翠微：指青翠掩映的深山處。唐李白《贈秋浦柳少府》：“搖筆望白雲，開簾當翠微。”

經友生墳

多君墳在此，令我過悲涼。可惜爲人好，剛須被數將[1]。白雲從塚出，秋草爲誰荒。不覺頻迴首，西風滿白楊。（四九九）

【校勘】

令我　“令”，甲本作“今”。

【注釋】

[1] 數將：爲命數支配。數，命數。

懷洛下盧縉雲[1]

一減三張價，幽居少室前[2]。豈應貧似我，不得信經年。木落多詩藁，山枯見墨煙。何時深夜坐，共話草堂禪。（五〇〇）

【注釋】

［1］洛下：指洛陽。

［2］少室：山名，在河南登封北。

送李鋓赴舉

詩業務經綸，新皆意外新。因知登第牓，不著不平人。句得孤舟月，心飛九陌塵。明年相賀日，應到曲江濱[1]。（五〇一）

【注釋】

［1］曲江：水名，即曲江池。在今陝西西安東南，唐代遊樂之處，唐進士及第後常到此宴遊。

賓禪師見訪

山兄心似我，岸谷亦難交。不見還相憶，來唯添寂寥。茶煙黏納葉，雪水透衡茅。因話流陽事，斯須不可拋[1]。（五〇二）

【校勘】

來唯　“唯”，甲本作“惟”。

茶煙黏納葉　“黏”，甲本作“粘”。“納”，乙本作“衲”。

雪水透衡茅　“雪”，甲本、乙本作“雲”。“衡”，甲本、乙本作“蘅”。

因話流陽事　“陽”，乙本一作“年”。

【注釋】

[1] 斯須：片刻。

觀　棋

逸格格難及，半先相遇稀。落花方滿地，一局到斜暉。褚胤死不死[1]，將軍飛已非。今朝慚一行，無以造玄微[2]。（五〇三）

【校勘】

褚胤　“褚”原作“楮”，據甲本、乙本校改。

將軍飛已非　“非”，甲本、乙本作“飛”。

【注釋】

[1] 褚胤：南朝劉宋時的圍棋高手，七歲成名。後受其父牽連被誅。參《宋書·羊玄保傳》

[2] 玄微：深遠微妙的義理。

題一上人經閣

鳥外何須去[1]，衣如蘚亦從。但能無一事，即是住孤峯。雨歇雲埋閣，月明霜灑松。師心多似我，所以訪師重。（五〇四）

【注釋】

[1] 鳥外：指高空。

和毛學士舍人早春

陋巷冬將盡，東風細雜藍。解牽窗夢遠，先是澗梅諳。茶癖金鐺快，舍人有茶譜。松香玉露含。書齋山簾撅，盤饌藥花甘。雅得琴中妙，舍人妙於七弦[1]。常按臉似酣。雪銷聞苦蟄，氣候似宜蠶。密勿須清甲，朝歸繞碧潭。丹心空拱北[2]，新作繼周南[3]。竹杖無班點，紗巾不著簪。大朝名益重，後進力皆單。至理雖亡一，臣時亦說三。不知門下客，誰上晏嬰驂[4]？（五〇五）

【校勘】

東風細雜藍　“藍”，甲本、乙本作“籃”。

舍人妙於七弦　“弦”原作“絰”，據乙本校改。甲本作“絃”。異體字。“於”，甲本、乙本作“于”。

常按臉似酣　“按”，甲本、乙本作“挼”。

雪銷聞苦蟄　“銷”，甲本、乙本作“消”。

竹杖無班點　“班”，甲本、乙本作“斑”。

後進力皆單　“單”，甲本、乙本作“覃”。

【注釋】

［1］七弦：亦作七絃。古琴的七根弦，此處借指七弦琴。

［2］“丹心”句：丹心，忠心。拱北，拱衛北極星。語本《論語·爲政》：“爲政以德，譬如北辰，居其所，而衆星共之。”喻拱衛君王。

［3］周南：《詩經》國風之一。所收爲今陝西、河南、湖北之交的民歌，多頌揚周德化及南方。古人視爲詩教典範。

［4］晏嬰驂：亦作“晏驂”，典出《晏子春秋》卷五。齊國賢相晏嬰至晉，遇爲奴的越石父於中牟。以爲君子，贖其身，釋左驂以贈，載而俱歸。後尊爲上客。後以指身處高位者識別、選用寒微者。

卷十八

壽春節進祝聖七首

千載降祥

九天宫上聖，降世動昭回[1]。萬彙須亭毓[2]，羣仙送下來。承乾當否極，庶事盡康哉。衹有羲軒比，其餘不可陪。（五〇六）

文有武備

武宿與文星[3]，常如掌上擎。孫吳機不動[4]，周邵事多行。旰食爐煙細，宵衣隙月明[5]。還聞夔進曲[6]，吹出太階平[7]。（五〇七）

從諫如流

及霤龍鱗動[8]，君臣道義深。萬年軒后鏡[9]，一片漢高心[10]。北狄皆輸款[11]，南夷盡貢琛[12]。從兹千萬

歲，枝葉玉森森。（五〇八）

搜揚草澤[13]

俟時兼待價[14]，垂棘出塵埃。仄席三旌切[15]，移山萬里來[16]。煙霞衣上落，閶闔雪中開[17]。壽酒今朝進，無非出世才。（五〇九）

守在四夷

天將興大蜀，有道遂君臨。四塞同諸子，三邊共一心[18]。闍婆香似雪[19]，迴鶻馬如林[20]。曾讀前王傳，巍巍觀古今。（五一〇）

大興三教[21]

瞳瞳懸佛日[22]，天俁動雲韶[23]。逢掖諸生集[24]，麟洲羽客朝[25]。非煙生玉砌[26]，御柳吐金條。擊壤翁知否[27]，吾皇即帝堯。（五一一）

山呼萬歲

聲教無爲日[28]，山呼萬歲聲[29]。隆隆如谷嚮，合合似雷鳴[30]。翠拔爲天柱，根盤倚鳳城。恭惟千萬歲，

歲歲致昇平。(五一二)

【校勘】

降世動昭回　“動”，甲本、乙本作“共”。

宵衣隙月明　“隙”原作“隟”，異體字。據乙本校改。

吹出太階平　“太”，甲本、乙本作“泰”。

北狄皆輸款　“狄”，甲本作“塞”。“款”原作“欵”，異體字。據乙本校改。

南夷盡貢琛　“夷”，甲本作“荒”。

枝葉玉森森　“玉”，甲本作“正”。

闍婆香似雪　“闍”原作“門”，據甲本、乙本校改。

曾讀前王傳　“王”，甲本、乙本作“皇”。

巍巍觀古今　“觀”，甲本、乙本作“冠”。

隆隆如谷嚮　“嚮”，甲本、乙本作“響”。“嚮”通“響”。

逢掖諸生集　“逢”，甲本、乙本作“縫”。

根盤倚鳳城　“盤”原作“槃”，異體字。據甲本、乙本校改。

恭惟千萬歲　“惟”，乙本作“唯”。

【注釋】

[1] 昭回：指日月。唐沈佺期《巫山高》：“巫山峰十二，環合隱昭回。”

[2]“萬彙”句：萬彙猶萬物。亭毓猶亭育，養育。

[3]“武宿”句：武宿，即武曲星，古認爲主武事。亦指良將。文星，即文昌星，又名文曲星，主文才。亦指有文才者。

[4] 孫吳：春秋時著名軍事家孫武、戰國時吳起的並稱。

［5］隙月：從孔縫中射下的月光。

［6］夔：人名。舜時樂官。

［7］太階：宮殿的臺階。

［8］霤：屋檐，此處借指宮殿。

［9］軒后鏡：鏡名。古人謂可以辟邪。軒后，猶軒轅，即黄帝。

［10］漢高：指漢高祖劉邦。

［11］“北狄”句：北狄，原指古代居於北方的狄族。後泛稱北方少數民族。輸欵，投誠。

［12］“南夷”句：南夷，指南方少數民族。貢琛，進貢寶物。

［13］搜揚草澤：從民間搜尋賢能。草澤，鄉野，民間。

［14］俟時：等待時機。

［15］三旌：指公、侯、伯三公。《莊子·讓王》：“子綦爲我延之以三旌之位。”

［16］“移山”句：謂賢士不辭遠阻，來到朝廷。

［17］閶闔：古宫門名，泛指宫門。《三輔黄圖·漢宫》：“〔建章宫〕正門曰閶闔。”

［18］三邊：指東、西、北邊陲。《後漢書·楊震傳》：“羌虜鈔掠，三邊震擾。”

［19］闍婆香：從闍婆國傳來的香。闍婆，古國名。在今印度尼西亞爪哇島或蘇門答臘島，或兼稱這兩島。

［20］迴鶻：也作回紇。古代西北方少數民族名。

［21］三教：古稱儒、道、釋爲三教。

［22］曈曈：日出明亮貌。

［23］“天俣”句：俣，大。雲韶，黄帝《雲門》樂和虞舜《大韶》樂的並稱。泛指宫廷音樂。

［24］逢掖：原指寬大的衣袖。《禮記·儒行》：“丘少居魯，衣逢掖之衣。”因指儒生所穿之衣，借指儒生或儒學。

［25］“麟洲”句：麟洲，指鳳麟洲。《海内十洲記》言爲神仙所居之地。羽客，指神仙或方士。

［26］玉砌：猶瑶砌。

［27］擊壤翁：參卷六《甘雨應祈》“日出”句注。

［28］聲教：聲威教化。

［29］山呼萬歲：《漢書·武帝本紀》載，武帝元封元年（前 110）登嵩山，吏卒聽聞山中有三呼萬歲聲，傳爲山神所呼。後常以爲祝頌皇帝語。

［30］合合：象聲詞。

早秋夜坐

微涼砧滿城，林下石牀平。髮豈無端白，詩須出世清。鄰僧同樹影，砌月浸蛩聲。獨自更深坐，無人知此情。（五一三）

早起

夜坐還早起，寂寥多病身。神清尋夢在，香極覺花新。樹露繁於雨，溪雲動似人。又知何處客，軋軋轉征輪。（五一四）

秋晚野步

閑步不覺遠，蕭蕭木落初。詩情抛闐域[1]，江影動襟裾[2]。閣北鴻行出，霞西雨脚疏。金峯秋更好，乞取復何如？（五一五）

【校勘】

閑步　“閑”，甲本、乙本作“閒”。

乞取復何如　“復”，甲本、乙本作“又”。

【注釋】

[1] 闐域：境地；境界。

[2] 襟裾：衣的前襟或後襟。借指衣裳。

晚　望

曠望危橋上，微吟落照前。煙霞濃浸海，川岳闊連天。白鳥格不俗，孤雲態可憐。終期將爾輩，歸去舊江邊。（五一六）

寄翰林陸學士[1]

顏冉商參甲[2]，鸞皇密勿才[3]。簾垂仙鳥下，吟次聖人來。寶輦千官捧，宮花九色開。何時重一見，爲我話蓬萊。（五一七）

【校勘】

寄翰林陸學士　“陸”原作“六”，據甲本、乙本校改。

鸞皇　“皇”，甲本、乙本作“凰”。

【注釋】

[1] 陸學士：指陸扆（847～905），字祥文，蘇州吴縣（今屬江蘇）人後居陝州（今河南陝縣）。光啓二年進士，大順二年（891）爲翰林學士，乾寧三年（896），拜相。善文翰。傳見新舊《唐書》。

[2] 商參甲：商參，指孔子弟子卜商、曾參。甲，品第。

[3] 鸞皇：同“鸞凰”。鸞與鳳皆瑞鳥名，喻賢士。

贈造微禪師院

薝蔔氣雍雍，門深聖澤重。七絲奔小蟹[1]，五字逼雕龍[2]。藥轉紅金鼎，茶開紫閣封。圭峯爭去得，卿相日憧憧。（五一八）

【注釋】

［1］七絲：古琴的七根弦，借指七弦琴。

［2］“五字”句：五字，指五言詩。雕龍，雕鏤龍文。喻文辭博大恢弘。語出《史記·孟子荀卿列傳》：“騶衍之術迂大而閎辯，奭也文具難施；淳于髡久與處，時有得善言。故齊人頌曰：‘談天衍，雕龍奭，炙轂過髡。’”裴駰集解引劉向《別錄》：“騶奭脩衍之文，飾若雕鏤龍文，故曰雕龍。”

南海晚望

海上聊一望，舶帆天際飛。狂蠻莫挂甲[1]，聖主正垂衣。風惡巨魚出，山昏群獠歸。無人知此意，吟到月騰輝。（五一九）

【注釋】

［1］挂甲：穿上盔甲，猶興起兵事。挂，穿。

寄廬山大願和尚

石上桂成叢，師菴在桂中。皆云習鑿齒［1］，未可扣真風。雪洗香爐碧，霞藏瀑布紅。何時甘露偈［2］，一寄剡山東。（五二〇）

【校勘】

師菴　“菴”，甲本、乙本作“庵”，異體字。

【注釋】

[1] 習鑿齒：字彥威（？～384?），襄陽（今屬湖北）人。晉史學家、詩人、名士。與高僧道安友。傳見《晉書》。

[2] 甘露偈：甘露，佛教語，梵語意譯。喻佛法、涅槃等。甘露偈，指宣示佛法、體悟真如之偈。

懷薛尚書兼呈東陽王使君

得力未得力，高吟夏又殘。二毛非自出，萬事到詩難。蟬見木葉落，雷將雨氣寒。何妨搥琢後[1]，更獻至公看[2]。（五二一）

【校勘】

懷薛尚書兼呈東陽王使君　“兼”，甲本作“寄”。

何妨搥琢後　“搥”，乙本作“槌”。

【注釋】

[1] 搥琢：推敲琢磨。

[2] 至公：科舉時代對主考官的敬稱，謂其大公無私。

上馮使君水精數珠[1]

泠泠瀑滴清，貫串有規程。將諷觀空偈[2]，全勝照乘明[3]。龍神多共惜，金玉比終輕。願在玄暉手[4]，常資物外情。（五二二）

【校勘】

上馮使君水精數珠　“精”，甲本、乙本作“晶”。

願在玄暉手　“暉”原作“輝”，據甲本、乙本校改。

【注釋】

［1］數珠：也稱念珠。佛教徒誦經持咒時計數用的成串珠子。

［2］觀空：觀察諸法體空的道理。

［3］照乘：即照乘珠，光亮能照明車輛的寶珠。唐獨孤良器《賦得沈珠於泉》：“皎潔沈泉水，熒煌照乘珠。”

［4］玄暉：南朝齊詩人謝朓，字玄暉。此處比況馮使君。

送明覺大師兼寄鄭舍人

去去楞伽子，春深道路長。鳥啼青嶂險，花落紫衣香。此去非餘事，還歸內道場[1]。憑師將老倒，一說向滎陽。（五二三）

【校勘】

送明覺大師兼寄鄭舍人 “舍”，甲本、乙本作“山”。

鳥啼青嶂險 “險”原作“嶮”，異體字。據甲本、乙本校改。

一說向滎陽 “說向”，甲本、乙本作“向說”。“滎”，甲本、乙本作“滎”。

【注釋】

[1] 内道場：又作内寺。指設於大内，即宫中的佛事修行場所。

廬山尋靈紀不遇

久别稀相見，深山道益孤。葉全離大樸[1]，君尚在新吳[2]。鐘嗄聲飄驛，山頑氣噴湖。留詩如和得，一望寄前途。（五二四）

【校勘】

鐘嗄 “鐘”，原作“鍾”，從甲本、乙本改作“鐘”。

【注釋】

[1] 樸：指樹木。

[2] 新吳：地名。在今江西奉新西。屬洪州。

題曹溪祖師堂[1]

皎潔曹溪月，嵯峨七寶林[2]。空傳智藥記[3]，豈見祖禪心。信衣非紵麻[4]，白雪無知音[5]。大哉雙峯溪[6]，萬古清沉沉。（五二五）

【校勘】

信衣非紵麻　“紵”，甲本、乙本作“苧”。

白雪　“雪”，乙本作“雲”。

萬古清沉沉　“清”，甲本、乙本作“青”。“沉沉”，乙本作“沈沈”，異體字。

【注釋】

［1］曹溪祖師：即禪宗六祖惠能。因其在廣東韶州府曹溪寶林寺說法，後人遂以曹溪稱之。

［2］七寶林：七寶，佛教語，七種珍寶。《妙法蓮華經》卷四指金、銀、琉璃、硨磲、碼碯、真珠、玫瑰爲七寶；《無量壽經》卷上則以珊瑚、琥珀替代真珠、玫瑰。七寶林，指佛國中由七寶所成之樹。唐菩提流志譯《大寶積經·妙慧童女會》：“我國土中……有七寶林，上羅寶網。”

［3］智藥記：《妙法蓮華經·藥草喻品》以雨喻佛陀之教法，小草喻人、天，中草喻聲聞、緣覺，大草喻菩薩。三乘人根器雖有高下，蒙如來法雨潤澤，則皆能覺悟。

［4］信衣：佛教禪宗師徒傳法，以法衣爲憑信，因稱爲信衣。

［5］“白雪”句：謂高雅或玄妙的思想、言論、作品等，不爲世人所瞭解、欣賞。參卷三《上裴大夫二首》“白雪”注。

［6］雙峯溪：慧能自儀鳳二年（677）起，長期於曹溪雙峯寶林寺弘法。

懷匡山道侶

常憶將吾友，穿雲過瀑西。有碑皆讀徹，無處不相攜。檉桂株株濕，猿猱箇箇啼。等閑成遠別，窗月又如珪。（五二六）

【校勘】

等閑　“閑”，甲本、乙本作“閒”。

懷盧延讓[1]時延讓新及第

冥搜忍飢凍，嗟爾不能休。幾歎不得力，到頭還到頭。姓名歸紫府，妻子在滄洲。又是蟬聲也，如今何處遊？（五二七）

【校勘】

到頭還到頭　“到”，甲本、乙本作“白”。

【注釋】

[1] 盧延讓：字子善，范陽（治今河北涿州）人。乾寧間，曾客遊荆南。光化三年（900）進士。後入蜀依王建。王建稱帝後，官至刑部侍郎。事迹參《唐摭言》卷六、《唐詩紀事》卷六五。

春晚訪鏡湖方干

幽居湖北濱，相訪值殘春。路遠諸峯雨，村多擉鼈人。蒸花初釀酒，漁艇劣容身[1]。莫訝頻來此，伊余亦隱倫[2]。（五二八）

【校勘】

伊余亦隱倫　“倫”，甲本、乙本作“淪”。

【注釋】

[1] 劣：僅。

[2] 隱倫：隱居之輩。

秋過相思寺[1]

見說相思寺，今來似有期。瘴鄉終有出，天意固難欺。晝雨先花島，秋雲掛戍旗。故人多在蜀，不去更何之？（五二九）

【校勘】

秋雲掛戍旗　“掛”，甲本作“過”。

【注釋】

［1］相思寺：在唐渝州（治巴縣，今重慶）西縉雲山上。

卷十九

蜀王入大慈寺聽講[1]天復三年作

玉節金珂響似雷[2]，水精宫殿步徘徊。祇緣支遁譚經妙，所以許詢都講來[3]。帝釋鏡中遥仰止[4]，善法堂前有七寶鏡，照四天下。魔軍殿上動崔嵬[5]。千重香擁鱗龍立，五種風生錦繡開。上界天王欲下遊行時，先有三種風生。一，開其殿臺樓閣；二，香氣芬馥；三，吹去萎花，更雨新者。寛似大溟生日月，秀如四岳出塵埃。一條紫氣隨高步，九色仙花落古臺。謝太傅須同八凱[6]，姚梁公可並三台[7]。登樓喜色禾將熟，望國明誠首不迴。駕馭英雄如赤子[8]，雌黄賢哲貢瓊瑰[9]。六條消息心常苦[10]，一劍晶熒敵盡摧。木鐸聲中天降福，景星光裏地無災[11]。百千民擁聽經座，始見重天社稷才。（五三〇）

【校勘】

玉節金珂響似雷　“響”，甲本、乙本作“響”，“響”通

“響”。

水精宮殿步徘徊　“精”，甲本、乙本作“晶”。“徘徊”，乙本作“裴回”。

祇緣支遁譚經妙　“譚”，甲本、乙本作“談”。

魔軍殿上動崔嵬　“嵬”，甲本、乙本作“巍”。

千重香擁鱗龍立　“鱗龍”，甲本、乙本作“龍鱗”。

開其殿臺樓閣　“殿臺樓閣”，甲本、乙本作“樓臺殿閣”。

望國明誠　“明誠”，甲本、乙本作“誠明”。

雌黄賢哲貢瓊瑰　“瑰”原作“瓌”，異體字。據甲本、乙本校改。

【注釋】

［1］蜀王入大慈寺聽講：蜀王，指前蜀開國君主王建。大慈寺，即大聖慈寺，位於成都錦城東門，唐肅宗至德二年建。講，指佛家講經。唐代佛家講經分對俗的俗講與對僧的僧講。參唐日本求法僧圓珍《佛説觀普賢菩薩行法記》卷上《重閣講堂》。此次當爲俗講。

［2］玉節金珂：玉節，形容聲音如鳴佩玉，鏗鏘有節。金珂，馬勒上的金屬飾物。

［3］“祇緣”兩句：參卷十《劉相公見訪》“都講”句注。

［4］帝釋鏡：宋釋道誠《釋氏要覽》卷下《三長月》：“《智論》云：天帝釋以大寶鏡，從正月照南剡部洲，二月照西洲。至五九月，皆照南洲，察人善惡故。南洲人多於此月素食修善。”仰止：仰慕。止，語助詞。語出《詩經・小雅・車舝》：“高山仰止，景行行止。”

［5］“魔軍”句：釋迦牟尼成道時，惡魔波旬率魔軍來侵害。參《普曜經・降魔品》、《佛本行集經・魔怖菩薩品》等。崔嵬，盛大。

［6］“謝太傅”句：指東晉名臣謝安。因其卒贈太傅，故稱。八凱，亦

作“八愷”，相傳高陽氏的八個才子。《左傳·文公十八年》：“昔高陽氏有才子八人：蒼舒、隤敳、檮戭、大臨、尨降、庭堅、仲容、叔達，齊聖廣淵，明允篤誠，天下之民謂之‘八愷’。”

[7] 三台：星名。後以之喻三公、宰輔。《晉書·天文志上》：“三台六星，兩兩而居……在人曰三公，在天曰三台，主開德宣符也。”

[8] 赤子：嬰兒。

[9]“雌黄”句：雌黄，用礦物雌黄製成的顔料。古人寫字用黄紙，有誤，則用其塗抹後改寫。引申指評判，評論。瓊瑰，美石，喻傑出的詩文。唐劉禹錫《洛中酬福建陳判官見贈》：“静對道流論藥石，偶逢詞客與瓊瑰。”

[10] 六條消息：漢制，刺史班行六條詔書，以考察官吏。《漢書·百官公卿表上》：“武帝元封五年初置部刺史。”顔師古注引《漢官典職儀》：“刺史班宣，周行郡國，省察治狀，黜陟能否，斷治冤獄，以六條問事，非條所問，即不省。一條，強宗豪右田宅踰制，以強淩弱，以衆暴寡。二條，二千石不奉詔書遵承典制，倍公向私，旁詔守利，侵漁百姓，聚斂爲姦。三條，二千石不卹疑獄，風厲殺人，怒則任刑，喜則淫賞，煩擾刻暴，剥截黎元，爲百姓所疾，山崩石裂，祆祥訛言。四條，二千石選署不平，苟阿所愛，蔽賢寵頑。五條，二千石子弟恃怙榮勢，請託所監。六條，二千〔石〕違公下比，阿附豪強，通行貨賂，割損正令也。”

[11] 景星：瑞星，古謂現於有道之國。

蜀王登福感寺塔三首[1]

天資忠孝佐金輪[2]，香火空王有宿因。此世喜登金骨塔，前生應是育王身[3]。佛記育王造八萬四千塔[4]。封疆歲暮

笙歌合，襦袴正初錦繡新[5]。釋子霑恩無以報[6]，祇擎章句貢平津。（五三一）

似聖悲增道不窮，憂民憂國契堯聰。兩髯有雪丹霄外，萬里無塵一望中。南照微明連莽蒼[7]，峨眉擁秀接崆峒。林僧歲月知何幸，還似支公見謝公[8]。（五三二）

步步層層孰可陪，相輪邊日照三台[9]。喜歡烝庶皆相逐[10]，惆悵鑾輿尚未迴。金鐸撼風天樂近，仙花含露瑞煙開。一年一度常如此，願見文翁百度來。（五三三）

【校勘】

佛記育王造八萬四千塔　“八萬四千”，甲本、乙本作“四萬八千”。

峨眉擁秀　“峨眉”，甲本、乙本作“峨嵋”。

【注釋】

[1] 蜀王登福感寺塔三首：此詩創作時間，據第一首中“歲暮”、“正初”等語，當作於年初。末首“惆悵鑾輿尚未迴”指天復四年（904）正月，朱全忠劫持昭宗遷都洛陽，途次陝州，後抵華州事。參《舊唐書·昭宗本紀》、《資治通鑑》卷二六四。則此詩作於天復四年年初。但貫休天復二年秋末已在赴蜀途中，年末到達成都也爲可能（參本書前言），也合“歲暮”、“正初”之語。“惆悵鑾輿尚未迴”也可能指天復元年（901）年十一月，宦官韓全誨聞朱全忠將至，劫昭宗奔鳳翔事。昭宗天復三年正月己巳還長安。故此詩也或作於天復三年年初。

[2] 金輪：指君主。參卷六《施萬病丸》“金輪釋梵”注。

[3] 育王：即阿育王，梵語音譯，意譯無憂王。中印度摩揭陀國孔雀

王朝第三世王。西元前三世紀左右出世，統一印度。皈依佛教，尊之爲國教，並派人到國外傳教。對佛教發展影響很大。

［4］“佛記育王”句：傳阿育王於其國内建八萬四千僧伽藍，造八萬四千佛塔。參《雜阿含經》卷二三、《阿育王傳》卷一。

［5］襦袴：即袴襦。

［6］釋子：僧徒通称，取释迦弟子意。

［7］莽蒼：蒼茫的原野。

［8］“還似”句：支公，指東晉高僧支遁。謝公，指東晉名臣謝安。

［9］相輪：佛教語，塔刹的主要部分，貫串在刹杆上的圓環。多與塔的層數相應，爲塔的表相，故稱。

［10］烝庶：民衆。

少監三首[1]

器琢仙珪美有餘[2]，席珍國寶比難如。銜花乳燕看調瑟，衣錦佳人侍讀書。荀氏門風龍變化[3]，謝家庭樹玉扶疏[4]。即期寰海隆平日[5]，歸佐吾皇侍玉除[6]。（五三四）

益友相隨益自彊，趨庭問禮日昭彰[7]。袍新宫錦千人擁，馬駿桃花一巷香。偏愛曾顔終必及，或如韓白亦無妨[8]。八龍三虎森如也[9]，萬古千秋瑞聖唐。（五三五）

具體而微太少年，鳳毛五色帶非煙。倚天長劍看無敵，繞樹號猿已應弦。接士開襟清聖熟，分題得句落花

前[10]。即應出將傳家法，聖澤恩波浩浩然。（五三六）

【校勘】

即期寰海　“海”，甲本作“宇”。

歸佐吾皇侍玉除　“除”，甲本、丁本作“墀”。

益友相隨益自彊　“彊”，甲本、乙本作“強”，異體字。

袍新宫錦千人擁　“擁”，甲本、乙本作“目”。

偏愛曾顔終必及　“必”，甲本作“不”。

即應出將傳家法　“傳”，甲本作“傅”。

【注釋】

［1］少監：即少府少監，協助少府監掌百工技巧之事。

［2］珪：瑞玉。

［3］“荀氏”句：東漢荀淑八子，都有令名，時人稱爲“八龍”。見劉義慶《世説新語·品藻》。

［4］“謝家”句：《藝文類聚》卷八一引晉裴啓《語林》：“謝太傅問諸子姪曰：‘子弟何預人事，而政欲使其佳?’諸人莫有言者，車騎答曰：‘譬如芝蘭玉樹，欲使生於階庭耳。’”後以喻能光耀門庭的子侄。

［5］隆平：昌盛太平。

［6］玉除：猶玉階，借指朝廷。

［7］趨庭問禮：《論語·季氏》：“〔孔子〕嘗獨立，鯉趨而過庭。曰：‘學詩乎?’對曰：‘未也。’‘不學詩，無以言。’鯉退而學詩。他日，又獨立，鯉趨而過庭。曰：‘學禮乎?’對曰：‘未也。’‘不學禮，無以立。’鯉退而學禮。”孔子之子名鯉，字伯魚。後以謂子承父教。

［8］韓白：漢將韓信和秦將白起的並稱，皆善用兵。

［9］八龍三虎：同三虎八龍。參卷五《杜侯行》“三虎八龍”注。

［10］分題：詩人聚會，分探題目而賦詩。

再到鍾陵作

六七年來到豫章[1]，舊遊知已半凋傷。春風還有花千樹，往事都如夢一場。無限丘墟侵郭路，幾多臺榭浸湖光。祇應唯有西山色，依舊崔嵬出寺墻。（五三七）

【校勘】

祇應唯有　“唯”，甲本作“惟”。

依舊崔嵬出寺墻　“嵬”，甲本、乙本作“巍”。“出寺墻”，乙本作“上寺牆”，甲本作“上寺橋”。

【注釋】

［1］豫章：郡名，治所在今江西南昌。

經弟妹墳

淚不曾垂此日垂，山前弟妹塚離離[1]。年長於吾未得力，家貧拋爾去多時。鴻銜碧溪霜中斷，蕙雜黄蒿塚上衰。恩愛苦情拋未得。不堪迴首步遲遲。（五三八）

【校勘】

鴻衡碧溪　“碧溪”原缺，據甲本校補。

【注釋】

[1] 離離：盛多貌。

到蜀與鄭中丞相遇[1]

深隱猶爲未死灰[2]，遠尋知已遇三台。如何麋鹿群中出，又見鴛鸞天上來。劍閣霞粘殘雪在，錦江香甚百花開。謾期王謝來相訪[3]，不是支公出世才[4]。（五三九）

【校勘】

又見鴛鸞　“鴛”，甲本、乙本作“鵷”。

劍閣霞粘　“粘”，乙本作“黏”。

【注釋】

[1] 中丞：漢代御史大夫下設兩丞，一稱御史丞，一稱中丞。中丞居殿中，故以爲名。東漢以後，以中丞爲御史臺長官。

[2] 死灰：喻敗亡的人或事。語出《史記·韓長儒列傳》：“獄吏田甲辱安國。安國曰：‘死灰獨不復燃乎？’”

[3] 王謝：六朝望族王氏、謝氏的並稱。後稱高門世族。

[4] 支公：即支遁。

别馮使君

瓦礫文章豈有媒[1]，兩三年衹在金臺[2]。本師頭白須歸去，太守門清願再來。皓皓玉霜孤雁遠，蕭蕭松島片帆開。從兹林下終無事，唯衹焚香祝上台[3]。（五四〇）

【注釋】

［1］瓦礫：喻文章毫無價值。

［2］金臺：黄金臺的省稱，故址在今河北易縣。戰國燕昭王築，置千金於臺，延請賢士，故名。參《史記·燕召公世家》。後用以喻延攬士人處。此處指馮使君處。

［3］上台：泛指三公、宰輔。唐元稹《李愬妻韋氏封魏國夫人制》："今　愬積行累功，以致爵位，六遷重鎮，名列上台。"

上新定宋使君

禪坐吟行誰與同，杉松共在寂寥中。碧雲詩理終難到，白藕花經講始終。水疊山重擎草疏，砧清月苦立霜風。十年勤苦今酬了，得向桐江識謝公。（五四一）

【校勘】

碧雲詩理　"理"，甲本、乙本作"裏"。

水疊山重　“重”，甲本、乙本作“層”。

得向桐江　“向”，甲本、乙本作“句”。

和李判官見新牓爲兄下第

失意荆枝淚滴頻[1]，陟崗何翅不知春。心中歧路平如砥[2]，天上文章妙入神。休説宋風迴鷁首[3]，即看雷火燎龍鱗。從茲相次紅霞裏[4]，留取方書與世人[5]。（五四二）

【校勘】

和李判官見新牓爲兄下第　“牓”，甲本、乙本作“榜”。

【注釋】

[1] 荆枝：南朝梁吴均《續齊諧記·紫荆樹》記，田真兄弟三人分家，共議第二天分堂前一株紫荆樹。其樹即枯死。田真見而感慨人不如木。悲而不分樹，紫荆復茂。“兄弟相感，合財寶，遂爲孝門”。後因以喻兄弟情深。唐黄滔《送人往蘇州覲其兄》：“到日荆枝應便茂，别時珠淚不須流。”

[2] 砥：磨刀石。

[3] “休説”句：宋風，戰國楚宋玉有《風賦》，故此處以宋風指風。鷁首，船頭。古代畫鷁鳥於船頭，故稱。

[4] 相次：將近，切近。

[5] 方書：方術之書。

送羅鄴赴許昌辟

方得論心又别離，黯然江上步遲遲。不堪迴首崎嶇路，正是寒風皴錯時[1]。美似郄詵終有日[2]，去依劉表更何疑[3]。前程不少南飛雁，好寄新詩慰所思。（五四三）

【校勘】

美似郄詵終有日　“郄”，甲本作“郗”。“詵”，甲本、乙本作“超”。

好寄　“好”，甲本、乙本作“聊”。

【注釋】

［1］皴錯：因受凍而開裂、粗糙。清王允禧《瑞雪謠》：“紫宸朝罷晝歸來，道傍偶遇擔柴叟。凍梨皴錯苦禁寒，挽衣及脛帛勒首。”

［2］郄詵：字廣基，單父（今山東單縣）人。博學正直。晉武帝泰始中舉賢良對策，先後爲議郎、雍州刺史等，皆有美譽。傳見《晉書》。

［3］去依劉表：猶依劉。

酬韋相公見寄[1]

鹽梅金鼎美調和，詩寄空林問訊多。秦客弈棋拋已久，楞嚴禪髓更無過。萬般如幻希先覺，一丈臨山且奈何[2]。日到天心乃相公之日，老僧日去山一丈耳。空諷平津好珠玉，不知更得及門麽？（五四四）

【校勘】

按，本詩之前有《韋相公莊寄禪月大師》一詩。既非貫休之作，從乙本，删去。

老僧日去山一丈耳　“一”前，甲本、乙本有“乃”字。

【注釋】

[1] 韋相公：即韋莊（836～910），字端己，京兆杜陵（今陕西西安东南）人。乾寧元年進士。天復元年，入蜀依王建。武成元年（908）正月，拜相。工詩。生平見《蜀檮杌》卷上、《唐詩紀事》卷六八。此詩當作于武成元年至三年間。

[2] 一丈臨山：太陽將落山。喻旹暮氣衰。

酬張相公見寄[1]

周郎懷抱好知音[2]，常愛清僧物外心。閉戶不知芳草歇，無能唯擬住山深。感通未合三生石[3]，騷雅歡擎九轉金[4]。但以前朝蕭倣與蔣[5]紳，老僧風雪亦相尋。（五四五）

【校勘】

按，本詩之前有《張相公格寄禪月大師》一詩。既非貫休之作，從乙本，刪去。

酬張相公見寄　“張”原作“和”，據甲本、乙本校改。

常愛清僧　“清”，甲本、乙本作“山”。

無能唯擬　“唯”，甲本作“惟”。

騷雅懽擎　“懽”原作“懽”，異體字。據甲本、乙本校改。

但以　“以”，甲本、乙本作“似”，“以”通“似”。

【注釋】

［1］張相公：即張格（？～927），字承之，河間（今屬河北）人。天復三年入蜀。武成元年（908），拜相。後主立，貶爲茂州刺史。乾德六年再爲相。有俊才，善文章。傳見《舊五代史》。

［2］“周郎”句：周郎即周瑜，三國吴將。典出《三國志·吴書·周瑜傳》：“瑜少精意於音樂，雖三爵之後，其有闕誤，瑜必知之，知之必顧，故時人謡曰：‘曲有誤，周郎顧。’”

［3］三生石：唐袁郊《甘澤謡·圓觀》載，唐李源與僧圓觀友善，同遊三峽。圓觀指王姓孕婦爲其託身之所，約十二年後中秋月夜，相會於杭州天竺寺外。至晚圓觀歿，而孕婦産。及期，源赴約，聞牧童歌《竹枝詞》：“三生石上舊精魂，賞月吟風不要論。慚愧情人遠相訪，此身雖異性長存。”因知牧童即圓觀後身。詩文中常用爲前因宿緣的典實。

［4］“騷雅”句：《離騷》與《詩經》中大雅、小雅的並稱。此處言其詩文合乎《詩經》和《離騷》奠定的風格和傳統。九轉，九次提煉。道教謂丹的煉製有一至九轉之别，以九轉爲貴。九轉金，喻詩文多經錘煉而傑出。

［5］蕭與蔣：蕭，指蕭倣。蔣，蔣紳，疑當爲蔣伸。參卷六《送盧舍

人三首》"蕭傲"注、"蔣□"句注。

酬王相公見贈[1]

孤拙將來豈偶然，不能爲漏滴青蓮。一從麟筆題牆後[2]，常衹冥心古像前。九德陶鎔空有跡[3]，六窗清靜始通禪[4]。今朝幸捧瓊瑤贈，始見玄中更有玄。（五四六）

【校勘】

按，本詩之前有《王相公鍇贈禪月大師》一詩。非貫休之作，從乙本，删去。

六窗清靜　"靜"，甲本、乙本作"淨"。

【注釋】

［1］王相公：即王鍇。昭宗天復時出使西川，留仕前蜀。武成二年（909）拜相。善書法，工詩。生平散見《資治通鑑》卷二七二、二七五，《十國春秋》卷四一。

［2］麟筆：傳孔子作《春秋》，絕筆於獲麟之歲，故稱史官之筆爲"麟筆"。唐王勃《梓州元武縣福會寺碑》："考龍圖而括運，撫麟筆以傷時。"

［3］九德陶鎔：古謂賢人所具的九種優良品格，説法不一。《尚書·臯陶謨》："臯陶曰：'寬而栗、柔而立、願而恭、亂而敬、擾而毅、直而溫、簡而廉、剛而塞、彊而義、彰厥有常，吉哉！'"《逸周書·常訓》："九德：忠、信、敬、剛、柔、和、固、貞、順。"陶鎔，浸潤，影響。

［4］六窗：即六根，佛教語。根爲能生之意，眼爲視根，耳爲聽根，鼻爲嗅根，舌爲味根，身爲觸根，意爲念慮之根。

酬周相公見寄[1]

三界無家是出家[2]，豈宜附鳳覩新麻[3]。幸生白髮逢今聖，曾夢青蓮映玉沙。境陟名山烹錦水，睡忘東白洞平茶[4]。喜擎綉段攀金鼎，謝朓餘霞始是霞[5]。（五四七）

【校勘】

按，本詩之前有《集賢周相公庠寄禪月大師》一詩。既非貫休之作，從乙本，删去。

酬周相公見寄　“周”原無，據甲本、乙本校補。

豈宜附鳳　“附”，甲本、乙本作“拊”。

幸生白髮逢今聖　“今”，甲本作“金”。

喜擎綉段　“段”原作“叚”，異體字。據甲本、乙本校改。

【注釋】

[1] 周相公：即周庠（855？～920?)，又作詳，許州（今河南許昌）人。依附王建，爲其立國建功甚多。前蜀武成三年（910）拜相。事迹見《資治通鑑》卷二六七、二七一、《十國春秋》卷四〇。

[2] 三界無家：佛教指衆生輪回的欲界、色界和無色界。無家，謂心無挂礙。

[3]“豈宜”句：語本《後漢書·光武帝紀上》：“天下士大夫捐親戚，棄土壤，從大王於矢石之間者，其計固望其攀龍鱗，附鳳翼，以成其所志

耳。”後因以指依附帝王權貴以成就功業。

［4］東白：指東白源，位於今江西奉新。道教七十二福地之一。

［5］“謝朓”句：南朝齊詩人謝朓《晚登三山還望京邑》詩有句“澄江靜如練，餘霞散成綺”。

道情偈三首[1]

崆峒老人專一一[2]，黄梅真叟却無無[3]。獨坐松根石頭上，四溟無浪月輪孤。（五四八）

非色非空非不空[4]，空中真色不玲瓏[5]。可憐盧大擔柴者[6]，拾得驪珠橐籥中[7]。（五四九）

優鉢羅花萬劫春[8]，頻梨田地絶纖塵[9]。道吾道者相招好[10]，不是香林採葉人。（五五〇）

【校勘】

四溟無浪　“浪”，甲本、乙本作“限”。

頻梨田地　“頻梨”，甲本、乙本作“頻犁”。

道吾道者　“吾”原作“吳”，據甲本、乙本校改。

【注釋】

［1］道情：修道者超凡脱俗的情操。

［2］一一：猶一一心識。佛教指真如所入之識，爲非常、非無常之心念。

［3］“黄梅”句：即禪宗五祖弘忍（602～675）。黄梅山在黄州府黄梅縣（今屬湖北），弘忍居黄梅山東禪院，因稱黄梅。真叟，悟道之老人。無

無，連空虛無有也沒有，謂捨棄一切觀念與執著。

［4］“非色”句：佛教謂萬法（色）由因緣湊合而成，無自性，故爲空，爲非色。萬法又屬相有，故稱非空；又非真有，故稱非不空。非空非不空，不執著於一邊，即中道。世親造、唐玄奘譯《辯中邊論》卷一：“故說一切法，非空非不空。有無及有故，是則契中道。”

［5］空中真色：指即空悟道，領略真諦。真色，本色，本來面貌。傳後秦僧肇著《寶藏論·廣照空有品第一》：“空可空，非真空。色可色，非真色。真色無形，真空無名。”

［6］盧大：即慧能（638～713），禪宗六祖。俗姓盧，先世范陽（治今河北涿州）人，其父謫官遷家嶺南新州（今廣東新興東）。據《六祖法寶壇經·行由品》載，慧能幼年喪父，後移南海，家貧，賣柴養母。故此詩稱之爲擔柴者。

［7］驪珠：寶珠。此處喻徹悟之心。

［8］優缽羅花：梵語音譯。即青蓮花，其花香潔。

［9］“頗梨”句：頗梨，狀如水晶的寶石。作“頻犁”，意亦通。田地，謂心田。言內心如頗梨般純淨無染。《宏智禪師廣錄》卷六：“衲僧家，枯寒心念，休歇餘緣，一味揩磨此一片田地。直是誅鉏盡草莽，四至界畔，了無一毫許污染。”

［10］道吾道者：猶同道。

馬上作

柳岸花堤夕照紅，風清襟袖轡璁瓏[1]。行人莫訝頻迴首，家在凝嵐一點中。（五五一）

【注釋】

［1］轡璁瓏：轡，馬籠頭。璁瓏，玉石碰擊聲。唐王初《送葉秀才》："快騎璁瓏刻玉羈，河梁返照上征衣。"

道中逢乞食老僧

赤椶櫚笠眉毫垂[1]，杜榔栗杖行遲遲[2]。時人祇施盂中飯，心似白蓮那得知[3]。（五五二）

【校勘】

戊本題作"乞食老僧"。

赤椶櫚笠　"櫚"原作"閭"，據甲本、乙本校改。

杜榔栗杖　"杜"，甲本、乙本作"拄"。

【注釋】

［1］椶櫚：即棕櫚，椶同"棕"。

［2］杜榔栗杖：杜，拄持。榔栗，木名，可爲杖。

［3］白蓮：喻心地純潔不染。唐趙嘏《贈天卿寺神亮上人》："笑指白蓮心自得，世間煩惱是浮雲。"

秋末寄武昌一公

見說武昌江上住，柏枯槐朽戰時風。知師詩癖難醫

也，霜灑蘆花明月中。（五五三）

陋巷

墜葉如花欲滿溝，破籬荒井一蟬幽。亦知希驥無希者[1]，作麽令人彊轉頭？（五五四）

【校勘】

墜葉如花　“花”，甲本作“飛”。

【注釋】

[1] 希驥：仰慕才俊。《後漢書·文苑傳下·趙壹》：“君學成師範，縉紳歸慕，仰高希驥，歷年滋多。”

終南僧

聲利掀天竟不聞[1]，草衣木食度朝昏。遥思山雪深一丈，時有仙人來打門。（五五五）

【注釋】

[1] 聲利：聲名。

卷二十

大蜀皇帝潛龍日述聖德詩五首

岳瀆殊祥日月精，入堯金鏡佐休明。衣嚴黼黻皇恩重[1]，劍拆芙蓉紫氣横。玉甃金湯山岳峻，花藏臺榭管弦清。已聞圖上淩煙閣[2]，寵渥穹崇玉不名[3]。（五五六）

扶持社稷似齊桓[4]，百萬雄師實可觀。神智發中深莫測[5]，貢輸天下學應難。威清鼙角山河壯[6]，劍肅神龍草木寒。堪羡蜀民恒有福，太平時節一般般[7]。（五五七）

珠履三千侍座隅，棠花飄錦囀鶯初。雖然周孔心相似，其奈龔黄政不如。浩浩歌謡聞禁掖[8]，重重襦袴滿樵漁。若論朝野艱難日，第一之功美有餘。（五五八）

紫髯青眼代天才[9]，韓白孫吳稍可陪。祇見赤心堯日下，豈知真氣梵天來。聽經瑞雪時時落，登塔天花步

步開。盡祝莊椿同壽考[10]，人間歲月豈能催？（五五九）

丈夫勛業正乾坤，麟鳳龜龍盡在門[11]。西伯最憐耕讓畔[12]，曹參空愛酒盈樽[13]。心慈爲受金仙囑[14]，髮白緣酬玉砌恩。從此丁門轉高大[15]，可憐子子與孫孫。（五六〇）

【校勘】

按，此組詩當作於王建稱帝（前蜀武成元年，908）前，詩題爲後來改擬。

劍拆芙蓉 "拆"，甲本、乙本作"折"。

寵渥穹崇 "崇"，甲本、乙本作"窿"。

百萬雄師實可觀 "實"，甲本、乙本作"貴"。

神智發中深莫測 "發"原作"狖"，據甲本、乙本校改。"深"，甲本、乙本作"真"。

威清鼙角山河壯 "威"，甲本、乙本作"風"。"山河壯"原缺，據甲本校補。

劍肅神龍 "劍"原缺，據甲本校補。

珠履三千侍座隅 "座隅"，乙本作"玉除"，一作"坐隅"。

棠花飄錦囀鶯初 "棠"，乙本一作"宮"。"囀"，甲本、乙本作"早"。

重重襦袴滿樵漁 "滿"，甲本作"溷"。

丈夫勛業 "勛"原作"勲"，異體字。據乙本校改。

曹參空愛 "曹"原作"直"，異體字。據甲本、乙本校改。

心慈爲受金仙囑 "仙"原作"僊"，異體字。據乙本校改。

【注釋】

[1] 黼黻：禮服上繡的華美花紋。《晏子春秋·諫下》："公衣黼黻之衣，素繡之裳，一衣而王采具焉。"

[2] 淩煙閣：封建君主所建高閣，繪有功臣圖像，以示表彰。唐太宗貞觀十七年曾畫功臣像於淩煙閣。

[3] "寵渥"句：寵渥，君主的寵愛、恩澤。穹崇，高重深厚。

[4] 齊桓：即齊桓公。春秋五霸之一。

[5] 發中：發自內心。漢孔融《報曹公書》："知同其愛，訓誨發中。"

[6] 鼙角：鼙鼓和號角。

[7] 一般般：一樣，相同。唐羅隱《下第作》："年年模樣一般般，何似東歸把釣竿。"

[8] 禁掖：宮中旁舍，泛指宮廷。

[9] "紫髯"句：紫髯青眼，言相貌之異常。紫髯，指孫權。《太平御覽》卷一一八引《獻帝春秋》："張遼問吳降人：'向有紫髯將軍，長上短下，便馬善射，是誰?'降人答曰：'是孫會稽也。'"代天，代天治理百姓。

[10] "盡祝"句，祝人長壽之詞。語本《莊子·逍遙遊》："上古有大椿者，以八千歲爲春，八千歲爲秋。"壽考，長壽。

[11] 麟鳳龜龍：喻傑出人才。

[12] "西伯"句：西伯，指周文王。畔，田界。讓畔，爲耕者互相謙讓，在田界處讓對方多佔有土地。典出《史記·周本紀》："西伯陰行善，諸侯皆來決平……入界，耕者皆讓畔，民俗皆讓長。"後以稱頌君王德政。

[13] 曹參：(?～前190)，沛縣（今屬江蘇）人。秦末從劉邦征定天下。漢惠帝時，繼蕭何爲丞相，舉事一遵蕭何舊例。有欲言事者，則飲以醇酒，至醉而不得言。傳見《史記》、《漢書》。

[14] 金仙：指佛。唐宋之問《奉和幸三會寺應制》："六飛回玉輦，雙樹謁金仙。"

[15] 于門：即于公門。參卷二《古意九首》之《莫輕白雲

白》注。

陳情獻蜀皇帝[1]

河北江東處處災[2]，唯聞全蜀勿塵埃。一缾一鉢垂垂老[3]，萬水千山得得來[4]。奈菀幽棲多勝境[5]，巴歈陳貢愧非才[6]。自慚林藪龍鍾者[7]，亦得親登郭隗臺[8]。（五六一）

【校勘】

陳情獻蜀皇帝　戊本題作“投蜀王”。

河北江東　“江東”，乙本一作“河南”。

唯聞全蜀勿塵埃　“勿”，乙本一作“少”。

萬水　“萬”，甲本、乙本作“千”。

奈菀幽棲多勝境　“奈菀”，乙本一作“秦苑”。“境”，甲本、乙本作“景”。

巴歈陳貢愧非才　“愧”，甲本作“媿”，異體字。

“自慚”以下兩句　戊本一作“心識西南多勝景，願于幽邃着寒灰”。

戊本詩末注“韋莊弟藹因呼休公爲得得來和尚”。

【注釋】

［1］陳情獻蜀皇帝：陳情，陳訴衷情。指前蜀開國君主王建。

［2］河北：泛指黄河以北地區。

［3］垂垂：漸漸。

［4］得得：特地。《北夢瑣言》卷二十《休公真率》："公謂韋公曰：'我得得爲渠人蜀　，何意見怪?'"或以爲當指馬蹄聲。清陶元藻《全浙詩話》卷九言："得得，唐人方言，猶特地也。《增訂金壺字考》遂主其説。而近日盛樅陽詮解馬蹄聲，謂衆人宜言'簇簇'，一人宜言'得得'。則休詩'得得'正是寫其足音也。若作特地解，便索然無味矣。休稱得得和尚者以此。"

［5］奈菀：菀通"苑"。奈菀即奈苑，原指佛經中的奈園。後漢安世高譯《奈女耆婆經》，維耶離國梵志園中奈樹生一女，梵志收養，名奈女。奈女後率五百弟子修行，佛與諸比丘到奈女園，爲説本原功德，皆得阿羅漢道。後因稱寺院爲奈苑。

［6］巴歈：指巴渝歌，古曲調名。

［7］林藪：猶山野。

［8］郭隗臺：戰國時燕昭王築黄金台，旁有小金臺，相傳即郭隗臺，燕昭王於此師事郭隗。四方賢良遂爭相歸燕。後以指招良納賢之處。參卷十九《别馮使君》"金臺"注。

壽春節進大蜀皇帝五首

上玄大帝降坤維[1]，箕尾爲臣副聖期[2]。豈比赤光盈室日[3]，全同白象下天時[4]。文經武緯包三古[5]，日角龍顔遏四夷。今日降神天上會，願將天福比須彌[6]。（五六二）

異香滴露降紛紛，紫電環樞照禁門[7]。先冠百王臨億兆[8]，後稱十號震乾坤[9]。羲軒之道方爲道，草木霑

恩始是恩。今以謏才歌睿德[10]，猶如飲海妙難論。（五六三）

茂祉遐宣勝事并[11]，薰風微入舜弦清[12]。四洲必定歸王化[13]，一統那能計聖情。合合鼓鐘膏雨滴，峨峨宮闕瑞煙横。西逾昆岳東連海[14]，誰不梯山賀聖明[15]？（五六四）

遠人玉帛盡來歸，及物天慈物物肥。春力遍時皆甲拆[16]，王言聞者盡光輝。家家錦繡香醪熟[17]，處處笙歌乳燕飛。爲報蜀民勤禱祝，聖明天子古今稀。（五六五）

積劫修來似煉金[18]，爲王爲帝萬靈欽。能當濁世爲清世，始見君心是佛心。九野黎民耕浩浩[19]，百蠻朝騎日駸駸[20]。今朝獻壽將何比，願似莊椿一萬尋[21]。（五六六）

【校勘】

今以謏才歌睿德　“歌”原作“謌”，異體字。據甲本、乙本校改。

四洲必定　“必定”，甲本、丁本作“不必”。

合合鼓鐘　“鐘”，原作“鍾”，從甲本、乙本改作“鐘”。

峨峨宮闕　“峨峨”原作“峩峩”，異體字。據乙本校改。

春力遍時皆甲拆　“拆”原作“圻”，誤。改之。甲本、乙本作“拆”。

爲報蜀民　“民”，甲本、乙本作“皇”。

爲王爲帝　“王”，甲本、乙本作“皇”。

【注釋】

［1］“上玄”句：上玄，上天。坤維，指西南方。因《易·坤卦》有“西南得朋”語，故以坤指西南。此處指西蜀。

［2］箕尾：指殷高宗武丁時賢臣傅説。《莊子·大宗師》言：“傅説得之，以相武丁，奄有天下，乘東維，騎箕尾，而比於列星。”傅説所化之星，處於箕星與尾星之間。此處泛指如傅説一樣的賢臣。

［3］赤光盈室：赤光，紅光。盈，滿。

［4］白象下天：佛典中多言菩薩下天入母胎時，或乘六牙白象，或作白象形，以示其性善柔和而有大威勢。《過去現在因果經》卷一：“爾時，菩薩觀降胎時至，即乘六牙白象，發兜率宫。”

［5］“文經”句：文經武緯，文事武功都很出色。三古，泛指古代。

［6］須彌：梵語音譯。有妙高、善積諸義。原爲古印度神話中山名，佛教用指一個小世界的中心。

［7］“紫電”句：紫電，祥瑞之光。環樞，古星名，攝提的别名。禁門，宫門。

［8］億兆：指庶民百姓猶言衆庶萬民。

［9］十號：佛的十種名號。即如來、應供、正徧知、明行足、善逝、世間解、無上士、調御丈夫、天人師、佛世尊。

［10］“今以”句：謏才，謙詞，小才，菲才。睿德，皇帝的恩德。

［11］祉：福。

［12］薰風：《孔子家語·辯樂》載，舜唱《南風歌》，有“南風之薰兮”句。後因以“薰風”指《南風歌》。

［13］“四洲”句：即四大洲。古印度傳説，須彌山四方皆海，中有四大洲。其説爲佛教所採用，爲東勝身洲、南贍部洲、西牛貨洲、北俱盧洲。王化，天子的教化。

［14］昆岳：即昆侖山。在西藏、新疆和青海間。

［15］梯山：攀登高山，泛指遠涉險阻。唐太宗《幸武功慶善宫》："梯山咸入款，駕海亦來思。"

［16］甲拆：草木發芽時種子外皮裂開。唐杜甫《種萵苣》："兩旬不甲拆，空惜埋泥滓。"

［17］香醪：美酒。

［18］積劫：積久的劫難。

［19］九野：猶九州。唐王勃《梓州元武縣福會寺碑》："皇業未昌，九野被豺狼之毒。"

［20］駸駸：馬疾馳貌。晉陸機《挽歌》之一："翼翼飛輕軒，駸駸策素騏。"

［21］尋：古長度單位。一般爲八尺。

對雪寄新定馮使君二首

仙掌空思歸未能[1]，焚香冥目對殘燈。豈知瑞雪千山合，空覺春寒半夜增。翳月素雲埋粉堞[2]，堆巢孤鶴下金繩[3]。因思太守憂民切，吟對瓊枝喜不勝。（五六七）

政化猶來通上靈，豐年祥瑞滿窗明。氣嚴坐久燈凝餤，片大更深屋作聲。飄掩煙霞何處去，欹斜杉竹向簾傾。雪林中客雖無事，還有新詩半夜成。（五六八）

【校勘】

翳月素雲埋粉堞　"堞"，甲本作"蝶"。

【注釋】

[1] 仙掌：華山仙人掌峰的省稱。唐代曾改華州爲仙掌，後也稱華州或華陰縣爲仙掌。

[2] "翳月"句：翳，遮隱。粉堞，用白堊塗刷的女牆。

[3] 金繩：地平線。唐劉長卿《龍門八詠·退公龕》："閑雲隨錫杖，落日低金繩。"

送劉相公朝覲二首[1]

九苞仙瑞曜垂衣[2]，一品清標百辟師[3]。魏相十思常自切[4]，曹溪一句幾生知[5]。公深入禪理也。久交玉帳雖難別[6]，須佐金輪去已遲。唯杜荆州最惆悵[7]，柳門迴首落花時。（五六九）

急徵袛是再登庸[8]，主意人心萬國同。燮理久稱殷傅說[9]，譚真欲過李玄通[10]。程穿峴首春光老，馬速商於曙色紅[11]。從此龍顔又應瘦，寰瀛俱荷代天功。（五七〇）

【校勘】

送劉相公朝覲二首　"二首"原無，據甲本、乙本校補。

一品清標　"清"，甲本、乙本作"高"。

公深入禪理也　"也"，甲本、乙本無。

主意人心　"主"，甲本、乙本作"生"。

燮理久稱　"稱"，甲本、乙本作"徵"。

【注釋】

［1］送劉相公朝覲：劉相公，指劉崇望。乾寧二年（895），劉崇望被貶昭州司馬。途中，又被召回，遷兵部尚書。此詩當寫於其欲動身歸京之時。參卷十《劉相公見訪》“劉相公”注。朝覲，臣子朝見君主。

［2］九苞：原指鳳的九種特徵，後代稱鳳。

［3］百辟：百官。

［4］“魏相”句：魏相十思，參卷十六《壽春節進》“十思”注。自切，自我批評。

［5］曹溪一句：六祖慧能在曹溪寶林寺演法而得名，後也以曹溪爲禪宗南宗别號。曹溪一句即指禪師悟禪解脱之語。

［6］玉帳：教席前的帷帳，借指師長。

［7］杜荆州：指杜預（222～284），字元凱，京兆杜陵（今陝西西安東南）人。博學有智謀，多善政。咸寧四年（278），晉武帝拜爲鎮南大將軍、都督荆州諸軍事。平吴後，仍鎮荆州，講武修文，致荆州日富。傳見《晉書》。

［8］登庸：选拔任用。

［9］燮理：指宰相的政務。

［10］“譚真”句：譚真，探討自然之道。李玄通，明徐應秋《玉芝堂談薈》卷十二《香從頂穴中出》：“仙佛奇幻之跡，有不可思議者，聊舉數則。如長者李玄通著《華嚴論》，以虎馱經囊，至神福山土龕前。於龕中著論，每夕口出白光，以代燈燭。”

［11］商於：地名，今陝西商南縣、河南淅川縣、内鄉縣一帶。

避寇遊成福山院

成福僧留不擬歸，獮猴菌嫩豆苗肥。那堪蠶月偏多雨[1]，况復衢城未解圍。時孫端國逼衢城數月。翠擁槿籬泉亂入，雲開花島雉雙飛。堪嗟大似悠悠者，祇向詩中話息機[2]。（五七一）

【校勘】

獮猴菌嫩豆苗肥　“肥”，甲本、乙本作“肌”。

【注釋】

［1］蠶月：忙於養蠶的時期。

［2］息機：息滅機心。

别李常侍

楚水和煙海浪通，又擎杯錫去山東。道情雖擬攀孤鶴，詩業那堪遠至公。夢入深雲香雨滴，吟搜殘雪石林空。朱門再到知何日，一片征帆萬里風。（五七二）

【校勘】

詩業那堪遠至公　“遠至公”，甲本、乙本作“至遠公”。

送鄭閣赴閩辟[1]

便便書腹德無鄰[2]，健筆從知又入閩。鸚鵡才須歸

紫禁，真珠履不稱清貧。武夷山夾仙霞薄，螺女潭通海樹春[3]。從此應多好消息，莫忘江上一閑人。（五七三）

【校勘】

莫忘江上一閑人　“閑”，甲本、乙本作“閒”。

【注釋】

[1] 辟：徵召。

[2] 便便書腹：便便，腹部肥滿貌。便便書腹，猶滿腹詩書。

[3]“鸑鷟”句：鸑鷟，喻有才之士。唐紀唐夫《送温庭筠尉方城》：“鳳皇詔下雖霑命，鸑鷟才高却累身!”紫禁，古以紫微垣喻皇帝居處，因稱宫禁爲紫禁。

寄信州張使君[1]

水壇椌殿地含煙，領鶴吟行積翠間。數閣涼飈終日去，滿懷明月上方還。時來自有鴛鸞識，道在從如草木閑。唯羨靈溪賢太守，一麾清坐似深山。（五七四）

【校勘】

領鶴吟行　“吟行”，甲本、乙本作“行吟”。

數閣涼飈　“飈”，甲本、乙本作“颸”。

時來自有鴛鸞識　“鴛”，甲本、乙本作“鵷”。

道在從如草木閑　“閑”，甲本、乙本作“閒”。

【注釋】

[1] 信州：州名。治上饒（今屬江西）。

春末寄周璉

暮角含風雨氣醺，寂寥莓翠上衣巾。道情不向鶯花薄，詩意自如天地春。夢入亂峯仍履雪，吟看芳草祇思仁。手中孤桂月中在，來聽泉聲莫厭頻。（五七五）

【校勘】

吟看芳草祇思仁　“仁”，甲本、乙本作“人”。

讀吳越春秋[1]

猶來吳越盡須慚，背德違盟又信讒。宰嚭一言終殺伍[2]，大夫七事祇消三[3]。功成獻壽歌飄雪，誰愛扁舟水似藍[4]？今日雄圖又何在，野花香逕鳥喃喃。（五七六）

【注釋】

[1] 吳越春秋：書名。漢趙曄撰，演春秋吳越爭霸事。

[2]“宰嚭”句：宰嚭即太宰嚭。本名伯嚭，春秋時楚伯州犁之孫。楚誅伯州犁，伯嚭奔吳爲大夫，後任太宰，故稱。越王勾踐爲吳王夫差所拘，

厚賂伯嚭，得歸。伍即伍員，字子胥。原爲楚大夫，楚平王殺其父兄，乃入吳。助闔廬奪取王位，後攻破楚復仇。夫差時，因力諫停止攻齊、拒絕越國求和，而被疏遠。後夫差賜劍命自殺。《史記·伍子胥列傳》載，夫差賜自殺，乃感於宰嚭讒言。

［3］“大夫”句：大夫指文種，字少禽，楚國郢（今湖北江陵西北）人，越大夫。勾踐被夫差打敗，文種屢獻計，助其滅吳。功成爲相，范蠡勸之身退，不聽。後勾踐賜劍命自殺。七事，似當作“九事”。《吳越春秋》卷六載，越王命其自殺，言：“子有陰謀兵法，傾敵取國。九術之策，今用三，已破彊吳，其六尚在子所。願幸以餘術，為孤前王於地下謀吳之前人。”

［4］扁舟：《吳越春秋》卷六言，越滅吳後，范蠡“乃乘扁舟，出三江，入五湖，人莫知其所適”。參卷十三《秋末入匡山船行八首》“范蠡”注。

春遊靈泉寺

水蹴危梁翠擁沙，鐘聲微遥入深花。嘴紅澗鳥啼芳草，頭白山僧自扞茶。松色摧殘遭賊火，水聲幽咽落人家。寺因泉得名。自經沙汰[1]，其泉地落在人家。因尋古跡空惆悵，滿袖香風白日斜。（五七七）

【校勘】

鐘聲　“鐘”原作“鍾”，從乙本校改。

嘴紅　“嘴”原作“觜”，異體字。據甲本、乙本校改。

頭白山僧自扞茶　“扞”，乙本一作“杵”。

其泉地　“地”，甲本、乙本無。

【注釋】

[1] 沙汰：指唐武宗廢佛。武宗會昌五年（845）下敕廢佛，毁天下佛寺四千六百餘所，迫僧尼二十六萬多人還俗。世稱會昌法難。參新舊《唐書》之《武宗本紀》、《佛祖統紀》卷四二。

歸東陽臨岐上杜使君七首[1]

小謝清高大謝才，聖君令泰此方來。一從到後長無事，鈴閣公庭滿緑苔[2]。（五七八）

紅錦帳中歌白雪，烏皮几畔撫青英[3]。不知何物爲心地[4]，賽却澄江徹底清。（五七九）

誰報田中有黑蟲[5]，一家齋戒滅仙容。分憂若也皆如此，天下家家有剩舂[6]。（五八〇）

憂民心切出衢炎[7]，禾稼如雲喜氣兼。林下閑人亦何幸，也隨旌旆到銀尖[8]。銀尖去郭二十里。（五八一）

方恐獄中桃樹出，忽聞枯木却生煙。時有枯木再生。褚翔爲郡曾如此[9]，却恐當時是偶然。（五八二）

枯骨縱横遍水湄，盡收爲塚碧參差。分明爲報精靈輩，好送旌旗到鳳池[10]。（五八三）

捨魯依劉一片雲，好風吹去遠纖塵。猶期明月清風夜，來作西園第八人。（五八四）

【校勘】

戊本除第五首外，列爲一組，題作“秋歸東陽臨岐上三衢杜使君六首”。

一從到後長無事　“長”，甲本、乙本作“常”。

林下閑人　“閑”，甲本、乙本作“閒”。

褚翔爲郡　“褚”原作“諸”，據甲本、乙本作校改。“翔”原作“祥”，誤，參注釋。

【注釋】

［1］杜使君：當爲衢州刺史。參“銀尖”注。戊本題中言“上三衢杜使君”，三衢即指衢州。衢州，唐武德四年（621）置，因其境內有三衢山而得名。治所信安（今浙江衢縣）。

［2］鈴閣公庭：鈴閣，指州郡長官辦事的地方。公庭，公堂。

［3］青英：才華出衆者。

［4］心地：佛教指心，即思想、意念等。唐般若譯《心地观经》卷八：“衆生之心，猶如大地，五穀五果，從大地生……以是因緣，三界唯心，心名爲地。”

［5］黑蟲：指害蟲。

［6］剩舂：猶餘糧。

［7］衝炎：冒著炎熱。

［8］銀尖：即銀尖峰。爲玉山衆峰之一。玉山，又稱玉斗山、懷玉山，在江西玉山縣境內，唐屬衢州。唐賈耽《華夷圖玉山記》：“玉山與天際，勢聯北斗，又名玉斗山……又有二十四奇，曰玉耶峰、銀尖峰、七盤峰……”

［9］褚翔：（506～549），字世舉，南朝梁人。能詩。曾爲義興太守，廉潔清明，百姓安之。郡之西亭有古樹，積年枯死。翔至，忽更生枝葉。

百姓以為善政所感。見《梁書》本傳。

［10］鳳池：即鳳凰池。禁苑中池沼。魏晉南北朝設中書省於禁苑，掌管機要，故稱中書省爲鳳凰池。唐代宰相稱同中書門下平章事，故多以“鳳凰池”指宰相職位。唐劉禹錫《湖南觀察使故相國袁公挽歌》：“五驅龍虎節，一入鳳凰池。”

卷二十一

春

自來自去動洪爐，無象無私無處無。迴雁不多消氣力，染花應最費工夫。溟濛偏被豪家惜[1]，濃暖深爲政筆驅。莫訝相逢只添睡，伊余心不在榮枯。（五八五）

【校勘】

溟濛偏被豪家惜　“偏”，乙本作“便”。“被”，甲本、乙本作“恨”。

濃暖深爲政筆驅　“驅”原作“駈”，異體字。據甲本、乙本校改。

【注釋】

［1］溟濛：草木茂密。

聞迎真身[1]

四海無波八表臣，恭聞今歲禮真身。七重鎖未開金鑰，五色光先入紫宸。丹鳳樓臺飄瑞雪，岐陽草木亞香塵[2]。可憐優鉢羅花樹，三十年來一度春。（五八六）

【校勘】

七重鎖　“鎖”原作“鎻”，甲本作“鏁”，異體字。據乙本校改。

【注釋】

［1］迎真身：真身，佛教指佛、菩薩、羅漢等爲度脱衆生而化現的世間色身。此處指佛骨舍利。唐懿宗咸通十四年（873）三月，遣使詣鳳翔法門寺迎佛骨，四月迎入禁中，後出置安國崇化寺。七月懿宗去世。至十二月，僖宗命送歸。參新舊《唐書》之《懿宗本紀》。

［2］岐陽：縣名，舊治在今陝西扶風縣西北。因其在岐山之南而得名，隸鳳翔府。此處借指鳳翔。鳳翔，唐府名，治雍縣（今陝西鳳翔）。

霸陵戰叟[1]

劍刓秋水鬢梳霜[2]，迴首胡天與恨長。官竟不封右校尉[3]，鬬曾生挾左賢王[4]。尋班超傳空垂淚[5]，讀李

陵書更斷腸[6]。今日霸陵陵畔見，春風花霧共茫茫。（五八七）

【校勘】

霸陵　“霸”，甲本、乙本作“灞”。下同。

【注釋】

［1］霸陵：即灞陵，漢文帝陵名。

［2］刓：削，砍。

［3］校尉：軍職名。隋唐以爲武散官之號。

［4］左賢王：匈奴貴族的高級封號。

［5］班超傳：參卷六《送越將歸會稽》“班定遠”注。

［6］李陵書：梁蕭統編《文選》卷四一有李少卿（少卿爲李陵字）《答蘇武書》。傳蘇武從匈奴歸漢，致書勸其亦歸，李陵報以此書，申訴其冤屈、不得歸之因。此書實爲後人僞託。

遇道者

鶴骨松筋風貌殊，不言名姓絶榮枯。尋常藜杖九衢裏[1]，莫是商山一皓無[2]？身帶煙霞浮汗漫[3]，藥兼神鬼在胡蘆。只應張果支公輩[4]，時復相逢醉海隅[5]。（五八八）

【校勘】

尋常黎杖　“黎”，甲本、乙本作“藜”。

身帶煙霞浮汗漫　“浮”，甲本、乙本作“游”。

藥兼神鬼在胡蘆　“胡”，甲本、乙本作“葫”。

只應張果支公輩　“公”原作“頤”，據甲本、乙本校改。

【注釋】

[1] 黎杖：用藜的莖幹製成的手杖。黎通“藜”。

[2] 商山一皓：參卷六《送盧舍人三首》之三“商山皓”注。

[3] 汗漫：廣大，漫無邊際。

[4] 張果支公：張果，唐玄宗時方士，隱居中條山，玄宗迎入京師，多神異。世傳爲八仙之一。事迹參唐鄭處誨《明皇雜錄》、新舊《唐書》本傳。支公，即支遁。按，支頤（“頤”之異體。），以手托下巴。意不通。

[5] 海隅：海角。

贈鍾陵陳陶處士

否極方生社稷才[1]，唯譚帝道鄙梯媒[2]。高吟千首精怪動，長嘯一聲天地開。湖上獨居多草木，山前頻醉過風雷。吾皇仄席求賢久，莫待徵書兩度來。（五八九）

【注釋】

[1] 否極：厄運終結。

[2] 梯媒：薦引。

懷鄰叟

常思東溪瘥眉翁，是非不解兩頰紅。桔槔打水聲戞戞[1]，紫芋白薤肥濛濛。鷗鴨靜遊深竹裏，兒孫多在好花中。千門萬戸皆車馬，誰愛如斯太古風？（五九〇）

【校勘】

常思東溪瘥眉翁　“瘥”，甲本作“厖”。乙本校“瘥”作“龐”。

桔槔打水聲戞戞　“戞戞”，乙本作“嘎嘎”。

兒孫多在好花中　“好”原缺。據甲本、乙本校補。

【注釋】

[1] 桔槔：井上汲水工具。

贈軒轅先生[1]

曾親文景上金鑾[2]，語共容成語一般[3]。久向紅霞居不出，若非清世見應難。滿爐藥熟分仙盡，幾局棋終看海乾。略問先生真甲子[4]，只言弟子是劉安[5]。（五九一）

【注釋】

［1］軒轅先生：即唐末道士軒轅集。長居羅浮山。宣宗大中十二年(858)詔至長安，問以治國養生之道。月餘，辭歸羅浮。參《舊唐書·宣宗本紀》、《太平廣記》卷七九《軒轅集》(出《感定録》)。

［2］“曾親”句：文景，西漢文帝與景帝的並稱。兩帝相繼，社會安富，史稱文景之治。此處泛指賢君。金鑾即金鑾殿，唐朝宫殿名，文人學士待詔之所。泛指皇宫正殿。

［3］容成：傳爲黄帝的大臣，發明曆法。後道家附會爲神仙，爲黄帝、老子之師。

［4］甲子：甲，天干的首位。子，地支的首位。古以天干和地支遞次相配，用以紀日或紀年。後也指年齡。

［5］劉安：漢淮南王（前179～前122)，好文學與修道，曾集賓客編《淮南子》。武帝元壽元年被告謀反，自殺。傳見《史記》。傳劉安煉丹服食，舉家連雞犬一起白日飛升。見漢王充《論衡·道虚》、晉葛洪《神仙傳·劉安》。

偶作因懷山中道侶

是是非非竟不真，落花流水送青春。姓劉姓項今何在[1]？爭利爭名愁煞人。必竟輸他常寂默，只應贏得苦沉淪。深雲道者相思否？歸去來兮湘水濱。(五九二)

【校勘】

落花　“落”，甲本、乙本作“桃”。

爭利爭名愁煞人　“煞”，甲本、乙本作“殺”。

只應羸得苦沉淪　“沉”，甲本、乙本作“沈”，異體字。

【注釋】

[1] 姓劉姓項：指劉邦、項羽。兩人在滅秦後，爲天下而爭戰不已。

送新羅人及第歸

捧桂香和紫禁煙[1]，還鄉程徹巨鼇邊。莫言掛席飛連夜[2]，見說無風即數年。衣上日光真是火，島傍魚骨大於船。到鄉必遇來王使，與作唐書寄一篇[3]。（五九三）

【校勘】

還鄉　“還”，甲本、乙本作“遠”。

莫言掛席　“掛”，乙本作“挂”，異體字。

島傍　“傍”，甲本、乙本作“旁”。

【注釋】

[1] 捧桂：猶折桂。

[2] 掛席：猶掛帆。

[3] 唐書：指以唐人文字寫的書信。

送新羅納僧

扶桑枝西真氣奇，古人呼爲師子兒。六環金錫輕擺撼，萬仞雪嶠空參差。枕上已無鄉國夢，囊中猶挈石頭碑[1]。南岳石頭大師，劉軻郎中作碑文也。多慚不便隨高步，正是風清無事時。（五九四）

【校勘】

送新羅納僧　“納”，甲本、乙本作“衲”。

劉軻　“軻”原作“珂”，誤。參“石頭”注。

【注釋】

[1] 石頭：即石頭希遷（700～790），又稱無際大師，禪僧。端州高要（今屬廣東）人，俗姓陳。曾禮六祖慧能、青原行思爲師，得後者印可。天寶初年，結庵坐禪於衡山南寺東石臺上，世稱石頭和尚。傳見《宋高僧傳》卷九、《景德傳燈錄》卷十四等。詩中注言原爲“劉珂”，當爲“劉軻”。劉軻，字希仁，沛（今江蘇沛縣）人。曾爲僧，後還俗。元和十四年進士，仕終侍郎。咸通八年（867）尚在世。與僧徒過從甚密。事迹參其《上座主書》、《與馬植書》、《唐詩紀事》卷四六、《廬山記》卷二等。《宋高僧傳·希遷傳》言，希遷圓寂後，弟子爲建塔，“塔成三十載，國子博士劉軻素明玄理，欽尚祖風。與道銑相遇，盛述先師之道。軻追仰前烈，為碑紀德”。傳世劉軻著作中無此碑文。

春晚桐江上閑望作

江上車聲落日催，紛紛擾擾起紅埃。更無人望青山立，空有帆衝夜色來。沙鳥似雲鐘外去，汀花如火雨中開。可憐蕭灑鴟夷子[1]，散髮扁舟竟不迴[2]。（五九五）

【校勘】

沙鳥似雲鐘外去　“鐘”原作“鍾”，從甲本、乙本作“鐘”。

可憐蕭洒　“蕭”，甲本、乙本作“瀟”。

散髮扁舟竟不迴　“竟”，甲本、乙本作“去”。

【注釋】

［1］鴟夷子：即鴟夷子皮，指范蠡。參卷十三《秋末入匡山船行八首》“范蠡”注。

［2］散髮：披散头髮。謂棄官隐居。

商山道者

五千言外得玄音[1]，石屋寒栖隔雪林。多傍松風梳緑髮[2]，只燒崖藥點黄金[3]。潭澄龍氣來縈砌，月冷星精下聽琴。曾夢先生非此處，碧桃溪上紫煙深。

（五九六）

【校勘】

石屋寒栖隔雪林　“隔”，甲本、乙本一作“得”。

【注釋】

［1］五千言：《史記·老子韓非列傳》：“老子迺著書上下篇，言道德之意五千餘言而去，莫知所終。”後以“五千言”代稱老子《道德經》。

［2］綠髮：烏黑有光澤的頭髮。唐李白《遊泰山六首》之三：“偶然值青童，綠髮雙雲鬟。”

［3］點黄金：即點金術。

聞許棠及第因寄桂雍[1]

時清道合出塵埃，清苦爲詩不仗媒。今日桂枝平折得[2]，幾年春色併將來。勢扶九萬風初極[3]，名到三山花正開。更有平人居蟄屋[4]，還應爲作一聲雷。（五九七）

【校勘】

勢扶九萬　“萬”原作“万”，古字。據甲本、乙本校改。

【注釋】

［1］許棠：字文化（822～?），宣州涇縣（今屬安徽）人。曾隱於廬山，久困場屋。咸通十二年（871）始登進士第，年已五十。苦吟，與李

頻、薛能等友。生平見《唐摭言》卷四、卷八、《唐才子傳校箋》卷九。

[2] 桂枝平折得：猶折桂。

[3] 九萬：語本《莊子·逍遙遊》："鵬之徙於南冥也，水擊三千里，摶扶搖而上者九萬里，去以六月息者也。"此處言其青雲直上，宏圖大展。

[4] "更有"句：平人，平民百姓。蟄屋，隱處。

瀔江秋居作[1]

無事相關性自攄[2]，庭前拾葉等閑書。青山萬里竟不足，好竹數竿涼有餘。近看老經加淡泊[3]，欲歸少室復何如？面前小沼清如鏡，終養琴高赤鯉魚[4]。（五九八）

【校勘】

瀔江秋居作　"瀔"，乙本作"瀔"。

庭前拾葉等閑書　"閑"，甲本、乙本作"閒"。

青山萬里　"萬"原作"万"，據甲本、乙本校改。

近看老經加淡泊　"加"，甲本作"皆"。"淡"，甲本、乙本作"澹"。

【注釋】

[1] 瀔江：參卷十七《故林偶作》"穀江"注。

[2] 攄：舒展。

[3] 老經：即老子《道德經》，泛指道經。

［4］琴高：戰國趙人，善鼓琴，修長生之術。後入涿水中取龍子，與弟子約定某日返。至其日，乘赤鯉魚而出。留月餘，入水中。見晉葛洪《抱朴子·對俗》、《法苑珠林》卷四一《潛遁》引《搜神記》。

上縉雲段使君

清畏人知人盡知，縉雲三載得宣尼[1]。活民刀尺雖無象[2]，出世文章豈有師？术氣芝香黏褻榼[3]，雲痕翠點滿旌旗。今朝暫到金臺上，頓覺心如太古時。（五九九）

【校勘】

术氣芝香黏褻榼　“术”原作“木”，據甲本、乙本校改。“黏”，甲本、乙本作“粘”，異體字。

頓覺　“頓”，甲本、乙本作“頗”。

【注釋】

［1］“縉雲”句：縉雲，唐武德四年置括州，天寶元年改為縉雲郡，大曆十四年（779）改處州。治所括蒼（今浙江麗水東南）。領括蒼、縉雲等五縣。宣尼，漢平帝元始元年追謚孔子爲褒成宣尼公，後因稱孔子爲宣尼。見《漢書·平帝紀》。此處用以譽稱段使君，即段成式（？～863），字柯古，荆州（今湖北江陵）人。累任集賢學士、太常少卿等。博學多聞，善駢文。傳見《舊唐書·段文昌傳附》、《唐詩紀事》卷五七等。其《好道廟記》言：“縉雲郡之東南十五里，抵古祠曰好道……予大中九年到郡，越月

方謁。至十年夏旱，懸祭沈祀。”則段成式於大中九年（855）始任縉雲刺史。此詩當作于大中十一年。

［2］刀尺：喻法度規矩。

［3］甕榼：甕，小口大腹的陶製汲水罐。榼，古代盛酒或貯水的器具。

春末蘭溪道中作

山花零落紅與緋，汀煙濛茸江水肥。人擔犂把細雨歇，路入桑柘斜陽微。深喜東州云寇去[1]，時黄連洞人出，燒刦處州却上。不知西狩幾時歸[2]？清平時節何時是，轉覺人心與道違。（六〇〇）

【校勘】

春末蘭溪道中作　“溪”，乙本作“谿”，異體字。

人擔犂把　“把”，甲本、乙本作“鋤”。

【注釋】

［1］東州：指處州。蘭溪屬婺州，處州在婺州的東南方向。

［2］西狩：帝王出奔的婉辭。狩通“守”。當指黄巢入長安，唐僖宗奔成都事。參卷《聞王慥常侍卒三首》“巡狩”注。此詩當作於此間。

野居偶作

高淡清虛即是家，何須須占好煙霞。無心於道道自

得，有意向人人轉賒[1]。風觸好花文錦落，砌横流水玉琴斜。但令如此還如此，誰羡前程未可涯。（六〇一）

【校勘】

誰羡 “羡”，丁本、甲本作“信”。

【注釋】

[1] 賒：遠。

再遊東林寺作五首

臺殿參差聳瑞煙，桂花飄雪水潺潺。莫疑遠去無消息，七萬餘年始半年。傳記盡云，安遠持奘三車，盡生兜率天。人間四千年，彼天一晝夜。亦三十日爲一月，十二月爲一年，壽四千歲[1]。（六〇二）

桓玄舊輦殘雲濕[2]，耶舍孤墳落照遲[3]。昔桓玄入山禮遠公，遂捨輦，至今在遠公堂下。有箇山僧倚松睡，恐人來取白猿兒。（六〇三）

玉像珠龕香陣横，錦霞多旁石墻生。辟蛇行者今何在[4]，花裹唯聞鳩鳥聲。（六〇四）

愛陶長官醉兀兀[5]，送陸道士行遲遲[6]。過酒過溪皆破戒，斯何人斯師如斯。遠公高節，食後不飲蜜水，而將詩博緑酣與陶潛[7]，别人不得。又送客不以貴賤，不過虎溪，只在寺門前。而送陸修靜道士過虎溪數百步，今寺門前遂有道士崗，送道士至此而止也。（六〇五）

白薝蔔花露滴滴，碧苾蒭草香濛濛[8]。田地更無塵一點[9]，是何人合住其中？（六〇六）

【校勘】

按，戊本前三首一組，題作“再遊東林寺作三首”。第四首作“失題”。第五首題作“經東林寺”。宋陳舜俞《廬山記》卷四有貫休《題東林寺四首》，次序爲上之五、三、二。第一首起句“閑行閑坐思攀緣”，參見卷二十六。

安遠持獒三車　“獒”，甲本作“炭”。

桓玄舊輦　“桓”，《唐僧弘秀集》卷六作“宣”。

耶舍孤墳落照遲　句後注，戊本作“佛陀耶舍，譯經師也”。

錦霞多旁　“旁”，甲本、乙本作“傍”。

花裏唯聞鳺鳥聲　“裏”原缺，據乙本校補。“花裏”，《廬山記》作“峰頂”。甲本作“外”。“鳺”，乙本一作“鳩”，戊本作“鳴”。

過酒過溪　第一個“過”，甲本、乙本作“買”。

食後不飲蜜水　“蜜水”，甲本無。

而將詩博緑醑與陶潛　“醑”，原爲殘字，存左半部“酉”，據甲本、乙本校補。“潛”後，甲本有“飲”字。

只在寺門前　乙本無此五字。

今寺門前遂有道士崗　“遂”，甲本、乙本無。

送道士至此而止也　“而”，甲本、乙本無。

白薝蔔花　“薝蔔”，《廬山記》卷四作“旃檀”。

碧苾蒭草香濛濛　“碧”，乙本一作“紅”。“香”，乙本一作“雨”。

【注釋】

［1］“傳記盡云”以下注文：安遠指道安、慧遠師徒。兩人生平，參卷五《送崔使君》“王嘉迎安”注、“遠狎遺民”注。持，指慧持（337～412），爲慧遠之弟。與慧遠共入廬山。後至成都，止龍淵精舍弘佛法。傳見《梁高僧傳》。奘，指玄奘（約600～664），俗姓陳，名褘。洛州緱氏縣（河南偃師）人，世稱唐三藏。法相宗創始人，佛經翻譯家。貞觀元年（627）始西行求法，十九年返長安。事迹見《大唐大慈恩寺三藏法師傳》、《續高僧傳》本傳。三車，指窺基（632～682），俗姓尉遲，京兆長安（今陝西西安）人。玄奘弟子。《宋高僧傳·窺基傳》言，玄奘欲窺基出家，窺基言聽其三事：不斷情欲、葷血、過中食，方願出家。玄奘先隨順其欲。窺基出行，車輛累載前所欲之物，故時稱“三車和尚”。兜率天，又作兜率陀天、睹史多天等，欲界六天的第四天。意譯妙足天、喜足天等。在此天者，多於自己所受，生喜樂知足之心，故名。《中阿含經》卷五五《中阿含晡利多品持齋經》載：“若人四百歲是兜率陀天一晝一夜。如是三十晝夜為一月。十二月為一歲。如此四千歲是兜率陀天壽。”與貫休所言合。《觀彌勒菩薩上生兜率天經》言未來佛彌勒菩薩在兜率天内院說法，佛教界也有往生兜率天親聆彌勒教化之說，演成彌勒淨土信仰。道安信持彌勒淨土，《高僧傳·道安傳》言：“安每與弟子法遇等，於彌勒前立誓，願生兜率。”同書《曇戒傳》載曇戒臨終言：“吾與和上等八人，同願生兜率。和上及道願等皆已往生，吾未得去，是故有願耳。”曇戒爲道安弟子，所言和上即指道安。慧遠爲中土淨土宗初祖，《高僧傳》本傳言元興元年（402），其曾與劉遺民、雷次宗等一百二十三人，於阿彌陀像前建齋立誓，共期西方。後世言慧持也在其中。唐飛錫《念佛三昧寶王論》卷中言：“遠公從佛陀跋陀羅三藏授念佛三昧，與弟慧持、高僧慧永，朝賢貴士、隱逸清信：宗炳、張野、劉遺民、雷次宗、周續之、謝靈運、闕公則等，一百二十三人，鑿山為銘，誓生淨土。”按，慧持於隆安三年（399）入蜀，不得參與。湯用

彤《漢魏兩晉南北朝佛教史》第十一章已辨之。玄奘之信仰彌勒淨土，其弟子慧立、彦悰撰《大唐大慈恩寺三藏法師傳》中多次言及之。如卷十記玄奘臨終發願："願以所修福慧，迴施有情。共諸有情，同生睹史多天彌勒内眷屬中，奉事慈尊。"窺基，《宋高僧傳·窺基傳》言："基生常勇進，造彌勒像，對其像日誦菩薩戒一遍，願生兜率。"以上諸僧等人皆曾立誓往生兜率。唯慧遠所持，多以爲是彌陀淨土信仰，但唐時已有其升兜率天之說。唐法藏《華嚴經傳記》卷二《釋靈幹傳》載隋釋靈幹死後復活。言："我往兜率天，見休、遠二法師，竝坐華臺，光暉絕世。"遠當指慧遠。

［2］桓玄：字敬道（369～404），一名靈寶，譙國龍亢（今安徽懷遠西）人。晉軍閥，以雄豪自許，有吞天下之志。曾歷任江州、荆州刺史。元興二年，簒位爲帝，國號楚。次年劉裕等起兵討之，兵敗被殺。傳見《晉書》。《高僧傳·慧遠傳》言其經廬山，要慧遠出虎溪。遠稱疾。桓玄自入山，初氣盛心傲，有問罪意。後爲慧遠氣度折服，不敢復言。

［3］耶舍：即佛陀耶舍，東晉譯經家。北印度罽賓人。義熙八年（412）從慧遠之請入廬山譯經。生平見《高僧傳》卷二、《歷代三寶紀》卷八。

［4］辟蛇行者：即辟蛇人，參卷五《寄大願和尚》注。

［5］"愛陶"句：陶長官，即陶淵明。陶以好酒聞。兀兀，昏沈貌。宋志磐《佛祖統紀》卷二六《淨土立教志》："時遠法師與諸賢結蓮社，以書招淵明。淵明曰：'若許飲則往。'許之，遂造焉。"

［6］陸道士：即陸修静（406～477），字元德，南朝宋著名道士。曾入廬山修道。世傳其與慧遠交往密切，有慧遠送出虎溪之事。事迹參宋張君房《雲笈七籤》卷五。《佛祖統紀》卷二六《淨土立教志》言："師（即慧遠）每送客過此，有虎號鳴，因號虎溪，後送客未嘗過。獨陶潛、道士陸修静至，語道契合，不覺過虎溪，因相與大笑。世傳為三笑圖。"湯用彤《漢魏兩晉南北朝佛教史》第十一章則證其"殊難信也"。

［7］緑醑：緑色美酒。

［8］苾蒭草：西域草名。

[9]“田地”句：指内心潔淨無染。

題蘭江言上人院二首時王藹先輩有詩二首題其院[1]，因和題之

一生只著一麻衣[2]，道業還欺習彥威[3]。手把新詩說山夢，石橋天柱雪霏霏。（六〇七）

只是危吟坐翠層[4]，門前岐路自崩騰[5]。青雲名士時相訪，茶煮西峯瀑布冰。（六〇八）

【校勘】

韙蘭江言上人院二首　“題”原作“韙”，異體字。據甲本、乙本校改。

【注釋】

[1] 王藹：《全唐文》卷六二二收其《祖二疏圖記》、《諷詐》二文，小傳言：“藹字望之，太原人，水部員外郎華子。”

[2] 麻衣：麻布衣。古时平民所穿。

[3] 習彥威：即習鑿齒。

[4] 翠層：猶翠嶺。

[5] “門前”句：言世人爲名利而奔走紛擾。岐路，岔路。崩騰，奔走，奔波。

書石壁禪居屋壁

赤栴檀塔六七級[1]，白菡萏花三四枝。禪客相逢祇彈指[2]，此心能有幾人知[3]？（六〇九）

【校勘】

書石壁禪居屋壁　“屋壁”，《唐僧弘秀集》卷六、戊本無。

禪客相逢祇彈指　“祇彈指”，《唐僧弘秀集》卷六作“勸歸去”。

戊本詩後注“休參石霜，霜問休云：‘如何是此心？’休不能對。霜云：‘汝問我答。’休即問之，霜云：‘汝問幾人知？’蓋即因其詩也”。

【注釋】

［1］栴檀：梵文音譯栴檀那的省稱。即檀香。

［2］彈指：撚彈手指作聲，原爲印度風俗。用以表歡喜、許諾、警告等義。

［3］此心：禪悟之心。

送人遊茅山[1]

茅真舊宅基猶在[2]，藥竈苔深土尚殷[3]。君見道人

慿與問[4]，大還還字若爲還？（六一〇）

【注釋】

[1] 茅山：在江蘇句容東南。原名句曲山，傳漢茅盈與弟衷、固於此得道，因改名茅山。《南史·隱逸傳下·陶弘景》："昔漢有三茅君得道來掌此山，故謂之茅山。"

[2] 茅真：指茅盈與弟衷、固。真，仙人。

[3] 殷：黑紅色。

[4] 道人：修道之人，此處指道士。

聽僧彈琴

家近吳王古戰城，海風終日打檣聲。今朝鄉思渾堆積，琴上聞師大蟹行。（六一一）

【校勘】

海風終日打檣聲　"檣"，乙本作"牆"。

卷二十二

中秋十五夜月

噀雪噴霜滿碧虛[1]，王孫公子玩相呼。從來天匠爲輪足[2]，自是人心此夜餘。靜入萬家危露滴，清埋衆象叫鴻孤。坐來唯覺情無極，何況三湘與五湖！（六一二）

【校勘】

王孫公子玩相呼　“玩”原作“翫”，異體字。據乙本校改。

坐來唯覺　“唯”，甲本、乙本作“惟”。

【注釋】

[1]“噀雪”句：噀雪噴霜，形容月光皎潔、遍佈。碧虛，碧空。

[2]“從來”句：天匠，天工神匠。輪，指月亮。輪足，謂其圓滿。

鷺鷥有懷前東陽王慥使君養一鷺鷥，名瑤花

粉䰟霜華爲爾枯，鴛鴦相伴更堪圖。愛來沙島遺銀屋，終作金籠養雪雛。栖宿必多清瀨夢，品流還次白猿徒。今朝不覺頻迴首，曾伴瑤花近玉壺。（六一三）

東陽罹亂後懷王慥使君五首[1]

昨來祇對漢諸侯[2]，勝事消磨不自由。裂地鼓鼙軍羽急[3]，連天烽火陣雲秋。吹毛淬劍雖無數[4]，歃血爲盟不到頭[5]。誰爲今朝奉明主，使君司戶在隋州[6]。時黄巢奔許，公點土勇救萬槊押於歃血連西。而渠魁詐降，都將連城爲盟。違約，遂於戍地，當不與衢、睦、杭守同貶中也。（六一四）

只報精兵過大河，東西南北煞人多。可憐白日渾如此，來似蝗蟲爭奈何。天意豈應容版亂[7]，人心都改太凋訛[8]。不勝惆悵還惆悵，一曲東風月裤歌[9]。（六一五）

爲郡無如王使君，一家清冷似雲根[10]。貨財不入崔洪口[11]，俎豆長聞夫子言[12]。鬢髮坐成三載雪，黎甿空負二天恩[13]。不堪西望西風起，縱火崑崙誰爲論[14]？（六一六）

䰟慴魂飛骨亦燋，此魂此䰟亦難招。黄金白玉家家盡，繡闥雕甍處處燒。驚動乾坤常黷慘[15]，深藏山岳亦傾摇。恭聞國有

英雄將，擬把何心答聖朝？（六一七）

不是龔黄覆育才[16]，即須清苦遠塵埃。無人與奏吾皇去，致亂唯因酷吏來。刳剥生靈爲事業[17]，巧通豪譖作梯媒。令人轉憶王夫子，一片真風去不迴。（六一八）

【校勘】

裂地鼓鼙軍羽急　“羽”原缺，據甲本校補。

吹毛淬劍　“吹”，乙本作“砍”。

而渠魁詐降　“詐”原作“作”，據甲本、乙本校改。

遂於戍地　“遂”字後疑有闕文。

東西南北煞人多　“煞”，甲本、乙本作“殺”。

天意豈應容版亂　“版”，甲本作“叛”。

一曲東風月袴歌　“袴”，甲本、乙本作“胯”。

俎豆長聞　“長”，甲本、乙本作“嘗”。

黎甿空負　“甿”，乙本作“氓”，甲本作“民”。

魄懾魂飛骨亦燋　“燋”，甲本、乙本作“銷”。

繡闥雕甍　“雕”原作“離”，從甲本、乙本校改。

驚動乾坤常黷慘　“黷”，甲本、乙本作“黯”。

深藏山岳亦傾摇　“傾”，甲本作“輕”。

巧通豪譖　“譖”原作“譛”，異體字。據甲本、乙本校改。

【注釋】

[1] 東陽罹亂：按《資治通鑑》卷二五三，廣明元年（880）六月，黄巢别將陷睦州、婺州。此組詩當作於此後。

[2] 袛對：敬對。

[3]“裂地”句：裂地，喻情勢緊急。鼓鼙，古代軍中常用的樂器大鼓和小鼓。借指征戰。軍羽，軍中通告軍情、傳達命令的書信，插羽毛以示緊急。

[4] 吹毛淬劍：吹毛，刀劍鋒利，吹毛可斷。淬，把燒紅的鍛件浸入水中冷卻，以增強硬度。

[5] 歃血爲盟：古代盟會，盟約宣讀後，參加者用口微吸所殺牲之血，以示誠意。一說，以指蘸血，塗於口旁。

[6] 司戶：官名，主民戶。唐制，府稱戶曹參軍，州稱司戶參軍，縣稱司户。

[7] 版亂：猶版蕩，動亂不安。

[8] 凋訛：衰替訛亂。

[9] 月袴歌：即襦袴歌，參卷三《上孫使君》“袴襦”注。

[10] 雲根：道院僧寺。爲雲遊僧道歇腳之處，故稱。

[11] 崔洪：字良伯，博陵安平（今屬河北）人。晉武帝時為御史治書，正直清廉。《晉書》本傳言“洪口不言貨財，手不執珠玉”。

[12] 俎豆：俎和豆爲古代祭祀、宴饗時盛食物用的禮器。後用以指祭祀。

[13] 黎甿：黎民。

[14] 崑崙：崑崙奴的省稱。唐代豪門富家流行以南海國人爲奴，稱崑崙奴。此處指黃巢。

[15] 黤慘：天色昏黑。

[16] 覆育：撫育。

[17] 刳剥：指殺戮。

秋夜懷嵩少因寄洛中舊知[1]

爐爇栴檀不稱貧，霏霏玉露濕禪巾。紫金地上三更

月，紅藕香中一病身。少室少年便入夢，多時多事去無因。如今憔悴頭成雪，空想嵯峨羨故人。（六一九）

【校勘】

爐爇　“爇”原作“爇”，異體字。據乙本校改。

少室少年便入夢　“便”，甲本、乙本作“偏”。

【注釋】

［1］嵩少：嵩山與少室山的並稱。

避地毗陵寒月上孫徽使君兼寄東陽王使君三首[1]

一到毗陵心更勞，冷吟閑步擁雲袍。豈緣思妙塵埃少，自是風清物態高。野色疏黄連楚甸，故山奇碧隔河濤。終須愚谷中安致[2]，不是人間好羽毛[3]。（六二〇）

常憶雙溪八詠前[4]，講詩論道接清賢。文欺白鳳真難及[5]，藥撚紅蕖豈偶然[6]。花濕瑞煙黏玉磬，簾垂幽鳥啄苔錢[7]。自憐不是悠悠者[8]，吟嚼真風二十年[9]。（六二一）

殷雷車雨滴階聲[10]，寂寞焚香獨閉扃。錦繡文章無路到，袴襦歌詠隔墻聽。松聲冷浸茶軒碧，苔點狂吞納線青[11]。唯有孤高江太守，不忘病客在禪靈。（六二二）

【校勘】

一到毗陵　“毗”，乙本作“毘”，異體字。

冷吟閑步　“閑”，甲本、乙本作“閒”。

故山奇碧隔河濤　“濤”，甲本、乙本作“橋”。

花濕瑞煙黏玉磬　“黏”，甲本、乙本作“粘”。

殷雷車雨　“殷”原缺，據甲本校補。

錦繡文章無路到　“到”，甲本、乙本作“達”。

苔點狂吞納綠青　“納”，甲本作“衲”。

【注釋】

[1] 避地毗陵：貫休作此組詩，當在廣明元年（880）六月黄巢軍隊佔婺州後，時身在常州。參卷三《上孫使君》“孫使君”注。

[2]“終須”句：愚谷即愚公谷。在山東淄博西。漢劉向《說苑·政理》載，齊桓公出獵入山谷，向一老翁問谷名。老翁告之爲愚公之谷。因其畜牸牛生子，後賣而買駒。有少年言牛不能生馬，持駒去。傍鄰以之爲愚，故名。後以喻隱居之地。安致，猶安處。

[3] 羽毛：羽毛使鳥獸有文彩，因以喻人的聲譽。

[4] 八詠：南朝齊沈約守東陽時，建元暢樓，作《登臺望秋月》、《會圃臨東風》等詩八首，稱“八詠詩”。

[5] 白鳳：傳漢揚雄著《太玄經》時，夢吐白鳳。見晉葛洪《西京雜記》卷二。後因以喻非凡的才華或才華非凡者。唐玄宗《鶺鴒頌》詩序：“才雄白鳳，辯壯碧雞。”

[6] 紅蕖：红荷花。

[7] 苔錢：苔点形圆如钱，故名。

[8] 悠悠者：閒適自在者。唐高適《封丘縣》：“我本漁樵孟諸野，一生自是悠悠者。”

［9］吟嚼真風：吟嚼，吟哦玩味。真風，淳樸的風俗。晉陶潛《感士不遇賦》："自真風告逝，大僞斯興。"

［10］殷雷車雨：轟鳴的雷聲。亦指大雷。車雨，典出《後漢書·鄭弘傳》李賢注引三國吳謝承《後漢書》："弘消息繇賦，政不煩苛。行春天旱，隨車致雨。"後以謂爲政清明，能致及時之雨。

［11］納線：即衲線，縫綴用的線。納通"衲"。唐陸龜蒙《贈老僧》之二："自有家山供衲線，不離溪曲取庵茅。"

秋末寄上桐江馮使君

山東山色勝諸山，謝守清高不可攀[1]。薄俗盡於言下泰，苦心唯到醉中閑。香凝錦帳抄書後，月轉棠陰放客還[2]。野客霑恩歸未得[3]，蕭蕭霜葉滿柴關。（六二三）

【校勘】

薄俗盡於　"於"，甲本、乙本作"于"。

苦心唯到醉中閑　"閑"，甲本作"閒"。

【注釋】

［1］謝守：謝靈運曾爲永嘉太守，故稱。此處比況馮使君。

［2］棠陰：棠樹樹蔭。參卷四《擬君子有所思二首》之二"甘棠"句注。

［3］野客：村野之人。多指隱逸者。

禪師

擊鼓求亡益是非，木中生火更何爲[1]？吾師別是醍醐味，不是知心人不知。（六二四）

【注釋】

［1］木中生火：謂空幻無益。唐佛陀多羅譯《大方廣圓覺修多羅了義經》："常應遠離幻，諸幻悉皆離。如木中生火，木盡火還滅。"

道士

花島相逢滿袖雲，藉花論道過金巾。騰騰又入仙山去，只恐是青城丈人[1]。（六二五）

【注釋】

［1］青城丈人：青城山的主神。青城山在四川省都江堰市西南。山形如城，故名。傳東漢張道陵修道於此。道教稱爲第五洞天，由青城丈人執掌。宋張君房《雲笈七籤》卷二七錄司馬紫微《天地宮府圖》："第五青城山洞……屬青城丈人治之。"

風　琴

至竟心爲造化功，一枝青竹四弦風。寥寥雙耳更深後，如在緱山明月中[1]。（六二六）

【校勘】

至竟　“竟”，甲本、乙本作“境”。

【注釋】

［1］緱山：即緱氏山，在河南偃師。傳王子喬成仙後，托人告其家，七月七日待之於緱氏山巔。至時，乃乘白鶴駐山頭，舉手謝時人，數日後去。參漢劉向《列仙傳》卷上《王子喬》。

庭　橘

蟻踏金苞四五株，洞庭山上味何殊[1]！不緣松樹稱君子[2]，肯便甘人喚木奴。（六二七）

【校勘】

肯便　“便”，戊本作“使”。

【注釋】

[1] 洞庭山：山名，位於太湖江蘇一方，今屬蘇州。唐時即以盛産橘子聞。唐康駢《劇談録》卷三《潘將軍失珠》："吳中初進洞庭橘子，恩賜宰臣，外京輦未有此物。"

[2] 木奴：《三國志·吳書·孫休傳》"丹陽太守李衡"裴松之注引晉習鑿齒《襄陽記》言，李衡種柑橘千株。臨死，告兒言留有"千頭木奴"，可足用衣食。後如其言。後因稱柑橘樹爲"木奴"。

落花

蝶醉蜂癡一簇香，繡葩紅蔕墮殘芳。因嗟好德人難得，公子王孫盡斷腸。（六二八）

孤雲

將比鷺鷥還恐屈，始思殘雪不如多。清風相引去更遠，皎潔孤高奈爾何！（六二九）

【校勘】

將比鷺鷥　"鷥"原作"絲"，據甲本、乙本校改。

苦　吟

河薄星疏雪月孤，松枝清氣入肌膚。因知好句勝金玉，心極神勞特地無[1]。(六三〇)

【注釋】

[1] 特地：忽然。唐羅鄴《大散嶺》："嶺頭却望人來處，特地身疑是鳥飛。"

古戰處

鬼氣蒼黄棘葉紅，昔時人血此時風。相憐極目無疆地，曾落將軍一陣中。(六三一)

偶然作

蟬聲引出石中蛩，寂寞門扃葉數重。誰道思山心不切，等閑畫出兩三峯。(六三二)

【校勘】

等閑畫出　"閑"，甲本、乙本作"閒"。"畫出"，甲本、乙本作"盡出"，乙本一作"晝作"。

招友人宿

銀地無塵金菊開，紫梨紅棗墮莓苔。一泓秋水一輪月，今夜故人來不來？（六三三）

卷二十三

山居詩二十四首并序

序曰：愚咸通四、五年中，於鍾陵作山居詩二十四章。放筆，藁被人將去。厥後或有散書於屋壁，或吟詠於人口，一首兩首，時時聞之，皆多字句舛錯。洎乾符辛丑歲，避寇於山寺，偶全獲其本。風調野俗，格力低濁，豈可聞於大雅君子？一日抽毫改之，或留之、除之、修之、補之，却成二十四首。亦斐然也[1]，蝕木也，概山謳之例也。或作者氣合，始爲一朗吟之，可也。

【校勘】

山居詩二十四首　“二十四首”原無，據甲本、乙本校補。

厥後或有散書於屋壁　“於”，甲本、乙本作“于”。

【注釋】

[1] 斐然：文采貌。

休話喧譁事事難，山翁只合住深山。數聲清磬是非外，一箇閑人天地間。緑圃空階雲冉冉，異禽靈草水潺潺。無人與向群儒説，巖桂枝高亦好攀。（六三四）

【校勘】

一箇閑人天地間　“箇”，甲本、乙本作“個”，異體字。“閑”，甲本、乙本作“閒”。

異禽靈草　“靈”，《唐僧弘秀集》卷六作“佳”。

無人與向群儒説　“與向群儒説”，乙本一作“爲向君王道”。《唐僧弘秀集》卷六作“爲向群儒道”。

巖桂枝高亦好攀　“亦”，乙本一作“正”，己本作“更”。“攀”，甲本、乙本作“扳”。

難是言休便即休，清吟孤坐碧溪頭。三間茅屋無人到，十里松門獨自遊。明月清風宗炳社[1]，夕陽秋色庾公樓[2]。修心未到無心地，萬種千般逐水流。（六三五）

【校勘】

難是言休便即休　“難”，乙本一作“誰”。“便即休”，甲本、乙本作“即便休”。

清吟孤坐碧溪頭　戊本一作“高吟静坐碧峰頭”。“孤”、“溪”，《唐僧弘秀集》卷六作“静”、“峰”。

十里松門　“門”，乙本作“陰”，一作“關”。

【注釋】

［1］宗炳社：宗炳與慧遠等所結白蓮社。參卷三《紅藕映嘉魴》“終召十七人”注。

［2］庾公：指庾信（513～581），字子山，南陽新野（今屬河南）人。初仕梁，後使西魏，羈留北地。在梁時文風綺靡，至北朝，則爲剛健老成，多寫家國之痛。傳見《周書》、《北史》。

好鳥聲長睡眼開，好茶擎乳坐莓苔。不聞榮辱成番盡，只見羆熊作隊來。詩理從前欺白雪，道情終遣似嬰孩[1]。猶來此事知音少，不是真風去不迴。（六三六）

【校勘】

詩理　“理”，甲本、乙本作“裹”。

只見羆熊　“羆熊”，甲本、乙本作“熊羆”。

【注釋】

［1］嬰孩：謂解脱之心如嬰兒般天真、無染。

萬境忘機是道華，碧芙蓉裏日空斜。幽深有逕通仙窟，寂寞無人落異花。掣電浮雲真好喻[1]，如龍似鳳不須誇。君看江上英雄塚，只有松根與柏槎。（六三七）

【校勘】

掣電浮雲　“浮”，甲本作“溪”。

【注釋】

[1] 掣電：閃電，形容迅疾。唐杜甫《高都護驄馬行》："長安壯兒不敢騎，走過掣電傾城知。"

鞭後從他素髮兼[1]，湧清奔碧冷侵簾。高奇章句無人愛，淡泊身心舉世嫌。白石橋高吟不足，紅霞影暖卧無厭。居山別有非山意，莫錯將余比宋纖[2]。（六三八）

【校勘】

淡泊　"淡"，甲本、乙本作"澹"。

【注釋】

[1] 素髮：白髮。

[2] 宋纖：字令艾（274～355?），敦煌效穀（今甘肅敦煌西）人。少有遠操，隱於酒泉南山，受業三千，不應徵辟。傳見《晉書》。

烏外塵中四十秋，亦曾高挹漢諸侯[1]。如斯標致雖清拙[2]，大丈夫兒合自由。紫术黄菁苗蕺蕺，錦囊香麝語啾啾。終須心到曹溪叟，千歲檽根雪滿頭。（六三九）

【校勘】

如斯標致　"標"原作"摽"，據甲本、乙本校改作"標"。

終須心到曹溪叟　"曹"，甲本作"雲"。

千歲檽根　"檽"原作"儲"，據甲本、乙本校改。

【注釋】

[1] 漢諸侯：唐人常以漢稱本朝，漢諸侯泛指掌握軍政大權的地方長官。

[2] 標致：風格，風采。

慵甚嵇康竟不迴[1]，何妨方寸似寒灰[2]？山精日作童兒出，仙者時將玉器來。�掃花驚睡鹿[3]，地爐燒樹帶枯苔。不行朝市多時也[4]，許史金張安在哉[5]？（六四〇）

【校勘】

筠箒　“箒”，甲本、乙本作“帚”，異體字。

山精日作童兒出　“童兒”，甲本、乙本作“兒童”。

【注釋】

[1] 嵇康：參卷三《上孫使君》“嵇松”注。

[2]“何妨”句：猶心如死灰。方寸，指心。

[3] 筠箒：竹掃帚。

[4] 朝市：犹塵世。

[5] 許史：漢宣帝時外戚許伯和史高的並稱。指權門顯貴。

心心心不住希夷[1]，石屋巉巖白髮垂。養竹不除當路筍，愛松留得礙人枝。焚香開卷霞生砌，捲箔冥心月在池。多少故人頭盡白，不知今日又何之。（六四一）

【校勘】

石屋巉巖白髮垂　“屋”，乙本一作“室”。“白”，甲本、乙本一作“鬢”。

養竹　“養”，乙本一作“惜”。

焚香開卷霞生砌　“霞”，乙本一作“雲”。

多少故人　“多少”，乙本一作“無限”。

不知今日　“今日”，乙本一作“頭白”。

【注釋】

［1］希夷：《老子》第十四章：“視之不見名曰夷，聽之不聞名曰希。”後以指虛寂玄妙之境。

龍藏琅函遍九垓[1]，霜鐘金鼓振瓊臺[2]。堪嗟一句無人得，遂使吾師特地來。無角鐵牛眠少室，生兒石女老黄梅[3]。今人轉憶龐居士[4]，天上人間不可陪。（六四二）

【注釋】

［1］龍藏琅函：龍藏，指大乘經典。佛家傳說佛陀入滅後，大乘經典藏於龍宮，故稱。參《菩薩處胎經》卷七、《摩訶摩耶經》卷下。琅函，指道書。

［2］瓊臺：山峰名。在浙江天台山西北。

［3］“無角”兩句：鐵牛本無生氣，不得眠。石女也不得生兒。禪宗以此類所言與事實間的悖謬，來令人擺脫語言與觀念，至一切聞見的束縛，直指人心，見性成佛。《古尊宿語錄》卷二七《舒州龍門佛眼和尚語錄》：

“五祖演和尚遷化，遺書至。上堂：‘昨朝六月二十六，無角鐵牛生四足。哮吼一聲人未知，撼動天關並地軸。’”《會稽雲門湛然澄禪師語録》卷五《五位正偏》：“正中來，云何石女也懷胎。天明生箇白頭子，九月楊花遍地開。”

[4] 龐居士：即龐蘊，字道玄，衡州衡陽（今屬湖南）人。隨馬祖參禪而契悟，在家而舉揚方外之風。其獨特機鋒與禪境，爲禪林傳誦。參《佛祖綱目》卷三二、《居士傳》卷十七。

五岳煙霞連不斷[1]，三山洞穴去應通。石窗欹枕疏疏雨，水碓無人浩浩風[2]。童子念經深竹裏，獼猴拾虱夕陽中。因思往事抛心力，六七年來楚水東。（六四三）

【校勘】

獼猴拾虱　“虱”，甲本、乙本作“蝨”，異體字。

因思　“思”，《唐僧弘秀集》卷六作“嗟”。

【注釋】

[1] 五岳：中國五大名山的總稱。一般指東岳泰山、南岳衡山、西岳華山、北岳恒山、中岳嵩山。

[2] 水碓：利用水力舂米的器械。

塵埃中更有埃塵，時復雙眉十爲顰[1]。賴有年光飛似箭，是何心地亦稱人？回賢參孝時時說[2]，蜂蠆狼貪日日新[3]。天意剛容此徒在，不堪惆悵不堪陳。（六四四）

【校勘】

時復雙眉十爲顰　“顰”原作“嚬”，異體字。據甲本、乙本校改。

不堪惆悵不堪陳　“陳”，甲本作“承”。

【注釋】

［1］顰：皺眉。

［2］回賢參孝：孔子弟子中，顏回以賢德聞，曾參以孝道聞。

［3］蜂蠆狼貪：喻兇殘貪婪。蜂、蠆，皆有毒刺的螫蟲。

翠竇煙巖畫不成，桂香瀑沫雜芳馨。撥霞掃雪和雲母[1]，掘石移松得茯苓[2]。好鳥似花窺玉磬，嫩苔如水沒金缾。從他人笑從他笑，地覆天翻也只寧。（六四五）

【校勘】

翠竇煙巖　“巖”，乙本一作“霞”。

桂香　“香”，乙本作“華”。

好鳥似花窺玉磬　“好”，乙本一作“似”。“似”，甲本、乙本作“傍”。

嫩苔如水沒金缾　“如”，乙本一作“和”。“沒”，乙本一作“汲”。

從他人笑從他笑　第一個“笑”，甲本、乙本作“說”。

【注釋】

［1］雲母：礦石，可供藥用。

［2］茯苓：寄生松樹根上的菌類植物，古用以入藥。

騰騰兀兀步遲遲[1]，兆眹消磨只自知[2]。龍猛金膏雖未作[3]，孫登土窟且相宜[4]。薜蘿山帔偏能緝[5]，橡栗年糧亦粗支。已得真人好消息[6]，人間天上更無疑。（六四六）

【校勘】

橡栗年糧亦粗支　“粗”，乙本一作“且”。

【注釋】

［1］騰騰兀兀：猶言昏沈，恍惚。

［2］兆眹：形體。

［3］龍猛金膏：龍猛即龍樹，印度大乘佛教中觀學派創始人。金膏，猶神藥。《大唐西域記》卷十《憍薩羅國》條載，該國國王娑多婆訶歸依師，“龍猛菩薩善閑藥術，餐餌養生。壽年數百，志貌不衰。引正王既得妙藥，壽亦數百”。

［4］孫登土窟：《晉書》本傳言孫登“於郡北山為土窟居之”。

［5］“薜蘿”句：薜荔和女蘿常攀緣於山野林木或屋壁上。指隱士的居處。緝，待考。

［6］真人：證道得果之人。

嵐嫩風輕似碧紗，雪樓金像隔煙霞。葛苞玉粉生香壠[1]，菌蔟銀釘滿淨槎[2]。舉世只知嗟逝水[3]，無人微解悟空花[4]。可憐擾擾塵埃裏，雙鬢如銀事似麻。（六

四七）

【校勘】

菌蔟銀釘滿淨槎　“槎”，甲本、乙本作“楂”。

雙鬢如銀　“銀”，乙本一作“絲”。

【注釋】

[1]“葛苞”句：葛藤之根可磨粉食用，即葛粉。

[2] 菌蔟：菌，指山菌。蔟，攢集。

[3] 嗟逝水：《論語·子罕》：“子（按，指孔子）在川上曰：‘逝者如斯夫，不舍晝夜。’”

[4] 空花：佛教喻指紛繁空幻的妄想與假像。唐不空譯《仁王護國般若波羅蜜多經·菩薩行品》：“是故應知，愚夫垢識，染著虛妄，為相所縛。菩薩照見，知如幻士，無有體相，但如空花。”

千巖萬壑路傾欹，杉檜濛濛獨掩扉。斸藥童穿溪罅去[1]，採花蜂冒燒煙歸。閑行放意尋流水，靜坐支頤到落暉。長憶南泉好言語，如斯癡鈍者還稀[2]。南泉大師云：學道之人，癡鈍者難得。（六四八）

【校勘】

斸藥童穿溪罅去　“罅”，甲本、乙本作“磚”，異體字。

採花蜂冒燒煙歸　“燒”，甲本、乙本作“曉”。

閑行　“閑”，甲本、乙本作“閒”。

【注釋】

［1］斸：掘。唐柳宗元《種术》："戒徒斸靈根，封植閟天和。"

［2］"長憶"兩句：南泉，即普願禪師（748～834），鄭州新鄭（今屬河南）人，俗姓王。馬祖道一法嗣。貞元十一年（795），於池陽南泉山建禪宇，三十餘年不出山。傳見《宋高僧傳》。《景德傳燈錄》卷二八載南泉語："近日禪師太多，覓箇癡鈍人不可得。"其意在言禪師多拘執於言語意識，爲其所迷。癡鈍者混沌無别，反而切近佛性。

一庵冥目在穹冥，菌枕松牀藓陣青。乳鹿暗行檉逕雪，瀑泉微濺石樓經。閑行不覺過天井，長嘯深能動岳靈[1]。應恐無人知此意，非凡非聖獨醒醒[2]。（六四九）

【校勘】

一庵冥目　"冥目"，《唐僧弘秀集》卷六作"瞑目"。

菌枕松牀藓陣青　"藓"原作"癬"，據甲本、乙本校改。

閑行不覺　"閑"，甲本、乙本作"閒"。"行"，戊本作"吟"。

非凡非聖　"凡"原作"凢"，異體字。據甲本、乙本校改。

【注釋】

［1］岳靈：山岳之神。

［2］醒醒：清醒。

慵刻芙蓉傳永漏[1]，休誇麗藻鄙湯休[2]。且爲小囤盛紅粟，别有珍禽勝白鷗。拾栗遠尋深澗底，弄猿多在小

峯頭。不能更出塵中也，百練剛爲繞指柔[3]。（六五〇）

【校勘】

百練剛　“練”，甲本、乙本作“煉”。

【注釋】

[1] 永漏：漫長的時間，多指長夜。漏，即漏壺。

[2] 湯休：南朝宋詩人湯惠休的簡稱。初爲僧，後還俗。詩多情語，辭采綺豔。

[3] “百練”句：語本晉劉琨《重贈盧湛》：“何意百鍊鋼，化爲繞指柔。”

業薪心火日燒煎[1]，浪死虛生自古然。陸氏稱龍終妄矣[2]，漢家得鹿更空焉[3]。白衣居士深深說[4]，青眼胡僧遠遠傳。剛地無人知此意，不堪惆悵落花前。（六五一）

【注釋】

[1] 業薪心火：佛教謂人生受所造之業與内心欲望。

[2] 陸氏稱龍：陸雲（262～303），字士龍，陸機弟。西晉文學家。傳見《晉書》。

[3] 得鹿：喻取得天下。《史記·淮陰侯列傳》：“秦失其鹿，天下共逐之，於是高材疾足者先得焉。”

[4] 白衣居士：指在家修行的居士。白衣，佛教徒著緇衣，因稱俗家爲白衣。

露滴紅蘭玉滿畦，閑拖象屣到峯西。但令心似蓮華潔，何必身將槁木齊？古塹細香紅樹老[1]，半峯殘雪白猿啼。雖然不是桃花洞[2]，春至桃花亦滿溪。（六五二）

【校勘】

露滴紅蘭玉滿畦　“滿”，《唐僧弘秀集》卷六作“繞”。

但令心似蓮華潔　“華”，甲本、乙本作“花”。

閑拖　“閑”，甲本、乙本作“閒”。

古塹細香　“香”，乙本作“煙”。

半峯　“峯”，乙本作“岩”。

雖然不是桃花洞　“花”，甲本、乙本作“源”。

春至桃花亦滿溪　“溪”，甲本、乙本作“蹊”。

【注釋】

［1］細香：微香。

［2］桃花洞：晉陶潛《桃花源記》，謂有漁人從桃花源入一山洞，見秦時避亂者後裔居其間，安樂自足，不知外界。漁人出洞歸，後再尋，迷而不得。後用以指避世隱居的安樂之地。

自休自了自安排，常願居山事偶諧。僧採樹衣臨絶壑[1]，金華山出樹衣，僧多採爲蔬菜，極美也。狖爭山果落空階。閑擔茶器緣青嶂，靜納禪袍坐緑崖。虛作新詩反招隱[2]，出來多與此心乖。（六五三）

【校勘】

自休自了　“了”，乙本一作“已”。

極美也　“極”前，甲本、乙本有“味”字。

閑擔茶器　“閑”，甲本、乙本作“閒”。“器”原作“噐”，異體字。據甲本、乙本校改。

静納禪袍　“納”，甲本、乙本作“衲”。

【注釋】

[1] 樹衣：可食用的苔类植物。清《浙江通志》卷一百六《物産·金華府》：“樹衣。《霏雪録》：金華山中多有之，僧家以為蔬，味極美。貫休詩云‘僧採樹衣臨絶壑’，指此也。”

[2] 反招隱：招隱，徵召隱居者出仕。反招隱，則言不必隱意。其作詩題者始於晉王康琚。《文選》卷二二《反招隱詩》吕向注：“《今古詩英華》題云晉王康琚，而不述其爵里才行也。康琚以為混俗自處，足以免患，何必山林，然後為道？故作反招隱之詩，其情與隱者相反。”

石爐金鼎紅蕖嫩，香閣茶棚緑巘齊。塢燒崩騰奔澗鼠，巖花狼藉鬬山雞。蒙莊環外知音少[1]，阮籍途窮旨趣低[2]。應有世人來覓我，水重山疊幾層迷。（六五四）

【校勘】

石爐金鼎紅蕖嫩　“嫩”原作“嫰”，異體字。據甲本、乙本校改。

【注釋】

［1］“蒙莊”句：蒙莊，指莊子。《史記·老子韓非列傳》：“莊子者，蒙人也，名周。”環外，與環中相對。環中，圓環中心。莊子用以喻無是非之境。《莊子·齊物論》：“彼是莫得其偶，謂之道樞。樞始得其環中，以應無窮。”環外，猶紛擾俗世。

［2］阮籍途窮：阮籍身處魏晉易代之時，内心苦悶，韜光晦迹。《晉書·阮籍傳》：“〔籍〕時率意獨駕，不由徑路，車迹所窮，輒痛哭而返。”

自古浮華能幾幾[1]，逝波終日去滔滔。漢王廢苑生秋草，吴主荒宫入夜濤。滿屋黄金機不息[2]，一頭白髮氣猶高。豈知知足金仙子[3]，霞外天香滿毳袍[4]。（六五五）

【校勘】

自古浮華能幾幾　末一“幾”字，乙本一作“朝”。

豈知知足　“知足”，乙本一作“物外”。

霞外天香滿毳袍　“霞外”，乙本一作“甘露”。“滿”，乙本一作“滴”。

【注釋】

［1］幾幾：猶幾許。

［2］機：心機。

［3］金仙子：猶金仙，謂佛。此處指僧侶。

［4］“霞外”句：霞外，雲外高遠之處。謂遠離塵俗。天香，芳香的美稱。毳袍，毛製的僧袍。

如愚何止直如弦，只合深藏碧嶂前。但見山中常有雪，不知世上是何年。野人愛向庵前笑，赤玃頻來納畔眠。只者逍遥好知己，何須更問洞中天[1]。（六五六）

【校勘】

赤玃頻來納畔眠　“納”，甲本、乙本作“袖”。

只者　“者”，甲本、乙本作“有”。

【注釋】

[1] 洞中天：猶洞中歲月。

支公放鶴情相似[1]，范泰論交趣不同[2]。有念盡爲煩惱錫[3]，無機方稱水精宫。香焚薝蔔諸峯曉，珠掐金剛萬象空[4]。若問山資言不及[5]，恒河沙劫用無窮[6]。（六五七）

【校勘】

有念盡爲煩惱錫　“錫”，甲本、乙本作“相”。

無機方稱水精宫　“機”、“精”，甲本、乙本作“私”、“晶”。

珠掐金剛萬象空　“掐”原作“搯”，義不通，據乙本校改。“象”，乙本一作“境”。

若問　“問”，甲本、乙本作“買”。

【注釋】

[1] 支公放鶴：参卷三《清氣生滄洲》"放鶴"注。

[2] 范泰：字伯倫（355～428），順陽（今河南内鄉西南）人。晉宋兩朝幾度爲官，終侍中、左光禄大夫。有令譽。好為文章，奬掖後生。傳見《宋書》、《南史》。

[3] "有念"句：念，佛教指心之作用，即對所緣之事的明白記憶。煩惱，佛教指使有情之身心發生惱、亂、煩、惑等精神作用的總稱。因爲對外緣牽挂記取，即有念，而生出愛欲取捨之心，獲種種煩惱。

[4] "珠掐"句：珠掐金剛，指念誦《金剛經》時，轉動念珠以計數。萬象，宇宙間一切事物、現象。萬象空，猶萬法皆空。佛教謂萬物皆由因緣而生，無實體存在。

[5] 山資：過隱居生活所需的費用。

[6] 恒河沙劫：恒河，河名。發源喜馬拉雅山南坡，流經印度、孟加拉國入海。印度人多視爲聖河。佛教常用恒河沙形容數量多至無法計算。恒河沙劫，即指多如恒河之沙，難以數清的劫數。

再逢虛中道士三首[1]

天目峯西古壞壇，壇邊相别雪漫漫。如今四十餘年也，還共當時恰一般。（六五八）

囊裏靈龜大似錢，道伊年與我同年。壺中長挈天相逐，何處昇天更有天？（六五九）

吾道將君道且殊，君鬚全似老君鬚[2]。尋常有語爭堪信，愛說蟠桃似甕粗。（六六〇）

【校勘】

天目峯西　“峯西”，甲本、乙本作“西峯”。

囊裏靈龜大似錢　“大”，甲本、乙本作“小”。

吾道　“吾”原作“君”，據甲本、乙本校改。

【注釋】

［1］虚中：袁州宜春（今屬江西）人。少出家，居玉笥山。後遊湘越，與貫休、齊己等遊，能詩。傳見《唐才子傳校箋》卷八、《十國春秋》卷七六。

［2］老君：指老子。

卷二十四

上盧使君二首

一領彤弓下赤墀，唯將清淨作藩籬。馬卿山岳金相似，張緒風情柳恐卑。心染煙霞新句出，筆驅奸蠹宿根隳。鄱陽黎庶還堪羨，頭有重天足有氂。（六六一）

司馬遷文亞聖人[1]，三頭九陌碾香塵[2]。盡傳棣蕚麟兼鳳[3]，終作昌朝甫與申。樓聳嬌歌疏雨過，風含和氣滿城春。因知寰海昇平去，又見高宗夢裏人[4]。（六六二）

【校勘】

唯將清淨　“唯”，甲本、乙本作“惟”。

張緒風情柳恐卑　“恐卑”，甲本、乙本作“不如”，下注“當作怨卑”。

三頭九陌碾香塵　“碾”原作“驏”，馬卧地打滾義，誤。據甲本、乙本校改。

【注釋】

[1] 司馬遷：字子長（前 145 或前 135～?），左馮翊夏陽（今陝西韓城）人。漢武帝時爲太史令，受李陵一事牽連，被處宮刑。後爲中書令。發憤著書，完成巨著《史記》。生平見其自著《報任少卿書》、《史記·太史公自序》、《漢書》本傳。

[2] 三頭：三頭，科舉考試三試都中第一名者。府試爲解頭，進士試爲狀頭，博學宏詞及制科試爲勅頭。唐章孝標《錢塘贈武翊黄》："花錦文章開四面，天人科第占三頭。"

[3] 棣蕚：猶棣華，喻兄弟。語本《詩·小雅·常棣》："常棣之華，鄂不韡韡。凡今之人，莫如兄弟。"《晉書·孝友傳序》："夫天倫之重，共氣分形，心睽則葉穎荆枝，性合則華承棣蕚。"

[4] 高宗夢裏人：指傅說。參卷十六《壽春節進》"傅說"注。

陪馮使君遊六首

登干霄亭

擁翠捫蘿山屐輕，飄飖紅旆在青冥。仙科朱紱言非貴[1]，溪鳥林泉癖愛聽。古桂林邊棋局濕，白雲堆裏茗煙青。因思廬岳彌天客[2]，手把金書倚石屏。（六六三）

【注釋】

[1] 仙科朱紱：成仙爲官。朱紱，禮服上的紅色蔽膝，多借指官服。

[2] 彌天客：指高僧。典出南朝梁僧祐《出三藏記集·道安傳》："（道安）遂住襄陽。習鑿齒聞而詣之，既坐而稱曰：'四海習鑿齒。'安曰：'彌

天釋道安。'"

遊靈泉院

珂珮喧喧滿路岐，亂泉聲裏扣禪扉。對花語合希夷境，坐石苔黏黼黻衣[1]。鳥啄古杉雪苒苒，風吹清磬露霏霏。惠巖亦有孤峯在，只戀翻經未得歸。（六六四）

【校勘】

坐石苔黏黼黻衣　“黼黻”原作“黻黻”，據甲本、乙本校改。

鳥啄古杉雪苒苒　“苒苒”，甲本、乙本作“冉冉”。

惠巖　“巖”原作“嚴”，據乙本校改。

只戀翻經　“翻”，甲本、乙本作“繙”。

【注釋】

［1］黼黻：繡有華美花紋的禮服。《淮南子·說林訓》：“黼黻之美，在於杼軸。”高誘注：“白與黑爲黼，青與赤爲黻，皆文衣也。”多指帝王和高官所穿之服。

過相思嶺

譽自馨香道自怡，相思嶺上却無機。荒渠葉覆深霞在，片石人吟一鳥飛。何處風砧傳古曲，誰家塚樹掛斜暉。因思往事真堪笑，鶴背魚竿未是歸。（六六五）

錦沙埻[1]

臨水登山興自奇，錦沙埻上最多時。雖云髮白孤峯好，其奈名清聖主知。草媚蓮塘資逸步，雲生松壑有新詩。翛然别是神仙趣[2]，豈羡東山妓樂隨[3]。（六六六）

【校勘】

錦沙埻　“埻”，甲本、乙本作“墩”。

翛然　“翛”，甲本、乙本作“儵”。

【注釋】

［1］埻：堤；壘土。

［2］翛然：自在不拘。宋沈説《曉色》：“曉色闌干外，翛然一欠伸。”儵然義同。《莊子·大宗師》：“儵然而往，儵然而來而已矣。

［3］東山妓樂：晉謝安住東山時，蓄養善歌舞的女藝人。參《世説新語·識鑒》。

釣罾潭

境静江澄無事時，紅旌畫鷁動魚磯。心期只是行春去，日暮還應得鶴歸。風破綺霞山寺出，人歌白雪島花飛。自憐亦在仙舟上，玉浪翻翻濺草衣。（六六七）

【校勘】

境靜江澄　“澄”，甲本、乙本作“清”。

紅旌畫鷁動魚磯　“魚”，甲本、乙本作“漁”。

日暮還應得鶴歸　“得”，甲本、乙本作“待”。

自憐亦在仙舟上　“仙”，甲本作“僊”，異體字。

迎仙閣

澗香霞影遶樓臺，捲箔憑欄耳目開。況從旌旗近鸞鳳，可憐譚笑出塵埃。火雲不入長松逕，露茗何須白玉杯？誰道迎仙仙不至，今朝還有謝公來。（六六八）

【校勘】

可憐譚笑　“譚”，甲本、乙本作“談”。

賀雨上王使君二首

一片丹心合萬靈，應時甘雨帶龍醒[1]。驅塵煞燒連窮□，□電衝霓滿杳冥。處處已知倉廩溢，家家皆歇管弦聽。應須早勒南山石，黄霸清風滿内庭[2]。（六六九）

猶來天贊德唯馨，朋禱心期事盡行。玄妙久聞譚佛母[3]，公久與東林大願和尚譚般若，般若者，即佛母也。感通今日見神光。破除秋熱飄蕭盡，還似春時散漫傾。他日爲霖亦如

此，諸生無不沐經營。（六七〇）

【校勘】

應時甘雨帶龍醒　“醒”，甲本、乙本作“腥”。

電衝霓滿杳冥　“杳”，甲本、乙本作“窅”。

處處已知倉廩溢　“廩”原作“瘰”，誤。據甲本、乙本校改。

應須早勒　“早”，甲本、乙本作“蚤”，通假字。

黄霸清風　“黄”，丁本、甲本作“王”。

猶來天贊德唯馨　“猶”，甲本、乙本作“由”。“唯”，甲本作“惟”。

玄妙久聞譚佛母　“譚”，甲本、乙本作“談”。下同。

公久與東林大願和尚譚般若　“林”、“譚”，甲本、乙本作“村”、“談”。

即佛母也　“即”，乙本無。

感通今日見神光　“光”，甲本、乙本作“明”。

【注釋】

[1] 龍醒：龍的腥味。醒通“腥”。

[2] 黄霸：字次公，漢代循吏。傳見《漢書·良吏傳》。

[3] 佛母：大乘佛教稱般若（意爲智慧）爲諸佛之母。

感懷寄盧給事二首[1]

綿綿遠念近來多，喜鵲隨函到緑蘿。雖匪二賢曾入

洛[2]，忽驚六義減沉痾[3]。僮攀鄰杏隳墻瓦，燕啄花泥落砌莎。好更因人寄消息，沃洲歸去已蹉跎。（六七一）

常憶團圓繡像前，東歸經亂獨生全。孤峯已住六七處，萬事無成三十年。每想苑墻危逼路，更思鉢塔曉淩煙。如今憔悴荆枝盡[4]，一諷來書一愴然。（六七二）

【校勘】

綿綿遠念　“綿綿”，甲本、乙本作“緜緜”，異體字。

忽驚六義減沉痾　“沉”，乙本作“沈”，異體字。

僮攀鄰杏　“僮攀”，甲本、乙本作“童扳”。

【注釋】

［1］給事：給事中的省稱。掌封駁制詔奏章，分判門下省日常事務。

［2］二賢：指西晉文學家陸機、陸雲兄弟。參卷十《送高九經赴舉》“陸機”句注。

［3］“忽驚”句：《詩經》有六義：風、雅、頌、賦、比、興。前三者屬體制；後三者屬表現手法。此處指承襲《詩經》傳統的詩作。沈痾，久治不愈的重病。

［4］荆枝：原指兄弟，此處指情如兄弟的朋友。

賀鄭使君

三衢蜂蠆陷城池[1]，八詠龍韜整武貔[2]。纔諭危亡書半幅，便思父母淚雙垂。時公檄書纔去，即便歸降。來款云：思父母則血淚長垂，憶弟兄乃江山隔越。戈收甲束投仁境，汗浹魂飄拜虎旗。死地再生知德重，精兵連譤覺山移。人和美叶禎祥出[3]，陣善深爲典教推。仗信輸誠方始是，執俘折馘欲何爲[4]。清威嚴令無纖墖[5]，長路深山不拾遺。七邑恩波歌浩渺[6]，一方雲物自鮮奇。天文仰視同諸掌，劍術無前更數誰。戰馬閑眠汀草遠，秋鼙乾揭岳霞隳。義爲土地精靈伏，仁作金湯鐵石卑。龔遂劉寬同煦嫗[7]，張飛關羽太驅馳。笙歌席上偏憐客，刀劍林中亦念詩。轂渚美爲長飲水[8]，金山高作受降碑。時猶草草秋方盡，陣是堂堂孰敢窺。寵渥豈唯分節鉞，勳庸須勒上鐘彝[9]。神資天贊誰堪比，名遂功成自不知。捲箔倚闌雲欲雪，擁爐傾榼酒如飴。扶堯社稷常憂老，到郭汾陽亦未遲[10]。釋子霑恩無以報，只將葑菲賀階墀[11]。（六七三）

【校勘】

思父母則血淚長垂　“長”，甲本、乙本作“雙”。

汗浹魂飄　“飄”，丁本作“消”。

清威嚴令無纖墖　“墖”，甲本、乙本作“塩”，異體字。

戰馬閑眠　“閑”，甲本、乙本作“閒”。

張飛關羽　“羽”，甲本作“某”。

陣是堂堂　“陣”，甲本、乙本作“陳”。

寵渥豈唯　“唯”，甲本作“惟”。

【注釋】

［1］“三衢”句：三衢，指衢州。蜂和蠆，都是有毒刺的螫蟲。喻兇殘的敵人。

［2］龍韜整武貔：龍韜，太公望兵法《六韜》之一。泛指兵法、戰略。武貔，即虎貔。泛指猛獸，唐人避唐太祖李虎諱改。借指武士。

［3］“人和”句：叶，和洽。禎祥，吉祥的徵兆。

［4］折馘：古代戰爭中殺死敵人，割其左耳以計功。

［5］纖𡏖：纖細的塵埃。𡏖，塵埃。

［6］七邑恩波：七邑，婺州領金華、義烏、永康、東陽、蘭溪、武成、浦陽七縣。恩波，恩澤。

［7］劉寬同煦嫗：劉寬（120～185），字文饒，弘農華陰（今屬陝西）人。歷任尚書令、南陽太守、太尉等，以溫仁多恕稱。傳見《後漢書》。煦嫗，亦作“煦妪”。撫育。

［8］縠渚：縐紗。喻水的波紋。渚通“瀦”，蓄水處，指陂塘之類。

［9］鐘彝：指青銅禮器。

［10］郭汾陽：即郭子儀（697～781），華州鄭縣（今陝西華縣）人。唐代名將，在平定安史之亂、反擊吐蕃進攻等中，屢建功勳。肅宗時曾封汾陽郡王。故稱郭汾陽。傳見新舊《唐書》。

［11］葑菲：《詩經·邶風·谷風》：“采葑采菲，無以下體。”按鄭玄箋釋，即蔓菁與葍之類也。葉與根皆可食，其根或略帶苦味，有因而棄之者。後用爲鄙陋之人或物事的謙辭。

送鄭使君[1]

刺婺廉閩動帝臺[2]，唯將清淨作梯媒。緑沉槍卓妖星落[3]，白玉壺澄苦霧開[4]。仁愛久懸溪上月，恩光又發嶺頭梅。天資劉邵龔黄筆[5]，神助韓彭衛霍才[6]。古驛劍江分掩映，畫旗花舫下喧豗[7]。鳳麟帟幕芙蓉拆[8]，洞壑清威霹靂來。禮樂封疆添禮樂，塵埃時節勿塵埃。荔支花下驅千騎[9]，薝蔔林中禮萬迴[10]。時大安大師在回院也。視事蠻奴磨玉硯，邀賓海月射金杯。謳歌合合千門樂，鼙角雄雄一閤雷。君父恩深頭早白，子孫榮襲日難陪。東陽緇素如何好[11]，空向生祠祝上台。（六七四）

【校勘】

緑沉槍　“沉”，乙本作“沈”，異體字。

鳳麟帟幕芙蓉拆　“拆”，甲本作“拆”。

時大安大師在回院也　“大安”，甲本、乙本作“八安”。

邀賓海月射金杯　“杯”，甲本作“盃”，異體字。

君父恩深　“君”原缺，據甲本、乙本校補。

【注釋】

[1] 鄭使君：指鄭鎰。唐末人，約在中和年間（881～884）曾任福建觀察使。中和四年陳巖逐而代之。參《舊唐書·僖宗本紀》。據本詩，此前鄭鎰曾任婺州刺史。

[2]“刺婺”句：刺，擔任刺史。廉通“覝”，考察，查訪。此處指任福建觀察使。帝臺，猶帝闕。

[3]“緑沉”句：緑沉，器物之濃緑或漆染爲濃緑色者常冠以“緑沉”。梁簡文帝《旦出興業寺訓詩》：“吳戈夏服箭，驥馬緑沈弓。”《南史·任昉

傳》："武帝聞問，方食西苑緑沈瓜，投之於盤，悲不自勝。"卓，穿刺。《太平廣記》卷五四引唐無名氏《仙傳拾遺·韓愈外甥》："〔韓愈〕問其所長，云：'善卓錢鍋子。'試令爲之。植一鐵條尺餘，百步内，卓三百六十錢。一一穿之，無差失者。"妖星，古指預兆災禍的星，如彗星等。

[4] 苦霧：濃霧。喻災難。

[5] 劉邵：疑即劉劭。邵通"劭"。劉劭，字孔才，三國魏人，廣平邯鄲（今河北邯鄲）人。著《人物志》，專論品銓人物。傳見《三國志·魏書》。

[6] 韓彭：指漢代名將韓信、彭越。

[7] 喧豗：紛紜。

[8] 坼：指花芽綻開。

[9] 荔支：即荔枝。

[10] 萬迴：唐代僧（632～711）。河南閿鄉人，俗姓張，多有神異。其兄遠戍安西，父母憂思，萬回每朝往視之，暮持其書返家。鄉人異之，因號萬回。參《太平廣記》卷九二《異僧六·萬迴》（出《談賓録》及《兩京記》）。

[11] 緇素：指僧俗。僧徒衣緇，俗衆服素，故稱。

贈楊公杜之舅

分盡君憂一不遺，鳳書徵入萬民悲[1]。風雲終日如相逐，雨露前程即可知。畫舸還盛江苹石[2]，秋山又看謝安棋[3]。譚諧盡是經邦術，頭角由來出世姿[4]。天地事須歸橐籥[5]，文章誰得到罘罳[6]。扣舷傍島清吟健，問俗看漁晚泊遲。霞影滿江搖枕簟，鳥行和月下漣漪。

周秦漢魏書書在，麟鳳龜龍步步隨。金殿恩波將浩浩，圭峰意緒謾孜孜。郡中條令春常在，境外歌謠美更奇。道者藥爐留要妙[7]，林僧禪偈寄相思。王楊盧駱真何者[8]，房杜蕭張更是誰[9]。應念衢民千萬戶，家家皆置一生祠。（六七五）

【校勘】

贈楊公杜之舅　“楊”，甲本作“陽”。

譚諧　“譚”，甲本、乙本作“談”。

【注釋】

［1］鳳書：君主的詔書。

［2］“畫舸”句：畫舸，畫船。江革，字次翁，臨淄（今屬山東淄博）人。王莽時大亂，奉母逃難。章帝時，歷官司空長史、諫議大夫等。以孝聞。傳見《後漢書》。

［3］謝安棋：即謝公棋。

［4］頭角：喻其氣概、才華。

［5］橐籥：古代冶煉時鼓風的裝置。喻指造化、大自然。

［6］罘罳：古代設在宮門外或城角上的網狀建築，用以守望和防禦。

［7］要妙：精深微妙。

［8］王楊盧駱：指初唐四傑王勃、楊炯、盧照鄰、駱賓王。四人皆以詩名，爲唐詩興盛奠定基礎。

［9］蕭張：漢初名臣蕭何、張良。

遊金華山禪院

茲地曾栖菩薩僧，栴檀樓殿瀑崩騰[1]。因知境勝終難到，問著人來悉不曾。斜谷暗藏千載雪，薄嵐長翳一龕燈。多慚不及當時海，又下嵯峨一萬層。（六七六）

【校勘】

茲地曾栖　“栖”，甲本、乙本作“棲”，異體字。

栴檀　“栴”，甲本、乙本作“旃”。

薄嵐長翳　“長”，甲本、乙本作“常”。

【注釋】

[1] 崩騰：奔騰。唐齊己《觀李瓊處士畫海濤》：“一揮一畫皆筋骨，滉瀁崩騰大鯨臬。”

寄鄭道士二首

常憶蘇躭好羽儀[1]，信安山觀住多時[2]。不知王質□□處[3]，兩箇仙人是阿誰？（六七七）

雖帶金輪髻裏珠，何妨相逐去清都[4]？舊山大有閑田地，五色香茅有子無[5]？（六七八）

【校勘】

常憶蘇躭　“躭”，甲本、乙本作“耽”。

不知王質□□處　甲本、乙本作“不知玉質雙棲處”。

雖帶金輪　“雖”，甲本、乙本作“誰”。

何妨相逐　“逐”，甲本作“奉”。

舊山大有閑田地　“閑”，甲本、乙本作“閒”。

【注釋】

［1］“常憶”句：蘇躭，亦作蘇耽。傳説漢末湖南郴縣人，飛升成仙。見《水經注》卷三九《耒水》。羽儀，《易·漸卦》：“鴻漸於陸，其羽可用爲儀。”孔穎達疏：“處高而能不以位自累，則其羽可用爲物之儀表，可貴可法也。”後因以喻居高位而有才德，堪爲楷模者。

［2］信安：地名，位於今浙江衢縣境内。

［3］不知王質□□處：南朝梁任昉《述異記》卷上載，晉時王質伐木於信安郡石室山，見童子數人棋而歌，因聽之。童子與以如棗核物，質含而不飢。俄頃起視，斧柯已爛盡。既歸，無復時人。此處作“不知玉質雙棲處”亦通。玉質指鄭道士與蘇躭。

［4］清都：傳説中天帝居住的宫闕。

［5］香茅：植物名，有香氣。

送少年禪師二首

秀眉青目樹花衣，一鉢隨緣智不知。佛與輪王嫌不作，世間剛有箇癡兒。（六七九）

萬水千山一鶴飛，豈愁遊子暮何之。古今此著無人

會，王積薪輸更不疑[1]。（六八〇）

【校勘】

王積薪　“薪”原作“新”，改之。參下注。

【注釋】

［1］王積薪：唐玄宗時翰林院棋待詔，圍棋高手。傳其曾夜宿山中孤姥家，得孤姥及其兒媳授圍棋之法，棋藝大進。參唐薛用弱《集異記》。

古劍池[1]

秋水蓮花三四枝，我來慷慨步遲遲。不決浮雲斬邪佞，直成龍去擬何爲[2]？（六八一）

【校勘】

直成　“直”，甲本、乙本作“真”。

【注釋】

［1］劍池：在今江西豐城西南，傳爲晉雷煥得寶劍龍泉、太阿的地方。

［2］直成龍去：參卷五《杜侯行》“劍衝斗牛”注。

曹娥碑[1]

高碑說爾孝應難，彈指端思白浪間。堪嘆行人不迴

首，前山應是苧蘿山[2]。（六八二）

【校勘】

堪嘆　“嘆”，甲本、乙本作“歎”，異體字。

【注釋】

［1］曹娥碑：曹娥爲東漢會稽郡上虞縣人。傳其父溺死江中，屍骸流失。娥年十四，沿江哭號十七晝夜，投江而死。世傳爲孝女，立碑紀念之。參《後漢書・列女傳》。

［2］苧蘿山：在浙江諸暨南，相傳西施爲此山鬻薪者之女。參漢趙曄《吳越春秋・勾踐陰謀外傳》。

比干傳[1]

昏王亡國豈堪陳，只見明誠不見身。想得先生也知自，欲將留與後來人。（六八三）

【注釋】

［1］比干：商紂王的叔父，因屢諫紂王，被剖心而死。參《尚書・泰誓》、《武成》、《史記・殷本紀》、《宋微子世家》。

送人遊茅山[1]

鳥啼花笑暖紛紛，路入青霞白石門。君到前頭好看

好，老僧或恐是茅君。（六八四）

【校勘】

本詩，乙本一作“茅真舊宅基猶在，藥竈苔深上尚殷。君見道人憑與問，大還還字若爲還”。實即卷二一《送人遊茅山》。

【注釋】

[1] 茅君：猶茅真。參卷二一《送人遊茅山》注。

聞杜宇

咽雨哀風更不停，春光於爾豈無情？直須喚得謝豹出[1]，方始年年無此聲。（六八五）

【校勘】

直須　“直”，甲本、乙本作“宜”。

【注釋】

[1] 謝豹：即杜鵑鳥。《禽經》：“嶲周，子規也，啼必北向。江介曰子規，蜀右曰杜宇。”張華注：“啼苦則倒懸於樹，自呼曰謝豹。”

聽曉角

三會單于滿閣風，五行無忒月朦朧[1]。如何十萬家

休戚，只在嗚嗚咽咽中。（六八六）

【注釋】

［1］無忒：無差錯。《後漢書·百官志五》："不置不監，無驕無忒。"

春送僧

蜀魄鬬鬬花雨深[1]，送師衝雨到江潯[2]。不能更折江頭柳[3]，自有青青松柏心。（六八七）

【校勘】

乙本題下小字注"以下見汲古閣毛氏本"。下及《律師》、《書石壁禪居屋壁》二詩。

【注釋】

［1］蜀魄鬬鬬：蜀魄，即杜鵑鳥。鬬鬬，鳥鳴聲。

［2］衝雨到江潯：衝雨，冒雨。江潯，江邊。

［3］"不能"句：古有折柳相送的習俗。參卷十二《送劉遜赴閩辟》"折楊柳"注。

問漁人

風惡波狂身更閑，滿頭霜雪背青山。相逢略問家何

在[1]，迴覰蘆花莽蒼間。(六八八)

【校勘】

乙本題作“漁者”。

風惡波狂身更閑　“更閑”，乙本作“似閒”。

迴覰蘆花莽蒼間　“覰”，乙本一作“指”。“莽蒼”，乙本作“滿舍”，一作“蒼莽”。

【注釋】

［1］略問：偶問。

律師

薝蔔花紅逕草青，雪膚冰骨步輕輕。今朝暫到焚香處，只恐牀前有虱聲。(六八九)

【校勘】

只恐牀前有虱聲　“虱”，甲本、乙本作“蝨”，異體字。

卷二十五

宿赤松山觀題道人水閣兼寄郡守

珠殿香輧倚翠稜[1]，寒栖吾道繼孫登。豈應肘後終無分[2]，見說仙中亦有僧。雲斂石泉飛險竇，月明山鼠下枯藤。還如華頂清譚夜，因有新詩寄鄭弘[3]。（六九〇）

【校勘】

寒栖吾道繼孫登　“繼”，甲本、乙本作“寄”。

還如華頂清譚夜　“譚”，甲本、乙本作“談”。

【注釋】

[1] 輧：有帷盖的车子。

[2] 肘後：古代醫書有《肘後方》，《隋書·經籍志》載扁鵲、葛洪等皆著之。此處泛指醫書。

[3] 鄭弘：字巨君，會稽山陰（今浙江紹興）人。曾爲受業之師焦貺訟罪。後拜為騶令，民稱蘇息。章帝時，官尚書令、太尉。多善政。傳見

《後漢書》。

春遊涼泉寺

一到涼泉不擬歸，迸珠噴玉落階墀。幾多僧祇因泉在，無限松如潑墨為。雲塹含香啼鳥細，茗甌擎乳落花遲。青山看著不肯上，多病多慵爭奈伊。（六九一）

【校勘】

一到涼泉不擬歸　“不”，甲本、乙本作“未”。

迸珠噴玉落階墀　“墀”，甲本作“除”，乙本校“除”作“墀”。

經吳宮

夫差昏暗霸圖傾[1]，千古淒涼地不靈。妖艷恩餘宮露濁，忠臣心苦海山青。蕭條陵隴侵寒水，髣髴樓臺出杳冥。此是前車況非遠[2]，六朝何更不星星[3]？（六九二）

【校勘】

妖艷　“艷”，乙本作“豔”，異體字。

髣髴　“髣髴”，甲本、乙本作“彷彿”。

六朝何更不星星　“星星”，甲本、乙本作“惺惺”。

【注釋】

［1］“夫差”以下四句：春秋時吳王夫差打敗越國，越王勾踐卧薪嘗膽，送美女入吳以惑亂之。夫差聽信讒言，逼死伍子胥，終至身死國滅。參《史記·吳太伯世家》、《伍子胥列傳》。

［2］“此是”句：猶前車之鑒。

［3］星星：即“惺惺”，清醒貌。

送薛侍郎貶峽州司馬[1]

得罪唯驚恩未酬，夷陵山水稱閑遊。人如八凱須當國，猿到三聲不用愁[2]。花落扁舟香苒苒，草侵公署雨脩脩。因人好寄新詩好，不獨江東有沃洲。（六九三）

【校勘】

夷陵山水稱閑遊　“閑”，甲本、乙本作“閒”。

花落扁舟香苒苒　“苒苒”，甲本、乙本作“冉冉”。

草侵公署雨脩脩　“脩脩”，丁本、甲本作“翛翛”。

不獨江東有沃洲　“洲”，甲本、乙本作“州”。

【注釋】

［1］薛侍郎：指薛貽矩（？～912），字熙用，河東聞喜（今山西聞喜東北）人。乾符中進士，昭宗時爲兵部侍郎、翰林學士承旨。後梁時爲相。

傳見新舊《五代史》。天復三年（903）正月昭宗還長安，新舊《五代史》本傳言薛貽矩因曾結交韓全誨而被貶。《舊唐書·崔胤傳》則謂崔胤擅權，貶三十餘人，薛貽矩被貶爲夔州司戶。“夔州”當誤，當爲峽州（治夷陵，今湖北宜昌）。《資治通鑑》卷二六四記此事在天復三年二月。詩稱“花落”，當作於春夏之交。

［2］猿到三聲：北魏酈道元《水經注》卷三四《江水》：“每至晴初霜旦，林寒澗肅，常有高猿長嘯，屬引淒異，空谷傳響，哀轉久絶。故漁者歌曰：‘巴東三峽巫峽長，猿鳴三聲淚沾裳。’”

將入匡山宿韓判官宅

一宿蘭堂接上才，白雲歸去幾徘徊。黛青峯朵孤吟後，雪白猿兒必寄來。簾卷茶煙縈墜葉，月明棋子落深苔。明朝江上空迴首，始覺清風不可陪。（六九四）

【校勘】

白雲歸去幾徘徊　“徘徊”，乙本作“裴回”。

送鄭侍郎騫赴闕[1]

文章國器盡琅玕[2]，朝騎駸駸歲欲殘。彩筆祇宜天上用[3]，繡衣偏稱雪中看。休驚斷雁離三楚[4]，漸入祥煙下七槃[5]。翰苑舊知憑與說[6]，紫金輪畔寄書難[7]。

（六九五）

【校勘】

朝騎騣騣歲欲殘　“欲”，甲本作“月”。

【注釋】

［1］鄭侍郎騫：鄭騫，前蜀官員。王建立國，爲御史中丞。武成元年(908)，受王宗佶牽連，被賜死。事迹參《新五代史·前蜀世家》。

［2］“文章”句：指其文章可當治國之用。琅玕，喻优美文辞。唐韓愈《齪齪》：“排雲叫閶闔，披腹呈琅玕。”

［3］彩筆：即五色筆。

［4］三楚：秦漢分原戰國楚地爲西楚、東楚、南楚，合稱三楚。後人多以泛指長江中游以南，今湖南、湖北一帶地區。唐李商隱《過鄭廣文舊居》：“宋玉平生恨有餘，遠循三楚吊三閭。”

［5］七槃：亦作“七盤”，七盤嶺。在四川廣元東北與陝西寧強交界處，上有七盤關，是川陝間重要關隘。

［6］翰苑：翰林院別稱。

［7］紫金輪：皇輿，指君主。

上盧使君

一別旌旗已一年，二林真子勸安禪[1]。常思雙戟華堂裏[2]，還似孤峯峭壁前。步出林泉多吉夢，帆侵分野入祥煙。自憐酷似隨陽雁[3]，霜打風飄到日邊。（六九六）

【注釋】

［1］“二林”句：二林，廬山東林寺、西林寺的合稱。真子，佛教以信順佛法，繼承佛業者爲真子。安禪，佛教指静坐入定。

［2］雙戟：古代官員顯貴在門外樹戟，標其門第。《新唐書·襄城公主傳》：“有司告營别第，辭曰：‘婦事舅姑如父母，異宫則定省闕。’止葺，故第門列雙戟而已。”

［3］隨陽雁：指大雁。因其隨太陽的偏向而南徙，故稱。唐李冶《送閻伯均往江州》：“唯有隨陽雁，年年來去飛。”

寄匡山大願和尚

一聽玄音下竹亭，却思窗雪與囊螢[1]。衹將清净酬恩德，敢信文章有性靈[2]。夢歷山牀聞鶴語，吟思海月上沙汀。不堪迴首滄江上，萬仞廬峯在杳冥。（六九七）

【注釋】

［1］窗雪與囊螢：窗雪，晉孫康好學，家貧無油，冬月嘗映雪讀書。見《尚友錄》卷四。囊螢，《晉書·車胤傳》謂車胤好學而家貧，夏月以練囊盛螢火蟲，照明讀書。後以兩者爲勤苦攻讀之典。

［2］性靈：性情。

别盧使君歸東陽二首

雨氣濛濛草滿庭，式微吟劇更誰聽？詩逢匠化雖貪

住，日覺恩深不易銘。心苦衹應消鬢黑，夢遊頻入倚天青。從玆還似歸迴首，唯祝台星與福星[1]。（六九八）

家在嚴陵釣渚傍[2]，細縺嘉樹拂窗涼。難醫林藪煙霞癖[3]，又出芝蘭父母鄉。孤帆好風千里暖，深花黄鳥一聲長。終期金鼎調羹日[4]，再近尼丘日月光[5]。（六九九）

【校勘】

詩逢匠化雖貪住　“雖”，甲本、乙本作“唯”。

家在嚴陵釣渚傍　“傍”，甲本、乙本作“旁”。

細縺　“縺”，甲本、乙本作“漣”。

再近尼丘　“丘”，甲本作“山”。

【注釋】

［1］“唯祝”句：台星，猶三台。參卷十九《蜀王入大慈寺聽講》“三台”注。福星，木星。古稱木星主福，故名。喻能帶來幸福、希望者。

［2］嚴陵：即嚴光，字子陵，省稱嚴陵。參卷十七《秋送夏郢歸錢唐》“子陵”注。

［3］林藪煙霞癖：指愛好遊處山林，至於成癖。

［4］“終期”句：指唐玄宗賜食李白事。參卷二《常思李太白》“七寶牀”注。

［5］尼丘：孔子名丘，字仲尼。

溪寺水閣閑眺因寄宋使君

溪木蕭條一憑欄，玉霜飛後浪花寒。釣魚舡上風煙

暝，苦木林中砧杵乾。至竟道心方始是，空躭山色亦無端。誰如太守分憂外，時把西經盡日看[1]。（七〇〇）

【校勘】

溪寺水閣閑眺因寄宋使　“閑”，甲本、乙本作“閒”。

溪木蕭條一憑欄　“憑”，甲本、乙本作“凭”，異體字。

釣魚舡上　“舡”，甲本、乙本作“船”。

苦木林中　“苦”，甲本、乙本作“古”。

空躭　“躭”，甲本、乙本作“耽”。

誰如　“如”，甲本作“知”。

【注釋】

[1] 西經：即佛經。佛教西來，故名。

春送趙文觀送故合州座主神櫬歸洛[1]

喜繼於悲錦水東，還鄉仙騎却尋嵩。再燒良玉堯雲動，方報深恩絳帳空。遠道靈輀春欲盡[2]，亂山羸馬恨無窮。他年必立吾君側，好把書紳答至公。先輩桂人曹鄴郎中[3]。（七〇一）

【校勘】

喜繼於悲　“於”，甲本、乙本作“于”。

遠道靈輀　“輀”，乙本作校作“輭”，甲本作“輭”，異體字。

亂山羸馬　“羸”原作“嬴”，據甲本、乙本校改。

先輩桂人曹鄴郎中　乙本無。

【注釋】

［1］春送趙文觀送故合州座主神櫬歸洛：趙文觀當爲“趙觀文”之誤。乾寧二年（895）登進士第的褚載有《賀趙觀文重試及第》詩，同榜黄滔有《和同年趙先輩觀文》詩。則趙觀文亦爲乾寧二年進士。此年知貢舉者爲禮部尚書崔凝，及第進士二十五人。因濫得，昭宗命再復試，落十人。崔凝因而被貶爲合州刺史。參《唐摭言》卷十四、宋錢儼《吳越備史》卷三，《全唐文》卷九一有昭宗《貶崔凝合州刺史敕》。又，《新唐書·昭宗本紀》載乾寧四年十月，合州刺史王仁威叛附於（王）建。則崔凝在合州刺史任上不久，即身死。故其門生趙觀文赴合州護其靈柩歸洛陽。貫休此詩當作於其歸洛，經過江陵時。時間在乾寧四年前後。合州，武德元年改隋涪陵郡置，治石鏡（今重慶合川）。座主，唐宋時進士稱主試官爲座主。神櫬，靈柩。

［2］靈輀：載運棺柩的車子。

［3］曹鄴郎中：曹鄴，字鄴之，貴州陽朔（今屬廣西）人，一説桂林。大中四年進士。歷任太常博士、洋州刺史等。詩多刺世疾俗，詩風古樸。傳見《唐才子傳校箋》卷七、《唐詩紀事》卷六十。郎中，隋唐各部皆設，分掌各司事務，爲尚書、侍郎之下的高級官員。

卷二十六

䜴光大師草書歌[1]

雪壓千峰横枕上，窮困雖多還激壯。看師逸蹟兩相宜，高適歌行李白詩[2]。海上驚驅山猛燒，吹斷狂煙著沙草。江樓曾見落星石[3]，幾回試發將軍砲[4]。别有寒雕掠絶壁，提上玄猿更生力[5]。又見吳中磨角來[6]，舞槊盤刀初觸擊。好文天子揮宸翰[7]，御製本多推玉案。晨開水殿教題壁，題罷紫衣親寵錫[8]。僧家愛詩自拘束，僧家愛畫亦局促。唯師草聖藝偏高，一掬山泉心便足。1

【校勘】

本首詩以下部分，原本不載。甲本卷二丨六毛晉所輯“補遺”收詩十五首。《全唐詩》卷八百三十七補收原本不載詩歌十八首。與乙本相校，甲本缺《寄題詮律師院》、《寄天台葉道士》、《送道友歸天台》、《陶種柑橙，令山童買之》四首，而多《擬苦寒行》，但此詩乙本卷八二六已收，題爲“苦寒行”。

《題成都玉局觀孫位畫龍》（甲本“題”前多“賦”字）一詩：“我見蘇州崑山佛殿中，金城柱上有二龍。老僧相傳道是僧繇手，尋常入海共龍鬬。又聞蜀國玉局觀有孫遇蹟，蟠屈身長八十尺。遊人爭看不敢近，頭覷寒泉萬丈碧。”題下原注“位，東越人。熹宗南巡，隨入蜀。後改名遇”。題作“孫位”，詩中又言“孫遇”，似不太妥。本詩也見於齊己名下。見《全唐詩》卷八四七、《白蓮集》卷十，題作《謝徽上人見恵二龍障子以短歌酬之》。下還有十句，詩意完整貫通。此詩當爲誤補。

《贈雷卿張明府》詩：“任官征戰後，度日寄閒身。封卷還高客，飛書問野人。廢田教種穀，生路遣尋薪。若起柴桑興，無先漉酒巾。”“卿”當爲“鄉”之誤。此詩《全唐詩》卷七一七收於曹松名下。據《元和郡縣圖志》卷三四《嶺南道一·循州》，雷鄉屬嶺南道循州管縣，天授二年（691）置。曹松（830?～902?）曾客遊嶺南，《全唐詩》卷七一七收相關詩作甚多，如《南海》、《嶺南道中》等。此詩定爲曹松作較妥。

《獻錢尚父》詩（原序：錢鏐自稱吳越國王，休以詩投之。鏐諭改爲“四十州”，乃可相見。甲本無此序。）：“貴逼人（乙本一作“身”）來不自由，龍驤鳳翥勢難收（全唐詩季振寫本一作“幾年勤苦踏林丘”）。滿堂花醉三千客，一劍霜寒十四州。鼓角揭天嘉氣冷（以下三句，乙本一作“萊子衣裳宮錦窄，謝公篇詠綺霞羞。他年名上淩煙閣”。），風濤動地海山秋。東南永作金天柱，誰（乙本一作“豈”。）羨當時萬戶侯。”（戊本詩末注“後四句一作‘萊子衣裳宮錦窄，謝公篇詠綺霞羞。他年名上淩煙閣，豈羨當時萬戶侯’。休詩以不改‘十四州”，與錢王不合，見諸加小說，不一而足。然起語‘貴逼人來’涉輕薄，‘勢難收’亦大犯忌諱。忤王意殆不獨僅‘十四州’一語也。贊寧作休傳云，休獻詩甚愜王旨，遺贈亦豐。王立功臣碑，刊之於碑陰。今考錢氏功臣碑，在府門西，樹碑紀功。其陰烈臣五百人，姓名見《吴越備史》。知贊公之說妄矣。附記此。”）

此詩爲僞託之作。《唐才子傳校箋》卷十辯之甚明。論者指出，此詩本事本自宋釋文瑩《續湘山野録》，中言貫休以詩謁錢鏐，在乾寧三年四月錢鏐平定董昌之亂，昭宗拜其爲鎮海、鎮東節度使、中書令，其自稱吴越國王後。而宋贊寧《宋高僧傳》本傳言：“乾寧初，齎志謁吴越武肅王錢氏。因獻詩五章，章八句，甚愜旨，遺贈亦豐。王立去偽功，朝廷旌為功臣，乃别樹堂立碑，記同力平越將校姓名。遂刊休詩於碑陰，見重如此……自此遊黟歙，與唐安寺蘭閣梨道合。後思登南嶽，北謁荆帥成汭。”則與之相悖。以理斷之，貫休謁諸侯，當先自近處的錢氏始。其謁錢鏐當在謁成汭之前。而貫休乾寧二年已在荆南，則《宋高僧傳》言其乾寧初謁錢鏐，當不誤。贊寧曾事錢鏐，聞見既多，所言當多確實。乾寧初年，浙東數州爲董昌所佔，錢鏐所據不到十四州。據《舊五代史·錢鏐傳》，其獲十四州之地，在其乾寧三年平董昌亂之後。貫休在乾寧初年，不可能作“一劍霜寒十四州”之語。此詩爲貫休所作的可能性較小。

《題某公宅》詩：“宅成天下借圖看，始笑平生眼力慳。地占百灣多是水，樓無一面不當山。荷深似入苕溪路，石怪疑行雁蕩間。只恐中原方鼎沸，天心未遣主人閑。”實爲宋劉克莊作，其《後村集》卷二有《方寺丞新第二首》，其一即此詩，唯“平生”作“書生”，“百灣”作“百弓”。方寺丞即方信孺，《後村集》中多相關之作，如《方寺丞艇子初成》、《題方寺丞西山瀑布亭》等。

其中《月夕》後《夜雨》詩，實即原本卷三《閑居擬齊梁四首》之一《夜雨山草滋》詩前半部分，唯原詩“爽籟生古木”，“生”作“雜”。“閑吟竹仙偈”，“偈”，甲本作“唱”。“清於嚼金玉”作“清絕過於玉”。

《陶種柑橙令山童買之》，實爲卷三《書陳處士屋壁》其二前四句。

又，《全唐詩》卷八八八補貫休《過商山》詩一首。

現以甲本、乙本參校。得詩十四。

海上驚驅山猛燒　甲本、乙本一作“海上風驚驅猛燒”。

御製本多推玉案　“推”，甲本作“堆”。

唯師草聖　“唯”，甲本作“惟”。

【注釋】

［1］ 砻光：五代吳越僧。字登封，俗姓吳，永嘉（今屬浙江）人。工詩，善草隸。傳見《宋高僧傳》。

［2］ 高適：字達夫（700？～765），郡望渤海蓨（今河北景縣）。廣德元年，任劍南西川節度使。次年回京，任刑部侍郎，轉左散騎常侍。盛唐邊塞詩派代表作家。傳見新舊《唐書》。

［3］ 落星石：即隕石。

［4］ 將軍砲：古代發石攻城之器。

［5］ 玄猿：黑猿。

［6］ 吳中：今江蘇吳縣一帶。泛指吳地。

［7］ 宸翰：帝王的墨迹。

［8］“題罷”句：紫衣親寵錫，猶賜紫。紫衣，紫色袈裟。寵錫，帝皇

的恩賜。

擬苦寒行

北風北風，職何嚴毒？摧壯士心，縮金烏足[1]。凍雲囂囂[2]，礙雪一片下不得。聲遶枯桑，根在沙塞。黄河徹底，頑直到海。一氣摶束[3]，萬物無態。惟有吾庭前杉松，樹枝枝枝健在。2

【校勘】

乙本題作“苦寒行”。

惟有吾庭前　“惟”，乙本作“唯”。

【注釋】

[1] 縮金烏足：金烏，指太陽。謂寒風之甚，太陽爲之躲避。

[2] 囂囂：喧亂貌。

[3] 摶束：捆束。謂寒氣籠罩、摧殘萬物。

觀地獄圖

峨峨非劍閣[1]，有樹不堪攀。佛手遮不得，人心似等閑。周王應未雪[2]，白起作何顔[3]？盡日空彈指，茫茫塵世間。3

【校勘】

峨峨非劍閣　“非”，乙本一作“水”。

有樹不堪攀　“堪”，《古今禪藻集》卷四作“豈”。

【注釋】

[1]“峨峨”兩句：佛教言有劍樹地獄。後秦佛陀耶舍共竺佛念譯《長阿含經·第四分世記經地獄品》：“劍樹地獄，縱廣五百由旬。罪人入彼劍樹林中，有大暴風，起吹劍樹葉，墮其身上。著手手絕，著足足絕，身體頭面，無不傷壞。”

[2]“周王”句：周王，指周公旦。周武王死，周成王年幼，周公旦代爲攝政，時人多指其有篡位之心。參《史記·魯周公世家》。

[3] 白起：（? ～前 257），又稱公孫起。戰國郿（今陝西眉縣）人。秦國名將。後因秦相范雎讒毀，被秦昭王賜死。傳見《史記》。

繡州張相公見訪[1]

德符唐德瑞通天，曾叱讒諛玉座前。千襲彩衣宫錦薄，數牀御札主恩偏。出師暫放張良箸[2]，得罪惟撐范蠡船[3]。未報君恩終必報，不妨金地禮青蓮[4]。4

【注釋】

[1] 繡州：唐武德六年改林州爲繡州，治常林（今廣西桂平南）。

[2] 張良箸：張良（? ～前 189），字子房。劉邦重要謀士，佐其建立漢朝，封留侯。傳見《史記》、《漢書》。箸，筷子。《史記·留侯世家》載，楚漢相爭，酈食其爲劉邦定下復立六國之計。張良以爲大謬，乃取酈食其

前用之箸，指畫分析形勢，劉邦不行前計。

［3］范蠡船：范蠡輔助越王勾踐滅吳後，乘扁舟浮於江湖。參卷十三《秋末入匡山船行八首》“范蠡”注。

［4］“不妨”句：金地，佛寺之别稱。《釋氏要覽》卷上：“金地或云金田，即舍衛國給孤長者側布黄金，買祇陀太子園，建精舍請佛居之。”青蓮，佛教因蓮花清淨無染，常用以指稱與佛教有關的事物。此處指佛經。唐劉禹錫《聞董評事疾因以書贈》：“繁露傳家學，青蓮譯梵書。”

海覺禪師山院

人言海覺老宗師，隱絕層巔世莫知。青草不生行道跡，白雲常護坐禪扉。六環金錫飛來後，一派銀河瀉落時。借問大心能濟物，龍門風雹捲天池。5

【校勘】

戊本題作“海覺師院”。

悼張道古[1] 昭宗時，道古官拾遺，以直諫貶蜀中死

清河逝水大忽忽，東觀無人失至公[2]。天上君恩三載隔，鑑中鸞影一時空。墳生苦霧蒼茫外，門掩寒雲寂寞中。惆悵斯人又如此，一聲蠻笛滿江風。6

【校勘】

清河逝水大忽忽　“忽忽”，甲本作“息息”，異體字。

東觀無人失至公　“失“，甲本作“識”。

鑑中鸞影　“鑑”，後蜀何光遠《鑑戒録》卷四引作“鏡”。

墳生苦霧　“墳”，《鑑戒錄》卷四引作“塵”。

門掩寒雲　“寒雲”，《鑑戒錄》卷四引作“諸孤”。

一聲蠻笛　“蠻”，《鑑戒錄》卷四引作“羌”。

【注釋】

［1］此詩本事，見載於後蜀何光遠《鑑戒録》卷四：“昭宗之代，張拾遺因貢《五危二亂表》敘興廢之事，遂黜於蜀……及太祖登極，每思其賢，遣使詔之，屢徵不起。復上章疏，詞旨是非，帝遂誅之，瘞於五墓之地……又西嶽僧貫休哭之曰（下略）”

［2］東觀：原爲東漢洛陽南宮内觀名，班固等修撰《東觀漢記》於此。後因以稱國史修撰之所。

月夕

霜月夜裴回，樓中羌笛催。曉風吹不盡，江上落殘梅。7

【校勘】

霜月夜裴回　“月”，乙本一作“殘”。“裴回”，甲本作“徘徊”。

樓中羌笛催　“笛”，乙本一作“管”。

晚　望

落日碧江靜，蓮唱清且閑。更尋花發處，借月過前灣。8

早霜寄蔡大

昨夜楚鐘鳴，飛霜下楚城。定知遷客鬢，先向鑑中生。9

【校勘】

乙本一作“荒郊昨夜雪，羸馬又須行。四顧無人迹，雞鳴第一聲”。

贈寫經僧楚雲[1]

剔皮刺血誠何苦，爲寫靈山九會文[2]。十指瀝乾終七軸，後來求法更無君。10

【校勘】

此詩也見於齊己名下，參《全唐詩》卷八四六、《白蓮集》卷九，題作《送楚雲上人往南岳刺血寫法華經》。

後來求法　“法”，甲本作“福”。

【注釋】

［1］此詩本事見載於宋釋恵洪撰《林間錄》卷下：“衡嶽楚雲上人，生唐末，有至行。嘗刺血寫《妙法蓮華經》一部，長七寸，廣四寸而厚半之，作旃檀匣藏於福嚴三生藏。……貫休有詩贈之曰……”

［2］靈山九會：靈山，印度佛教聖地靈鷲山的簡稱。九會，唐實叉難陀譯八十卷《大方廣佛華嚴經》謂如來與菩薩、四衆、天龍八部，於菩提場等處，九番聚會，廣說華嚴。

寄題詮律師院

錦溪光裏聳樓臺，師院高淩積翠開。深竹杪聞殘磬盡[1]，一茶中見數帆來。焚香只是看新律，幽步猶疑損緑苔。莫訝題詩又東去，石房清冷在天台。11

【校勘】

乙本題下注“以下見《統籤》”。即《唐音統籤》。以下三詩，甲本無。現據乙本，參照戊本補。

【注釋】

［1］竹杪：竹稍。

寄天台葉道士

負局高風不可陪，玉霄峰北置樓臺。注參同契未將出[1]，尋榔栗僧多宿來。颼槭松風山棗落[2]，閒關溪鳥术花開[3]。終須肘後相傳好，莫便乘鸞去不迴[4]。12

【注釋】

［1］參同契：即《周易參同契》。舊題漢魏伯陽著。以《周易》、黄老、爐火相參同，闡發煉丹修煉之説，爲道教丹經之祖。

［2］槭：樹名。

［3］閒關：鳥鳴聲。

［4］乘鸞：指登仙。鸞，傳説中鳳凰一類的鳥。參卷六《送楊秀才》“弄玉”注。

送道友歸天台

蘚濃苔澀冷層層，珍重先生獨去登。氣養三田傳未得[1]，藥非八石許還曾[2]。雲根應狎玉斧子[3]，月逕多尋銀地僧。太守苦留終不住，可憐江上去騰騰。13

【注釋】

［1］三田：道教謂兩眉間爲上丹田，心爲中丹田，臍下爲下丹田，合稱三丹田或三田。

［2］八石：古代道家煉丹常用的朱砂、雄黄、雌黄、空青、雲母、硫黄、戎鹽、硝石八種石質原料。

［3］玉斧子：傳爲仙人許翽的小字。參晉陶弘景《真誥》卷二《與許玉斧》、《雲笈七籤》卷四《上清原統經目註序》。

過商山

吟緣横翠憶天台，嘯狖啼猨見盡猜。四箇老人何處去[1]？一聲仙鶴過溪來。皇城宫闕迴頭盡，紫閣煙霞為我開。天際峯峯盡堪住，紅塵中去大悠哉。14

【校勘】

此詩見於《全唐詩》卷八八八。

【注釋】

［1］四箇老人：即商山四皓。

失　題[1]

玉房花洞接三清，漫指羅浮是去程。龍馬便攏節竹杖，山童常使茯苓精。曾教莊子拋卑吏，却喚軒皇作老兄。再見先生又何日，只應頻夢紫金城。

【校勘】

此詩録自後蜀何光遠《鑑戒録》卷一《禪月吟》。

【注釋】

［1］此詩之本事，《鑑戒録》卷一《禪月吟》載："初，上人詩名未振，時南楚才人競以詩送軒轅先生歸羅浮山，計百餘家矣。上人因吟一章，羣公於是息筆。"軒轅先生，即唐末道士軒轅集。參卷二十一《贈軒轅先生》"軒轅先生"注。

詠紅芙蓉上宋使

擘水苞金紫豔濃，乍觀疑在水仙宫。難驅顔色文章裏，合出天人池館中。芬馥静生朱檻膩，動搖微映鷺鷥紅。臨川内史詩相似，遥仰清吟滿閣風。

【校勘】

録自宋趙孟奎編《唐歌詩·草木蟲魚類卷五》。孫望《全唐詩補逸》卷十八録此詩，注："'宋使'二字下當脱'君'字。宋使君屢見於《禪月集》，《唐刺史考》考定爲宋震。"

苔蘚

嚴子釣臺邊不少，謝公山展上無多。世間若也皆廉潔，金玉生根奈爾何？17

【校勘】

録自《唐歌詩·草木蟲魚類卷六》。孫望《全唐詩補逸》卷十八録此詩，注“展，疑當作‘屐’”。

贊念法華經僧

空王門下有真子，勘以空王爲了使[1]。常持菡萏白蓮經，屈指無人得相似。長松下，深窗裏，歷歷清音韻宫徵。短偈長行主客分，不使閑聲挂牙齒。外人聞，聳雙耳，香風襲鼻寒毛起。祇見天花落座前，空中必定有神鬼。吾師吾師須努力，年深已是成功績。桑田變海骨爲塵，□根長似紅蓮色[2]。18

【校勘】

録自伯二一〇四、斯四〇三七。

勘以空王爲了使　“使”，伯二一〇四作“事”，據斯四〇三七改。

短偈長行　“短”，伯二一〇四原作“矩”，據斯四〇三七改。

香風襲鼻　“襲”，伯二一〇四原作“龍水”，據斯四〇三七改。

吾師吾師須努力　伯二一〇四原脱“吾師”二字，據斯四〇三七補。

年深已是成功績　“成功績”，斯四〇三七作“戒功積”。

□根長似紅蓮色　“根”，斯四〇三七作“相”。

【注釋】

[1] 了使：猶僕使。

[2] □根長似紅蓮色：缺字疑作“舌”。佛教言，虔誠持誦《法華經》者，命終舌根不化，色如紅蓮。《續高僧傳·志湛傳》：“齊武成世，并州東看山側有人掘地，見一處土其色黄白，與旁有異。尋見一物，狀如兩脣。其中有舌，鮮紅赤色。以事奏聞。帝問諸道人，無能知者。沙門大統法上奏曰：‘此持《法華》者，六根不壞報耳。誦滿千遍，其徵驗乎。’”乃勅中書舍人高珍曰：“卿是信向之人，自往看之，必有靈異。宜遷置淨所，設齋供養。”珍奉勅至彼，集諸持《法華》沙門。執爐潔齋，繞旋而呪曰：‘菩薩涅槃年代已遠，像法流行，幸無謬者，請現感應。”纔始發聲，此之脣舌一時鼓動。雖無響聲，而相似讀誦，諸同見者莫不毛豎。”

夏雨登干霄亭上宋使君二首

霽色澄鮮壑映紅，干霄亭上望無窮。蟬驚殘雨疑秋早，雷傍嚴城報歲豐。歸廟片雲銜紫電，立查雙鶴唳仙風。自憐四郡干戈日，得在文翁教化中。19

鄒魯封疆禾稼濃，清吟孤坐思重重。新詩幾獻蓬萊客，遠夢仍歸菡萏峰。野果一枝堪獻茗，落霞數片欲燒松。如何深得冥搜癖，月磬聲聲歸去慵。20

【校勘】

此二詩至《新定江邊作》，録自宋董弅《嚴陵集》卷二。

宋使君罷新定移出東館二首

無爲政化更何爲，到即生人嫗煦肥。必似漢高三傑夫，且將劉寵一錢歸。玉階香惹麒麟步，銀漢風驅鸑鷟飛。爲報烝民莫惆悵，陶鈞及爾更光輝。21

祖筵四面煙花合，江館深冬歸思長。火旆畫旗風焰焰，橘洲魚舍浪茫茫。聽歌幾入紅蘭榭，坐隱頻升白玉堂。今數不如沙磧雁，天邊一一得隨陽。22

寄杭州宋使君公初罷睦州

一自雙旌下釣台，望風吟苦凍雲開。即歸紫闥天非遠，猶憶烏龍首獨回。高節似僧僧共坐，暮潮如雪雪中來。應知新定蒼生淚，灑向東風祝上台。23

遊嚴陵釣臺

雪浪皚皚萬古情，岸邊臺占子陵名。一時大器天將與，數尺漁竿誰不擎？危樹高碑鎸籀字，滄州老鶴識先生。遊人到此慵歸去，庭樹孤猿有好聲。24

新定江邊作

江邊山頂深秋時，身閑蕭灑心無爲。石頭青草取次坐，松風竹風撩亂吹。數聲好鳥來依我，一點征帆去是誰？惆悵古賢何處在，潺潺夕照滿江湄。日落山照耀，即此處也。25

詠雁山十八寺[1]

本覺淩雲到寶冠，能仁古塔上飛泉。普門羅漢石門裏，瑞鹿華嚴天柱邊。古洞靈峰振際並，靈岩霞嶂淨名連。石梁不與雙峰遠，十八精藍繞雁巔。26

【校勘】

録自清勞大與撰《甌江逸志》。

【注釋】

［1］雁山十八寺：《甌江逸志》："雁蕩山有東西内外谷，諸峰險怪，皆包在諸谷之中……建寺十有八。"

題東林寺

閑行閑坐思攀緣，多是東林古寺前。小瀑便高三百尺，短松多是一千年。盧楞伽畫苔漫晝，殷仲堪碑雨滴穿。今欲更崇蓮社去，不知誰是古諸賢。27

【校勘】

見於宋陳舜俞《廬山記》卷四，共四首，此爲第一首。參卷二十一《再遊東林寺作五首》校勘説明。

大隱四字龜鑒

在塵出塵，如何處身？見善努力，聞惡莫親。縱居暗室，如對大賓。樂情養性，逢危守貧。如愚不愚，修仁得仁。謙讓爲本，孤高作鄰。少出爲貴，少語最珍。

學無廢日，時習知新。榮辱慎動，是非勿詢。常切責己，切忌尤人。抱璞刖足[1]，興文厄陳[2]。古聖尚爾，吾徒奚伸？安問世俗，自任天真。奇哉快哉，坦蕩怡神。28

【校勘】

録自宋子升、如祐編《禪門諸祖師偈頌》卷上之下。亦見於元僧永中補、明僧如巹續補《緇門警訓》卷三，題作“禪月大師大隱龜鑑”。

切忌尤人　“忌”，《緇門警訓》作“勿”。

【注釋】

［1］抱璞刖足：參卷七《覽李秀才卷》“和氏淚”注。

［2］興文厄陳：指孔子張揚儒家之道，在陳國因吳伐陳，陳亂而乏食困窘。參《論語·衛靈公》。

戒童行慈受二十偈意同

勸汝出家須決志，投師學業莫容易。添香換水結因緣，佛殿僧堂勤掃地。莫閑遊，莫嬉戲，出入分疏說出處。三朝四宿不見歸，妙法何曾聞一偈。敬師兄，教師弟，莫向空門爭意氣。上中下座用謙和，莫賤他人稱自貴。衣食難，豈容易，計功多少須慚愧。隨緣飲啄任精麤，不用千般求細膩。布素衣，隨時乩，知足便超功果位。才能豈是皂羅衣，有道何須黄錦被。清信男，淨信女，捨却一身飼餓虎。此因緣，苦中苦，不用再三説酸楚。心中有罪自心知，自向心中懺悔取。親明師，學智慧，别人睡時你慢睡。出家兒，學妙理，習讀夜眠須早起。三更睡到四更初，歸向釋迦尊殿裏。挑明燈，換淨水，禮拜焚香作福祉。報答三有及四恩，天龍八部生歡喜。莫愚癡，莫懈怠，一超直入佛境界。行亦禪，坐亦禪，了達真如觀自在。29

【校勘】

録自《禪門諸祖師偈頌》卷下之下。

題十八賢影堂

白藕池邊舊影堂，劉雷風骨盡龍章。共輕天子諸侯貴，惟愛君師一法長。陶令醉多招不得，謝公心亂入無方。何人到此思高躅，風點苔痕過短牆。30

【校勘】

録自元普度編《廬山蓮宗寶鑒》卷四。

失　題

幾朵碧芙蕖，王維圖未圖。層層皆有瀑，一一合吾居。雨歇如爭出，嚴霜不到枯。世猶多事在，爲爾久躊躇。31

【校勘】

録自康熙五十年楊廷望纂，光緒八年重刊本，《衢州府志》卷三。

禪月大師懸水精念珠詩

磨琢春冰一樣成，更將紅線貫珠纓。似垂秋露連連滴，不濕禪衣點點清。棄抛乍看簾外雨，散罷如睹霧中星。要知奉福明王處，常念觀音水月明。32

【校勘】

此詩見於伯二九八七。原鈔於《西天大小乘經律論並及見在大唐國内都數目録》末。"念"字右側注一"數"字。吳其昱《禪月集補遺》一文定爲貫休詩。

趙□不買卜

雖知八卦聖人材，何必將心問命胎。或遇吉時虛暗喜，或遇凶時妄徘徊。榮枯已向生前定，福禍從他頭上來。但存五常君子樣，合爲災處不爲災。33

【校勘】

存疑。此時亦見於伯二九八七。原接鈔於前詩末。

初　秋

葦風荷露逼人寒，午夢大高眼界寬。落落與誰同此意，纖纖初月上雲端。34

【校勘】

存疑。《古今禪藻集》卷七作貫休詩。明彭大翼《山堂肆考》卷十二作僧惠休詩。

句

今日再三難更識，識辭唯道待錢來[1]。周寶涖丹陽，州人有事，輒云“待錢來”，後果以錢鏐代之。此上錢鏐句也。1

【校勘】

句　甲本作“摘句”。

甲本有“摘句”十二，乙本有“句”十一，内容基本一致。甲本多出殘詩“朱門當大道，風雨立多時”，見於《乞食僧》詩，業已爲《四庫全書提要》揭明。參卷十七。

其中“一生不蓄買田錢，華屋何心亦偶然。客至多逢僧在坐，釣歸惟許鶴隨船。（原注：《錦繡萬花谷》。）”，戊本句後注“題某公宅。出《錦繡萬花谷》，下同。”按，本條見《錦繡萬花谷》後集卷二三《第宅》，原注：出南嶽。南嶽即宋劉克莊《南嶽第一稿》，見於其《後村集》卷二卷首小注。《後村集》卷二《方寺丞新第二首》之二：“一生不蓄買田錢，華屋何心亦偶然。客至多逢僧在坐，釣歸惟許鶴隨船。按行花木皆僚友，主掌湖山即事權。京洛貴人金谷裏，安知世上有林泉?”

下條，“家爲買琴添舊價，廚因養鶴減晨炊。（仝上。）”，按，此條出《錦繡萬花谷》後集卷二三《室》。末原注：南嶽，即“南嶽舊稿”，見《後村集》卷一卷首小注。《後村集》卷一《答友生》：“讀易參禪事事奇，高情已恨挂冠遲。清於楚客滋蘭日，貧似唐人乞米時。家為買琴添舊債，廚因養鶴減晨炊。君看江表英雄傳，何似孤山一卷詩。”兩詩非貫休之作。

現據甲本、乙本相校，得句一至九條。其餘不見於此兩本者，列於後。

識辭唯道待錢來　“唯”，甲本作“惟”。

【注釋】

[1] 此條本事見《吳越備史》卷一，與原注相似。

雁蕩經行雲漠漠[1]，龍湫宴坐雨濛濛[2]。雁蕩上今有經行臺、宴坐峰，皆以休得名。2

【校勘】

戊本句後有注云：“《古今詩話》云：溫州雁蕩山，自古圖史不載。山前瞰大海，頂有大池，相傳為雁蕩。有二潭，以為龍湫。今有經行臺、宴坐峰，皆以貫休詩名也。”

【注釋】

[1] 雁蕩：宋沈括《夢溪筆談》卷二四：“溫州雁蕩山，天下奇秀……按西域書，阿羅漢諾矩羅居震旦東南大海際雁蕩山芙蓉峰龍湫。唐僧貫休為諾矩羅贊，有‘雁蕩經行雲漠漠，龍湫宴坐雨濛濛’之句。此山南有芙蓉峰，峰下芙蓉驛前瞰大海，然未知雁蕩龍湫所在。後因伐木，始見此山山頂有大池，相傳以為雁蕩。下有二潭水，以為龍湫。又有經行峽、宴坐峰，皆後人以貫休詩名之也。”

[2] 雨濛濛：明楊慎《龍湫瀑布》：“唐僧貫休詩‘雁蕩經行雲漠漠，龍湫燕坐雨濛濛’，所謂雨者，非雨也，瀑布之濺沫也。”

刻成筝柱雁相挨[1]。3

【注釋】

[1]《夢溪筆談》卷十四："唐人作富貴詩，多紀其奉養器服之盛，乃貧眼所驚耳！如貫休《富貴詩》云'刻成筝柱鴈相挨'，此下鬻彈者皆有之，何足道哉!"

黄昏風雨黑如磐，别我不知何處去[1]。俠客，見劍俠傳。4

【校勘】

按，此條疑即卷六《義士行》末兩句"黄昏雨雹空似翳，别我不知何處去"異文。

【注釋】

[1]《太平廣記》卷一九六《丁秀才》(出《北夢瑣言》)言，朗州道士羅少微寄居茅山紫陽觀，同寓有丁秀才者，氣度類常人，而淡於仕進。"冬之夜，霰雪方甚，二三道士圍爐，有肥羚美醞之羨。丁曰：'致之何難?'時以為戲，俄見開戶奮袂而去。至夜分，□雪而迴，提一銀榼酒、熟羊一足，云'浙帥廚中物。'由是驚訝歡笑，擲劍而舞，騰躍而去，莫知所往，惟銀榼存焉。觀主以狀聞於縣官，詩僧貫休《俠客詩》云：'黄昏風雨黑如磐，别我不知何處去。'得非江淮間曾聆此事而搆思也?"四庫本《北夢瑣言》無此條。

郭尚父休誇塞北，裴中令莫説淮西[1]。野客叢書。5

【校勘】

戊本句後注“吊邊將”。

野客叢書　乙本作“野客從談”。

【注釋】

［1］本條出宋王楙《野客叢書》卷八《魯直詩體》：“魯直詩曰：‘管城子無食肉相，孔方兄有絶交書。’今謂此體魯直創見，僕謂不然，唐詩此體甚多。張祜曰：‘賀知章口徒勞説，孟浩然身更不疑。’李益曰：‘柳吳興近無消息，張長公貧苦寂寥。’貫休曰：‘郭尚父休誇塞北，裴中令莫説淮西。’杜荀鶴曰：‘卷一箔絲供釣線，種千林竹作漁竿。’皆此句法也。讀之似覺齟齬，其實協律。”

萬計交人買，華軒保惜深。牡丹。○吟窗雜録。6

【校勘】

録自宋陳應行輯《陳學士吟窗雜録》卷十二沙門文彧《詩格》，題作“禪月牡丹詩”。

如何忠爲主，至竟不封侯。即邊將。7

【校勘】

見於《陳學士吟窗雜録》卷十四正字王玄《詩中旨格》，題作“吊邊將”，“至”作“志”。

但看千騎去，知有幾人歸。8

【校勘】

出處同上。題作“送邊將”。

戊本句後注“送邊將，《吟窗雜録》。”

黏粉爲題棲鳳竹，帶香因洗落花泉。仝上。9

【校勘】

前有兩條爲劉克莊詩，已辨明刪去。仝上，指其同出《錦繡萬花谷》。本條出《錦繡萬花谷》前集卷三二《筆》。

黏粉爲題棲鳳竹　“黏”，甲本作“粘”，異體字。

見説氣清邪不入，不知爾病自何來。病鶴詩。古今詩話。10

【校勘】

據戊本補。《北夢瑣言》卷二十《休公真率》：“荆州成中令問其筆法非耶，休公曰：‘此事須登壇而授，非草草而言。’成令銜之，乃遞於黔中。因以《病鶴》詩寄意曰‘見説氣清邪不入，不知爾病自何來’，以詩見意也。”宋阮閲《詩話總龜》卷三十引《古今詩話》沿之。

見説南行客，迢迢有似無。寄南行客。吟窗雜録。11

【校勘】

據戊本補。此條出自《陳學士吟窗雜録》卷十二沙門文彧《詩格》，題作“禪月寄南行客詩”。

經秦歷魏松千尺，浴海挨星月一輪。12

【校勘】

出自宋睦庵善卿編正《祖庭事苑》卷四，引作“過寶道者詩”。

嘹唳傍溪濆。13

【校勘】

出自宋陳起編《江湖小集》卷三釋紹嵩《江浙紀行集句詩·天章道中》集句。

登臨吟望思無窮。14

【校勘】

出自《江湖小集》卷二二李龏《剪綃集·金陵春日》集句。

白月宫中天馬駒。15

【校勘】

出自宋睦庵善卿編正《祖庭事苑》卷三。

萬緣冥目盡，一衲亂山深。16

【校勘】

出自《陳學士吟窗雜録》卷十二沙門文彧《詩格》。疑爲卷十三《寄山中伉禪師》"萬緣冥目盡，一句不言深"異文。

後序

門人慧光大師賜紫曇域述

有唐翰林學士兵部侍郎吴融請爲序。先師長謂一二門人曰："吴公文藻贍逸，學海淵深，或以挹讓，周旋異待矣。或以文害辭，或以辭害志，或以誕餙饒借，則殊不解我意也。子可於余所著之末，聊重敘之。"曇域乃稽顙而言曰："語云：子疾病，子路欲以門人爲臣。子曰：欺天乎？曇域小子，何敢敘焉？"師曰："子不知，皆孔子弟子記諸善言，以成其書。況吾常酷於兹，心勦形瘵，訪其稽古，慰以大道。睠然皓首，豈謂賈其聲耳？且吾昔在吴越間，靡所濟集。聊欲係志於翰墨，得以亂思不憖遺老矣。子無辭焉！但當吾意而言之，然又不可以微之、樂天、長吉類之矣！吾若與騷人同時，即知殊不相屈。爾直言之，無相辱也。"曇域遜讓不暇，力而敘之。

先師名貫休，字德隱，婺州蘭溪縣登高里人也。俗姓姜氏，家傳儒素，代繼簪裾。少小之時，便歸覺路於和安寺，請圓貞長老和尚爲師。日念《法華經》一千字，數月之内，念畢兹經。先師爲童子時，與鄰院童子法號處黙偕。年十餘歲，同時發心念經。每於精修之暇，更相唱和。漸至十五六歲，詩名益著，遠近皆聞。年二十歲，受具足戒。後於洪州開元寺聽《法華經》。不數年間，親敷法座，廣演斯文。邇後兼講《起信論》。可謂三冬涉學，百舍求師。尋妙旨於未傳，起微言於將絶。於時江表仕庶，無不欽風。

年齒漸高，屬天下喪亂，時處默和尚謂師曰："吾師抱不羈之才，懷自然之道。時不我與，成無傷哉！"復爲先師曰："分袂無血淚，望處空闌干。"後隱南嶽，深居不出。先聃爲備者曰："吾聞岷峨異境，山水幽奇。四海騷然，一方無事。"遂乃過洞庭，趨渚宮，歷白帝。旋聞大蜀開基創業，奄有坤維，歎曰："不有君子，寧能國乎?"遂達大國，進上先皇帝詩。其略曰："一瓶一鉢垂垂老，萬水千山得得來。"高祖禮待，膝之前席，過秦主待道安之禮，踰趙王迎圖澄之儀。特修禪宇，懇請住持，尋賜師號曰"禪月大師"。曲加存恤，優異殊常。十年已來，迥承天睠。

無何，壬申歲十二月召門人，謂曰："古人有言曰：地爲牀兮天爲蓋，物何小兮物何大。苟愜心兮自忻泰，聲與名兮何足賴？吾之住世亦何久耶！然吾啓首足，曾無愧心。汝等以吾平生事之以儉，可於王城外藉之以草，覆之以紙，而藏之。慎勿動衆而厚葬焉。"言訖，掩然而絶息，遂具表聞天。先帝戚然久之，乃命所司備一期葬事。於時，在城仕庶無不悲傷。曇域遂以先師遺言上奏，請以薄葬之禮。帝曰："朕洽命可行焉。"勑令四衆，共助葬儀，特竪靈塔，勑謚白蓮之塔。以癸酉年三月十七日，於成都北門外十餘里，置塔之所，地號昇遷。葬事既周，哀制斯畢。暇日或勳賢見訪，或朝客相尋，或有念先師所制一篇兩篇，或記三句五句，或未閑深旨，或不曉根源。衆請曇域編集前後所制歌詩文贊，曰："有見問，不暇枝梧。"遂尋檢槁草，及暗記憶者，約一千首。乃雕刻版部，題號《禪月集》。曇域雖承師訓，藝學無聞。曾奉告言，輒直序事。時大蜀乾德五年癸未歲十二月十五日序。

時嘉熙四年五月十五日婺州蘭溪縣兜率禪寺住持賜紫禪悟大師可燦重刊。

【校勘】

有唐翰林學士兵部侍郎吳融請爲序　"序"，甲本作"敘"。

先師長謂一二門人曰　"一二"，甲本作"吾"。

周旋異待矣　"異"，甲本作"相"。

聊重敘之　"聊"，甲本作"仰"。

子路欲以門人爲臣　"欲以"，甲本作"使"。

訪其稽古　"其"，甲本作"奇"。

豈謂賈其聲耳　"謂"，甲本作"爲"。

得以亂思不憗遺老矣　"憗"，甲本作"滑"。

然又不可以微之、樂天、長吉類之矣　"微"、"類"，甲本作"過"、"似"。

力而敘之　"敘"，甲本作"序"。

更相唱和　"唱"，甲本作"倡"。

於時江表仕庶　"仕"，甲本作"士"。

成無傷哉　"成"，甲本作"誠"。

復爲先師曰　"爲"，甲本作"謂"。

深居不出，先　原無，據甲本校補。

進上先皇帝詩　“先皇帝”，甲本作“蜀高祖”。

萬水千山得得來　“萬水千山”，甲本作“千山千水”。

十年已來　“已”，甲本作“以”。

迴承天睠　“睠”，甲本作“眷”。

苟愜心兮自忻泰　“忻”，甲本作“欣”。

吾之住世亦何久耶　“住”，甲本作“治”。

然吾啓首足　“首”，甲本作“手”。

掩然而絶息　“掩”，甲本作“奄”。

遂具表聞天　“聞天”，甲本作“以聞”。

乃雕刻版部　“版”，甲本作“成”。

跋

一

右《禪月詩集》，吾里高僧貫休所作。唐末，生於里之登高。幼而穎悟，志慕空門，祝髮受業於和安。遊江右，歷湖南，晚遇蜀主，終焉。詩不苟作，頌詠風刺，根於理致。法嗣曇域編萃成集，雕刻以廣其傳。和安今改兜率禪寺，詩集缺焉無聞。住山率它郡人，或縛於禪寂而不肯爲，或迫於營造而不暇爲，或利於赴應而不克爲，識者恨之。番易松菴璨禪師，出於越趙福王之門。王之孫國史左司宗卿守婺時，招致居焉。恬淡無營，得浮居氏本體。挂錫之初，訪予山中故事，首以是對。師慨然任責，尋求故帙，得於里中檀越之家。計工食費數萬而贏，先捐鉢中所有。不足，則募衆緣。鳩工鋟梓，不日而成。既成，求紀歲月，竊謂越五季，及我宋，多歷年所，釋家者流，豈無一二好事，而不能使此詩與此山俱為不朽。今師乃度越前輩，創出一段奇事，以爲動心駭目之觀。志可尚已，是烏可以不書！嘉熙戊戌孟秋朔旦黿溪周伯奮謹跋。

書於禪月舊隱。

【校勘】

“跋”及“一”到“七”之序號，爲校注者所加。

頌詠風刺　“風”，甲本作“諷”。

詩集缺焉無聞　“缺”，甲本作“闕”。

住山率它郡人　“它”，甲本作“他”。

番易松菴璨禪師　“番”、“璨”，甲本作“鄱”、“燦”。

恬淡無營　“淡”，甲本作“澹”。

二

禪月製作，浸遠而風雅益著，初機晚學難得其集而快快焉。嘉熙戊戌春，兜率主人松庵璨禪伯乃鄱陽之作者也，至予秀埜軒，出示全集。得孟湖簡靖居士童公三世珎藏舊本，不知其幾年矣，喜不自勝。但恠其字小而册狹，刺眼爲礙。膺奮志募衆，大書特書，以廣其傳，應不孤彼之世襲什之意。今已就緒，以嘉善用其心。覧斯集者，神爽心悅，是知古禪月，今松庵，本地風光之愈侈，住爛柯古靈平楚叟師保跋於是詩之末。

三

禪月尊者，鯨吞教海，龍吸禪河，旁發為文，雷霆一世。後數百載，道日振而名日新。此集之播於江湖，接之聞見，如“佛手遮不得，人心如等閑”，“時危須早轉，親老莫他圖”，“一箇閑人天地間”等辭，其美如稻粱，甘如井泉。吾人皆得以珍之，往往莫知何所從出。松菴愍此，乃大書易梓，張本於和安山中，思與天下共其美。然則松菴之賢，豈獨後世揚子雲而已哉？嘉熙己亥上元日雙溪華藏水乎苾蒭祖聞謹題。

四

禪月詩集，年代浸遠，後學無聞。松庵禪悟師因得舊本，力行修廢。於既絶之後，大書刻梓，以壽其傳。使鏗金戛玉之聲泯而復振，剪霧縫雲之手屈而再伸。如杲日麗天，秋毫無隱。觀此録者，著眼可也。庚子上元日智者山主梅溪紹濤謹書。

五

番易松庵璨上人來住吾鄉兜率，有年矣。予偶到彼，因言《西岳集》，禪月貫休所作也，先世嘗收於書室。璨老有請，謂其徒喜聞樂道而未得全集，欲攻木廣其傳。予嘉其用心，勉成其志，遂檢茲集與之。仍薄助鋟版。畢，復請紀其事，庶後有考於斯。嘉熙戊戌重九日孟湖童必明書。

六

浮屠氏以詩鳴多矣，未若禪月之格高旨遠也。後百丈松庵禪師慨舊板之弗存，捐衆資以重刻。亦可謂老婆心切，然此特禪月静中游戲耳。若究竟當家工夫，則是編一出，豈但落第二義，衲子毋徒泥焉，可也。嘉熙戊戌中秋日信安余璨跋於先人敝廬之肯堂。

七

三百篇之著，其來尚矣。夫子斷之以無邪，聞之者足以戒。後人體之，嘲詠風月，比喻物情，蓋亦古詩之流也。如唐之李杜，本朝之歐蘇黄秦，中間作者，相繼並出。雖各得其妙，然而了達性眞，蓋未多見。如參寥子、洪覺範、如晦、仲殊，或以詩名，或以詞稱。味道之餘，發其所藴，見於篇章，寓情物理，亦使後人知吾林下之有詩人耳。若夫禪月國師，則又高出一頭地。予雖未聞謦欬，自幼已知師名。人但見其諷詠，咸以爲僧之能詩者，不知識悟真空，言明理□，苦節峻行，一時慕仰。耀祖燈於中天，又豈常人之所可識？至於銀鉤鐵畫，落紙雲煙，住世應眞，入神風采。每以詩□遊戲三昧，其憂世愛□之心，則見於首卷之詞中，間以無礙慧説最上乘。晤之者可以頓獲清涼，覩之者可以開明心地。其視安樂先生同出軌轍，又非特與李杜輩爭華並燁。後人詳味其語，正宜高著眼，不當以詩僧看也。松庵璨公禪師能集其篇，鋟梓以傳。潛發其幽光於數百年之後，使人人皆寶而藏之。我師於兜率宮中，亦為之大□□□□公亦箇中人也。百景、蕭貫之二兄□□一卷示予。導松庵法旨，且求鄙語。□雖不敏，姑以臆見敘于篇末。觀之者勿以斐然而誚諸。時己亥歲嘉平月一日介庵徐琰書。

附　録

一、提要、序跋

禪月集二十五卷補遺一卷　内府藏本

唐釋貫休撰。貫休，字德隱，姓姜氏，蘭谿人。舊本題曰梁人。案，貫休初以乾寧三年依荆帥成汭，後歷遊高季興、錢鏐間，晚乃入蜀依王建。乾德癸酉卒，年八十一，終身實未入梁。舊本誤也。陶岳《五代史補》稱貫休《西岳集》四十卷。吴融序之。然集末載其門人曇域後序，編次歌詩文贊為三十卷。則岳亦誤記矣！此本為宋嘉熙四年蘭谿兜率寺僧可燦所刋，毛晉得而重刋之，僅詩二十五卷，豈佚其文贊五卷耶！補遺一卷，亦晉所輯。然所收佚句，如“朱門當大道，風雨立多時”一聯，乃《贈乞食僧》詩，今在第十七卷之首。但“道”作“路”，“雨”作“雪”耳。晉不辨而重收之，殊為失檢。《文獻通考》别載《寶月集》一卷，亦云貫休作，今已不傳。然曇域不云有此集，疑馬端臨或誤。毛晉又云《西岳集》，或作《南岳集》。考貫休生平，未登太華，疑“南嶽”之名為近之，“西”字或傳寫誤也。又書籍刋本始於唐末，然皆傳佈古書，未有特刻專集者。曇域後序作於王建乾德五年，稱檢尋稿草，及闇記憶者，約一千首，雕刻成部。則刋行專集，自是集始。是亦可資考證也。

——《四庫全書總目》卷一五一

明毛晉序

貫休集名不一，卷次亦不倫。計氏云：《西岳集》十卷，吳融為之序。蓋乾寧三年編於荆門者也。或又云《南岳集》，謂曾隱跡南嶽也。馬氏云《寶月詩》一卷，未知何據。其弟子曇域于偽蜀乾德五年編集前後歌詩文贊，題曰《禪月集》。重為之序，誚吳序，或以文害辭，或以辭害志，或以誕飾饒借，殊不解休公意也。宋人相傳凡三十卷。余從江左名家大索十年，僅得二十五卷。其文贊及獻武肅王詩五章章八句，俱不載，不無遺珠之憾。今畧補一二於後，又工書，人號姜體，以其俗姓姜也。不知者指為姜白石，何異章艸緣章帝得名，誤稱章氏艸書耶？又善畫羅漢，郭若虛云是休公入定觀羅漢真容後寫之，故悉是梵相，形骨古怪。余曾三見卷軸，或水墨，或設色，未知誰是強氏藥肆中物。余家藏一十六幅，其中伏虎尊者偏袒倚杖，凝然不動，虎蹲座下，如祥麟馴騏。又一幅寫侍者揭瓶傾水，龍從瓶中騰起雲端，尊者托鉢仰視，龍湧雲徐徐而下，絶無生擒活掣張拳瞋目之狀。豈庸工俗師能著一筆？至若布景陳器，凡軍遟、鍵鎔、震越、摩羅、俱蘇摩、剌竭節、佉陁尼、犞奢耶之類，種種奇妙，絶非耳目間物。《圖畫見聞志》云有真本在豫章西山雲堂院供養，于今郡將迎請祈雨，無不應驗。其落款云大蜀國龍樓待詔明因辨果功德大師翔麟殿引駕内供奉經律論道門選練教授三教玄逸大師守兩川僧録大師食邑三千戶賜紫大沙門云。虞山毛晉識。

休公遍謁諸鎮帥，每以詩句不合而去。初謁荆州中令成汭，汭問其筆法，答曰："此事須登壇而授，豈可草草而言?"汭怒，遞放黔中。因為《病鶴詩》云"見説氣清邪不入，不知爾病自何來"。後避亂渚宮，荆帥高氏優待之，館於龍興寺。感時政，乃作《酷吏詞》以刺之，復被黜，鬱悒中題研子云"低心蒙潤久，入匣始身安"。弟子以為匣者，峽也，相勸入蜀。遂離荆門，直趨井絡，上蜀主王建《陳情篇》，禮遇甚厚，留居東禪院。二年，建龍華，召令誦近詩。時貴戚同座，休公欲諷之，作《公子行》，貴倖皆不悦。先是錢鏐自稱吳越國王，休公以詩投之，有"一劍霜寒十四州"之語。鏐令改為"四十州"，乃可相見。休曰："州亦難添，詩亦難改。孤雲野鶴，何天不可飛?"乃入豫章之西山，後入蜀。此事見《釋氏通鑑》，《唐詩紀事》亦然。惟《高僧傳》云獻詩甚愜王旨，遺贈亦豐。復考《吳越備史》暨錢氏功臣碑，則知贊公之説謬矣。晉又識。

——明毛晉汲古閣本《禪月集》

《重刻禪月集序》

《禪月集》載在《全唐詩鈔》者僅十二卷，即胡震亨所存三卷而另編者也。考陶岳《五代史補》稱貫休《西岳集》四十卷，弟子曇域裒其全集爲三十卷。《欽定四庫書目提要》載《禪月集》

二十五卷，補遺一卷。然則今所未見者且過半矣。竊意唐代以詩取士，故一時名流碩彦相與詠歌，洋洋乎鼓吹休明，和其聲以鳴國家之盛。若貫休一方外耳，而乃以悲憤蒼涼之思，寫清新俊逸之辭。忽而虎嘯，忽而鸞吟，忽而夷猶清曠，神鋒四出。又如千金駿足，飛騰飄瞥，驀澗注坡，以視黿重之鳴吹，月露之琱鎪。夷然如寸莛撞鐘之無甚高論。噫！貫休亦奇矣哉。若夫證圓通於水月，參妙諦於煙雲。一字一言，無非棒喝。讀是詩者，當爇妙香奉之。貫休字德隱，姓姜氏，蘭溪人，相傳爲七歲出家云。同治八年冬十一月，同郡後學胡鳳丹月樵甫謹序。

——《金華叢書》本《禪月集》(同治八年刊)

二、生平傳記

梁成都府東禪院貫休傳

釋貫休，字德隱，俗姓姜氏，金華蘭溪登高人也。七歲父母雅愛之，投本縣和安寺圓貞禪師，出家為童侍。日誦《法華經》一千字，耳所暫聞，不忘於心。與處默同削染，隣院而居。每隔籬論詩互吟尋偶對，僧有見之，皆驚異焉。受具之後，詩名聳動於時。乃往豫章傳《法華經》、《起信論》，皆精奧義，講訓且勤。本郡太守王慥彌相篤重。次太守蔣瓌開洗懺戒壇，命休為監壇焉。乾寧初，齎志謁吴越武肅王錢氏，因獻詩五章，章八句。甚愜旨，遺贈亦豐。王立去偽功，朝廷旌為功臣。乃别樹堂立碑，記同力平越將校姓名，遂刊休詩於碑陰，見重如此。休善小筆，得六法，長於水墨，形似之狀可觀。受衆安橋強氏藥肆請，出羅漢一堂。云每畫一尊，必祈夢得應真貌，方成之，與常體不同。自此遊黟歙，與唐安寺蘭闍梨道合。後思登南嶽，北謁荆帥成汭。初甚禮焉，於龍興寺安置。時内翰吳融謫官相遇，往來論道論詩。融為休作集序，則乾寧三年也。尋被誣譖於荆帥，黜休於功安。欝悒中題硯子曰"入匣始身安"，弟子勸師入蜀。時王氏將圖僭偽，邀四方賢士，得休甚喜。盛被禮遇，賜賚隆洽，署號禪月大師。蜀主常呼為"得得來和尚"。時韋藹舉其美號所長者，歌吟諷刺，微隱存於教化，體調不下二李白賀也。至梁乾化二年，終于所居，春秋八十一。蜀主慘怛，一皆官葬，塔號白蓮，於成都北門外昇遷為浮圖。乃偽蜀乾德中，即梁乾化三年癸酉歲也。休能草聖出。弟子曇域癸酉年集師文，集首安吳内翰序，域為後序。韋莊嘗贈詩曰"豈是為窮常見隔，只應嫌酒不相過"。又廣成先生杜光庭相善，比鄉人也。休書跡，好事者傳號曰姜體是也。眘覩休真相肥而矬。蜀宰相王鍇作讚。曇域戒學精微，篆文雄健。重集許慎《說文》，見行於蜀。有詩集，亞師之體也。

——《宋高僧傳》卷三十

貫休，字德隱，俗姓姜氏，蘭溪人。七歲出家，日讀經書千字，過目不忘。既精奥義，詩亦奇險，兼工書畫。初爲吳越錢鏐所重，後謁成汭荆南。汭欲授書法，休曰："須登壇乃授。"汭怒，遞放之黔。天復中，入益州，王建禮遇之。署號禪月大師，或呼爲得得來和尚。終於蜀，年八十一。初有《西嶽集》，吳融爲序，極稱之。後弟子曇域更名《寶月集》。其全集三十卷，已亡。胡震亨謂宋睦州刻本多載他人詩，不足信，其說亦不知何據。胡存詩僅三卷，今編十二卷。

——《全唐詩》卷八二六

沙門貫休，鍾離人也。風騷之外，精於筆札。舉止真率，誠高人也。然不曉時事，往往詆訐朝賢，他亦不知己之是耶非耶。荆州成中令問其筆法非耶，休公曰："此事須登壇而授，非草草而言。"成令銜之，乃遞於黔中。因病，以鶴詩寄意曰"見説氣清邪不入，不知爾病自何來"，以詩見意也。馮涓大夫有大名於人間，淪落於蜀，自比杜工部，意謂他人無出其右。休公初至蜀，先謁韋書記莊，而長樂公後至，遂與相見，欣然撫掌曰："我與你阿叔有分。"長樂怒而拂袖。他日謁之，竟不逢迎，乃曰："此阿師似我禮拜也。"自是頻投刺字，終為閽者所拒。休公謂韋公曰："我得得為渠入蜀，何意見怪？"（原注：道門杜先生亦以此疎之。）國清寺律僧嘗許具蒿脯，未得間。姜侍中宅有齋，律僧先在焉。休公次至，未揖主人大貌，乃拍手謂律僧曰："乃蒿餅子何在？"其他皆此類。通衢徒步，行嚼果子，未甞跨馬，時人甚重之，異乎廣宣、栖白之流也。

——五代孫光憲《北夢瑣言》卷二十《休公真率》

（永平）二年正月，贈張魯扶義公、諸葛亮安國王。二月朔，遊龍華禪院，召僧貫休坐，賜茶藥彩段，仍令口誦近詩。時諸王貴戚皆賜坐，貫休欲諷之，因誦《公子行》曰：“錦衣鮮華手擎鶻，閑行氣貌多輕忽。艱難稼穡總不知，五帝三王是何物?”建稱善，貴倖皆怨之。貫休本蘭溪人，善詩，與齊己齊名，有《西岳集》十卷。

——宋張唐英《蜀檮杌》卷上

唐昭宗以錢武肅鏐平董昌於越，拜鏐爲鎮海鎮東節度使、中書令，賜鐵券，恕九死，子孫二死……鏐即以節鉞授其子元瓘，自稱吳越國王……禪月貫休嘗以詩投之曰：“貴極身來不自由，幾年勤苦踏山邱。滿堂花醉三千客，一劍光寒十四州。萊子衣裳宮錦窄，謝公篇詠綺霞羞。他年名上淩煙閣，豈羨當時萬戶侯。”鏐愛其詩，遣客吏諭之曰：“教和尚改‘十四’爲‘四十州’，方與見。”休性褊介，謂吏曰：“州亦難添，詩亦不改。然閑雲孤鶴，何天而不可飛邪?”遂飄然入蜀，以詩投孟知祥，有“一缾一鉢垂垂老，萬水千山得得來”之句，知祥厚遇之。

——宋釋文瑩《續湘山野録》

僧貫休，姓姜氏，字德隱，婺州蘭溪人。錢鏐自稱吳越國王，休以詩投之曰：“貴逼身來不自由，幾年勤苦蹈林邱。滿堂花醉三千客，一劍霜寒十四州。萊子衣裳宮錦窄，謝公篇詠綺霞羞。他年名上淩煙閣，豈羨當時萬戶侯?”鏐諭改為“四十州”，乃可相見。曰：“州亦難添，詩亦難改。然閑雲孤鶴，何天而不可飛?”遂入蜀，以詩投王建曰：“河北河南處處災，惟聞金蜀少塵埃。一瓶一鉢垂垂老，萬水千山得得來。秦苑幽棲多勝景，巴歈陳貢愧非才。自慙林藪龍鍾者，亦得親登郭隗臺。”建遇之甚厚。建二年，召令誦近詩。時貴戚皆坐，休欲諷之，乃稱《公子行》云：“錦衣鮮華手擎鶻，閑行氣貌多輕忽。稼穡艱難總不知，五帝三皇是何物?”建稱善，貴倖皆怨之。休與齊己齊名，有《西岳集》十卷，吳融爲之序。卒死於蜀。

——宋計有功《唐詩紀事》卷七五

參考文獻

《元和郡縣圖志》，唐李吉甫撰，中華書局 1983 年。

《太平寰宇記》，宋樂史撰，《文淵閣四庫全書》第四六九、四七〇册，上海古籍出版社 1987 年。

《嚴州圖經》，宋陳公亮、劉文富撰，《續修四庫全書》第七〇四册，上海古籍出版社 2002 年。

《甌江逸志》，清勞大與撰，北京師範大學圖書館藏清康熙刻說鈴本，《四庫全書存目叢書》史部二四九册，齊魯書社 1997 年。

《康熙衢州府志》，清楊廷望纂修，光緒八年（1882）刻本，《中國地方志集成·浙江府縣志輯》第五五册，上海書店 1993 年。

《蜀中名勝記》，明曹學佺著，劉知漸點校，重慶出版社 1984 年。

《鑑戒録》，後蜀何光遠撰，《文淵閣四庫全書》第 1005 册。

《吳越備史》，宋范坰、林禹撰，《文淵閣四庫全書》第四六四册。

《十國春秋》，清吳任臣撰，中華書局 1983 年。

《蜀檮杌校箋》，宋張唐英著，王文才、王炎校箋，巴蜀書社 1999 年。

《北夢瑣言》，五代孫光憲著，上海古籍出版社 1981 年。

《唐摭言》，五代王定保著，上海古籍出版社 1978 年。

《登科記考》，清徐松著，中華書局 1984 年。

《唐刺史考》，郁賢皓著，江蘇古籍出版社 1987 年。

《唐方鎮年表》，吳廷燮著，中華書局 1980 年。

《出三藏記集》，梁釋僧祐撰，蘇晉仁、蕭鍊子點校，中華書局 1995 年。

《高僧傳》，梁釋慧皎撰，湯用彤校注，中華書局 1992 年。

《續高僧傳》，唐釋道宣撰，《大正新修大藏經》第五十册。

《宋高僧傳》，宋釋贊寧撰，范祥雍點校，中華書局 1987 年。

《景德傳燈録》，宋釋道原撰，《大正新修大藏經》第五一册。

《五燈會元》，宋釋普濟著，蘇淵雷點校，中華書局 1984 年。

《古尊宿語録》，宋賾藏主集，蕭萐父等點校，中華書局 1994 年。

《祖庭事苑》，宋睦庵善卿撰，《卍新纂續藏經》第六四册。

《禪門諸祖師偈頌》，宋子升、如佑編，《卍新纂續藏經》第六六册。

《廬山記》宋陳舜俞撰，《大正新修大藏經》第五一册。

《廬山蓮宗寶鑒》，元普度編，《大正新修大藏經》第四七册。

《緇門警訓》，元僧永中補、明僧如卺續補，《大正新脩大藏經》第四八册。

《太平御覽》，宋李昉等編，中華書局 1960 年。

《太平廣記》，宋李昉等編，中華書局 1961 年。

《文苑英華》，宋李昉等編，中華書局 1966 年。

《分門纂類唐歌詩》，宋趙孟奎撰，清阮元纂輯《宛委別藏》第一一二册，江蘇古籍出版社 1988 年。

《唐詩品彙》，明高棅編選，上海古籍出版社據辭書出版社藏明汪宗尼校訂本影印，1982 年。

《古唐選屑》，明李緯輯，明萬曆四十一年刻本，《四庫未收書輯刊》第五輯第十五册。

《江湖小集》，宋陳起編，《文淵閣四庫全書》第一三五七册。

《嚴陵集》，宋董弅輯，《文淵閣四庫全書》第一三四八册。

《全唐詩》，清彭定求等編，中華書局 1960 年。

《全唐文》，清董浩等編，中華書局 1985 年。

《全唐詩補編》，陳尚君輯校，中華書局 1992 年。

《白蓮集》，唐釋齊己撰，《四部叢刊》初編本。

《寒山詩注》，項楚著，中華書局 2000 年。

《敦煌變文集》，王重民等編，人民文學出版社 1957 年。

《詩話總龜》，宋阮閱撰，人民文學出版社 1987 年。

《唐音癸籤》，明胡震亨著，上海古籍出版社 1981 年。

《全浙詩話》，清陶元藻輯，據清嘉慶元年怡雲閣刻本影印，《續修四庫全書》第一七〇三册。

《唐詩紀事校箋》，王仲鏞校箋，巴蜀書社 1989 年。

《唐才子傳校箋》，傅璇琮主編，中華書局 1987 年。

《敦煌詩歌導論》，項楚著，巴蜀書社 2001 年。

《漢魏兩晉南北朝佛教史》，湯用彤著，中華書局 1983 年。

《禪月集補遺》，吳其昱，收入《福井博士頌壽紀念東洋文化論集》，日本早稻田大學出版部 1969 年。

《貫休行年考述》，戴偉華，《揚州師範學院學報（社科版）》1992 年第 2 期。

《貫休詩歌訂補》，劉芳瓊，《文獻》1991 年第 3 期。

《〈禪月集〉結集及其版本流傳考》，田道英，《四川師範大學學報（社科版）》，2004 年第 6 期。

後　記

書陸陸續續地寫了兩年，到這個時候算是完成了。兩年中不得其解的煩惱與豁然開悟的喜悅始終纏繞着自己，也因此使我對古往今來，那些勘定群籍，爲我們留下定本之作的學者，生出了更多的崇敬、欽佩之情。在寫這本書的過程中，先後目睹了兩位長輩的離去。一位是我敬重的張林川老師，一位則是曾鞠養我的祖母。生命的消失，有如花開花落，是自然的宿命。哀傷過後，逝去者的恩澤也如花落後的餘香，沁潤在我們的心間。我們面對的前人的每一篇感人的詩文、每一部成功的著作，都是他們留下的、飄散在我們心田的餘香。對此，我們唯有報之以珍惜與感激。

本書從撰寫到出版，李琳、張紅賢伉儷始終予以了關注和幫助，給了我很多鼓勵。李琪女士爲本書的順利出版提供了真誠的幫助，爲我熱心聯繫到了巴蜀書社這樣一家有學術水準的出版社。譚曉紅老師則不厭其煩，耐心細緻地爲此作了大量辛苦而扎實的工作。楊宗義老師認真地審校了書稿，付出了辛勤的勞動。因爲以上諸位的幫助，本書纔能得以順利出版。在此，謹致以真摯的謝意。還要感謝我的妻子艾萍，在清寂的時光裏，給予我生活的溫暖和精神的支援。每一顆果實的長成，都離不開它周遭陽光、春風、雨露、園丁等的呵護。感謝所有關心和幫助我的人！

陸永峰

2005 年 11 月 19 日

圖書在版編目（CIP）數據

禪月集校注/陸永峰著．—成都：巴蜀書社，2012.6

ISBN 978-7-5531-0000-5

Ⅰ.①禪…　Ⅱ.①陸…　Ⅲ.①唐詩－選集②唐詩－注釋　Ⅳ.①I222.742

中國版本圖書館 CIP 數據核字（2012）第 070121 號

禪月集校注　　陸永峰　著

策劃組稿　譚曉紅
責任編輯　譚曉紅　楊宗義
出　　版　四川出版集團巴蜀書社
　　　　　成都市槐樹街 2 號　郵編 610031
　　　　　總編室電話：（028）86259397
網　　址　www.bsbook.com
發　　行　巴蜀書社
　　　　　發行科電話：（028）86259422　86259423
經　　銷　新華書店
印　　刷　成都蜀通印務有限責任公司
版　　次　2012 年 6 月第 2 版
印　　次　2012 年 6 月第 1 次印刷
成品尺寸　203mm×140mm
印　　張　18.875
字　　數　460 千
書　　號　ISBN 978-7-5531-0000-5
定　　價　45.00 圓